TU NE M'ÉCHAPPERAS PAS

Écrivain américain, Lisa Gardner a grandi à Hillsboro, dans l'Oregon. Auteur de plusieurs thrillers, elle est considérée comme l'une des grandes dames du roman policier féminin. Elle a reçu le Grand prix des lectrices de *Elle* en 2011 dans la catégorie Policier pour *La Maison d'à côté.*

Paru dans Le Livre de Poche :

DERNIERS ADIEUX

DISPARUE

LA MAISON D'À CÔTÉ

SAUVER SA PEAU

LISA GARDNER

Tu ne m'échapperas pas

TRADUIT DE L'ANGLAIS (ÉTATS-UNIS) PAR SEBASTIAN DANCHIN

LE LIVRE DE POCHE

Titre original :

THE THIRD VICTIM
publié par Orion

ISBN: 978-2-253-00459-2 — 1re publication LGF

1

Mardi 15 mai

Assise sur une banquette de skaï rouge au Martha's Diner, Lorraine Conner déjeunait d'une salade au thon en écoutant distraitement Frank et Doug colporter les derniers potins lorsque le premier appel tomba. Elle avait commandé une salade parce qu'à trente et un ans les kilos ne s'évaporent plus par magie comme à vingt. Ou même vingt-sept. Elle courait encore le kilomètre en quatre minutes et entrait sans peine dans un 38, mais ça n'empêche qu'il y a un monde entre trente et trente et un ans. Elle devait passer plus de temps à se coiffer le matin si elle voulait qu'on continue à la regarder, et elle avait dû renoncer aux cheese-burgers pour de la salade au thon, cinq jours par semaine.

Ce jour-là, le coéquipier de Rainie était Chuckie Cunningham, un flic volontaire de vingt-deux ans. Dans le bureau du shérif de Bakersville, Oregon, faute d'avoir effectué ses neuf mois à l'École de police, on l'appelait le « bleu ». En clair, il avait le droit de regarder, mais pas de toucher. Pour ça, il faudrait qu'il ait suivi l'entraînement et obtenu son diplôme. En attendant, il avait le droit de porter l'uniforme et une arme de service, et il apprenait le métier en effectuant des patrouilles et en rédigeant des rapports. Chuckie était plutôt du genre sans problème.

Lorsque l'appel était tombé, il comptait fleurette à la serveuse, une blonde à longues jambes dénommée Cindy. La pose avantageuse, Chuckie était accoudé au comptoir et Cindy faisait de son mieux pour servir des parts de tarte à la myrtille maison à une demi-douzaine de clients, des agriculteurs du coin. Un vieux type finit par demander au bleu de se faire oublier une minute, ce qui fit sourire le jeune flic.

Dans le box derrière celui de Rainie, deux éleveurs à la retraite, Doug Atkens et Frank Winslow, comptaient les points.

— Dix dollars qu'il arrive à la lever, annonça Doug en jetant un billet froissé sur la table de formica rose.

— Vingt dollars qu'elle jette un verre d'eau froide à la tête de son Roméo, rétorqua Frank, cherchant d'une main son portefeuille. Si tu veux mon avis, Cindy s'intéresse plus aux pourboires qu'au sourire de Clark Gable.

C'était un jour calme et, comme elle n'avait rien de mieux à faire, Rainie se tourna vers les deux hommes :

— Pari tenu.

— Salut, Rainie.

Les deux amis de cinquante ans sourirent de concert. Si Frank avait des yeux d'un bleu plus profond dans son visage buriné, Doug avait gardé davantage de cheveux. Ils portaient des chemises western rouges à carreaux avec des boutons de nacre, la tenue réglementaire pour un après-midi en ville.

Comme on n'était plus en hiver, ils avaient fait l'impasse sur le blouson en daim et le chapeau de cowboy couleur crème. Rainie les avait un jour accusés de vouloir ressembler au type de la pub Marlboro ; à leur âge, ils avaient pris ça pour un compliment.

— Rien de neuf, aujourd'hui ? demanda Doug.

— Rien de neuf ce mois-ci, tu veux dire. C'est le printemps, il fait beau, les gens oublient de se bagarrer.

— Aucune scène de ménage à te mettre sous la dent ?

— Rien. Aucune demande d'enquête. Même pas un souvenir anonyme de chien dans le jardin du voisin. Si ça continue, je vais me retrouver au chômage.

— Une belle fille comme toi n'a pas besoin de travailler, commenta Frank. Ce qu'il te faut, c'est un mec.

— Ah ouais ? Et trente secondes après, je fais quoi ?

Frank et Doug gloussèrent, et Rainie leur fit un clin d'œil. Elle aimait bien Frank et Doug. Elle les avait toujours vus dans le même box chez Martha le mardi, à 13 heures précises. Frank et Doug n'auraient pas manqué le plat du jour du mardi pour un empire.

Rainie posa un billet de dix dollars sur la table. Elle pariait sur Chuckie. Pour avoir déjà vu Don Juan à l'œuvre, elle savait que les filles de Bakersville résistaient difficilement à son sourire à fossettes.

— Qu'est-ce que tu penses de ta nouvelle recrue ? demanda Doug, désignant le comptoir de la tête.

— Tu veux que j'en pense quoi ? Pas besoin de faire médecine pour rédiger des contraventions !

— On m'a dit que vous étiez tombés tous les deux sur un berger allemand la semaine dernière, dit Frank.

Rainie fit la grimace.

— Il avait la rage. Une belle bête, en plus.

— C'est vrai qu'il a voulu attaquer Roméo ?

— Il s'est jeté sur lui, tu veux dire.

— On m'a dit que Chuckie avait failli pisser dans son froc.

— Chuckie n'aime pas les chiens.

— Walt m'a raconté que c'était toi qui t'étais occupée du chien. Une balle en pleine tête.

— C'est pour ça qu'on me paye grassement. Pour m'occuper des alcooliques et descendre les animaux domestiques.

— Allez, Rainie ! Walt m'a dit que tu t'en étais drôlement bien tirée. Ça saute carrément vite, ces bêtes-là. Chuckie t'a dit merci, au moins ?

Rainie jeta un œil en direction du bleu gonflé comme un coq à son comptoir, avant d'ajouter :

— Si tu veux mon avis, Chuckie a sacrément peur de moi, maintenant.

Frank et Doug s'esclaffèrent. Frank se pencha en avant, une lueur dans ses yeux bleus.

— Ça doit faire plaisir à Shep de voir son service s'agrandir, déclara-t-il d'un air entendu.

L'appât était trop gros pour que Rainie morde à l'hameçon. Elle botta en touche :

— N'importe quel shérif serait content d'avoir des bénévoles, dit-elle d'un ton neutre.

Avec le budget dont disposait Bakersville, il y avait tout juste place pour un shérif et deux agents à temps plein : Rainie et Luke Hayes. Les six autres étaient bénévoles, allant jusqu'à payer de leurs propres deniers la formation, l'uniforme, le gilet pare-balles et l'arme de service. La plupart des petites communes faisaient de même, ce qui suffisait largement pour régler les querelles domestiques et les délits mineurs.

— J'ai entendu dire que Shep faisait moins d'heures, suggéra Doug.

— Ah bon ?

— Allez, Rainie ! Tout le monde sait que Shep et Sandy traversent une mauvaise passe. Est-ce qu'il essaye au moins d'arranger les choses ? Il a fini par s'habituer à ce que sa femme travaille ?

— Écoute, Frank. Mon boulot, c'est de rédiger un rapport en cas de pépin, pas de m'occuper des affaires des contribuables honnêtes.

— Tu peux bien nous dire un peu ce qui se passe. On va chez le coiffeur en sortant d'ici et tu sais bien que Walt ne fait jamais payer ceux qui ont des nouvelles fraîches.

Rainie leva les yeux au ciel.

— Walt en sait dix fois plus que moi. À qui crois-tu que je m'adresse quand j'ai besoin de tuyaux ?

— C'est vrai que Walt est au courant de tout, maugréa Frank. Peut-être qu'on devrait ouvrir un salon de coiffure ? Ça doit pas être sorcier de couper des cheveux…

Le regard de Rainie se porta machinalement sur les mains des deux hommes, déformées par la terre et bouffies par dix ans d'arthrite.

— Le jour où vous vous y mettrez, je serai votre première cliente, dit-elle, téméraire.

— Tu vois, Doug, je te l'avais bien dit. On aura même des filles !

Doug était à l'évidence impressionné. Rainie en profita pour se retourner discrètement vers son assiette avant de jeter un coup d'œil à sa montre. 13 h 30. Aucun appel, pas de rapport à rédiger. Un matin calme dans une ville calme. Elle leva les yeux sur Chuckie, qui devait avoir des crampes dans les joues à force de sourire.

— Allez, le bleu ! Emballé, c'est pesé, murmura-t-elle en tambourinant des doigts sur la table.

Contrairement à son jeune adjoint, Rainie n'avait jamais eu l'intention d'être flic. À la fin de ses études secondaires au lycée de Bakersville, elle n'avait qu'une envie : quitter au plus vite l'atmosphère confinée de cette terre de vaches laitières. Avec dix-huit années de claustrophobie derrière elle et plus aucune famille, rien ne la retenait. Elle ressentait un énorme besoin de liberté, à l'abri des fantômes de son passé. Comme si c'était aussi simple…

Rainie avait pris le premier bus pour Portland et s'était inscrite à la fac pour faire des études de psycho. Les cours lui plaisaient. La ville aussi, avec ses écoles hôtelières, ses musées et sa « culture alternative ». Elle avait même eu une belle histoire avec un procureur adjoint de trente-quatre ans propriétaire d'une Porsche.

Des nuits entières au volant de la bête, les vitres baissées. Le pied au plancher, les virages de Skyline Boulevard sur les chapeaux de roues, le vent dans les cheveux. Toujours plus haut, toujours plus loin, toujours plus fort, à la recherche de… quelque chose.

Quand ils parvenaient enfin tout en haut de la colline pour découvrir la ville étendue sous leurs yeux comme une mer d'étoiles, ils se déshabillaient et faisaient l'amour avec fièvre, coincés entre les sièges-baquets et le levier de changement de vitesse.

L'excitation retombée, Howie raccompagnait Rainie chez elle et la jeune femme s'empressait d'entamer un pack de bière, parfaitement consciente que c'était la dernière chose à faire.

Rainie regarda sa montre une nouvelle fois. Allez, Chuckie ! Accouche !

La radio accrochée à sa ceinture crépita. Enfin un peu d'action, pensa-t-elle, soulagée.

— 1-5, 1-5, j'appelle 1-5.

Rainie s'extirpait déjà du box quand elle répondit à l'appel :

— 1-5, j'écoute…

— On nous signale un incident à la cité scolaire. Attends… Ne quitte pas…

Rainie fronça les sourcils. Elle entendait des bruits de fond sur le récepteur, comme si le central avait sa propre radio à fond, ou bien un téléphone. Des parasites et des cris. Et tout d'un coup, quatre claquements secs et distincts. Des coups de feu !

Rainie se précipita vers le comptoir, saisissant Chuckie par le bras au moment où la voix reprenait dans l'émetteur. Pour la première fois en huit ans, Linda Ames semblait affolée :

— À toutes les unités. À toutes les unités. On nous signale une fusillade à la cité scolaire de Bakersville. On nous signale… du sang… il y a du sang dans les couloirs. J'appelle 6-0, j'appelle 6-0… Walt, grouille-toi avec l'ambulance ! Je libère le canal 3. Il y a une fusillade à la cité scolaire. Mon Dieu ! Une fusillade chez nous !

Rainie entraîna Chuck vers la voiture de police garée devant chez Martha. Le jeune flic était tout pâle. Elle aurait voulu avoir peur elle aussi, ressentir un pincement, n'importe quoi, mais sa tête était vide. Tout juste un léger bourdonnement d'oreilles. Elle s'installa au volant, attacha sa ceinture et, machinalement, mit la sirène en route.

— Je ne comprends pas, murmura Chuck. Une fusillade à l'école? Ils ont dû se tromper…

— Branche la radio sur le canal 3. C'est le canal d'urgence.

Rainie enclencha une vitesse et démarra. Ils se trouvaient sur Main Street, à un bon quart d'heure de la cité scolaire. Rainie savait d'expérience qu'il pouvait se passer beaucoup de choses en un quart d'heure.

— C'est pas possible! répéta Chuckie pour dire quelque chose. Putain, on n'a même pas de gangs ici, ou de drogue ou… ou de rien! Le central a dû se planter.

— Ouais, répondit Rainie calmement, ses oreilles bourdonnant de plus belle.

Elle n'avait pas eu ça depuis des années – depuis qu'elle rentrait de l'école, petite fille, et que ses tympans lui faisaient comprendre, avant même de passer la porte, que sa mère était encore soûle et que ça n'allait pas être drôle.

Aucune raison de t'inquiéter, Rainie. Tu es flic, maintenant. Tu as les choses en main.

Elle éprouva brusquement le besoin de poser une bouteille de bière glacée contre son front.

La radio crépita de nouveau. Cette fois, c'était la voix du shérif, Shep O'Grady, alors que Rainie passait le premier feu sur Main Street.

— 1-5, 1-5, quelle est ta position?

— Nous sommes à douze minutes, répondit Rainie, contournant une voiture garée en double file et en évitant une autre de justesse.

— 1-5, passe sur le canal 4.

Rainie lança un regard en direction de Chuckie. Le bleu se brancha aussitôt sur le canal direct et la voix de Shep se fit encore entendre, haletante :

— Rainie, grouille-toi, Bon Dieu !

— On était chez Martha. J'arrive aussi vite que possible. Et toi ?

— Je suis encore à six minutes. Bien trop loin. Linda a prévenu les autres, mais il faut encore qu'ils passent chez eux chercher leur gilet pare-balles et leur arme. On a aussi prévenu les types du comté. Le plus proche est à vingt minutes d'ici et la police d'État est à trente ou quarante minutes. Si c'est vraiment grave…

Le shérif laissa planer un silence avant de reprendre brusquement :

— Rainie, tu te chargeras de l'enquête.

— Et pourquoi veux-tu que je sois chargée de l'enquête ? Je n'ai pas assez d'expérience, tu le sais bien.

Rainie jeta un coup d'œil à Chuck. Le bleu avait l'air aussi surpris qu'elle. Le shérif avait toujours pris les choses à bras-le-corps en cas de problème. C'était la procédure normale.

— Tu as plus d'expérience que n'importe qui d'autre dans le service, reprit Shep.

— L'histoire de ma mère n'a rien à voir là-dedans, si c'est ce à quoi tu fais allusion…

— Rainie, je ne sais pas ce qui se passe à la cité scolaire, mais si c'est une fusillade… Mes gamins vont à l'école là-bas, Rainie. C'est à eux que je pense.

Rainie ne dit rien. Depuis huit ans qu'elle travaillait avec Shep, les deux enfants du shérif étaient comme ses propres neveu et nièce. À huit ans, Becky adorait les chevaux. Quant à Danny, treize ans, il passait ses après-midi libres dans les minuscules locaux de la police de Bakersville. Rainie lui avait un jour donné une étoile de shérif en plastique qu'il avait arborée fièrement pendant près de six mois, et il insistait toujours pour être assis à côté de la jeune femme lorsqu'elle dînait chez les O'Grady. Deux bons gamins. Deux gamins prisonniers de la cité scolaire avec deux cent cinquante autres élèves de trois à quatorze ans.

Pas à Bakersville. Chuckie avait raison : ça ne pouvait pas arriver à Bakersville.

— D'accord, je prends l'enquête, se contenta de répondre Rainie.

— Merci, Rainie. Je savais que je pouvais compter sur toi.

La communication s'interrompit. Rainie brûla un autre feu rouge et dut freiner brutalement. Les conducteurs venant en sens inverse s'étaient arrêtés in extremis et Rainie eut le temps de lire l'inquiétude sur leur visage. Des sirènes de police sur Main Street? Du jamais vu. Encore dix bonnes minutes pour rejoindre la cité scolaire. Rainie avait de plus en plus peur d'arriver trop tard.

Deux cent cinquante gamins…

— Rebranche-toi sur le canal 3, demanda-t-elle à Chuckie. Donne l'ordre aux équipes médicales de ne surtout pas pénétrer dans le bâtiment et de rester à l'extérieur.

— Mais le central nous a signalé du sang…

— Les équipes médicales n'ont pas le droit d'entrer tant que le secteur n'est pas sécurisé. C'est le règlement.

Chuck se plia aux instructions.

— Appelle le standard et fais passer un appel général. Je suis sûre que la police d'État et les types du comté sont au courant, mais je ne veux pas de pagaille. On va avoir besoin de tout le monde.

Elle fit un effort pour se souvenir des cours qu'on lui avait donnés à Salem huit ans plus tôt dans une salle de classe qui sentait le renfermé. Elle était la seule femme au milieu de trente hommes. Mobilisation générale, procédure d'urgence en cas de victimes nombreuses… Des situations qui lui avaient toujours semblé irréelles.

— Fais mettre les hôpitaux locaux en état d'alerte, marmonna-t-elle. Dis-leur de prendre contact avec les centres de transfusion sanguine en cas de besoin. Demande à Linda de mobiliser les unités de l'antigang. Ah oui! Préviens la Criminelle de se tenir prête. Au cas où.

Avant que Chuckie ait eu le temps de prendre la radio, le central rappelait. Linda était affolée.

— On nous signale des coups de feu. Aucune information sur le tireur. Aucune information sur les victimes éventuelles. On nous signale qu'un homme en noir a été aperçu sur le lieu du drame. Le tireur est peut-être encore là. Avancez avec précaution. Je vous en prie, faites attention…

— Un homme? demanda Chuckie d'une voix rauque. Je pensais plutôt à un élève. C'est toujours un élève dans ces cas-là.

Rainie atteignait enfin la grand-route. Elle s'élança à cent trente à l'heure. Plus que sept minutes à peine. Chuck saisit l'émetteur pour transmettre ses instructions.

Rainie pensait à toutes ces fusillades en milieu scolaire dont on avait parlé aux informations et qui ne l'avaient touchée que de loin. Même au moment de l'affaire de Springfield, dans son propre État, elle n'avait pas vraiment pris conscience de l'ampleur du drame. Springfield est une ville et tout le monde sait que les villes ont leurs problèmes. C'est d'ailleurs pour ça que les gens s'installaient à Bakersville, pour être sûrs d'échapper à la violence urbaine.

Mais toi, Rainie, tu ne peux pas être dupe. Surtout toi.

Chuckie reposa l'émetteur. Ses lèvres remuaient au rythme de sa prière intérieure et Rainie dut détourner les yeux.

— J'arrive, murmura-t-elle en pensant aux enfants. Vite, plus vite.

Cet après-midi-là, Sandy O'Grady tentait vainement de se concentrer sur ses études de marché. Assise face à la fenêtre de son bureau – une ancienne chambre à coucher d'une maison victorienne –, son regard vagabondait dehors, loin des dossiers empilés sur son vieux bureau de chêne.

Une journée radieuse, sans un nuage. Un fait suffisamment rare dans un État comme l'Oregon, réputé pour son humidité chronique, pour être signalé. Il faisait particulièrement doux pour un printemps, mais pas assez chaud pour que les touristes viennent gâcher la fête.

Les habitants de Bakersville étaient habitués à toutes les humeurs de la météo locale : les automnes pluvieux, les hivers glacés, les coulées de boue qui fermaient les cols de montagne, les inondations qui menaçaient régulièrement les récoltes au printemps. Ici, il fait beau une fois sur cent, aurait dit le père de Sandy, non sans un brin d'ironie. Comme beaucoup d'autres ici, ça lui suffisait.

Sandra vivait à Bakersville depuis toujours et n'aurait souhaité pour rien au monde élever ses enfants ailleurs. Délimitée par les montagnes d'un côté et par le Pacifique de l'autre, la vallée était une suite de collines douces et vertes, parsemées de Holstein noires et blanches. En moyenne, deux vaches laitières par habitant, ce qui expliquait une longue tradition d'exploitations familiales. Tout le monde se connaissait. Il ne manquait ni de plages pour s'amuser l'été, ni de sentiers de randonnée pour profiter des automnes flamboyants. Et pour terminer la journée en beauté, un dîner de crabe frais suivi de fraises du jardin avec une bonne cuillère à soupe de crème fraîche. Une vie plutôt agréable, en somme.

Finalement, l'unique reproche à faire à la région, c'était son climat. Des hivers interminables et une purée de pois à couper au couteau qui finissait par peser sur le moral de certains. Ce n'était pas le cas de Sandy. Elle aimait les petits matins gris et brumeux, lorsque les montagnes disparaissent sous leur manteau cotonneux et que le silence enveloppe le paysage.

Au début de son mariage avec Shep, ils partaient se balader aux premières lueurs de l'aube avant d'aller travailler. Ils s'emmitouflaient dans d'épais manteaux, enfilaient des bottes de caoutchouc noires et s'enfonçaient dans les champs chargés de rosée. La brume du matin leur était comme une caresse soyeuse sur les joues. Un jour, alors que Sandy était enceinte de quatre mois, ils avaient fait l'amour en plein brouillard sous un vieux chêne et s'étaient retrouvés trempés jusqu'aux os. Shep l'avait regardée d'un air intimidé, elle s'était blottie contre lui en écoutant les battements de son cœur, ses pensées perdues du côté de l'enfant qui poussait dans son ventre. Fille ou garçon ? Des boucles blondes comme elle ou bien une tignasse brune et épaisse comme celle de Shep ?

Un rare moment de bonheur, comme leur couple n'en avait pas connu beaucoup depuis.

On frappa à la porte. Sandy quitta aussitôt la fenêtre des yeux d'un air coupable et se tourna vers son patron, Mitchell Adams, appuyé nonchalamment contre le chambranle, les chevilles croisées et les mains dans les poches de son costume anthracite à trois mille dollars. Ses cheveux noirs frôlaient son col et ses joues minces étaient rasées de près. Mitchell était le genre de type à qui tout va bien, qu'il soit habillé en Armani ou en L. L. Bean. Shep l'avait détesté dès leur première rencontre.

— Alors, ces études de marché? demanda Mitchell.

Malgré les inquiétudes de Shep, Mitchell avait toujours gardé ses distances. Il n'avait pas engagé Sandy pour sa quarantaine séduisante, mais parce qu'il savait que cette ancienne reine de beauté de son université avait une tête bien faite et l'envie profonde de s'épanouir dans son travail. Quand Sandy avait voulu l'expliquer à Shep, son aversion pour Mitchell s'en était trouvée décuplée.

— On voit les gens de Wal-Mart demain, ajouta Mitch. Si on veut vraiment les convaincre de s'installer ici, il faut qu'on soit au point. Vous en êtes où ?

Sandy hésita.

— Ça vient.

Ce qui voulait dire qu'elle n'avait encore rien fait, qu'elle s'était encore accrochée avec Shep la veille au soir et qu'elle ferait des heures supplémentaires au besoin pour boucler le dossier, ce qui ne manquerait pas de déclencher une nouvelle dispute à la maison. Sandy le savait pertinemment, mais son éducation catholique l'empêchait de se comporter autrement, tout comme Shep.

Ils tournaient en rond et Becky passait le plus clair de son temps enfermée dans sa chambre à parler à ses animaux en peluche ; quant à Danny, il se réfugiait au collège, rivé au clavier d'un ordinateur à surfer sur le web. Il avait eu beau expliquer à ses parents qu'il voulait se faire bien voir de Mlle Avalon, Sandy et Shep soupçonnaient leur fils de tout faire pour passer le moins de temps possible à la maison. Jusqu'au mois dernier, et l'incident du casier…

Sandy se massait machinalement les tempes. Mitchell fit un pas dans sa direction avant de se reprendre.

— Il faudra que le dossier soit prêt demain matin, ajouta-t-il doucement.

— Je sais. Demain à la première heure. Je suis parfaitement consciente de l'importance de cette réunion.

Il finit par acquiescer, mais Sandy avait très bien senti son mécontentement. D'ailleurs, jamais personne dans son entourage n'était content : ni son patron, ni son mari, ni ses enfants. Elle se rassurait en se disant que les choses finiraient par s'arranger. Elle travaillait sur le dossier Wal-Mart depuis neuf mois, multipliant les heures supplémentaires. Si tout allait bien, elle serait récompensée de ses efforts. L'agence immobilière pourrait enfin recruter, Sandy aurait sans doute droit à une prime et Shep finirait par accepter son besoin d'exister, de s'épanouir dans son travail.

13 h 45. Sandy se leva pour baisser le store, se versa un verre d'eau, prit un stylo et décida de se concentrer sur son dossier.

Elle venait tout juste de relire les statistiques sur la situation du marché quand le téléphone sonna. Elle décrocha machinalement, la tête encore dans les chiffres, mais la voix à l'autre bout du fil se chargea de la ramener à la réalité.

Lucy Talbot était hystérique au téléphone :

— Sandy, Sandy ! Dieu merci, tu es là. Je viens d'écouter la radio. Il y a eu une fusillade à l'école. Un type qu'on a vu s'enfuir. Il paraît qu'il y a du sang dans les couloirs. Des élèves blessés, des enseignants, je ne sais pas, il y a des gens qui courent partout. Vas-y tout de suite !

En y repensant par la suite, Sandy n'eut pas le souvenir d'avoir raccroché, attrapé son sac ou même crié à Mitchell qu'elle s'en allait.

Elle s'était précipitée à l'école afin de récupérer Danny et Becky, c'est tout.

Et pour la première fois depuis longtemps, elle s'était dit que c'était une chance d'être mariée à Shep O'Grady. Leurs enfants pouvaient compter sur lui.

2

Mardi 15 mai, 13 h 52

La folie la plus absolue régnait à la cité scolaire de Bakersville. En s'arrêtant dans un crissement de freins à peu de distance du grand bâtiment, Rainie vit des parents courant dans tous les sens sur le parking de l'établissement et des groupes d'enfants hurlant derrière les grilles, le tout sur fond d'alarmes à incendie. Même Walt avait oublié d'éteindre la sirène de son ambulance. Des dizaines de voitures convergeaient vers le lieu du drame, sans doute des parents appelés d'urgence sur leur lieu de travail.

— Putain, maugréa Rainie. Putain de putain de putain !

Les enseignants faisaient leur possible pour regrouper leurs élèves. Un type en costume en qui Rainie crut reconnaître le principal VanderZanden avait pris position au milieu de la cour et tentait de faire régner un semblant d'ordre, sans grand succès. Trop de parents courant d'un groupe à l'autre, à la recherche de leurs enfants. Trop d'élèves tournant en rond, dans l'espoir de retrouver leurs parents. Un jeune garçon, son jean couvert de sang, parvint à s'extirper du tourbillon et s'effondra sur le trottoir sans que personne ne remarque rien.

Rainie sortit de sa voiture et se mit à courir, Cunningham à ses trousses. Traversant la marée humaine en direction des portes en verre de l'établissement, Rainie repéra la voiture de Shep, garée en travers de l'entrée ouest du parking. Le shérif lui-même n'était nulle part en vue.

À travers les portes grandes ouvertes, Rainie aperçut les deux secouristes volontaires, Walt et Emery, accroupis à l'autre bout du hall en train de donner les premiers soins à une victime.

— Putain, répéta-t-elle.

Les deux hommes n'avaient rien à faire là tant que le bâtiment n'avait pas été sécurisé.

Un père de famille fit mine d'entrer dans le bâtiment. Rainie l'attrapa par le bras au moment où il passait les portes et le repoussa avec force.

— Mon fils, balbutia-t-il.

— Retournez sur le parking, ordonna-t-elle. Personne ne pénètre dans le bâtiment ! Hé, vous, avec le costume ! Venez ici.

Rainie bloqua le jeune homme en pleine course. Avec ses chaussures cirées et son costume vert olive bien taillé qui lui donnaient un air d'autorité naturelle, il regardait Rainie d'un air agacé.

— Qui êtes-vous ? demanda Rainie.

— Richard Mann. Je suis conseiller d'éducation et ma place est auprès des élèves. Il y a des blessés et…

— Est-ce que vous pouvez me dire ce qui s'est passé ?

— On a entendu des coups de feu, l'alarme à incendie s'est déclenchée et tout le monde s'est mis à courir. Je remplissais des papiers dans mon bureau quand c'est arrivé, et d'un seul coup ça a été la panique.

— Vous avez vu le tireur ?

— Non, mais j'ai entendu dire qu'on avait vu quelqu'un s'enfuir par les sorties de secours.

— Et les élèves ? A-t-on pu évacuer tout le monde ?

— On a suivi les instructions d'évacuation, répliqua Richard Mann machinalement.

Son visage se voila et il baissa la voix afin que seule Rainie puisse l'entendre :

— Deux des professeurs disent avoir vu des élèves allongés dans les couloirs. Comme ils devaient s'occuper en priorité de leurs propres classes, ils ont préféré ne pas s'arrêter... d'autant qu'ils n'avaient pas envie que leurs élèves voient ça. Sinon, j'ai aperçu quelques élèves blessés. J'ai bien essayé d'attirer les secouristes par ici, mais ils étaient déjà dans le bâtiment.

— Vous avez des notions de secourisme ?

— J'ai suivi des cours de réanimation.

— Bon, c'est déjà ça. Vous allez mettre en place une cellule de premiers soins sur la pelouse de l'école. Vous commencez par réunir tous les élèves blessés. Je viens de voir un gamin s'effondrer sur le trottoir, alors arrangez-vous pour envoyer quelqu'un le chercher. Faites appel aux parents, demandez en priorité à ceux qui ont des notions de réanimation ou de secourisme. Dites-leur de donner les premiers soins aux enfants et de faire ce qu'ils peuvent, Walt a l'air débordé. Il s'agit de tenir dix minutes avant l'arrivée des pompiers du comté.

— Je vais faire de mon mieux, mais ça va être dur de se faire entendre avec tout ce vacarme.

Rainie montra du doigt la voiture du shérif.

— Vous voyez cette voiture? Vous trouverez un mégaphone sur le siège arrière. Dépêchez-vous. Et dès que vous aurez terminé avec le poste de secours, j'ai une autre mission pour vous. D'accord?

Le jeune conseiller d'éducation hocha la tête. Il était très pâle, sa lèvre supérieure luisait de sueur, mais il avait l'air attentif.

— Vous voyez tous ces gens qui bloquent le parking? Il faut vous arranger pour les repousser de l'autre côté de la rue. Demandez aussi aux enseignants de compter leurs élèves avant de les remettre aux parents qui sont là. Tout le monde doit évacuer le parking pour des raisons de sécurité, sauf les blessés, O.K.? Et personne ne rentre chez soi sans l'autorisation de la police. C'est compris?

— Je vais essayer.

— Est-ce que vous avez vu le shérif O'Grady?

— Je l'ai vu entrer en courant dans le bâtiment. Je crois qu'il cherchait ses enfants.

Richard Mann s'éloigna en direction de la voiture du shérif. Rainie lança un coup d'œil au grand bâtiment blanc avant de se tourner vers son jeune adjoint, occupé à caresser son arme d'un air nerveux.

Elle poussa un grand soupir. Elle n'avait été confrontée à ce genre de situation qu'à l'École de police, plusieurs années auparavant, mais au point où on en était... Walt et Emery se trouvaient déjà dans le bâtiment, tout comme Shep, et sa présence avec Chuckie ne changerait plus grand-chose.

Elle se tourna vers lui.

— Tu te tiens *juste* derrière moi, Chuckie. Les yeux grands ouverts, les mains écartées, loin de ton revolver. Walt n'est pas censé être ici, mais ce n'est pas une raison pour lui tirer dessus.

Chuckie hocha la tête consciencieusement.

— Dans un cas comme celui-ci, trois consignes essentielles : ne toucher à rien, ne toucher à rien du tout, et ne toucher absolument à rien du tout. D'accord ?

Chuckie acquiesça. Rainie jeta un coup d'œil à sa montre. Il était 13 h 57. La pagaille régnait toujours sur le parking de l'école et elle avait le plus grand mal à se concentrer avec le vacarme des alarmes et les cris des enfants. Maintenant qu'elle avait vu les taches rouges sur le trottoir et les traînées de sang qui partaient du bâtiment, elle avait du mal à garder son calme. Tous ces enfants blessés qui tentaient de s'échapper ! Et les autres ? Ceux que les profs avaient vus allongés par terre, à en croire Richard Mann ?

Il était trop tôt pour y penser.

Elle tenait son arme de service à la main et un calibre 22 en réserve dans un étui fixé à la cheville, espérant ne pas avoir à s'en servir. Elle eut un petit signe rassurant pour le pauvre Cunningham et pénétra dans le bâtiment, un talkie-walkie à la main.

Le bruit était plus infernal encore à l'intérieur de l'école, les couloirs amplifiant le son strident de l'alarme à incendie.

— Allô central, cria Rainie dans son talkie-walkie. 1-5 pour central. Rainie pour Linda.

— Central à 1-5.

— Branche-moi avec Hank. J'ai besoin de savoir comment on coupe ces putains d'alarmes à incendie.

— Un instant.

Rainie et Chuckie marquèrent une pause dans le hall, les tympans vrillés par le hurlement des sirènes.

Face à eux, le grand hall était étonnamment propre. Ni sacs de classe abandonnés, ni livres éparpillés sur le sol carrelé de blanc. À droite, on apercevait les bureaux de l'administration avec des fleurs en papier découpé et une grande pancarte « Bienvenue ! » scotchée sur les panneaux vitrés. Aucun signe de violence.

Le talkie-walkie se mit à crépiter. Rainie dut le coller à son oreille pour entendre les instructions de Linda. Dans le bureau principal, un grand tableau électrique. Rainie vit la porte fermée et se demanda ce qui l'attendait. Dans ce vacarme, comment savoir si quelqu'un se cachait derrière ?

Elle fit signe à Chuckie de se pousser. Elle se baissa, son arme à la main, ouvrit la porte d'un coup de pied et roula à l'intérieur. Le temps de se remettre debout… rien, rien et rien. Bureau principal sous contrôle.

Elle se dirigea vers le tableau électrique et les alarmes se turent brusquement.

Chuckie fit la grimace. Après le hurlement des sirènes, le silence était presque plus angoissant.

— C'est… c'est déjà mieux, finit-il par dire après quelques instants d'un air faussement rassuré, plus pâle que jamais.

— C'est l'un des enseignements du drame de Columbine, marmonna Rainie. Les alarmes à incendie empêchaient d'entendre quoi que ce soit et les équipes de l'anti-gang ne pouvaient pas savoir d'où venaient les coups de feu.

— On t'a donné une formation pour ça à l'École de police ? demanda Chuckie, plein d'espoir.

— Non, mais je lis *Newsweek*.

Rainie fit un signe de tête.

— Allez, on y va ! Sers-toi de ta tête et de tes oreilles, et tout ira bien.

Ils se retrouvèrent dans le hall d'accueil, leurs armes à la main, avançant avec précaution. Tout de suite après le bureau, des rangées de casiers bleus, tous fermés. Pour Rainie, la fusillade avait été déclenchée après le déjeuner, alors que les élèves étaient déjà retournés en classe. Cela avait-il une signification ?

En avançant, elle aperçut plusieurs balles sur le sol. Probablement des balles perdues, à moins qu'il ne s'agisse de débris entraînés par les gens au moment de leur fuite. Elle veilla à ne pas les déplacer, sans se faire la moindre illusion sur les conséquences de ses actes.

Dans une telle situation, un policier doit en priorité préserver les vies humaines. Ensuite, appréhender le coupable s'il est encore là et reprendre le contrôle de la situation. Enfin, réunir les témoins et sauvegarder tous les éléments de preuve en prévision de l'enquête. Dans les jours à venir, la population de Bakersville exigera des réponses. Il faudra parvenir à reconstituer le déroulement du drame, et déterminer les responsabilités.

Rainie savait qu'il serait difficile de répondre à toutes les interrogations. La cité scolaire était située dans une zone résidentielle et trop de gens étaient arrivés sur les lieux avant la police. Entre les témoins, les secouristes et les élèves, le hall d'accueil avait peu de chances de parler aux enquêteurs, et Rainie était consciente d'accumuler les erreurs en s'aventurant davantage. Mais il n'était pas question de s'arrêter.

Rainie entendait la respiration rauque de Cunningham derrière elle. Quarante mètres plus loin, Walt s'énervait :

— Bon sang, Bradley, ne me lâche pas maintenant. Tu sais bien qu'on doit faire un poker vendredi.

Rainie et Cunningham s'approchèrent du secouriste. Bradley, le concierge, était étendu de tout son long au croisement de deux longs couloirs. De l'endroit où elle se tenait, Rainie apercevait sur sa gauche une dizaine de classes dont les portes étaient fermées et elle en eut la chair de poule.

En se tournant vers Chuckie, elle constata qu'il avait les yeux rivés de l'autre côté, comme fasciné par deux portes en verre tachées d'un liquide sombre, probablement du sang. Ici, les dégâts étaient nettement plus importants, des casiers avaient été défoncés. On approchait du cœur du drame.

Un corps gisait à peu de distance des deux portes. De longs cheveux sombres, une robe d'été à fleurs. Sans doute une enseignante. De plus près, Rainie aperçut deux autres corps immobiles. Des corps d'enfants.

Cunningham eut un haut-le-cœur et Rainie détourna la tête.

— J'ai déjà été voir, déclara Walt d'une voix tendue, sans lever les yeux.

— Tu n'avais rien à faire là.

— Enfin, Rainie, c'étaient des gamins ! Il fallait bien que j'aille voir.

Rainie ne prit pas la peine de répondre. Walt était un ancien auxiliaire médical de l'armée et un secouriste expérimenté. Il connaissait son métier, et ce qui était fait était fait.

Elle reporta son attention sur le concierge. Bradley, un vieil homme aux cheveux gris très drus, portait un pantalon marron et une chemise bleue usée. Au poignet, une montre en or sans prétention, du genre de celles que l'on vous offre en récompense de vingt ans de bons et loyaux services. Il avait reçu une balle en pleine poitrine et son sang coulait lentement à travers ses bandages.

— Les autres ? murmura le concierge.

— Tout le monde va bien, Bradley, répondit Walt. Occupe-toi d'abord de ta propre peau. Tu n'as pas honte, te faire tirer dessus bêtement comme ça ?

Walt lui fit une perfusion pour tenter de compenser tout le sang qu'il perdait.

— Vous allez vous en tirer.

Rainie se voulait rassurante. Elle s'était agenouillée près de la tête du vieil homme et lui souriait.

— Il va falloir me dire ce qui s'est passé.

— On m'a… tiré dessus.

— Pas possible !

Elle se força à rire, comme on plaisante à la cantine entre collègues.

— Vous avez vu le tireur ?

— Il était… coin du couloir…

Elle acquiesça. Le visage de Bradley se cyanosait ; viendrait ensuite le choc lié à la perte de sang, suivi d'une perte de connaissance. À moins de stopper l'hémorragie, il finirait par mourir. Walt et Emery s'activaient du mieux qu'ils pouvaient, mais les bandages se teintaient de rouge l'un après l'autre.

— Entendu… des coups de feu, hoqueta Bradley. Voulais… faire quelque chose.

— Vous êtes un type courageux, Bradley.

Une grimace contracta ses traits.

— Est arrivé… boum. Rien vu… venir.

— Vous avez été touché avec quoi ?

Sa respiration se faisait de plus en plus sifflante.

— C'est drôle. Fait le Viêt-nam, mais c'est… pas là-bas que…

Le regard de Bradley se révulsa brusquement. Walt laissa échapper un juron.

— Putain, il me faut de la gaze. Emery, vite !

Emery lui montra la boîte vide.

— Il faut qu'on l'emmène d'urgence, poursuivit Walt, approchant la civière pendant que Rainie s'écartait précipitamment.

— Ça ne servira à rien, rétorqua Emery. L'hôpital est trop loin.

— Et l'hélico ? demanda Rainie.

— On les a appelés il y a plus de cinq minutes. Ils ne devraient pas tarder.

— Enfin, merde !

Derrière Rainie, Cunningham commençait à s'exciter :

— Arrêtez les saignements, faites quelque chose ! Vous ne voyez pas qu'il est en train de mourir ?

Le bleu les regarda l'un après l'autre, avant de déchirer sa chemise. Une chemise achetée deux mois plus tôt, dont il était particulièrement fier.

— Tenez, prenez ça.

— On a besoin de quelque chose de plus grand, pour maintenir en place les bandages, expliqua Walt.

— Là ! Le placard du concierge, s'exclama Rainie. On va bien trouver quelque chose.

— Des serviettes en papier, répondit Walt. C'est ce qu'il y a de plus efficace.

Chuck attrapa la poignée métallique et tira dessus de toutes ses forces, mais la porte était fermée à clé. Il tenta de taper dessus avec la paume de la main avant de sortir son arme de service.

— Arrête !

Rainie se précipita et fit tomber le Glock des mains de son jeune coéquipier avant qu'il ait pu tirer, puis elle tourna vers lui un regard noir.

— Ne refais jamais ça ! Non seulement tu risques de brouiller les pistes pour les types de l'identité judiciaire, mais en plus tu vas affoler tout le monde. La moitié des parents qui sont là-bas vont débarquer avec leurs flingues et te tirer dessus avant que tu comprennes ce qui t'arrive.

— Il faut pourtant bien qu'on ouvre cette putain de porte, hurla Chuckie.

— Tu n'as qu'à donner un coup d'épaule. Tu n'es quand même pas en verre !

Les yeux de Chuckie s'éclairèrent. Il recula de quelques pas et se rua sur le placard pendant que Rainie se poussait.

Elle était intriguée par toutes ces classes fermées. Qui avait bien pu s'amuser à refermer les portes dans la panique ? Certainement pas les élèves, ni les enseignants. Rainie ne voyait qu'une autre solution.

La porte du placard vola en éclats. Cunningham poussa un cri de joie et se précipita à l'intérieur avant que Rainie ait pu l'arrêter. Le sang de la jeune femme se glaça dans ses veines quand elle entendit Chuckie s'exclamer :

— Oh, mon Dieu ! Une gamine !

Walt et Emery se précipitèrent, mais Rainie les repoussa.

— Laissez-moi y aller, dit-elle d'un air tendu. Walt, tu as déjà pris assez de risques comme ça.

Elle pénétra dans le placard, plissant les yeux pour s'adapter à la pénombre. Dans un coin, Cunningham était penché au-dessus d'une petite fille recroquevillée sur elle-même dont Rainie ne voyait que les cheveux blonds. Ce n'est que lorsque l'enfant leva les yeux que Rainie la reconnut.

— Becky O'Grady ! Oh, ma chérie, qu'est-ce qui t'est arrivé ?

Rainie fit signe à Walt et Emery de s'approcher. Elle rangea son revolver dans son étui et s'agenouilla devant la petite fille du shérif. À première vue, elle n'avait rien. Rainie tâta avec douceur les bras de Becky, s'assurant qu'elle n'était pas blessée. Ni plaie, ni hématome. Aucune trace de brûlure de poudre, de blessure par balle ou autre. C'est alors qu'elle remarqua le regard fixe et vitreux de Becky. Rainie l'attira vers elle et la petite fille se liquéfia littéralement dans ses bras.

Rainie la sortit précipitamment du placard et l'allongea sur le sol froid avant de laisser Emery prendre le relais.

— Pupilles dilatées, déclara-t-il. Absence de réaction. Tu peux me dire comment tu t'appelles ?

Becky ne répondit pas.

— Est-ce que tu m'entends ?

Elle resta silencieuse, mais lorsqu'il fit claquer ses doigts, elle tourna la tête en direction du son.

— Elle est en état de choc, déclara Emery au bout de quelques instants. Il lui faudra un peu de temps.

Pas vraiment convaincue, Rainie s'accroupit face à l'enfant, inquiète. Becky avait du noir sur le visage et des toiles d'araignée dans les cheveux. Sur son T-shirt vert, Winnie l'Ourson dansait avec Porcinet. Rainie frotta doucement la joue de Becky pour effacer les traces de noir, puis elle prit entre ses mains le visage livide de la petite fille.

— Ma chérie, lui dit-elle d'une voix douce. Comment t'es-tu retrouvée dans ce placard ?

Becky la regarda sans mot dire.

— Tu voulais te cacher ?

L'enfant acquiesça lentement.

— Becky, de qui voulais-tu te cacher ?

La lèvre inférieure de la petite fille se mit à trembler.

— Quelqu'un que tu connaissais ?

Becky baissa les yeux.

— Ne t'inquiète pas. C'est fini, maintenant. Tout va bien.

Rainie jeta un œil en direction des classes fermées.

— Personne ne peut plus te faire de mal. Mais pour mon travail, il faut que je sache qui a fait ça. Tu veux bien m'aider à faire mon travail, Becky ?

Becky O'Grady secoua la tête.

— Réfléchis, ma chérie. Réfléchis encore.

Un long silence s'installa. La petite fille, désespérément muette, finit par se recroqueviller sur elle-même, et Rainie, frustrée, se redressa.

Dans l'intervalle, Walt et Emery avaient allongé Bradley sur la civière, se servant de la chemise de Chuck pour maintenir une pile de serviettes en papier sur sa poitrine. Le visage du vieil homme était toujours cyanosé, mais sa respiration paraissait moins saccadée. Les secouristes avaient apparemment gagné la partie.

Rainie fit un rapide bilan de la situation. La porte du placard avait volé en éclats et Walt avait vidé la moitié du contenu de la petite pièce dans le couloir avant de mettre la main sur les serviettes en papier. Les deux secouristes avaient laissé des traces de sang partout avec leurs chaussures et les portes des classes restaient dangereusement fermées. Quant à Becky O'Grady, elle était roulée en position fœtale à ses pieds.

Un peu plus loin, le corps de l'enseignante et deux silhouettes plus petites…

Quel vent de folie avait donc pu souffler sur la cité scolaire ?

Rainie prit Chuckie à part :

— Il faut sortir Becky d'ici. Je voudrais que tu la prennes et que tu ailles voir dehors si tu ne trouves pas Sandy. Les flics du comté ne vont pas tarder à arriver, s'ils ne sont déjà là. Veille à ce qu'ils établissent un périmètre de sécurité autour du bâtiment. Personne ne doit entrer ici, et c'est valable aussi pour la presse, le maire et les notables. Sinon, tu diras à Luke de procéder aux premières constatations.

— Les journalistes ne vont pas tarder à arriver, grimaça Chuckie.

— On laissera à Shep le soin de s'en occuper.

— O.K.

Il jeta un long regard au couloir calme et silencieux, aux portes de verre brisées.

— Rainie ? Pourquoi les portes des classes sont-elles toutes fermées ? D'après le conseiller d'éducation, ils ont évacué le bâtiment à la hâte et je vois mal les gamins fermer les portes et éteindre les lumières derrière eux. Qui a pu faire ça ?

— À mon avis, ni les profs, ni les élèves.

— Alors qui ? Le type en noir ?

— Tu te vois t'enfuir d'un endroit où tu viens de commettre un crime en prenant le soin de fermer les portes les unes après les autres ?

Chuckie plissa le front.

— Sans doute pas, mais alors ?

Rainie eut un petit sourire ironique.

— Je ne sais pas, Cunningham, mais on sera bientôt fixé.

3

Mardi 15 mai, 14 h 05

Sandy O'Grady frôlait le quatre-vingts en abordant les virages du lotissement. Les pneus de l'Oldsmobile eurent beau protester, elle ne ralentit pas, les mains serrées sur le volant, les yeux droit devant.

Tout autour d'elle, les gens sortaient des maisons et couraient le long des trottoirs comme des fourmis affolées, le visage tendu, les bras chargés de trousses de secours, de couvertures, de serviettes éponge, de bouteilles d'eau…

Sandy fit hurler ses pneus en passant le coin de la rue et aborda trop vite un ralentisseur avant de s'arrêter brutalement. À deux rues de la cité scolaire, le passage était bloqué par des voitures garées dans tous les sens. Sandy grimpa à moitié sur le trottoir et serra le frein à main avant de se joindre à la foule des parents hystériques.

Un vacarme indescriptible. La sirène de la vieille ambulance de Walt. Des enfants qui criaient : « Papa, Maman », des parents appelant désespérément leurs enfants. Des moteurs emballés et la complainte lancinante des voitures de police. L'attention de Sandy fut attirée par un long hurlement, celui d'une mère à qui on aurait arraché le cœur, et son sang se glaça dans ses veines.

C'était un cauchemar. Pas à Bakersville. Pas dans l'école de ses enfants. *Mon Dieu, quand vais-je me réveiller ?*

Elle se fraya un chemin dans l'enchevêtrement des voitures, à travers la marée des parents paniqués. Elle ne savait où aller. Arriver jusqu'à l'école, c'est tout. Où se trouvaient ses enfants. Et son mari ? Qui pourrait lui dire ce qu'elle devait faire ?

Un peu plus loin, elle reconnut à son uniforme un policier du comté. Il tentait de repousser les gens en attendant qu'on lui donne des instructions plus précises. Dans la confusion ambiante, personne ne savait rien. Les gens voulaient juste retrouver leurs enfants.

Sandy parvint péniblement jusqu'à la cour de l'école. Elle s'accrocha au grillage et tenta de distinguer les siens parmi les enfants étendus sur le parking, certains portant des compresses sur le visage, d'autres tendant un coude ou un genou pour qu'on les panse. Cinq adultes avaient pris en charge cette infirmerie improvisée, utilisant les trousses de soin et les serviettes au fur et à mesure qu'elles arrivaient. Sandy reconnut Susan Miller, la maman de Johnny, infirmière au Cabot Hospital. Elle aperçut également Rachel Green, une mère au foyer présidente de l'association des parents d'élèves, en train de bander le poignet d'un petit garçon. Elle vit Dan Jensen, le vétérinaire, penché au-dessus d'un enfant dont le jean était raide de sang. En regardant bien, on distinguait un trou dans le tissu, là où la balle était passée.

Dieu du ciel ! Une blessure par balle ! C'était donc vrai... Quelqu'un avait ouvert le feu dans la cité scolaire de Bakersville !

Un instant, Sandy crut qu'elle allait vomir.

Mary Johnson, la principale adjointe, passa tout près d'elle et Sandy lui agrippa le bras.

— Mary, Mary ! Qu'est-il arrivé ? Vous avez vu Becky et Danny ?

Mary était à bout de forces, ses cheveux tout ébouriffés, le visage en sueur. Il lui fallut un instant pour reconnaître Sandy, à qui elle prit la main.

— Oh, Sandy ! C'est épouvantable ! On fait tout ce qu'on peut.

— Est-il arrivé quelque chose à mes enfants ? Où sont Danny et Becky ? *Où sont mes enfants ?*

— Allons, allons... Tout ira bien. Je suis sûre que tout ira bien. Il faut vous éloigner. Tous les enfants se trouvent de l'autre côté de la rue avec leurs enseignants, classe par classe. La classe de Becky est la quatrième de ce côté-ci, celle de Danny de ce côté-là.

— Vous les avez vus ? Comment vont-ils ?

Mary Johnson eut une hésitation. Son regard vacilla et Sandy sentit sa respiration se bloquer dans sa gorge.

— Je ne sais pas, déclara Mary. Il y a tellement d'enfants...

— Vous ne les avez pas aperçus ?

— On a évacué la plupart des enfants, mais on n'a pas eu le temps de tous les recenser.

— Mon Dieu, mon Dieu ! Vous n'avez pas vu mes enfants...

— Je vous en prie, Sandy…

— Y a-t-il des victimes ? Répondez-moi ! Y a-t-il des victimes ?

La main de Mary Johnson serra celle de Sandy. Celle-ci comprit tout de suite à son regard ce que la principale adjointe se refusait à dire tout haut ce qu'il leur faudrait finir par admettre d'ici quelques jours, quelques mois, quelques années : des enfants étaient morts ce jour-là.

C'était donc vrai.

Sandy ne respirait plus, ne pensait plus. Elle aurait voulu remonter le temps, se retrouver six heures plus tôt, dans sa cuisine, en train de servir des bols de céréales aux enfants avant de les embrasser sur le front. Elle aurait voulu remonter plus loin encore, la veille au soir lorsqu'elle les avait bordés dans leur lit après leur avoir lu des histoires de fées et de formules magiques. Comment envisager leur vie autrement ? Ce ne sont que des enfants. Des enfants.

Une clameur monta de la foule. Sandy et Mary tournèrent la tête juste à temps pour voir Walt et Emery sortir de l'école avec une civière.

— Laissez passer, laissez passer ! La voix de Walt dominait le brouhaha.

Le policier du comté cria aux gens de dégager la rue. Une voiture gênait et personne n'avait l'air de savoir à qui elle appartenait. L'agent ouvrit la porte côté conducteur et mit le levier de vitesse au point mort pendant que deux jeunes types se précipitaient pour pousser la voiture. Les gens applaudissaient encore lorsque Walt démarra au volant de son ambulance.

C'est à ce moment-là que Sandy aperçut Chuckie Cunningham au milieu du parking, une petite fille blonde serrée dans ses bras.

Becky.

Sandy se précipita avant que Mary Johnson ait pu l'arrêter. Elle traversa le parking au pas de course ; au moment où elle ouvrait les bras, Becky l'aperçut : *Maman !*

Un instant plus tard, la petite fille était dans ses bras. Sandy la serra de toutes ses forces, le nez dans ses cheveux qui sentaient le shampooing à la pomme. Becky s'accrochait si fort à son cou qu'elle lui faisait mal.

— Mon bébé, mon bébé, mon bébé.

— Maman, maman, maman.

— Mon bébé.

Elle leva un regard chargé de larmes vers Chuckie pour s'apercevoir qu'il était torse nu, marbré de traces de sang.

— Et Danny ? demanda-t-elle d'une voix rauque.

— Je ne sais pas, madame.

— Et Shep ?

— Je suis désolé, je ne sais pas.

Sandy tomba à genoux. Elle avait l'un de ses deux enfants avec elle, sa fille était saine et sauve, mais ça ne suffisait pas. La gorge nouée, elle leva la tête au ciel.

— Où est mon fils ? Mon Dieu, où est Danny ?

Seule au milieu du bâtiment désert, Rainie tenait fermement son arme entre ses mains moites. La respiration courte, elle sentait son cœur battre à toute vitesse. Oubliant sa peur, elle se dirigea vers la gauche, du côté opposé aux corps sans vie, résolue à fouiller les classes les unes après les autres.

Elle tenta de se souvenir de ce qu'elle avait appris à l'École de police plusieurs années auparavant. Un acronyme... ACCÈS ?... AGILE ?... ADEPT ? C'est ça ! ADEPT !

A : Arrêter le responsable s'il se trouve encore sur les lieux.

(Le responsable était-il encore là ? On avait parlé d'un homme en noir. Et toutes ces portes fermées...)

D : Détenir et identifier témoins et suspects.

(Tous les élèves avaient été évacués du bâtiment. Bradley Brown était entre la vie et la mort. Pour les témoins, on verrait plus tard.)

E : Évaluer la situation.

(Le hall d'entrée propre, les bureaux de l'administration intacts. Les casiers défoncés un peu plus loin, les balles sur le sol. Ne jamais sous-estimer l'évidence, lui avait-on souvent répété tout au long de sa formation. Qu'est-ce qui pouvait être évident dans un cas comme celui-ci ? Les victimes dans le couloir ?)

P : Protéger les lieux.

(Rainie fit la grimace. Les secouristes, le placard, les douilles que Cunningham avait repoussées du pied. Les parents agglutinés sur le parking. Les spécialistes du labo allaient arriver et Rainie pourrait dire adieu à sa carrière.)

T : Tout noter.

(Rainie regarda fixement son arme. Elle avait bien un carnet à spirale dans une poche, mais comment prendre des notes tout en tenant son revolver ?)

Pas le moment de prendre des notes. Le plus important, c'était d'arrêter le coupable si possible. Elle faisait peut-être les choses dans le désordre, mais au moins, elle les faisait, et du mieux qu'elle le pouvait.

Il s'agissait de réfléchir. Les lieux étaient vastes, leur disposition suffisamment complexe pour ralentir ses recherches. Elle se rappelait vaguement qu'un instructeur leur avait expliqué comment quadriller un espace aussi grand. Partir d'un point central, s'éloigner progressivement en spirale pour élargir la surface de recherche. À part la théorie, elle ne se souvenait pas de grand-chose et décida de quadriller le terrain de gauche à droite. Posément, calmement, méthodiquement.

Rainie s'adossa au mur, rentra le menton pour offrir moins de prise à la vue et avança lentement, son arme à la main.

Reste calme, tu es une pro, fais ce que tu as à faire.

La première pièce était la plus difficile. Il y avait bien une imposte au-dessus de la porte, mais elle était recouverte de dessins de lapins et de fleurs, on ne pouvait donc rien voir à travers. Les lumières étaient éteintes, comme dans le reste du bâtiment.

Rainie tourna lentement la poignée de la main gauche, puis elle se pencha en avant et ouvrit la porte. Le soleil éclairait violemment le devant de la pièce, mais le fond était plongé dans la pénombre. Elle pivota sur elle-même pour pénétrer dans la salle, tenant son revolver à deux mains comme on le lui avait enseigné. Rien à droite, rien à gauche, rien devant, rien derrière.

Elle fit rapidement le tour de la pièce, alluma la lumière et laissa la porte grande ouverte avant de s'attaquer à la classe suivante.

Elle fouilla systématiquement toutes les salles de classe et finit par se retrouver au croisement des deux couloirs, là où se trouvaient les traces de sang et les casiers défoncés. L'un d'entre eux avait subi un choc violent, sans doute l'impact d'un corps écrasé brutalement. Des douilles jonchaient le carrelage blanc, comme si quelqu'un s'était amusé à en jeter une poignée par terre.

Rainie commençait à comprendre. Le claquement des coups de feu, les cris des élèves paniqués. Les enfants qui sortent précipitamment des classes au moment où se déclenche l'alarme à incendie, les enseignants qui leur demandent de rester calmes, d'une voix tremblante. La bousculade indescriptible lorsque tout le monde se précipite vers la sortie, les coups de pied, les mains qui poussent, les enfants qui trébuchent. Du sang dans les couloirs.

Elle respira longuement afin de calmer les battements de son cœur.

Tu es une pro, Rainie. Fais ce que tu as à faire.

Elle s'assura que la classe de CM2 était vide, puis la suivante. La bibliothèque, avec ses longues rangées de livres. Rien.

Elle parvint enfin à l'autre extrémité du couloir, là où les portes en verre avaient éclaté en mille morceaux sur le sol, là où gisaient trois corps immobiles.

Rainie n'avait aucune envie de voir les victimes, surtout les deux enfants. Elle savait d'avance qu'un seul regard suffirait à la marquer à jamais, à briser ce refuge de vulnérabilité que l'on trouve au fond des âmes les mieux trempées. Elle savait surtout que la vision de ces corps sans vie lui rappellerait les heures les plus troubles de son existence, des heures qu'elle avait mis des années à tenter d'enfouir dans l'oubli.

Mais avait-elle le choix ? Il en allait du respect des victimes, des exigences légitimes des parents qui l'attendaient au-dehors, tout en sachant que, pour plusieurs d'entre eux, la partie était perdue d'avance.

Le premier corps, celui d'une petite fille d'à peu près huit ans, était couché sur le côté. Rainie chercha malgré tout son pouls, en dépit de ce que lui avait dit Walt et du sang qui tachait la chemise de la fillette. La gorge de Rainie se serra et elle avança, s'efforçant de ne rien toucher.

Le deuxième corps était celui d'une autre fillette du même âge, également touchée de plusieurs balles en pleine poitrine. De ses bras écartés, elle touchait presque la main de l'enfant précédente. Peut-être se tenaient-elles la main au moment de l'évacuation. Deux copines inséparables ? Rainie aurait voulu lui caresser les cheveux, lui dire que tout irait bien.

Sa vue se brouilla, mais elle savait qu'elle n'avait pas le droit de pleurer.

Tu es une pro. Tu dois continuer.

Elle nota la position des corps avant de passer à la troisième victime.

Cette fois, il s'agissait d'une adulte, probablement une enseignante, dont le corps gisait à l'entrée de la salle des ordinateurs. Trois morts, trois victimes de sexe féminin. Simple coïncidence ou choix délibéré ? La jeune femme avait de longs cheveux noirs, des traits exotiques, un teint lisse et un visage serein qui lui donnaient l'air de dormir. En portant le regard sur son front, Rainie aperçut le trou rond et net laissé par la balle.

Un petit calibre, pensa-t-elle aussitôt. Probablement un .22. Cette fille devait avoir le même âge qu'elle, dans les trente ans. Aucune alliance, mais suffisamment belle pour qu'on puisse penser que, ce soir-là, un pauvre type allait se retrouver seul face à lui-même, les pensées définitivement perdues dans un avenir qui ne serait jamais. Mon Dieu !

Rainie prit à nouveau sa respiration. Plus que trois portes à vérifier, au cœur du drame. Trois portes sombres et inquiétantes. Plus moyen de reculer.

Rainie s'adossa au mur, s'accroupit et prit le temps d'attendre que ses mains cessent de trembler.

Elle se fit la remarque que seule la prof avait été touchée à la tête. Une seule balle en pleine tête, tirée avec précision. À l'inverse, les deux fillettes avaient de nombreuses blessures, en haut, en bas, à droite, à gauche, comme si elles avaient été fauchées par une grêle de balles. Mais la jeune femme ? Pour elle, les choses s'étaient déroulées très différemment. Avait-on délibérément voulu l'abattre ? Le tireur l'avait-il tuée en premier, avant de trouver les deux fillettes sur son chemin ?

À moins qu'il n'ait commencé par les fillettes et que le bruit ait attiré la prof d'informatique. Elle se serait retrouvée pile en face de lui. À ce moment-là, plus besoin de courage, les choses deviennent aussi faciles que dans un jeu vidéo. Pourquoi gâcher ses munitions quand une seule balle suffit ?

Aucun de ces deux scénarios ne satisfaisait Rainie. Comment expliquer que les deux fillettes aient été criblées de balles et que la jeune femme n'en ait reçu qu'une seule ? Tout ça n'était pas clair, mais il y avait plus urgent.

Un bruit ! Le crissement d'une chaise de classe sur le carrelage.

Rainie se jeta sur le mur de la dernière classe au moment où quelqu'un tournait la poignée pour ouvrir la porte.

— Ne fais pas ça.

Une voix d'homme.

— Tout peut encore s'arranger. Je te le jure, mon fils, on va trouver une solution.

Shep O'Grady franchit la porte à reculons, sa silhouette massive reconnaissable entre toutes dans son uniforme brun. Ses cheveux courts étaient trempés de sueur, son visage de bouledogue anormalement pâle. De là où elle se tenait, Rainie vit qu'il avait voulu ouvrir son étui de revolver sans trouver le temps de s'emparer de son arme. Les mains en avant, il plaidait désespérément sa cause.

— Je suis sûr que c'est un malentendu. Ça peut arriver à tout le monde, mais il va falloir que tu me laisses t'aider si tu veux qu'on arrange les choses. Tu sais que je ferais n'importe quoi pour toi.

Shep recula d'un pas, les mains levées, le regard fixe. Qui l'obligeait à reculer ? Rainie n'en savait rien. Un simple coup d'œil lui rappela la présence des trois cadavres à quelques mètres de là et elle eut l'intuition qu'on voulait attirer Shep sur les lieux du carnage. Et une fois là…

Elle se sentait étonnamment calme, ses mains ne tremblaient plus. Elle avait toujours su tirer, même si elle n'en avait jamais eu l'occasion en service. Et Shep était non seulement son patron, mais un proche. Une longue histoire les liait, dont personne n'avait jamais soupçonné la nature, et Rainie se sentait parfaitement dans son élément.

Un dernier souvenir de son passage à l'École de police : ne jamais réfléchir au moment de tirer, l'hésitation est la première cause de mortalité chez les flics.

Rainie quitta brutalement son abri le long du mur. Pivotant sur elle-même, elle poussa Shep hors du champ de vision de son adversaire, écarta les jambes pour assurer son tir et ajusta son arme. Elle venait tout juste de trouver la gâchette lorsque le cri de Shep la stoppa net :

— Non !

Et Rainie se trouva face à face avec un gamin de treize ans qu'elle reconnut sans peine : Danny O'Grady, blanc comme un linge, une arme dans chaque main.

4

Mardi 15 mai, 14 h 43

L'inspecteur Abe Sanders de la police judiciaire de l'État d'Oregon venait tout juste de s'asseoir en face de son déjeuner : un énorme sandwich à l'italienne au saucisson et au fromage. Si elle l'avait vu, sa femme lui aurait reproché de prendre des risques inutiles en jouant avec son taux de cholestérol et de vouloir faire d'elle une veuve avant l'heure. S'il acceptait le plus souvent ses remontrances – la preuve en était qu'il était encore mince à quarante-deux ans –, il s'autorisait de temps en temps un écart.

Margaret Collins, la jolie blonde chargée du standard, en profita lâchement pour lui faire une réflexion en passant près de son bureau :

— Eh bien, Abe, tu ne te refuses rien. Et pourquoi pas une bière pendant que tu y es?

— Ils n'avaient plus de sandwiches au poulet, marmonna Abe, serrant inconsciemment son sandwich entre ses mains, comme si on allait le lui prendre.

— Si je comprends bien, l'affaire Hathaway a mal tourné?

Margaret connaissait bien les affaires en cours et faisait souvent preuve de plus d'intuition que la majorité des inspecteurs.

— C'est à cause de ce connard de juge, répondit Abe en mâchant goulûment son sandwich.

— Dans un tiroir, on peut difficilement prétendre que c'était en pleine vue.

Il mastiquait consciencieusement, trop bien élevé pour répondre la bouche pleine. Avalant une énorme bouchée, il répondit :

— Le tiroir était déjà ouvert.

— Oui, mais ouvert par un flic de la Criminelle.

— Un con de flic, rétorqua Abe en prenant un morceau de fromage.

Margaret se mit à rire. Elle lui fit un clin d'œil avant de s'éloigner d'un pas nonchalant, le laissant seul face à son festin. Abe avala une nouvelle bouchée, mais il n'avait plus le cœur à son repas. Un peu de moutarde était tombé sur son bureau et il posa son sandwich pour prendre une serviette en papier.

À vrai dire, il ne s'autorisait un écart que lorsqu'une affaire tournait mal, et il était rare qu'il finisse son repas dans ces cas-là. Il salivait d'avance en commandant par téléphone le plus gros sandwich possible, mais au moment de passer à l'acte, il lui suffisait de penser à toutes ces calories, aux mauvaises graisses et au surplus de cholestérol pour perdre l'appétit. Abe était une caricature d'incorruptible, toujours maître de ses réactions, même en face d'un gros sandwich italien ou d'une assiette de brownies. Il lui était même arrivé de refermer un pot de glace aux pépites de chocolat après une seule cuillère.

Dans sa jeunesse, Abe Sanders avait été un boy-scout modèle, un élève irréprochable dans toutes les disciplines, y compris en sport. Il avait lu ses classiques «parce qu'il le fallait bien», et sortait systématiquement avec les filles les plus courtisées. Il avait acheté une maison de six pièces avec une pelouse manucurée dans un quartier chic de Portland et ses proches avaient eu du mal à le croire le jour où il leur avait annoncé son intention de devenir flic.

Ses parents l'avaient charrié gentiment en l'accusant de vouloir nettoyer la planète. Ses deux frères – un aîné et un cadet – lui avaient dit qu'il souffrait d'une forme aiguë de complexe du héros; quant aux pince-sans-rire du club d'échecs, ils lui avaient annoncé avec le plus grand sérieux que le monde de la comptabilité ne se remettrait jamais d'avoir perdu l'un de ses meilleurs espoirs.

Abe lui-même ne s'appesantissait jamais sur son choix de carrière. Sans doute parce qu'il était persuadé que la société dans laquelle nous vivons a besoin de champions de l'ordre pour espérer survivre. Sa décision, d'ailleurs, ne résultait pas tant d'un choix que d'un concours de circonstances : pour commencer, sa chère petite femme qui s'était rendu compte au bout de cinq années de tentatives infructueuses qu'elle ne pourrait pas avoir d'enfant; puis leur maison, achetée au début des années 1980, dans un quartier bourgeois devenu depuis un repaire de drogués; et pour finir, Abe lui-même, pointilleux jusqu'à l'obsession, qui comprenait chaque jour davantage que la route qu'il s'était tracée ne le satisfaisait que médiocrement.

Sanders avait besoin de se sentir utile, et capable de changer le cours des choses. Il entendait remettre de l'ordre dans les affaires du monde comme il le faisait sur son propre bureau.

Bref, l'inspecteur Sanders était un excellent flic.

Ses collègues le raillaient constamment. Ils se moquaient de ses mains manucurées et de ses mocassins impeccables. Ils le mettaient en boîte en lui piquant son agrafeuse noire, achetée avec ses propres deniers, pour la remplacer par un modèle de bureau d'un gris terne qui se bloquait une fois sur deux. Un jour, ils avaient même permuté les roues de sa voiture pour voir s'il s'en apercevrait. Pari gagné, il l'avait tout de suite vu.

Mais la vie d'Abe Sanders était avant tout son travail.

Chaque nouvelle affaire tournait à l'obsession pour Sanders qui se plongeait dans son métier avec passion, parfois même avec rage, sans qu'il sût d'ailleurs pourquoi. Une fureur mal contenue face à l'injustice du monde, face à tous ces débiles mentaux qui s'évertuaient à tuer d'honnêtes gens, paisibles et travailleurs. Une fureur commune à tous les flics, y compris ceux qui ne voient pas l'intérêt d'avoir une bonne agrafeuse.

Abe emballa soigneusement ce qui restait de son sandwich, le disposant bien au centre du papier dont il plia les coins avant de l'enrouler minutieusement. Il nettoya la tache de moutarde sur son bureau avec une serviette en papier humide puis jeta le tout à la poubelle.

L'affaire Hathaway l'avait usé. Ce n'était pas tant la faute du juge. Le mandat de perquisition avait été rempli trop vite et les flics avaient dû improviser – une erreur fatale à une époque où les avocats ont définitivement pris le pouvoir, où les flics doivent anticiper toutes les contestations possibles et imaginables. Ainsi va la vie.

Abe aurait pu compter sur les doigts d'une main les perquisitions et les arrestations à problèmes. Comme quoi la maniaquerie a parfois du bon.

Au moment où il se levait pour se laver les mains, son lieutenant passa une tête.

— Sanders ? Faut que je vous parle un instant.

Abe, intrigué, entra dans le bureau de son supérieur et posa une demi-fesse sur le bord d'une chaise en plastique. C'était la première fois qu'il entendait parler de Bakersville, une petite ville à deux heures au sud-ouest de Portland sans le moindre service de police criminelle. Ébahi, il entendit son lieutenant lui décrire ce qui avait tout l'air d'être une tuerie dans un établissement scolaire de l'Oregon, la deuxième en l'espace de quelques années. On parlait de plusieurs morts. Les services de l'identité judiciaire étaient déjà en route, tout comme la police du comté et celle de l'État. Aucune information sur le tireur et, plus étrange encore, personne n'arrivait à mettre la main sur le shérif local.

— Je viens de recevoir un appel du gouverneur, annonça le lieutenant. C'est une grosse affaire et les huiles ont exigé qu'on confie l'enquête à un type solide et expérimenté, capable d'y mettre de l'ordre et d'assurer la coordination entre la ville, l'État et très probablement les équipes fédérales.

Le lieutenant regarda longuement la silhouette élancée de Sanders et son impeccable costume gris.

— On a besoin de quelqu'un qui passe bien auprès des médias.

Abe sourit d'un air satisfait. Se frotter à la presse n'était pas pour lui déplaire. Il était passé maître dans l'art de distiller les informations, et les journalistes venaient généralement lui manger dans la main.

— Très bien, dit-il avec enthousiasme.

— Ça veut dire que vous risquez de passer là-bas deux ou trois semaines dans un premier temps, sans compter les allers et retours par la suite.

— Pas de problème.

Et c'était vrai. C'est tout juste si Sara faisait attention à lui ces temps derniers. Il avait fini par céder en lui achetant un bébé chien qu'elle passait ses journées à câliner. Il s'attendait à trouver un jour le chien en grenouillère, comme un bébé. Qui sait si ça ne plairait pas au chiot, un berger écossais doté d'une nature particulièrement obligeante.

Abe n'avait pas un amour particulier pour ces créatures du Bon Dieu qui maîtrisent mal leur vessie, mais il lui était arrivé de caresser le poil doux et duveteux du chien de sa femme. Comme quoi tout arrive.

— Je vous confie cette affaire, reprit le lieutenant. Je compte sur vous pour rattraper le temps perdu. Mais surtout, Sanders…

Abe s'arrêta sur le pas de la porte.

— Les premiers secours parlent de deux enfants tués. Il vous faudra faire preuve de beaucoup de doigté.

— Juste une question. Sait-on si c'est un élève qui a tiré ?

— On n'est encore sûr de rien, mais tout laisse à penser que c'est le cas ici aussi. Faites bien attention et ne perdez pas une minute. Ce sera mieux pour tout le monde.

Abe acquiesça, mais il n'en pensait pas moins. Dès qu'il s'agit d'enfants, les gens perdent la boule. Les lieutenants de police comme les autres.

Sanders demanda une voiture. Il prit le temps de téléphoner pour réserver une chambre d'hôtel, comme à son habitude, tout en réunissant les informations dont le service disposait sur le drame avant de prendre la route.

— Un petit shérif et deux assistants, grommela-t-il en passant chez lui faire sa valise. Des gamins qui se tuent entre eux et personne pour s'en occuper ! Je comprends que ces bouseux fassent dans leur froc.

Rainie retira son doigt de la gâchette au dernier moment.

— Danny ! souffla-t-elle.

Le gamin se tenait debout, hébété, le bras droit à moitié tendu, la main cramponnée à un 22 mm qu'il pointait en direction des genoux de Rainie. Comme un .38 pendait au bout de son bras gauche, la jeune femme ne savait plus très bien de quel côté regarder.

Son arme restait pointée sur le jeune garçon et Shep fit un pas vers elle.

— Stop ! hurla-t-elle à personne en particulier.

Shep était armé et elle avait beau le connaître, comment prévoir sa réaction s'il sentait Danny en danger, ou bien si Danny lui-même se sentait en danger ?

Rainie, consciente que la situation pouvait mal tourner, faisait tout pour maîtriser sa peur.

— Toi, dit-elle à Shep sans quitter Danny des yeux, est-ce que ça va ?

— C'est un malentendu, tenta Shep. Un terrible malentendu.

— Très bien, mais tant que ce malentendu n'est pas dissipé, arrange-toi pour que je puisse voir tes mains.

— Rainie…

— Danny, tu vas m'écouter. Je veux que tu poses tes deux armes. D'accord ? Tu vas te baisser très lentement pour les poser sur le sol.

Danny ne bougeait pas. Son regard roulait nerveusement de droite à gauche, il suait la peur par tous les pores de sa peau. Il portait un jean et un T-shirt noirs et des baskets blanches. *A priori*, il n'avait pas d'autre arme sur lui, mais comment en être sûre ? Ce n'étaient pas les armes à feu qui manquaient chez lui, et Rainie savait que Shep l'emmenait régulièrement à la chasse depuis qu'il était en âge de marcher.

— Danny, reprit-elle d'une voix plus autoritaire, je vais compter jusqu'à trois et tu vas déposer tes armes par terre.

— Rainie…

— Shep, tais-toi ! Danny, tu m'entends ?

— Il n'a rien fait !

— Ta gueule, bordel, ou je te fais mettre à plat ventre, toi aussi !

Shep se tut, mais il était déjà trop tard. Danny, de plus en plus affolé, se mit à trembler. Rainie bougea légèrement pour trouver un meilleur équilibre et remit le doigt sur la gâchette, au cas où.

— Danny ! Danny, est-ce que tu m'entends ?

Le garçon tourna légèrement la tête vers elle.

— Tu ne penses pas que ce cinéma a assez duré, Danny ?

Il hocha rapidement la tête; ses deux mains tremblaient.

— Je sais que tu voudrais que ça s'arrête, Danny. Moi, en tout cas, je voudrais que ça s'arrête. Voilà ce qu'on va faire. Je vais compter jusqu'à trois. Tu vas te baisser lentement, très lentement, pour poser tes armes par terre. Et quand je te le dirai, tu les pousseras du pied dans ma direction. Ensuite, tu t'allongeras en écartant les bras et les jambes. Et tout sera fini, Danny. Tu verras, tout ira bien.

Danny ne disait mot. Son regard croisa furtivement celui de Rainie pour s'arrêter à l'endroit où gisaient les deux petites filles, les mains tendues l'une vers l'autre. Ses yeux se posèrent sur le corps de l'enseignante et un grand frisson le parcourut de la tête aux pieds.

Mon Dieu, il va faire une connerie. Se tuer ou bien la pousser à tirer sur lui. Un suicide par flic interposé. Dans un cas comme dans l'autre, le résultat sera le même. D'autres cadavres. D'autres corps d'enfants. Mon Dieu, par pitié…

— Danny ! s'écria Rainie.

Il était trop tard, son bras se levait déjà.

— Non ! hurla Shep.

— Danny, ne fais pas ça !

S'il ne lui laissait pas le choix, elle serait obligée d'appuyer sur la gâchette.

Danny retourna brusquement son arme contre lui.

— Bon Dieu !

Shep se jeta sur son fils. Rainie leva son arme et tira en direction du plafond au moment précis où Shep et son fils roulaient à terre. Les deux armes de Danny disparurent entre leurs corps emmêlés. Soudain, le .38

glissa sous eux et Rainie se précipita pour le repousser du pied au moment où Shep arrachait le 22 mm de la main droite de Danny. Celui-ci hurla de douleur. Shep s'empara de l'arme qu'il jeta à l'autre bout du couloir.

Tout était allé très vite. Danny s'effondra sur le sol, sans force, tandis que son père se laissait tomber. Le shérif respirait fort et des larmes lui coulaient le long des joues.

— Nom de Dieu ! souffla Shep. Nom de Dieu de nom de Dieu. Ah, Danny…

Il tenta d'attirer son fils contre lui, mais il était trop tard et Danny le repoussa.

Shep baissa la tête, ses larges épaules secouées par des sanglots.

Rainie reprit les choses en main. Elle roula Danny sur le ventre, à quelques mètres des trois corps inanimés qui ne se relèveraient jamais. Elle lui écarta les bras et les jambes pour le fouiller, sans trouver d'autres armes, puis lui ramena les mains derrière le dos et lui passa les menottes.

— Daniel O'Grady, lui dit-elle en le relevant, tu es en état d'arrestation. Tu as le droit de te taire. Tout ce que tu diras pourra être retenu contre toi…

— Ne dis rien, lui ordonna son père. Tu m'entends, fils ? Ne dis pas un mot !

— Tais-toi, Shep. Tu n'as pas le droit d'inciter ton fils à se taire et tu le sais aussi bien que moi. Tu as compris tes droits, Danny ? Tu es en état d'arrestation pour ce que tu as fait ici.

— Ne dis rien, Danny ! Pas un mot !

— Shep !

Rainie aurait voulu le rappeler à l'ordre, mais il était trop tard. Danny O'Grady ne jeta pas même un regard à son père. Debout, les épaules voûtées dans son T-shirt Nike noir trop grand pour lui, les traits hagards, il finit par répondre :

— Oui, madame.

— C'est toi qui as fait ça, Danny ? lui demanda-t-elle d'une voix plus douce.

Au son de sa propre voix, Rainie put mesurer son désarroi, son besoin d'être rassurée. Ce gamin, elle le connaissait depuis toujours. Un bon gamin à qui elle prêtait son badge d'adjoint quand il était petit. Un *gamin.* D'une voix plus ferme, elle répéta :

— C'est toi qui as tiré sur ces personnes, Daniel ? C'est toi qui as fait du mal à ces petites filles ?

D'une voix lointaine, il répondit :

— Oui, madame. Je crois bien que c'est moi.

5

Mardi 15 mai, 15 h 13

Chacun à sa manière, Rainie et Shep tentaient de prendre la mesure de ce qu'ils venaient d'entendre. Cette fois, Shep ne prit même pas la peine de contredire son fils, de répéter qu'il s'agissait d'une méprise tragique, ou de rappeler à Rainie que Danny n'était encore qu'un enfant. Il était visiblement sous le choc.

Quant à Rainie, elle ne savait quoi dire de plus. Elle venait d'entendre une confession terrible, et elle savait quel était son devoir de flic.

Accompagnée de son suspect menotté, elle sortit de l'école par l'entrée principale où les flashes et les caméras les attendaient. La presse était là. Et merde…

Elle fit aussitôt demi-tour pour éloigner Danny des projecteurs et lui éviter la folie des questions des journalistes. Il se contenta de la regarder d'un air hébété, s'en remettant à sa volonté. À cet instant, elle aurait donné n'importe quoi pour qu'il ne la regarde pas comme ça…

— Tu ne peux pas sortir avec nous, dit-elle à Shep au bout d'une minute alors que tous trois se tenaient contre le mur du couloir où ils s'étaient réfugiés.

— Je ne te laisserai pas seule avec lui.

— Tu n'as rien à dire. J'ai parfaitement le droit de l'interroger hors de ta présence et ce n'est pas toi qui peux m'empêcher de le coller en prison. Tu le sais très bien.

Shep fronça les sourcils, perplexe. Dans l'Oregon, la loi n'accorde pas le moindre privilège aux mineurs suspectés de meurtre. Comme il avait treize ans, Danny était responsable de ses actes et pouvait demander à être jugé par un tribunal pour mineurs. Il disposait des mêmes droits que n'importe quel autre suspect et ses parents n'avaient rien à dire. Le seul recours de Shep et Sandy était d'engager un bon avocat pour leur fils et, pour se consoler, ils pourraient toujours se dire qu'il avait de la chance de ne pas avoir quinze ans, ce qui lui aurait valu d'être jugé comme un adulte au titre de l'article 11. Et puis c'était une aubaine que l'Oregon, contrairement à d'autres États, n'ait pas voté de loi transférant la responsabilité criminelle sur les parents coupables d'avoir laissé leur fils se procurer une arme.

— Que comptes-tu faire ? demanda Shep.

— Retire ta chemise.

Shep lança un coup d'œil à son fils et déboutonna son uniforme. Sous sa chemise, il portait un T-shirt blanc usé par les machines que Sandy faisait chaque dimanche. En le voyant comme ça, humain et vulnérable, Rainie eut un pincement au cœur.

Shep plaça soigneusement sa chemise sur la tête de son fils, comme s'il s'agissait de l'objet le plus fragile du monde.

— Ça va aller, murmura-t-il.

Il se tourna alors vers Rainie, prêt à lui obéir.

— Va chercher Luke, lui dit-elle d'une voix mal assurée, et désignant de la tête la porte latérale :

— Demande-lui de venir jusque-là avec la voiture.

— Je monte avec Danny.

— Non. Luke va trouver un type de la police d'État, quelqu'un qu'on ne connaît pas, et il lui demandera de t'interroger. Ne me regarde pas comme ça, Shep. Tu sais aussi bien que moi ce qu'est mon devoir. Danny et toi êtes restés seuls longtemps. C'est ton fils… On a besoin de savoir ce que vous vous êtes dit, ce qu'il a fait. On a besoin de savoir pourquoi tu es arrivé ici tout seul, et surtout – un petit sourire se dessina sur ses lèvres – pourquoi tu as confié l'enquête à ton adjointe dès que tu as reçu l'appel du central.

Shep rougit.

— Tu ne crois tout de même pas que j'étais tombée dans le panneau ? Tu espérais peut-être que je laisserais passer ça ?

Il ne répondit pas.

— Est-ce que tu savais déjà, Shep ? Quand on t'a appelé du central, est-ce que tu savais déjà ?

— Ce n'est pas aussi simple.

— J'ai beau être amie avec toi depuis longtemps, je ne te crois pas. Putain de merde !

Rainie fut soudain prise d'une immense lassitude. En tant que chargée d'enquête, il lui faudrait passer des heures et des heures à établir un dossier à charge contre un gamin de treize ans, tester ses mains à la paraffine, tenter de comprendre pourquoi il avait déclenché ce carnage. Après ça, il lui faudrait retourner à la cité scolaire, se replonger dans toute cette horreur afin de savoir ce qui avait pu se passer dans sa tête. Pire, l'autopsie des deux petites filles mortes en se tenant la main l'attendait, probablement le lendemain. Il lui faudrait supporter l'inventaire de leurs blessures, s'imaginer ce qu'avaient pu être leurs derniers instants. Par la suite, il lui faudrait se faire à l'idée qu'un autre enfant, un gamin qu'elle connaissait personnellement et dont elle avait toujours été fière, avait pu faire ça.

— Allez, vas-y, demanda-t-elle à Shep. Va chercher Luke, qu'on en finisse.

— Il faut d'abord que je trouve Sandy, rétorqua Shep, buté. On connaît un type, un avocat. Il faut qu'elle l'appelle.

— Je t'ai demandé d'y aller !

Shep finit par obtempérer, après avoir regardé son fils une dernière fois. On aurait dit qu'il avait encore quelque chose à lui dire mais que les mots ne lui venaient pas.

Le shérif sortit par l'entrée principale, sous le crépitement des flashes. Une rumeur monta de la foule impatiente. C'est alors que Rainie perçut une autre rumeur, celle des hélicoptères de la sécurité civile qui arrivaient pour évacuer les blessés.

Rainie ne put s'empêcher de penser que les équipes de secours ne viendraient que beaucoup plus tard pour emporter les corps des victimes.

À trente-six ans, Luke Hayes avait une calvitie naissante et une taille largement inférieure à la moyenne, ce qui n'empêchait pas les femmes de se retourner dans la rue sur sa carrure musclée. Sa force physique constituait indéniablement un avantage décisif à chaque fois que se déclenchait une bagarre à Bakersville. Pour Rainie, toutefois, le principal atout de Luke était son regard bleu acier. Elle l'avait vu calmer d'un seul regard des types deux fois plus imposants que lui, hypnotiser des mères de famille en pleine scène de ménage ; elle l'avait même vu soumettre de ses yeux froids un doberman menaçant.

Autant Shep était soupe au lait et Rainie lunatique, autant Luke assurait un certain équilibre au sein de leur petite équipe avec son caractère posé et son sourire rassurant.

Jusqu'alors, Rainie ne l'avait jamais vu perdre son sang-froid.

Luke arrivait tout juste à l'entrée latérale lorsque Rainie y parvint avec Danny. Luke transpirait à grosses gouttes. Depuis une heure, il s'était ingénié à empêcher les mères hystériques de pénétrer dans le bâtiment tout en recueillant les identités et les déclarations des témoins, et la fatigue se lisait sur son visage.

— Comment ça se passe ? demanda-t-il aussitôt à Rainie.

— Pas trop mal.

Ses yeux se voilèrent lorsqu'il aperçut Danny, et Rainie comprit aussitôt ce qui se passait dans sa tête. Ensemble, ils avaient souvent joué avec Danny dans le bureau du shérif quand il avait cinq ans et que son père avait autre chose à faire. Ils avaient joué aux gendarmes et aux voleurs. *Ta-ta-ta-ta !* Ils avaient joué aux cow-boys et aux Indiens. *Bang-bang-bang !*

Tu sais pourquoi ça se passe mal en ville de nos jours, Rainie ? Parce que les gens ont oublié le sens des vraies valeurs. Ça ne viendrait à l'idée de personne d'amener son gamin au bureau, il n'y a plus de solidarité. On dit toujours qu'il ne se passe jamais rien à Bakersville, c'est simplement parce que les gens sont trop occupés à faire ce qu'ils ont à faire pour avoir des histoires.

— Il faut qu'on y aille, déclara doucement Rainie.

Luke soupira, hocha la tête et se redressa. Il était prêt.

Il se plaça à la droite de la silhouette frêle de Danny, lui prenant le bras, tandis que Rainie faisait de même de l'autre côté. Ils comptèrent jusqu'à trois et foncèrent à travers la foule jusqu'à la voiture de police qui les attendait.

Après le silence qui régnait dans le bâtiment, les bruits et les sensations de l'extérieur firent à Rainie l'effet d'un véritable coup de poing : les journalistes qui braillaient à la vue de deux flics en train d'emmener une silhouette recouverte d'une chemise, les équipes de secours qui criaient leurs ordres en évacuant les blessés, les enfants qui hurlaient dans les bras de leurs parents, une mère de famille, à genoux par terre, hurlant son désespoir.

Rainie et Luke se précipitèrent, aidés par des agents venus leur prêter main forte.

— Plus vite, plus vite !

Rainie trouva la recommandation particulièrement imbécile, ils faisaient déjà aussi vite qu'ils le pouvaient.

— Reculez, reculez ! S'il vous plaît, reculez !

Les journalistes se rapprochaient, les photographes surtout, prêts à se battre pour avoir la meilleure image à la une.

Rainie entendit un nouveau hurlement et commit l'erreur de tourner la tête. Shep avait retrouvé sa femme dans la foule. Elle tenait Becky serrée contre elle, la tête tournée vers le groupe de policiers.

— Non ! hurla Sandy en faisant un pas en avant tandis que son mari tentait de la retenir.

— Non, non, noooon !

Un bruit étouffé se fit entendre sous la chemise. Danny avait entendu les cris de sa mère et se mettait à sangloter.

Ils arrivèrent enfin à la voiture. Rainie poussa Danny sur la banquette, la tête toujours dissimulée sous la chemise de son père. Les journalistes firent le forcing pour passer, mais les agents parvinrent à les repousser.

Rainie fit le tour pour s'installer au volant pendant que Luke montait précipitamment à côté d'elle. Les portières claquèrent et ils se retrouvèrent brusquement plongés dans le silence, seuls avec leur prisonnier. La chemise de Shep glissa, découvrant le visage hébété de Danny. Luke mit la sirène en marche et Rainie démarra.

Un peu plus loin, la marée humaine bloquait la rue. Alors que Rainie se frayait difficilement un chemin à grands coups de klaxon, des dizaines de visages se penchèrent pour tenter de distinguer le suspect à travers les vitres arrière. Quelques-uns étaient visiblement surpris et chagrinés, mais la plupart étaient déjà haineux.

— Nom de Dieu, murmura Luke.

Rainie regarda dans le rétroviseur. Danny O'Grady venait de s'endormir.

6

Mardi soir, 15 mai

Rainie avait passé tout son après-midi sur l'affaire.

Avec l'aide de Luke, elle avait officiellement procédé à la mise en examen de Danny O'Grady pour assassinat. Ils avaient relevé ses empreintes et l'avaient pris en photo, avaient testé ses mains à la paraffine afin d'y rechercher des traces de poudre et lui avaient retiré ses vêtements pour lui faire endosser une combinaison orange de détenu deux fois trop grande. Par la suite, les spécialistes de l'identité judiciaire passeraient ses affaires au crible pour y trouver d'éventuelles traces de poudre, des cheveux et autres.

En présence du procureur dépêché par le comté, ils lui avaient fait subir une dizaine de minutes d'interrogatoire avant qu'Avery Johnson, l'avocat diligenté par les parents de Danny, n'y mette un terme.

Il les avait dûment chapitrés d'avoir pris l'initiative d'interroger un mineur de moins de quinze ans. Mineur qui, comme il le précisa à Rainie, ne se trouvait pas dans son état normal. Il exigea que Danny soit aussitôt conduit au centre de détention spécialisé du comté pour y être examiné et pris en charge par un médecin.

Au cours de cet échange, Danny était resté prostré sans avoir l'air de comprendre ce qui lui arrivait, à des années-lumière de ce bureau où il était souvent venu jouer après l'école.

Luke et le procureur, Charles Rodriguez, s'étaient occupés d'envoyer Danny au centre de détention pour mineurs, à quarante-cinq minutes de là. Rainie devait ensuite retourner à la cité scolaire où les types de l'identité judiciaire étaient enfin arrivés et où un flic de la Criminelle, un certain Abe Sanders, donnait des ordres à tout le monde, comme s'il était chez lui.

Elle échangea quelques œillades assassines avec Avery Johnson. L'avocat lui promit qu'elle entendrait parler de lui, mais Rainie lui fit comprendre qu'elle l'attendait de pied ferme. Il ajouta que c'était une parodie de justice, et elle se contenta de le regarder durement, sans trouver l'énergie de lui dire le fond de sa pensée.

L'avocat expédié et Danny confié à Luke, elle reprit le chemin de la cité scolaire.

Pendant cinq heures, Rainie arpenta l'établissement scolaire en compagnie des spécialistes de l'identité judiciaire. Elle détailla le rôle qu'avaient joué les équipes de secours, et le sien propre, elle indiqua les traces de poudre et les morceaux de plâtre tombés du plafond à l'endroit où elle avait tiré – ce qui ne manqua pas de rendre perplexes les experts qui demandèrent à voir son Glock pour comparer les traces de poudre avec celles déjà relevées. Rainie participa ensuite au collectage des cinquante-cinq balles qui avaient bouleversé l'existence de Bakersville, faisant au passage trois morts et six blessés.

Les experts de la police avaient également retrouvé quatre chargeurs de 22 mm et trois chargeurs rapides pour le revolver 38 mm.

À 8 heures du soir, Rainie tint sur place une conférence improvisée. Elle annonça officiellement qu'elle était chargée de l'enquête, évoquant les circonstances dans lesquelles elle avait été amenée à appréhender Danny O'Grady l'après-midi même. Elle remercia les divers policiers de l'État et du comté réunis sur les lieux du drame qui acceptaient de rester en dehors de leurs heures de service.

L'inspecteur Sanders, chargé d'assurer la coordination au niveau de l'État, prit le relais en exposant son point de vue sur l'affaire telle qu'elle se dessinait au fur et à mesure des informations recueillies.

D'après lui, il s'agissait d'une attaque éclair, survenue peu après 13 h 30 alors que les élèves venaient de retourner en classe. D'après l'institutrice de CE2, les deux petites filles, Alice et Sally, avaient demandé l'autorisation de se rendre aux toilettes. Les premières détonations s'étaient fait entendre peu de temps après qu'elles avaient quitté la salle.

Il était encore impossible de savoir si elles avaient été tuées avant ou après le professeur d'informatique, Melissa Avalon. Celle-ci se trouvait seule dans le local des ordinateurs et personne ne pouvait dire si elle en était sortie en entendant les coups de feu ou bien si elle avait au contraire été tuée avant les deux fillettes. Il était peu probable que le médecin légiste soit en mesure d'apporter une réponse à cette question. Leur objectif était donc d'étudier avec précision le parcours du tireur et les trajectoires des projectiles afin de mieux comprendre la façon dont les choses s'étaient déroulées.

— Aucun témoin direct ? demanda Rainie.

Aucun, à en croire les agents concernés. En entendant les détonations, la plupart des élèves avaient tenté de fuir en direction des issues de secours sans chercher à savoir d'où provenaient les coups de feu. Six élèves avaient signalé la présence d'un inconnu en noir, mais il s'agissait de très jeunes élèves et aucun d'entre eux n'avait été plus précis. D'où venait l'inconnu ? Où était-il allé ? Était-il grand, petit, gros ou mince ? À force, les enfants avaient fini par s'embrouiller.

Deux policiers avaient fait le tour des maisons les plus proches de l'école, mais aucun voisin n'avait noté la présence d'un personnage suspect dans les jardins alentour.

— Cette histoire de type en noir nous conduit donc dans une impasse, conclut Sanders. Très probablement un croquemitaine né de l'imagination de gamins traumatisés par les événements, ce qui n'a rien d'exceptionnel.

— Attendez une minute.

Sanders jeta à Rainie un regard ennuyé. Elle avait pu se rendre compte qu'il avait pris les choses en main. Un de ces inspecteurs en costume avec des relations en haut lieu, qui n'ont pas de temps à perdre avec les théories fumeuses des petits flics de cambrousse. Un flic de la ville typique.

— Il n'en reste pas moins que six des enfants ont dit avoir aperçu un inconnu en noir, poursuivit-elle. Ça n'est tout de même pas anodin.

— Non, ça veut tout simplement dire que l'hystérie est contagieuse, répondit Sanders d'un air supérieur.

— Ou bien alors qu'ils ont effectivement aperçu quelque chose de bizarre ou quelqu'un de bizarre.

Regardons un peu les faits. Vous dites qu'il s'agit d'une attaque éclair. La majorité des victimes ont été arrosées de balles et ce ne sont pas les impacts trouvés à l'école qui peuvent vous contredire. D'un autre côté, il y a le cas de Melissa Avalon. Une seule balle en plein front. Plutôt net et précis pour une balle perdue, non ?

— Peut-être qu'il avait une dent contre elle. On a une idée des relations que Danny entretenait avec elle ?

Les policiers présents consultèrent leurs notes. Aucun d'entre eux n'avait encore eu le temps de procéder aux vérifications nécessaires.

— Écoutez, reprit Sanders d'un air condescendant, soupçonnant Rainie de n'être pas aussi idiote qu'il l'avait cru. Il est vrai que la piste Avalon a l'air prometteuse, et j'ai bien l'intention de ne pas la négliger. Dès demain, en organisant l'équipe chargée de l'enquête, je compte mettre deux ou trois types là-dessus. Ça n'est d'ailleurs pas le boulot qui manque, et je parlais à chaud.

— Alors, à chaud, il me semble un peu tôt pour écarter la moindre hypothèse.

Abe leva les yeux au ciel.

— Très bien, chère madame.

Vexé, il ajouta :

— D'autant que c'est vous qui avez arrêté le gamin.

Rainie se raidit. La journée avait été longue et elle se serait volontiers passée de ce genre de remarque. Surtout ne pas se mettre en colère, non seulement parce que Sanders était de toute évidence une tête de nœud, mais surtout parce qu'elle connaissait et qu'elle aimait bien le gamin en question.

Espèce de petit imbécile, comment as-tu pu faire ça ?

Abe Sanders attendait, curieux de savoir si elle mordrait à l'hameçon. Si elle se mettait en pétard, elle lui apporterait la preuve qu'elle n'était pas professionnelle, ce qui ne manquerait pas de le rassurer.

Rainie n'avait pas l'intention de lui donner ce genre de satisfaction.

— Il va falloir qu'on ait une petite conversation tous les deux, se contenta-t-elle de dire.

— Aucun problème.

— 7 h 30 demain matin ?

— 7 heures.

— Très bien. À demain.

Ils rejoignirent les spécialistes de l'identité judiciaire qui poursuivaient leur travail dans le bâtiment brillamment éclairé, zébré de rubans jaunes délimitant les lieux de la fusillade, le sol jonché de papiers noirs de Polaroïd. Le couloir avait été quadrillé en plusieurs secteurs. Des techniciens en combinaisons blanches aseptisées arpentaient les zones les plus importantes, équipés d'aspirateurs spéciaux ramassant la moindre poussière. D'autres s'employaient à racler le sang séché trouvé sur les vitres pour en récupérer les fragments dans de petites fioles, ou à passer les murs au Luminol afin de faire apparaître tous les indices du carnage. Des équipes de policiers consignaient le tout dans des carnets qui rempliraient plusieurs classeurs avant le lendemain matin.

Rainie pénétra dans l'une des classes pour observer les murs à la loupe.

Quand elle quitta les lieux deux heures plus tard, elle fut assaillie par l'odeur des pins et la fraîcheur de l'air. Les étoiles étaient d'un blanc trop lumineux dans la nuit claire.

Elle était loin d'en avoir fini. Le procureur avait l'intention d'inculper Danny le lendemain midi, et il aurait besoin des premiers rapports de police. Rodriguez entendait bien se montrer féroce. Cinq tentatives de meurtre et trois meurtres, des crimes particulièrement odieux. Il était hors de question de laisser Daniel O'Grady s'en tirer en lui évitant les assises. Ce garçon de treize ans représentait une véritable menace pour la société. Il avait assassiné deux fillettes et trahi la confiance de toute sa communauté, rappelant à toute une ville paisible que le mal s'introduit partout. Il fallait l'enfermer pour le restant de ses jours.

Rester enfermé pour le restant de ses jours... Ne jamais s'amuser comme les adolescents de son âge, ne jamais tomber amoureux, ne jamais se marier, ne pas avoir d'enfants. Rester en vie jusqu'à l'âge de quatre-vingts ou quatre-vingt-dix ans sans jamais avoir vécu...

Rainie décida de ne pas retourner au bureau, préférant rentrer chez elle et s'asseoir sur son porche à regarder la nuit claire en écoutant les chouettes. Chez elle, elle pourrait enlever son uniforme qui sentait la mort et prendre une bière glacée. Enfin libérée du regard des autres, elle poserait son front sur le col glacé de la bouteille et penserait aux deux petites filles, à la prof d'informatique, à Danny, à elle-même quatorze ans plus tôt.

Lorraine Conner rentra chez elle où, enfin seule, elle s'autorisa à pleurer.

Non loin de là, un homme guettait.

Entièrement habillé de noir, il était équipé d'une paire de jumelles de grande puissance. Des jumelles achetées récemment, lorsqu'il avait ressenti le besoin impérieux d'observer en détail le visage de la jeune femme, ses expressions, ses yeux gris clair. Lorsqu'il l'observait dorénavant, elle était si proche qu'il en avait presque le vertige. Il distinguait tous les détails de sa silhouette mince, avec la lune en contre-jour et les lumières du porche au-dessus d'elle. Elle était en train de pleurer. De *pleurer.*

Depuis qu'il l'observait, jamais elle ne s'était laissée aller de la sorte.

L'inconnu en était dans tous ses états.

Avec le recul, tout lui paraissait étrange. Quand il avait entendu parler de Bakersville quelques années plus tôt, Lorraine Conner ne faisait pas encore partie du décor. Tout avait commencé le jour où il avait lu sur internet un article intitulé : « Les espoirs d'une commune laitière anéantie par les inondations. » Sur un ton dramatique, le journaliste dressait un tableau apocalyptique de la montée des eaux, des pluies torrentielles et des torrents de boue qui s'étaient abattus sur la petite ville un jour de février. Il évoquait avec force détails la solidarité des fermiers pour sauver les vaches de leurs voisins, l'eau qui montait inexorablement, inondant l'une après l'autre les fermes les plus basses, les maisons emportées et les collines menacées. Les vaches apeurées, noyées jusqu'au col dans une eau glaciale, meuglant de peur. Les énormes camions emportés en tentant de sauver les malheureux animaux. Les femmes et les enfants hagards, réfugiés sur les toits des granges, qu'il avait fallu évacuer en barque. Les éleveurs stoïques, contraints d'abattre leurs propres troupeaux pour mettre fin à leurs souffrances.

Un village frappé par la colère de Dieu, comme le disait si bien le journaliste.

Et puis était venu le temps de la reconstruction. La récolte des fonds, les lotos et les ventes de gâteaux, les opérations du type « Adoptez une vache » pour encourager les enfants des villes et les grandes entreprises à financer le sauvetage des animaux. La demi-douzaine d'exploitations construites en hauteur épargnées par les inondations qui avaient mis granges et trayeuses à la disposition des voisins. La ville qui revivait.

À la fin de l'article, le journaliste citait le maire : « Nous sommes bien évidemment tous solidaires. Les citoyens de Bakersville aiment leur communauté, ils se sentent forts et savent où se situe leur devoir. »

L'inconnu avait tout de suite su que Bakersville serait son objectif suivant. Un endroit idéal, avec une population fière de ses valeurs où tout le monde aimait tout le monde, où les gens se connaissaient les uns les autres. Des gens à abattre.

Mais l'inconnu était d'un caractère patient. D'expérience, il savait qu'il faut toujours prendre le temps de tout planifier, de prévoir jusqu'au moindre détail. Comme le lui répétait son père à tout bout de champ, ne jamais improviser. Un bon soldat prépare toujours sa campagne.

Et si son père était un vieux con, lui en revanche savait préparer ses opérations. Il commençait par définir son objectif, avant de se renseigner minutieusement. Les hommes politiques, les directeurs d'école, les journalistes, les principales associations locales, le bureau du shérif... Il planifiait tout, mais sans se presser, en prenant son temps. Toujours faire les choses dans les règles de l'art.

Il avait la ferme intention de montrer à cette ville à quoi ressemblait vraiment la colère de Dieu.

Et c'est là qu'il avait découvert l'agent Lorraine Conner. La première fois qu'il l'avait vue en chair et en os en train de patrouiller tranquillement à pied, il avait failli s'arrêter net. Des pommettes saillantes, un menton volontaire, des yeux gris qui vous regardaient bien en face. Pas exactement jolie, mais intéressante. Quelqu'un de désarmant, sans vouloir jouer sur les mots.

Une femme qui savait ce qu'elle voulait, et même pas imbécile, comme on peut supposer que l'est une fliquette de cambrousse. Ni grosse, ni du genre à se pinter à la bière le vendredi soir. Mince, racée, et pas handicapée avec un fusil, à en croire la rumeur.

Car il n'avait pas tardé à apprendre les bruits qui couraient sur son compte.

Sa mère, tuée brutalement quatorze ans plus tôt dans des circonstances pour le moins étranges. Une mère alcoolique qui passait ses nerfs sur elle à coups de poing, d'après les vieux libidineux dont les yeux se mettaient à briller quand ils pensaient à la chair blanche et ferme de l'adolescente. Tout le monde savait que Molly Conner finirait mal.

Si ce qu'on racontait était vrai, le coup de fusil lui avait emporté la tête. Un corps sans tête, grotesquement perché sur des talons aiguilles aériens, une bouteille de Jim Beam à la main. Molly Conner aurait pourtant dû savoir que l'alcool, c'est mauvais pour la santé. Ah, ah, ah.

La jeune Rainie avait trouvé sa mère comme ça en rentrant du lycée. En tout cas, c'est ce qu'elle avait raconté aux flics. Elle sortait tout juste de la maison au moment où arrivait la police locale, alertée par un voisin. Le jeune adjoint – vous savez, Shep, celui qui est devenu shérif par la suite – avait été le premier sur les lieux. On raconte que Rainie avait de la cervelle plein les cheveux et partout dans le dos quand Shep lui avait passé les menottes et qu'il l'avait emmenée.

Elle avait été libérée peu après. Les experts avaient expliqué que la cervelle collée au plafond avait dégouliné sur elle lorsqu'elle était arrivée peu après le meurtre, et que si elle avait tué sa mère, le sang aurait giclé sur elle horizontalement. Le genre de conneries que racontent volontiers les experts.

Je vais vous dire, pour être condamné dans ce putain d'État, je ne sais pas ce qu'il faut faire. On retrouve la fille pleine de cervelle et ça ne suffit pas ? Voilà bien les avocats. Toujours les avocats.

Évidemment, Rainie avait bien tourné. Pas comme sa putain de mère. C'était même un bon flic.

De ce point de vue-là, l'inconnu n'avait rien à dire. En quelques clics, il avait appris tout ce qu'il voulait savoir sur Rainie Conner : diplômée en psychologie de l'université de Portland ; de retour à Bakersville, devient la première femme policier de l'histoire de la ville ; réussit ses examens à l'École de police du premier coup ; possède un excellent dossier ; pour se maintenir en forme, fait du jogging trois à quatre fois par semaine, lit scrupuleusement le *Bulletin du FBI* le jour même où elle le reçoit ; consciencieuse, appliquée et plutôt efficace, à en croire les culs-terreux alcoolisés du coin.

L'inconnu s'était également intéressé à la vie très privée de Rainie. Il arrivait à la jeune femme de se laisser draguer (un sujet de discussion récurrent à Bakersville), mais jamais par quelqu'un du cru. Elle sortait rarement et ses histoires de cul ne duraient jamais longtemps. Quand elle trouvait un mec, elle lui donnait rendez-vous directement au restaurant, finissait la soirée chez lui et repartait bien avant l'aube. Pas vu, pas pris.

Le sexe ne la rebutait donc pas, mais elle le pratiquait de façon clinique, égoïste, ce qui fascinait l'inconnu.

Autre bizarrerie : tous les jours en rentrant du boulot, elle décapsulait une bouteille de Bud Light dont elle finissait inévitablement par vider le contenu par-dessus la rambarde de son porche avant d'aller se coucher.

D'après l'inconnu, une façon comme une autre de porter un toast à sa défunte mère alcoolique. Mais à force de l'observer soir après soir, la question avait fini par le tarauder : revoyait-elle la morte en faisant ça ? Pensait-elle à son corps sans tête, à la cervelle qui dégoulinait du plafond ?

C'est d'ailleurs pour ça qu'il avait décidé d'acheter des jumelles. Souvent, en vidant le contenu de sa bouteille, ses lèvres remuaient. L'inconnu aurait fait n'importe quoi pour savoir ce qu'elle disait.

Va te faire enculer, maman ?

Va te faire foutre ?

À sa façon, l'inconnu était amoureux de Rainie. Elle était son héroïne. Elle donnait un piment supplémentaire à son quotidien et il avait même décidé que ce serait elle qui le démasquerait, car elle seule était capable d'apprécier son génie. Après dix années d'efforts, enfin un adversaire à sa mesure.

Si, au départ, ses ambitions étaient modestes pour Bakersville, ce n'était plus le cas grâce à Rainie.

L'inconnu se réfugia prudemment à l'abri d'un buisson. Il rangea ses jumelles et jeta un dernier regard admiratif à son pistolet, s'autorisant le luxe de se souvenir du plaisir qu'il avait ressenti…

Il était temps de partir. Il avait encore pas mal de trucs à faire avant de retourner à son hôtel, et la route était longue.

7

Mercredi 16 mai, 8 h 00

INTERROGATOIRE DE DANIEL JEFFERSON O'GRADY
15 MAI 2000

Ici Lorraine Conner de la police de Bakersville, chargée de l'interrogatoire de Daniel Jefferson O'Grady, suspecté d'avoir assassiné trois personnes à la cité scolaire de Bakersville le mardi 15 mai 2000. Je suis assistée de l'agent Luke Hayes, l'interrogatoire se déroule en présence du procureur Charles Rodriguez. O'Grady a été averti de ses droits et refuse la présence d'un avocat. Il est 16 h 47.

CONNER : Danny, peux-tu nous dire ce qui s'est passé aujourd'hui dans ton école ?

Silence.

CONNER : Danny, est-ce que tu m'entends ? Tu comprends ce que je te demande ?

Silence.

CONNER : Quel jour sommes-nous, Danny ?

Pause.

O'GRADY : Mardi.

CONNER : Très bien. Est-ce que tu vas au collège le mardi ?

O'GRADY : Oui.

CONNER : Es-tu allé au collège aujourd'hui ?

O'GRADY : Oui.

CONNER : Et quand es-tu allé au collège, Danny ?

O'GRADY : Ce matin.

CONNER : Avec ta sœur ? Becky était avec toi ?

O'GRADY : Oui. Maman nous a déposés devant l'école. Becky aime pas prendre le bus. Il paraît qu'il a écrasé un chat, une fois.

CONNER : C'est plutôt triste, en effet. D'autant que Becky adore les animaux, c'est ça ?

O'GRADY : Ouais, elle en est dingue.

CONNER : Les vêtements que tu as sur toi, tu les portais à l'école aujourd'hui ? Ce jean et ce T-shirt noirs.

O'GRADY : Oui.

CONNER : Tu mets souvent des vêtements noirs ?

O'GRADY : Je ne sais pas.

CONNER : Oui, mais pourquoi t'habiller en noir aujourd'hui ?

Silence.

CONNER : Tu es allé en classe ce matin, Danny ?

O'GRADY : Oui.

CONNER : Tu es en cinquième, c'est ça ? Comment s'appelle ton professeur ?

O'GRADY : Monsieur Watson.

CONNER : Il est sympa ? Tu l'aimes bien ?

O'GRADY : Ben oui, ça va.

CONNER : Qu'avez-vous fait en classe ce matin ?

O'GRADY : Le matin, on commence par Anglais, et puis Maths. Normalement, on devait faire un jeu en cours de Géo cet après-midi. Placer les capitales sur des cartes…

CONNER : Oui, mais le jeu n'a pas pu avoir lieu cet après-midi, hein, Danny?

Silence.

CONNER : Quel genre de sac tu prends pour aller à l'école?

O'GRADY : Un sac à dos.

CONNER : Et tu avais quoi dans ton sac à dos, aujourd'hui?

Silence.

CONNER : Danny, est-ce que tu avais des armes dans ton sac? Tu as apporté des armes à l'école?

Pause.

O'GRADY : Ben, oui.

CONNER : Ces armes, d'où tu les tiens? Elles sont à toi?

O'GRADY : Non. (*Pause.*) Elles sont à mon père.

CONNER : Tu es allé les prendre dans un tiroir?

O'GRADY : Dans le coffre.

CONNER : Le coffre? Mais alors, il n'était pas fermé?

O'GRADY : Si, il était fermé. Mon père ferme toujours son coffre.

CONNER : Mais alors, comment as-tu fait pour l'ouvrir?

O'GRADY : Je suis malin, O.K.? Je suis très malin.

Pause.

CONNER : D'accord, Danny. Tu es assez malin pour ouvrir le coffre tout seul, y prendre deux armes et les apporter à l'école. Et qu'est-ce que tu as fait d'autre de malin?

Silence.

CONNER : Tu t'es servi de tes armes pour tirer à l'école ? Tu as commencé à tirer dans le couloir ?

Silence.

CONNER : Danny, j'essaye de t'aider. Mais pour que je t'aide, il faudrait que je sache ce qui s'est passé cet après-midi. Les deux petites filles et la prof d'informatique sont mortes, Danny. Tu comprends ce que ça veut dire, mortes ?

Pause.

O'GRADY : Ma grand-mère est morte. J'ai été à l'enterrement. C'est ça, être mort.

CONNER : Tu as vu tes parents pleurer, ce jour-là ? Ils étaient très tristes ? Tristes comme aujourd'hui ? Tu as vu ton père pleurer, Danny. Tu sais pourquoi il pleurait ?

O'GRADY : Oui. (*Très faiblement.*) Oui.

CONNER : Qu'est-ce qui s'est passé cet après-midi, Danny ? Qu'est-ce que tu as fait ? Tu étais très en colère, c'est ça ?

Silence.

O'GRADY : Je suis malin.

CONNER : Danny, j'ai besoin de savoir si c'est toi qui as tué ces petites filles. C'est toi qui as tiré sur elles ?

O'GRADY : Je suis malin, je suis malin, je suis malin, je suis malin !

CONNER : Tu as tué ces petites filles, Danny ?

O'GRADY : Ouais ! Ouais, c'est moi, O.K. ? Je suis malin !

CONNER : Mais pourquoi, Danny ? Pourquoi avoir fait ça ?

Une porte s'ouvre brusquement.

JOHNSON : Je m'appelle Avery Johnson et je suis ici en tant qu'avocat de Daniel O'Grady. Arrêtez immédiatement cet interrogatoire.

CONNER : Mais pourquoi, Danny, pourquoi ?

JOHNSON : Ne réponds pas…

CONNER : Dis-moi pourquoi ! Pourquoi avoir tué ces petites filles, Danny ?

O'GRADY : J'ai peur.

À bord du Boeing 747, l'agent enquêteur du FBI Pierce Quincy ôta ses écouteurs et repoussa le magnétophone. C'était la troisième fois qu'il écoutait la cassette de l'interrogatoire depuis le décollage. Il griffonna quelques notes sur un petit carnet acheté à la dernière minute à l'aéroport de Seattle. Sur la couverture du carnet à spirale rouge, il avait écrit : ENQUÊTE N° 12, DANIEL JEFFERSON O'GRADY – BAKERSVILLE, OREGON

Tout sourire, l'hôtesse s'approcha pour enlever son gobelet en plastique et lui faire de la place sur sa tablette. Quincy lui sourit machinalement, baissant aussitôt les yeux pour éviter qu'elle ne lui fasse la conversation. Il avait trop d'ados meurtriers dans la tête pour ça.

C'était loin d'être la première fois qu'une hôtesse lui souriait. À quarante-cinq ans, ses cheveux noirs s'étaient argentés sur les tempes, mais il restait grand, élégant. Tout au long de l'année, il sautait d'un avion à l'autre à la poursuite des pires prédateurs produits par la société. Il connaissait son métier sur le bout des doigts, avait tout vu ou presque et s'efforçait de toujours rester poli bien qu'il n'ait pas la moindre patience envers les imbéciles. Mais surtout, Pierce Quincy avait un regard inquisiteur qui fascinait la plupart de ses interlocuteurs quand il ne les intimidait pas.

C'était particulièrement vrai lorsqu'il était en mission, son attaché-case plein de photos judiciaires des meurtres les plus sordides. Après quinze ans de métier, Quincy en était arrivé à jongler avec ces documents dignes d'un musée de l'horreur comme s'il s'agissait de simples cartes postales, ce qui le rendait à la fois fier et triste : fier d'avoir toujours su rester objectif, triste de s'être endurci.

Quincy se trouvait tout à fait par hasard sur la Côte ouest lorsque Quantico l'avait appelé pour lui signaler la tuerie de Bakersville. Théoriquement en disponibilité de son boulot d'enquêteur et d'instructeur à l'École du FBI en Virginie, il avait appris la semaine précédente que le corps d'une prostituée avait été retrouvé au bord de l'Interstate 5 à Seattle. La police locale craignait que l'affaire ne soit liée à celle du Monstre de la Green River, un tueur en série des années 80 sur lequel on n'avait jamais pu mettre la main. Quincy connaissait bien le dossier pour avoir travaillé dessus un an plus tôt, sans rien trouver. Jusqu'à l'assassinat de la prostituée.

Le directeur adjoint du FBI avait personnellement insisté pour que Quincy reste chez lui.

— Je sais que vous avez des problèmes familiaux en ce moment, avait-il remarqué. Et si ça se trouve, cette affaire n'a rien à voir avec celle du Monstre de la Green River. N'y pensez plus.

Après l'avoir remercié, Quincy s'était rendu à l'aéroport Dulles de Washington et avait pris un billet pour Seattle. Sa fille cadette retournait à l'université le lendemain et son ex-femme n'avait pas la moindre intention de lui adresser la parole. Quant à sa fille aînée, Amanda... Quincy ne pouvait plus rien pour elle. Ce qui était fait était fait et Quincy avait avant tout besoin de trouver refuge dans son boulot.

Avant d'accepter un poste au sein du département des Sciences du comportement cinq ans auparavant, l'agent enquêteur Quincy s'était fait remarquer comme l'un des psychologues les plus doués du FBI. En moyenne, il avait contribué à faire arrêter chaque année cent vingt violeurs, assassins et kidnappeurs. Face à des individus dotés d'un QI supérieur à celui de la plupart des génies, il avait une technique bien à lui qui consistait à se servir de leur propre intelligence pour les piéger, ce qui lui avait permis de résoudre des affaires particulièrement difficiles. S'il avait probablement sauvé de nombreuses vies, il en avait perdu d'autres pour avoir commis quelques erreurs, et ces échecs l'avaient rendu philosophe.

Quincy était d'ailleurs parfaitement capable de gérer ce genre de stress. Son ex-femme lui disait souvent qu'il en avait besoin pour vivre, que son univers était aussi sombre que celui des meurtriers qu'il traquait ; elle prétendait même qu'il avait besoin de ces crimes horribles pour trouver son équilibre.

Quincy n'était guère convaincu par cette vision de lui-même, sans chercher pour autant à la réfuter. Il était pleinement conscient que son travail avait fini par déteindre sur son caractère, à l'éloigner de la réalité. Pour lui, les fêtes foraines de campagne étaient des repaires de pédophiles, les caves des cimetières, les étudiants en psychologie des psychopathes.

Quincy allait jusqu'à refuser de mettre les pieds dans une Coccinelle Volkswagen, sous prétexte que c'est la voiture de prédilection des tueurs en série. Hors de question.

Tout comme il était hors de question d'assister à l'agonie de sa fille.

En fin de compte, le crime de Seattle n'avait rien à voir avec le Monstre de la Green River. On avait fini par appréhender le coupable, un chauffeur routier de passage, mais Quincy en avait profité pour jeter un œil sur les affaires locales en suspens. Officiellement, il était censé donner son avis ; en réalité, il s'agissait d'éviter de rentrer chez soi et de troquer son uniforme de Super Flic pour celui de Parent Paumé, contraint d'attendre l'inexorable dans une chambre d'hôpital.

C'est à ce moment-là qu'un jeune garçon, en ouvrant le feu dans un collège de l'Oregon, avait sauvé Quincy, si l'on peut dire.

Comme tout le monde aux États-Unis, il n'avait suivi que de loin la fusillade qui avait eu lieu en novembre 1995 à la Richland High School de Lynnville dans le Tennessee, faisant deux morts et un blessé. Ce village de 353 habitants était trop éloigné des préoccupations habituelles de Quincy, et tout semblait indiquer qu'il s'agissait d'un cas isolé. Trois mois plus tard, autre fusillade, cette fois à la Frontier Junior High de Moses Lake, dans l'État de Washington. Trois morts et un blessé, le responsable était un élève de quatorze ans. Un an plus tard, presque jour pour jour, nouvelle fusillade à Bethel en Alaska. Deux morts, deux blessés, le tueur de seize ans avait invité un groupe de copains à assister à la tuerie. Huit mois plus tard, Luke Woodham, âgé de seize ans lui aussi, avait assassiné trois personnes et en avait blessé sept autres à Pearl dans le Mississippi. Deux mois plus tard, trois élèves trouvaient la mort à la Heath High School de West Paducah, Kentucky. C'était à chaque fois la même chose, et la liste s'était allongée depuis avec Jonesboro en Arkansas, Springfield dans l'Oregon, Littleton au Colorado, Fort Gibson en Oklahoma. Autant d'établissements scolaires, autant de tragédies qui avaient frappé les consciences.

Les journaux évoquaient une épidémie de violence au sein de la jeunesse américaine. Certains incriminaient les jeux vidéo, d'autres attribuaient le phénomène à la libre circulation des armes, à la démission parentale, à Hollywood, à la politique et même à l'émission de télévision de Jerry Springer. Il fallait en tout cas faire quelque chose, et vite : réglementer les ventes d'armes, censurer la télévision, installer des détecteurs de métaux et remettre les uniformes à l'ordre du jour dans les écoles, entre autres propositions.

Au département des Sciences du comportement du FBI, Quincy et ses collègues n'étaient guère convaincus. S'agissait-il véritablement d'une tendance durable ou bien d'une simple anomalie statistique ? Était-on en présence d'enfants « normaux » sous l'influence néfaste des médias ou bien était-ce un phénomène beaucoup plus profond ?

Comment ces adolescents en arrivaient-ils à tuer, et comment faire pour les en empêcher ?

Même à Quantico, les experts en criminologie n'avaient pas de réponse toute prête.

C'est d'ailleurs ce qui leur faisait peur, car eux aussi avaient des enfants.

Six mois plus tôt, Quincy s'était lancé dans une étude afin de comprendre ce qui se passait dans la tête de ces jeunes meurtriers. Il s'agissait de trouver le moyen de leur venir en aide et, surtout, d'éviter d'autres carnages. Son but était de permettre aux responsables d'établissements scolaires et aux services de police de les repérer. Au passage, Quincy espérait pouvoir proposer des mesures concrètes et aider parents et enseignants à canaliser ces adolescents violents.

Facile à dire.

Contrairement aux tueurs en série, les auteurs de massacres ne correspondent à aucun schéma récurrent. Certains passent à l'acte après une journée difficile, d'autres parce qu'ils sont mentalement fragiles, parce qu'ils sont influençables, parce qu'ils se droguent, parce qu'ils sont amoureux ou en manque d'amour, parce qu'ils ont envie qu'on parle d'eux, parce qu'ils veulent se venger, ou par simple pulsion morbide. Ils sont aussi bien jeunes que vieux, riches que pauvres, sociables ou solitaires, plus ou moins éduqués. Selon les cas, leurs attaques sont soit totalement improvisées, soit méticuleusement préparées.

De plus, la plupart d'entre eux finissent par mettre fin à leurs jours, ce qui complique encore le travail des enquêteurs. Pourquoi ont-ils craqué ? À quoi pensent-ils au moment de passer à l'acte ? Sont-ils susceptibles de recommencer ? La plupart du temps, toutes ces questions restent sans réponses. Au mieux, les experts sont capables d'établir des « grilles de risque » à partir d'éléments purement statistiques, sachant qu'en règle générale :

1/ Les auteurs de massacres ont des pulsions violentes (ils battent leur femme, leurs enfants, aiment la bagarre…).

2/ Ils se comportent souvent de manière inquiétante. Au lendemain d'une tragédie, il se trouve toujours des voisins ou des collègues pour dire qu'ils avaient un mauvais pressentiment au sujet du criminel. Ils l'évitaient au bureau, ne voulaient pas que leurs enfants jouent avec l'ado concerné, faisaient tout pour ne pas se trouver seul avec la personne, etc.

3/ Ce sont des asociaux qui préfèrent la solitude ou bien qui transgressent les règles de la vie courante.

4/ Ils entretiennent des rapports difficiles avec les autres.

5/ Ils ont l'habitude de proférer des menaces, imaginaires ou réelles.

6/ Ils manquent de stabilité (ont peu d'amis, viennent d'une famille éclatée, etc.).

7/ Ils ont l'impression d'avoir été trahis par la vie, leur entourage, leur conjoint, leur employeur…

8/ Ils traversent une période de stress (viennent de perdre leur emploi, sont en passe de divorcer, ont récemment perdu un proche…).

Sans être une panacée, ce type de grille d'évaluation se révélait fort utile à Quincy, et il n'était pas le seul à y avoir recours. La plupart des services de ressources humaines des grandes entreprises s'en servaient pour repérer les employés potentiellement dangereux. À la suite des diverses tragédies survenues dans des établissements scolaires, les psychologues du pays avaient d'ailleurs souhaité avoir accès à ce genre d'évaluation.

Une telle liste était pourtant trop vague et ne pouvait se révéler fiable dans le cas de très jeunes criminels. Peut-on parler de « stress situationnel » chez un gamin de onze ans sous prétexte qu'il a des boutons, qu'on lui pose un appareil dentaire, que sa petite copine le quitte ? Peut-on parler de « violence récurrente » chez un élève d'école primaire parce qu'il jette des pierres, arrache les ailes des mouches et privilégie les sports violents ?

Si l'on ajoute les enfants de familles divorcées et tous les ados dignes de ce nom qui ont le sentiment d'être mal aimés, on se trouve devant un nombre statistiquement élevé de jeunes considérés comme des meurtriers en puissance.

Les enfants sont imprévisibles dans le meilleur des cas, ou tout simplement difficiles à comprendre. Ils ont un sens de la réalité limité, sont guidés par leurs pulsions hormonales et n'ont pas de notion claire des conséquences de leurs actes. Mais surtout, les jeunes sont beaucoup plus sensibles que les adultes au regard des autres. Ils sont également plus vulnérables face aux médias et aux influences extérieures, notamment celles des sectes et des groupes extrémistes.

Plus Quincy se spécialisait dans ce domaine, plus il prenait conscience de ses lacunes. Selon lui, il s'agissait d'une mission à long terme et il lui faudrait des années au contact de meurtriers juvéniles pour comprendre leur fonctionnement. Il était à la fois attiré et rebuté par l'ampleur de cette tâche.

Au-dessus de sa tête, le voyant rouge s'alluma. L'avion amorçait sa descente et il était temps d'attacher sa ceinture. Quincy rangea ses notes sur l'interrogatoire de Danny O'Grady d'un air soucieux.

Il ne savait pas grand-chose de cette affaire, mais plusieurs éléments le troublaient. D'abord, la précision avec laquelle l'enseignante avait été tuée. Il aurait voulu en savoir plus sur ses relations avec Danny. Mais aussi l'heure de la fusillade : pourquoi avoir choisi un moment où tous les élèves étaient retournés en classe ? Pourquoi, sinon pour tenter de limiter les dégâts, comme si l'assassin avait voulu épargner des vies humaines ?

Enfin, il y avait cet interrogatoire. À en juger par le ton de Danny, Quincy était convaincu que le jeune garçon n'était pas en état de subir un interrogatoire poussé lorsqu'on avait recueilli sa confession. La jeune femme chargée de l'enquête avait bien fait son travail dans un premier temps, lui posant des questions simples pour le mettre en confiance, mais elle avait fait fausse route par la suite en passant trop vite à l'essentiel. Trop souvent, les enfants ont tendance à vouloir donner les réponses qu'attendent les adultes au lieu de dire la vérité. Quincy trouvait surtout étrange l'insistance avec laquelle Danny avait répété qu'il était malin. Une question en suspens, parmi beaucoup d'autres.

Restait à savoir comment l'avocat de Danny recevrait une nouvelle demande d'interrogatoire, ou quel accueil lui réserverait la police locale. Pierce Quincy sourit. Il ne se faisait guère d'illusions à ce sujet. Les paris étaient ouverts sur la nature du qualificatif dont Lorraine Conner l'affublerait en le voyant débarquer dans son enquête.

8

Mercredi 16 mai, 11 h 08

— Espèce de petit merdeux. Essayez encore une fois de voir le procureur derrière mon dos et je vous initie personnellement aux plaisirs de la bouse de Bakersville. Compris ?

— J'avais besoin d'information, c'est tout…

— Vous avez voulu me piquer l'affaire, voilà la vérité !

— Uniquement parce que vous n'avez pas les moyens de diriger cette enquête convenablement.

Les yeux de Rainie lui sortaient des orbites, elle était prête à imploser. Elle venait de passer une matinée éprouvante, entamée à 7 heures par une conversation tendue avec Abe Sanders. Ça n'avait visiblement pas suffi puisqu'à 11 heures il lui fallait déjà remettre les choses au point. Avoir le culot de demander au procureur de lui retirer l'enquête ! Tout ça pour s'approprier *son* affaire !

Si Sanders avait eu une once de psychologie, sachant pertinemment qu'elle avait dormi quatre heures cette nuit-là, il aurait évité de s'attaquer à Rainie.

La jeune femme se leva de son bureau – un morceau de contreplaqué posé sur deux tréteaux – installé à la hâte au QG des enquêteurs de Bakersville. Un QG improvisé dans un grenier poussiéreux et mal ventilé de la mairie, tout de même équipé à sa demande d'une cafetière électrique et d'un château d'eau. Un lieu spartiate, mais infiniment plus commode que les minuscules locaux de la police municipale.

Rainie avait travaillé d'arrache-pied toute la matinée. Levée à 4 h 30, elle avait entamé la journée par un jogging avant de taper les rapports de la veille. Ensuite, elle avait négocié avec le maire l'attribution du QG et préparé son entrevue avec Sanders. Elle pensait pourtant avoir été claire. Pour les besoins de l'enquête, il était impératif que la police d'État coopère avec la police locale. Sanders servirait de liaison avec les services chargés d'analyser les éléments recueillis sur place, tout en faisant bénéficier l'enquête de son expérience. De son côté, Rainie fournirait l'équipe de terrain – elle-même, Luke et trois agents volontaires – pour procéder aux interrogatoires. Leur compétence garantissait la coopération de l'école et des parents.

Sanders avait demandé à poursuivre ses investigations sur le lieu de la fusillade, notamment en examinant les ordinateurs à la recherche d'éléments nouveaux. Rainie était parfaitement consciente qu'elle avait besoin d'aide, mais il n'était pas question qu'elle renonce à diriger son enquête. Un point, c'est tout.

Apparemment, tout n'était pas aussi simple.

— Vous avez été en dessous de tout au moment du drame, attaqua Sanders. Vous n'avez aucune expérience, et ça se voit.

— J'ai sécurisé le bâtiment et arrêté un meurtrier, excusez du peu.

— Vous êtes arrivée comme un éléphant dans un magasin de porcelaine, la corrigea-t-il. Vous avez même laissé les équipes de secours pénétrer dans le bâtiment avec leurs gros sabots alors que vous savez très bien que c'est contraire à tous les règlements. Pourquoi ne pas avoir invité les pompiers à faire la fête, pendant que vous y étiez ?

— J'ai donné l'ordre de bloquer Walt à l'entrée, mais il a décidé de passer outre, ce dont se réjouit tout particulièrement Bradley Brown aujourd'hui.

— Si ça se trouve, il aurait peut-être survécu.

— Peut-être survécu ? Non mais je rêve ! Vous êtes payé au cadavre ou quoi, dans votre service ?

Sanders ne se démonta pas pour autant.

— Tout le monde sait que les équipes de secours brouillent systématiquement les pistes. Tout comme les parents affolés qui cherchent leurs enfants et les ronds-de-cuir qui comptent leurs élèves…

— On est arrivés là-bas aussi vite qu'on a pu. La topographie de Bakersville étant ce qu'elle est, la cité scolaire se trouve en pleine zone résidentielle à un quart d'heure du centre. Et vous savez très bien que je ne pouvais rien faire avant d'arriver sur place.

— D'accord, mais une fois que vous étiez sur place ? Tirer en l'air à l'endroit le plus déterminant pour l'enquête, c'est ça ?

— Un suspect armé pointait son arme sur moi ! rétorqua Rainie. Je veux bien protéger les indices, mais pas au péril de ma vie.

— Ah, nous y voilà ! Vous aviez la trouille, alors vous avez tiré en l'air. Maintenant je comprends, tout devient clair !

— Espèce de sale petit…

Les poings de Rainie se crispèrent. Elle compta jusqu'à dix avant de s'apercevoir qu'un inconnu endimanché venait de pénétrer dans la pièce. Et merde ! Voilà que les types de la police d'État faisaient des petits, maintenant !

Elle s'obligea à reprendre son calme et dit d'une voix posée :

— Comme je l'ai écrit dans mon rapport, inspecteur… car vous avez bien lu mon rapport, je suppose, pour éplucher les fautes d'orthographe, c'est ça ? Dans mon rapport, j'ai précisé qu'à la dernière seconde, le père du suspect s'était interposé et que j'avais été contrainte de modifier mon angle de tir.

— Si je comprends bien, vous vous prenez pour Calamity Jane.

— Juste une petite question. Ça vous est déjà arrivé de sortir votre arme en mission ? Je serais curieuse de savoir si on vous a déjà mis en joue.

Sanders fronça les sourcils. Monsieur Je-Sais-Tout ne s'était visiblement jamais trouvé du mauvais côté d'une arme à feu. Et qui avait l'air d'un imbécile sans expérience, maintenant ? Mais le triomphe de Rainie fut de courte durée.

— Ce qui nous amène à l'arrestation du suspect et à tout ce qui va avec, reprit l'inspecteur.

— Quoi encore ?

— D'abord, la confession. Vous avez parlé de la confession avec le procureur ?

— Bon Dieu, mais Rodriguez était présent, j'ai respecté la procédure à la lettre !

— Pas tout à fait, apparemment. L'avocat de Danny O'Grady est d'ailleurs décidé à demander l'annulation de la confession…

— Vous pensiez peut-être qu'il allait demander qu'on la fasse encadrer ?

Sanders ignora le sarcasme.

— Il prétend que son client était en état de choc, donc incapable de faire valoir ses droits. Il remarque également que vos questions étaient tendancieuses, ce qui est contraire à la loi lorsque l'on procède à l'interrogatoire d'un mineur. Il a déjà toute une série d'experts prêts à déclarer que c'est vous qui avez soufflé ses réponses à Danny.

— C'est ça. J'étais ravie d'entendre le fils de mon patron me dire qu'il venait de tuer trois personnes, maugréa Rainie avant de balayer l'argument d'un revers de la main. Mais passons. Il nous reste les tests de paraffine et les deux armes, ce qui ne me semble pas tout à fait négligeable.

Sanders esquissa un sourire satisfait, et Rainie comprit qu'elle n'était pas au bout de ses peines.

— Parlons-en, des traces de poudre trouvées sur les mains et les vêtements de Danny O'Grady.

Sanders prit la pose d'un avocat de la défense.

— Est-il vrai, agent Conner, que vous avez utilisé votre arme sur le lieu de la fusillade ?

— Oui, comme je l'ai expliqué dans…

— N'est-il pas avéré qu'en faisant usage d'une arme à feu, vous laissez des traces de poudre ?

— Si, bien sûr, mais je ne me trouvais pas à côté de Danny et…

— Il n'en reste pas moins que vous aviez de la poudre sur vos propres mains, n'est-ce pas ? Un peu plus tard, n'avez-vous pas procédé à la fouille du suspect, Danny O'Grady ? N'avez-vous pas été en contact avec ses vêtements, ses bras, ses mains au moment de cette fouille au corps, et par la suite lorsque vous lui avez passé les menottes ? En réalité, n'est-on pas en droit de penser que les traces de poudre relevées sur l'accusé lui viennent de vous, puisque vous portiez *vous-même* des traces de poudre pour avoir utilisé *votre* arme ?

Rainie se trouva déstabilisée. Elle n'avait pas pensé à ça. Tout était allé si vite. Tout mettre en œuvre pour ne pas tuer Shep ou son fils. Ensuite, maîtriser Danny. Qu'aurait-elle dû faire ? Demander à un gamin armé suspecté de meurtre de rester là bien sagement pendant qu'elle allait se laver les mains ?

Elle cherchait désespérément une planche de salut.

— Le labo peut certainement procéder à d'autres tests. Il existe diverses sortes de traces de poudre. Il suffit de prouver que les miennes et les siennes n'étaient pas les mêmes.

— C'est bien ce qu'on est en train de faire, répondit Sanders, reprenant son ton incisif. Mais on ne sait pas encore si ça va marcher. Il semble que Danny se soit servi des munitions de son père et vous n'êtes pas sans savoir qu'il se fournit auprès du même fabricant que la police locale. Pas vraiment simple, tout ça, vous ne trouvez pas ?

Rainie avait mal à la tête, mais elle n'avait pas l'intention de le laisser voir. Pas question de donner ce plaisir à Sanders. Et puis il y avait toujours ce type sur le pas de la porte qui ne perdait rien de leur conversation. Si jamais c'était un journaliste, elle l'assommerait.

Comme Sanders avait été chargé de s'occuper des armes de Danny, elle lui demanda :

— Sait-on au moins comment ont été abattues les victimes ?

— La balistique est en train de s'occuper de ça. On n'a pas encore les résultats.

— Mais quelle arme pourrait-il y avoir, autre que celles de Danny ? Surtout qu'on a ses empreintes.

— Aucune empreinte, répondit Abe.

— *Quoi ?* C'est impossible. Je l'ai vu de mes yeux vu avec ces deux flingues. Et j'ai veillé à faire sortir Shep en premier. Personne n'a pu effacer les empreintes.

— Elles n'ont pas été essuyées, mais comme par hasard, elles sont trop floues pour être utilisables, comme si un flic expérimenté s'était ingénié à les effacer en feignant de désarmer brutalement son propre gamin.

— Non, rétorqua Rainie.

— Et pourquoi non ? Parce que Shep est votre patron et que vous avez une dette envers lui ?

— Attention où vous mettez les pieds. Ça n'a rien à voir avec cette histoire.

Sanders n'était pas disposé à lâcher prise.

— Je suis loin d'être de votre avis. Entre les mains d'un bon avocat, Conner, le poster d'Andy Gibb que vous embrassiez fougueusement tous les soirs à douze ans devient une pièce à conviction. J'ai mené ma petite enquête. Il y a quatorze ans, vous avez été arrêtée pour meurtre alors que vous aviez dix-sept ans. Celui qui vous a arrêtée était un certain Shep

O'Grady, et celui qui vous a innocentée était un certain Shep O'Grady.

— Il s'était trompé, et il s'en est aperçu.

— Et alors ? Je remarque simplement que vous travaillez ensemble, que vous allez régulièrement dîner chez lui et qu'il vous a sorti d'une mauvaise passe il y a quatorze ans, avant de vous donner un boulot six ans plus tard, ce qui ne manque pas de faire jaser en vile. Vous vous imaginez peut-être qu'on n'en parlera pas au procès ? Shep protège son fils, vous protégez Shep, et vous êtes les trois seules personnes présentes au moment des faits. À mon avis, il y a un truc qui cloche.

— Il ne s'est rien passé de louche dans ce bâtiment, inspecteur. Vous n'étiez pas là. Vous ne savez même pas comment les choses se sont déroulées.

Sanders garda le silence quelques instants, avant de reprendre plus insidieusement :

— Non, je crois que c'est vous qui ne savez pas comment les choses se sont déroulées. Shep vous a confié l'enquête avant même d'arriver sur les lieux. Pour quelle raison ? Quand vous arrivez à la cité scolaire, la voiture de Shep est déjà là, mais on n'entend pas parler de lui pendant trois quarts d'heure. Où se trouve le shérif ? Que fait-il ?

— Il a déclaré que Danny l'avait pris en otage dans une salle de classe.

— En êtes-vous certaine ? Qui peut en témoigner ? De mon point de vue, vous commencez à fouiller les classes sans voir personne. Au moment précis où vous vous apprêtez à entrer dans la dernière classe, ils font irruption devant vous. Dix secondes plus tard, vous vous trouvez au beau milieu d'une petite scène de famille au cours de laquelle vous déchargez votre arme comme par miracle, ce qui a pour effet de réduire à néant les éléments de preuve qui pouvaient exister, tandis que Shep O'Grady en profite pour rendre inutilisables les empreintes sur les armes de son fils. Voilà qui tombe drôlement bien, si vous voulez mon avis.

Rainie n'en croyait pas ses oreilles.

— Vous croyez *vraiment* que Shep a monté de toutes pièces une confrontation entre un officier de police et son fils en espérant que ça lui donnerait l'occasion de détruire des preuves gênantes pour Danny ?

— Pas une confrontation avec *un* officier de police, Conner. Une confrontation avec vous. Vous connaissez Danny depuis qu'il est tout petit. À en croire les habitants de cette ville, vous et Luke avez pratiquement élevé Danny O'Grady en jouant avec lui tous les après-midi dans le bureau du shérif. Et vous auriez tiré sur lui ?

— Shep est un flic intègre. Jamais il ne détruirait volontairement une preuve.

— C'est aussi le père de Danny, alors ne vous faites pas trop d'illusions.

— Mais j'étais là, je sais quand même comment ça s'est passé !

— Ouais, surtout que Shep est déjà en train d'annoncer à toute la ville qu'il n'y a aucune preuve tangible contre son fils et qu'il va être libéré. À votre avis, qui s'est empressé de faire remarquer que vous aviez déchargé votre arme avant de fouiller Danny ? Et qui s'ingénie à dire qu'il n'y a rien d'utilisable sur le lieu de la fusillade ? Shep sait où se trouve son intérêt. Vous n'avez pas envie de regarder les choses en face, et c'est d'ailleurs pour ça que vous devez passer la main à quelqu'un de parfaitement objectif. Quelqu'un qui a de l'expérience.

— Quelqu'un qui adore parader devant les journalistes.

Sanders secoua la tête d'un air dégoûté.

— Vous savez, Conner, dans quatre-vingt-dix pour cent des enquêtes que je mène, les gens sont condamnés. Vous avez le droit de me détester si ça vous amuse, mais vous pourriez au moins me témoigner un minimum de respect. C'est vous qui faites de cette histoire une affaire d'ego. Tout ce que je veux, c'est obtenir une condamnation pour que les gens puissent recommencer à vivre dans ce patelin.

— Alors, c'est que vous êtes un imbécile, répondit froidement Rainie. Vous croyez vraiment que les gens se sentiront mieux quand un gamin de treize ans se trouvera derrière les barreaux ? Vous croyez qu'on tournera la page aussi facilement ? Personnellement, je sais qu'à chaque fois que je passerai devant cette école, je me demanderai ce qui a bien pu se passer cet après-midi-là. Et tout le monde se posera exactement la même question. Qu'est-ce qui pousse un gamin à tuer ? Pourquoi ces deux petites filles sont-elles mortes ? Pourquoi n'a-t-on rien pu faire pour empêcher ça ? Davantage qu'un coupable, ce dont la ville a besoin, c'est d'une explication, et je compte bien tout mettre en œuvre pour la lui donner. Maintenant, inspecteur, je vous demanderai de bien vouloir quitter mon bureau, et la prochaine fois que vous vous adressez à Rodriguez, arrangez-vous pour enlever le balai que vous avez dans le cul. Ça vous fera du bien.

Rainie retourna s'asseoir à son bureau. Quelques instants plus tard, elle eut la satisfaction d'entendre Sanders sortir en trombe, ce qui ne la mit pas de bonne humeur pour autant. Cette guerre de tranchées commençait à lui peser.

D'autant que Sanders avait raison : elle avait tout raté la veille. Il ne suffit pas d'avoir cru bien faire dans une affaire criminelle. Si elle avait arrêté un suspect, elle avait surtout détruit toute une série de preuves. Si ça continuait, elle serait bientôt mûre pour postuler à la police de Los Angeles.

Sa crédibilité ne tarderait pas à être mise en cause. Les gens parleraient. Normal, dans une petite ville. Si les gens ne parlaient pas, à quoi occuperaient-ils les longues soirées d'hiver ?

Rainie Conner est dangereuse. Va falloir se méfier. Déjà qu'elle a tué sa mère…

Rainie soupira avant de se souvenir que l'inconnu en costume bleu marine attendait toujours sur le pas de la porte.

— Je peux vous aider ? demanda-t-elle d'un ton brusque.

— Lorraine Conner ?

— Je ne sais pas. Qui la demande ?

L'homme eut un petit sourire en coin. Ses yeux se plissèrent et Rainie en profita pour le dévisager. Un visage de chasseur. Un regard bleu acéré. Elle ne savait pas qui était son interlocuteur, mais elle aurait préféré qu'il prenne ses cliques et ses claques.

— Je m'appelle Pierce Quincy et je suis agent enquêteur du FBI.

— Et merde !

Il sourit à nouveau et Rainie en fut à nouveau déstabilisée. Elle aurait pourtant dû savoir à quoi s'en tenir. Si seulement elle avait eu une bière glacée à portée de main…

L'enquêteur du FBI s'avança et prit un siège sans y être invité.

— Je suppose que ce monsieur représentait la police d'État ?

— Monsieur Je-Sais-Tout fait partie de la Criminelle. Dieu ait pitié de nous !

— Un taux de condamnation de quatre-vingt-dix pour cent, c'est plutôt pas mal.

— Il est également premier en orthographe, et ça ne m'empêche pas d'avoir envie de l'étrangler au bout de cinq minutes.

— L'affaire se présente mal ?

— Vous voulez dire que j'ai merdé dans les grandes longueurs, oui, répondit-elle.

— Et maintenant, vous comptez vous endormir sur vos lauriers ?

— Pas exactement. Je suis en train de réfléchir à ce que je pourrais faire d'autre.

L'homme esquissa un sourire, mais Rainie n'était pas d'humeur à lui faire la conversation. Elle se pencha en avant, décidée à aller droit au but.

— Vous voulez quoi au juste, monsieur Superflic ? Je suis fatiguée, j'ai un triple meurtre sur les bras et je n'ai pas l'intention de renoncer à diriger cette enquête. Comme ça, au moins vous savez à quoi vous en tenir.

— Je suis ici pour vous aider…

— Mon cul.

— Bien. Alors, disons que je suis un bureaucrate de plus chargé de vous mettre des bâtons dans les roues et de remettre en cause votre professionnalisme.

— Enfin un flic honnête.

— Je voudrais également m'entretenir avec Daniel O'Grady.

Rainie se recula sur son siège. Que venait réellement faire cet ostrogoth ?

Elle bascula sa chaise en arrière, posa négligemment un pied sur son bureau et croisa l'autre pardessus. Elle avait encore mal aux jambes d'avoir couru ce matin-là. Tout en étendant ses jambes, elle observa attentivement l'agent enquêteur Pierce Quincy.

Un type d'expérience, pensa-t-elle, reconnu pour ses compétences. La quarantaine, les tempes légèrement argentées, ce qui allait bien avec ses cheveux courts et son costume chic. Elle aurait parié tout ce qu'on voulait que l'agent enquêteur Pierce Quincy faisait tout pour mettre en valeur son autorité naturelle. Ce type-là avait dû voir pas mal de choses au cours de sa carrière. Rien ne l'impressionnait plus, et Rainie l'envia l'espace d'un instant.

— Vous êtes psychologue ? demanda-t-elle, sûre de la réponse.

— Entre autres. Je suis instructeur au FBI et je fais de la recherche pour le département des Sciences du comportement.

— Spécialiste des tueurs en série.

— Les tueurs en série, les violeurs, les pédophiles, répondit-il avec le plus grand sérieux. C'est super pour les cauchemars.

— Que voulez-vous à Danny? Il est soupçonné d'avoir tué plusieurs personnes dans une fusillade, mais ce n'est pas un tueur en série.

— Je vois que vous avez des lettres. De plus, c'est un enfant, ce qui le place dans une catégorie encore différente. Malheureusement, nous ne maîtrisons pas encore toutes ces subtilités, ce qui explique ma présence ici.

Rainie leva les sourcils.

— Vous êtes spécialisé dans les fusillades en milieu scolaire?

— Exactement.

— Vous allez d'un endroit à l'autre pour étudier les gamins qui tuent d'autres gamins?

— Eh oui.

Rainie secoua la tête. Elle ne savait plus si elle devait rire ou pleurer.

— Les accidents de la route, je peux comprendre, reprit-elle. Les bagarres d'alcooliques, les coups de couteau, même les scènes de ménage qui tournent mal. Mais ce qui s'est passé ici hier... Comment peut-on se spécialiser dans un truc pareil? Vous arrivez à dormir, la nuit?

— Avec tout le respect que je vous dois, je crois avoir un peu plus d'expérience en la matière que vous.

Rainie fit la grimace.

— Je vous remercie. Ce n'est que la douzième fois qu'on me le dit ce matin.

Elle se redressa sur sa chaise et reposa les pieds par terre.

— Je suis désolée de vous décevoir, agent enquêteur Quincy, mais je ne crois pas que vous aurez l'occasion de vous entretenir avec Danny. Ses parents lui ont trouvé un as du barreau qui s'est chargé de lui éviter les corvées de ce genre. Danny a beau avoir avoué deux fois après avoir été arrêté les armes du crime à la main, il plaide l'innocence.

— Vous le croyez coupable ?

— Je crois que j'ai de quoi m'occuper avec lui.

— Vous me semblez bien prudente.

Elle eut un sourire carnassier.

— Je manque sans doute d'expérience, monsieur l'Agenquêteur, mais j'apprends vite.

— Agent quêteur ?

— Notre façon à nous de saluer les agents enquêteurs du FBI. Les titres ronflants, c'est pas trop notre truc, par ici.

— Je vois.

Quincy avait l'air surpris. Rainie eut l'impression qu'il ne savait pas quoi penser, ni même comment s'y prendre avec elle. Cela lui fut agréable. Autant profiter de ce petit plaisir, sans doute le seul de sa journée. Le chasseur du FBI repartait déjà à l'attaque, d'un ton calme.

— Je ne crois pas que Daniel O'Grady soit responsable de cette fusillade. Je crois même que vous n'êtes pas loin de penser la même chose, mademoiselle Conner. Je crois que nous nous demandons l'un comme l'autre ce qui s'est réellement passé ici hier après-midi. Et peut-être plus encore, comment le prouver.

9

Mercredi 16 mai, 11 h 43

Rainie conduisit Quincy à la cité scolaire.

Assis à côté d'elle, il regardait par la fenêtre. Il y avait si longtemps qu'il n'avait pas mis les pieds en Oregon, il avait oublié à quel point les paysages y sont impressionnants. Des prairies vallonnées parsemées de Holstein noires et blanches, avec en toile de fond des fermes d'un rouge majestueux rehaussé par des bouquets de pensées jaunes. L'odeur de l'herbe fraîchement coupée se mêlait à l'air iodé venant de l'océan. Au loin, les montagnes fermaient l'horizon, leurs sommets recouverts de sapins.

Ils croisèrent d'énormes camions rugissant de toute la puissance de leur moteur. Les conducteurs saluaient Rainie en passant, et Quincy compta une demi-douzaine de labradors noirs, la langue pendante à la fenêtre. Un peu plus loin, la circulation fut ralentie par un tracteur sans que personne ne songe à klaxonner le vieil agriculteur pour lui demander de se ranger. Les voitures attendaient sagement à la queue leu leu que l'occasion se présente de le dépasser. Rainie lui fit un signe de la main et le vieil homme lui répondit en touchant le bord de sa casquette de base-ball d'un rouge passé.

— C'est Mike Berry, commenta Rainie en dépassant le tracteur vert, rompant le silence pour la première fois depuis qu'ils étaient montés dans la voiture. Son frère et lui ont l'une des plus grosses exploitations laitières du coin. L'an dernier, ils ont racheté trois exploitations familiales détruites par les inondations. L'une des trois appartenait à Carl Simmons, un type de soixante ans qui n'a plus de famille. Mike s'est arrangé pour que Carl touche une retraite et qu'il reste chez lui jusqu'à sa mort sans se soucier de rien. Les frères Berry sont des gens bien.

— Je n'aurais jamais pensé qu'il existait encore des endroits comme ça, murmura Quincy, songeur.

Rainie tourna la tête.

— On a dû perdre le moule.

Elle avait de nouveau les yeux fixés sur la route, et Quincy décida de ne plus l'interrompre en la voyant encore une fois perdue dans ses pensées. À dire vrai, lui-même se posait de plus en plus de questions. Il se demandait comment des paysages aussi beaux avaient pu servir de cadre à la sauvagerie de ce qui s'était déroulé la veille à la cité scolaire. Jusqu'à présent, rien ou presque de ce qu'il avait vu à Bakersville ne correspondait au tableau qu'il s'était fait de la situation.

Y compris Rainie Conner. Tout cliché mis à part, la majorité des femmes flics qu'il connaissait étaient carrées, épaisses et franchement masculines. Rainie Conner n'était rien de tout ça. Un mètre soixante-cinq, mince, des formes rondes. Des cheveux bruns et longs encadrant un visage agréable marqué par des pommettes saillantes, des lèvres pleines, un menton volontaire.

Et puis ses yeux, entre gris et bleu. Des yeux qui devaient changer de couleur en fonction de son humeur, tirant sur la flanelle lorsqu'elle était pensive, d'un bleu froid lorsque la colère prenait le dessus. Quincy se demanda quelle couleur ils pouvaient bien avoir quand elle avait la tête légèrement en arrière, les lèvres entrouvertes comme pour recevoir un baiser…

Quincy se tortilla sur son siège. Ça ne lui ressemblait pas de penser comme ça à une femme flic, et d'autant moins maintenant qu'il avait précisément repris son boulot, histoire de s'empêcher de penser.

Il se mit en tête d'analyser la jeune femme d'un simple point de vue professionnel. Elle manquait d'expérience, il suffisait de voir comment elle avait géré la situation à la cité scolaire pour s'en convaincre. D'un autre côté, il était loin de la trouver inintéressante. De prime abord, il la trouvait têtue, intelligente, pleine de bon sens. Son métier lui tenait visiblement à cœur, même si sa conscience professionnelle confinait parfois à l'orgueil. Il est probable qu'elle ne vivait que pour son travail, devait avoir peu d'amis et peu de centres d'intérêt en dehors de son métier. Une façon d'échapper à son passé. Comme tous les enfants d'alcoolique, elle n'avait eu que deux solutions : se noyer dans l'alcool et tout rater, ou bien se noyer dans le travail et tenter de réussir. Et comme ce n'était visiblement pas la première solution…

Il ne s'était pas attendu à trouver quelqu'un comme elle. Rainie ne correspondait sûrement pas non plus à l'idée que s'en était faite l'inspecteur Abe Sanders, d'où leur affrontement. Sans faire injure à l'équipe du shérif de Bakersville, qui aurait pu nier que la plupart des flics de petites villes ne sont pas exactement des lumières ? Un salaire d'environ vingt mille dollars par an, la routine en ligne de mire, autant d'éléments qui poussent les flics locaux à s'encroûter, à remiser au vestiaire leurs talents d'enquêteur.

Mais à ce compte-là, Quincy aurait dû être prétentieux comme tous les agents fédéraux qui sont, comme chacun sait, grassement payés par l'État pour mépriser tous les autres flics.

Rainie quitta la départementale, et les champs laissèrent place à une zone résidentielle d'où se détacha bientôt le bâtiment blanc de la cité scolaire. Des bandes de plastique jaune fermaient le parking à la circulation et des montagnes de fleurs avaient été déposées le long du grillage.

Rainie arrêta la voiture.

— Vous n'êtes pas encore venue ce matin ? interrogea Quincy.

Elle fit non de la tête, les yeux rivés sur les fleurs, les ballons et les ours en peluche entassés le long de l'enceinte sur plus de trois mètres. Des roses, des rubans de couleur, des centaines de croix, mais aussi des pancartes peintes à la main. « Nous vous aimons, mademoiselle Avalon », ou encore un cœur en œillets sur lequel était écrit : « À ma fille. »

Les yeux de Rainie étaient brillants. Elle renifla et Quincy comprit qu'elle faisait des efforts pour ne pas pleurer. Il évita de la regarder, les yeux rivés sur le mémorial improvisé, avant de rompre le silence :

— Je dois dire que ça me fait toujours le même effet. D'une part, on ne peut s'empêcher de se poser des questions après un drame comme celui-là. Quelle société digne de ce nom est capable de produire des enfants qui s'entre-tuent avec des fusils d'assaut? En même temps, le côté tragique de la chose contribue à faire ressortir notre humanité. Tous ces actes de courage ont permis de sauver la vie de la plupart de ces gamins... Les équipes de secours n'ont pas hésité à affronter le danger, les enseignants ont risqué leur vie pour évacuer leurs élèves. Le grand frère qui protège sa petite sœur ou la mère de famille qui s'improvise en infirmière et oublie sa propre angoisse pour aider l'enfant du voisin. Des drames comme ça suscitent une vague d'émotion et de sympathie dans le monde entier, et les gens éprouvent le besoin d'envoyer des fleurs, des poèmes ou des bougies en signe de compassion.

Rainie cligna des paupières à plusieurs reprises.

— Hier, dit-elle d'une voix lourde, on a annoncé aux gens que l'hôpital avait besoin de sang pour les blessés. La loge locale des Elks a aussitôt ouvert une antenne pour la Croix-Rouge. En l'espace de quelques minutes, les gens faisaient la queue autour de plusieurs pâtés de maisons pour donner leur sang. L'épicerie a envoyé plusieurs de ses employés distribuer des boissons fraîches et des vieilles dames ont sorti des Play Station pour les gamins. Les gens sont restés là pendant deux ou trois heures sans rien dire, pensant que c'était leur devoir. Le *Bakersville Herald* a choisi de faire sa une avec ça, plutôt que d'insister sur la fusillade, reléguée en bas de page dans un encadré. Tout le monde n'était pas d'accord, mais je me demande si le journal n'avait pas raison.

— La fusillade est le fait d'un individu isolé alors que tout ce qui se passe ensuite illustre la solidarité de toute une ville.

— Oui, si on veut.

Rainie détacha sa ceinture.

— Si ça ne vous dérange pas, j'ai passé ma journée d'hier dans ce bâtiment et j'aimerais bien en finir le plus vite possible. Je n'ai pas autant d'expérience qu'un enquêteur comme vous et ça me fait mal d'être ici.

Quincy la suivit dans le bâtiment, son calepin à la main, la tête déjà dans cette nouvelle affaire.

Plus tôt dans la matinée, dans son QG de la mairie, Conner avait accepté d'accompagner Quincy sur les lieux du drame afin qu'il prenne des notes, mais aussi pour se rafraîchir la mémoire. Elle n'avait pas jugé bon de lui préciser qu'elle se posait effectivement des questions sur la culpabilité de Danny et il n'avait pas proposé à la jeune femme de l'aider dans son enquête. Officiellement, Quincy l'accompagnait en tant qu'observateur et expert, et Rainie n'avait pas manqué de lui dire qu'à la première incartade de sa part elle se réservait le droit de lui scier les pattes. En lui disant ça, elle avait machinalement regardé ses genoux de l'air le plus sérieux du monde.

Quincy ne se faisait guère d'illusions sur la capacité de Lorraine Conner à se montrer mauvaise joueuse, une impression qui n'était pas sans lui procurer un plaisir presque pervers.

En traversant le grand hall en direction du lieu de la fusillade, Quincy remarqua d'emblée les traces de poudre laissées par les spécialistes chargés de relever les empreintes et, sur les murs, des carreaux manquants que les types du labo avaient découpés et qui devaient porter des traces de sang.

D'après Rainie, les services de l'identité judiciaire avaient terminé l'examen initial des lieux le matin même. Ils reviendraient plus tard afin de reconstituer précisément ce qui avait pu se passer ce jour-là, mais il leur faudrait des mois pour tout analyser, tout trier. Quincy estimait à plusieurs centaines les traces de pas relevées dans un bâtiment de cette taille, à plusieurs milliers le nombre d'empreintes digitales à recouper. Il faudrait probablement une bonne demi-douzaine de classeurs pour cataloguer tous les éléments rassemblés sur place.

— C'est là que j'ai trouvé Walt et Emery en train de soigner Bradley Brown, commenta Rainie, désignant du doigt un endroit encore taché de sang à l'intersection de deux couloirs. Elle lui jeta un regard interrogatif.

— Brown était-il conscient ?

— Oui. Je lui ai demandé s'il avait vu quelque chose et il m'a dit que non. Il a entendu les coups de feu, s'est précipité dans le couloir et c'est au moment où il tournait à droite qu'il a été blessé.

Quincy suivit le chemin emprunté la veille par le concierge pour découvrir toute la violence du drame, matérialisée par les silhouettes des trois corps dessinées sur le sol.

— Tout s'est passé ici ?

— C'est ce qu'on pense.

— Donc dans le couloir, et pas dans une classe.

— Exactement.

— Comment Danny s'est-il retrouvé dans le couloir ?

— D'après son prof, il n'est pas retourné en classe après le déjeuner. M. Watson se demandait ce qui se passait, mais comme Danny n'est pas du genre à arriver en retard, il s'est dit qu'il devait avoir une bonne raison d'être absent.

— Quelle heure était-il à ce moment-là ?

— Il y a trois services à la cantine. Danny était inscrit pour le dernier, qui se termine à 13 h 20. Les élèves ont cinq minutes pour retourner en classe, la cloche sonne à 13 h 25. Et c'est à 13 h 35 que le central a reçu un appel signalant les coups de feu.

— Danny manque donc la classe. Mais alors, pourquoi les deux petites filles sont-elles dans le couloir ?

— Alice a demandé à aller aux toilettes et Sally était sa meilleure amie. Au CM2, les élèves ne sortent pas tout seuls et l'institutrice les a autorisées à y aller ensemble.

— Parlons un peu de l'autre victime, Melissa Avalon. Elle était seule dans la salle des ordinateurs ?

— Oui, c'était l'heure de son déjeuner. Sa classe reste ouverte pendant les heures de cantine des élèves et ne ferme qu'avec la cloche de 13 h 20.

— Si je comprends bien, elle a des horaires fixes. À 13 h 20, elle est donc toujours seule dans sa classe, c'est ça ?

Rainie acquiesça, voyant où Quincy voulait en venir.

— Oui, et tout semble indiquer qu'elle était la cible, reprit-elle. Sally et Alice se sont simplement trouvées au mauvais endroit au mauvais moment.

— Pour l'instant c'est mon hypothèse, mais ne brûlons pas les étapes.

Quincy s'approcha du placard du concierge et leva les sourcils en constatant les dégâts.

— L'agent Cunningham est plutôt costaud, non? murmura-t-il.

Rainie fit la grimace.

— Il a fait de son mieux. Nous étions tous sous pression.

— Et Becky O'Grady se cachait au fond du placard?

— Oui, tout au fond. Elle était roulée en boule. Elle était sous le choc et je n'ai pas réussi à en tirer grand-chose. D'après ce que j'ai compris, Sandy l'a montrée aux médecins qui ont dit que c'était une question de temps.

— Vous pensez qu'elle a vu ce qui s'était passé?

— Je ne sais pas. Luke a interrogé son institutrice ce matin. Elle dit que Becky était en classe jusqu'au moment des coups de feu. Mme Lund pense qu'elle a perdu le reste de la classe dans la pagaille qui a suivi l'évacuation. Mme Lund a mis plus d'une demi-heure à s'apercevoir que Becky manquait à l'appel.

— Nous avons donc deux questions sur les bras. Premièrement, qu'est devenu Danny entre la fin du déjeuner, vers 13 h 20, et le moment où vous l'avez retrouvé, c'est-à-dire à…

— 14 h 45, à peu près.

— Plus d'une heure pendant laquelle nous ne savons rien de son emploi du temps.

Voyant Quincy froncer les sourcils, Rainie lui sourit.

— Pas tout à fait. Shep était avec lui. Il prétend être arrivé à l'école un peu après 13 h 45. Les élèves avaient déjà évacué le bâtiment. Il est entré pour voir s'il pouvait faire quelque chose et il est tombé sur Danny, hébété, en train de ramasser les armes.

— En train de ramasser les armes ? Voilà qui n'est pas banal. Comme s'il était tombé dessus par hasard.

— Vous non plus, vous ne croyez pas Shep ?

— On ne peut pas dire que ce soit le témoin le plus impartial, observa Quincy. Jusqu'à preuve du contraire, je m'en tiendrai à mon analyse, c'est-à-dire que nous ne savons pas ce qu'a fait Danny entre 13 h 20 et 14 h 45.

Il fronça à nouveau les sourcils.

— Ce qui me gêne, c'est que les deux seuls élèves manquants soient justement le frère et la sœur. Je ne crois pas aux coïncidences.

— Vous ne pensez tout de même pas que Becky avait quelque chose à voir là-dedans ? s'écria Rainie, visiblement étonnée. Elle n'a que huit ans, tout de même !

— Quelqu'un s'est-il occupé de recueillir son témoignage ?

— Luke Hayes et Tom Dawson vont essayer de lui parler cet après-midi, mais je ne suis pas très optimiste. Shep et Sandy sont loin d'être coopératifs en ce moment et nous n'avons pas le droit de l'interroger hors de la présence de ses parents. J'ai peur que ça ne donne rien.

— Vous pourriez demander au juge l'autorisation de la faire comparaître en tant que témoin.

Rainie haussa les épaules et Quincy fut surpris de sa réponse.

— Je me suis renseignée ce matin. D'après Rodriguez, ça ne nous permet pas de l'obliger à témoigner. Il suffit que ses parents la poussent à nous dire qu'elle ne se souvient de rien. À mon avis, c'est plus par la douceur que par la force que nous obtiendrons un résultat. Qui sait? Shep et Sandy doivent être les premiers à se demander ce qui a bien pu se passer hier. Peut-être finiront-ils par laisser Becky parler tôt ou tard. Il est même possible qu'ils autorisent Luke à lui poser des questions cet après-midi, mais j'en doute.

— Vous les connaissez bien? demanda Quincy.

— Oui.

Quincy approuva de la tête et la laissa s'éloigner. Sans s'en apercevoir, elle avait croisé les bras sur son ventre, comme pour se protéger. Elle avait l'air plus jeune, plus vulnérable. Ses yeux étaient rivés sur la silhouette du corps de Melissa Avalon. Une jeune femme belle, proche des gens, passionnée par son travail, à ce qu'on disait.

Sans mot dire, ils longèrent le couloir en direction des portes latérales. Quincy s'arrêta sur le seuil de la pièce aux ordinateurs.

— Danny est sorti de cette classe?

— Oui. Il avait ses armes pointées sur Shep et l'obligeait à reculer.

— Il tenait à la fois le .22 et le .38?

— Oui.

— Comment était-il?

— Très agité, visiblement sur les nerfs.

Les traits de la jeune femme se contractèrent.

— Il était extrêmement agressif vis-à-vis de son père.

— Je vois mal comment on peut tenir en joue son père sans avoir l'air agressif.

Rainie secoua la tête.

— C'était plus que ça. Shep a commencé par lui dire que tout allait s'arranger avant de lui ordonner de ne pas me répondre. Comme il disait ça sur le ton du commandement, Danny est rentré d'un seul coup dans sa coquille. Je crois qu'il est très complexé par rapport à son père. Shep est dur avec lui.

— De quelle manière ?

— Shep était champion de foot quand il était au lycée. Danny… – Rainie haussa les épaules – Danny est plutôt petit pour son âge, il n'est pas du tout sportif. À mon avis, Shep voudrait en faire un athlète alors que Danny n'a qu'une envie, c'est que son père le laisse tranquille.

— Est-ce que vous avez déjà entendu Shep traiter son fils d'imbécile ?

Rainie fit non de la tête.

— Vous dites ça à cause de l'interrogatoire ? Parce que Danny n'arrête pas de dire qu'il est malin ? C'est le plus curieux. Shep n'est pas le genre de type à trop se soucier des notes de son fils. Un match de foot raté, c'est une catastrophe, mais un mauvais carnet de notes, ce sont des choses qui arrivent. Je ne sais vraiment pas à quoi Danny pouvait faire allusion…

— Danny a-t-il des amis proches ?

— C'est ce qu'on cherche à savoir.

— Nous allons avoir besoin d'une liste précise de tous les élèves absents hier, avec le détail de leur emploi du temps et de leurs relations avec Danny.

— Quand je pense qu'on demande des alibis à des gamins ! murmura Rainie en levant les yeux au ciel. Et pourquoi s'intéresser aux absents ?

— Parce que rien ne dit que l'organisateur de la fusillade se trouvait en classe ce jour-là. Par le passé, certains élèves ont joué un rôle indirect en encourageant le suspect principal, en prenant plaisir à le regarder faire.

— *Quoi ?*

— C'est ce qui est arrivé à Bethel en Alaska. Evan Ramsey a tiré, mais deux gamins de quatorze ans l'ont encouragé. L'un des deux lui a même appris à se servir du fusil, et ils ont fait venir plusieurs copains pour assister au « spectacle ».

— Super !

— Luke Woodham aussi a probablement été influencé par certains de ses camarades, poursuivit Quincy. Dans le cas présent, je me demande si ça n'expliquerait pas l'obsession de Danny à vouloir absolument être « malin ». Il y a un truc qui sonne faux là-dedans. Ou bien c'est une expression toute faite pour dire qu'il doute vraiment de sa propre intelligence, ou bien ça cache autre chose. Quelque chose de trop lourd à porter, quelque chose qu'il n'arrive pas à exprimer. Comment s'est-il comporté après la fusillade ?

— Il était extrêmement distant, replié sur lui-même. Il a étouffé un sanglot quand il a entendu la voix de sa mère. Ensuite, il s'est endormi comme un bébé sur la banquette arrière.

Quincy opina, visiblement peu surpris par ce qu'il venait d'entendre :

— Un processus de dissociation, pour tenter de se distancier d'événements qu'il n'est pas encore prêt à assumer. C'est une réaction normale dans ce genre de situation. Le problème est de savoir combien de temps peut durer cette dissociation, et surtout comment il réagira le jour où son cerveau commencera à entrouvrir la porte de sa raison.

— Il est sous étroite surveillance pour prévenir toute tentative de suicide, précisa Rainie. D'après ce que j'ai cru comprendre, c'est la procédure habituelle dans ce genre d'affaire.

— Ce n'est effectivement pas une mauvaise idée. Malheureusement, Danny souffre très certainement de troubles post-traumatiques aigus. Il va traverser toute une série de phases plus ou moins critiques. Il peut très bien raconter un jour ce qui s'est passé et craquer le lendemain. Il risque d'adopter une position extrêmement froide et détachée à force de passer en revue les différents moments du drame. Il refusera probablement d'appeler les victimes par leur nom, autant d'éléments qui peuvent être interprétés de façon contradictoire par les experts. Et rien de tout ça n'apporte la preuve formelle de sa culpabilité. Ça veut simplement dire qu'il a subi un traumatisme majeur, soit parce qu'il est coupable, soit parce qu'il a assisté à la scène, et que sa conscience tente d'assimiler les événements du mieux qu'elle le peut. Ce point risque malheureusement d'être oublié dans la bagarre.

Rainie soupira.

— Je ne sais pas, répliqua-t-elle. Peut-être compliquons-nous un peu trop les choses. Il y a des éléments qui ne collent pas dans cette affaire. Mais peut-on vraiment parler de logique dans un cas pareil ? Et si Danny est innocent, qui est coupable ? Tous les élèves présents ce jour-là étaient en classe au moment des premiers coups de feu, ce qui les élimine automatiquement. Les deux seuls élèves dont on ne peut pas suivre la trace précisément sont Danny et Becky, ce qui ne nous avance guère. Peut-être avons-nous tout simplement du mal à accepter qu'un enfant ait pu commettre un acte aussi horrible. Il est sans doute plus rassurant de se poser des questions que d'apporter des réponses.

— En même temps, n'oublions pas que c'est notre rôle de nous poser des questions.

— En tout cas, c'est un rôle qui ne me plaît pas beaucoup aujourd'hui. Ça ira peut-être mieux demain, mais je ne peux pas dire que ce soit particulièrement agréable ce matin.

Elle se dirigea vers les sorties de secours, manifestement mal à l'aise, et Quincy ne fut pas surpris de la voir regarder le soleil de la mi-journée sur les collines vertes à travers les portes éclatées. Une façon comme une autre de recharger ses batteries.

Il décida d'examiner de plus près les lieux. Il prit note de la position des corps, se demandant dans quel sens ils étaient tombés, avant de regarder attentivement le chambranle de la porte menant à la salle des ordinateurs, à la recherche de traces de balles.

Au bout de dix minutes, il avait toute une série de questions pour le médecin légiste.

Il se tourna vers Rainie, toujours immobile près de ce qui restait des issues de secours. Elle s'était retournée et regardait fixement la silhouette du corps de Melissa Avalon, les yeux gris impénétrables, le visage lisse.

Quincy se fit la réflexion que Rainie Conner n'avait pas dû beaucoup dormir la nuit précédente et fut même tenté de lui poser la question. Pour se rapprocher d'elle, se replonger dans le souvenir de ses propres débuts dans le métier, à une époque où certaines images ne voulaient plus le quitter même lorsqu'il éteignait la lumière.

Autrefois, il lui arrivait de se réveiller en pleine nuit en hurlant, mais c'était il y a très longtemps.

— O.K., j'ai fini, dit-il enfin avant de suivre Rainie hors du bâtiment.

10

Mercredi 16 mai, 12 h 52

En sortant, Rainie et Quincy aperçurent le principal de l'établissement, Steven VanderZenden, un personnage menu qui ne cachait pas son désarroi face aux roses rouge sang amoncelées devant l'école. Le vent avait ébouriffé ses rares cheveux et plaquait son costume sur sa frêle silhouette. Il ne les avait pas vus. Il passa de l'autre côté des grilles et déplaça quelques pancartes avant d'écarter deux ours en peluche qui dissimulaient le portrait de Melissa Avalon.

Rainie et Quincy s'approchèrent doucement. VanderZanden et sa femme s'étaient installés à Bakersville trois ans auparavant lorsqu'il avait accepté le poste de principal. Comme elle n'avait pas d'enfants, Rainie n'avait fait sa connaissance que l'été précédent à l'occasion d'une cérémonie. Elle avait été frappée par l'enthousiasme dont VanderZenden faisait preuve en parlant de ses élèves, et par les liens étroits qu'il avait su tisser en si peu de temps avec les parents. Aucun projet n'était trop ambitieux pour lui et tous ses élèves l'intéressaient. Lors de leur première rencontre, il était particulièrement fier d'avoir obtenu une subvention fédérale pour la création d'une salle d'ordinateurs, se réjouissant à l'idée d'apprendre lui-même à surfer sur le net.

Accessoirement, il lui avait donné l'impression d'être un peu dragueur sur les bords, mais elle avait mis ça sur le compte des verres de vin blanc qu'il avait déjà au compteur; comme tout le monde ce jour-là, il était un peu paf.

— Bonjour, monsieur VanderZanden.

Il ne fallait pas être grand clerc pour s'apercevoir qu'il était encore bouleversé par les événements. La veille au soir, il avait tenu à revenir sur les lieux du drame, afin de constater l'étendue des dégâts matériels, et s'était inquiété de savoir quand il pourrait reprendre possession des lieux. Comme il restait moins d'un mois avant les grandes vacances, personne ne savait très bien quoi penser. On aurait pu organiser un ramassage scolaire pour que les élèves' de Bakersville finissent leur année scolaire à Cabot, mais c'était à quarante minutes de là, et après ce qui s'était passé, les parents risquaient de n'être pas très disposés à laisser partir leurs enfants aussi loin.

Rainie présenta Quincy à VanderZenden. Elle ne s'était pas encore fait une opinion sur l'enquêteur fédéral. Tout au plus avait-elle pu noter qu'il se montrait, jusqu'à présent, bien moins encombrant que l'inspecteur Sanders.

— Vous êtes un spécialiste de ce genre d'affaires, je suppose? demanda VanderZenden. Alors vous allez peut-être m'expliquer ce qui s'est passé hier dans mon établissement.

— Le mot «spécialiste» est un peu exagéré. Le phénomène des fusillades en milieu scolaire est encore trop récent.

— On aurait sans doute dû faire installer des détecteurs de métaux, poursuivit VanderZenden en se tournant vers le bâtiment. Après ce qui est arrivé à Springfield, les équipes enseignantes de l'Oregon ont été prévenues, mais j'étais persuadé que ça concernait surtout les lycées. J'étais à cent lieues de penser qu'une chose aussi épouvantable pouvait nous arriver ici. Comment voulez-vous fouiller tous les matins des enfants de maternelle ? Quelle image du système éducatif va-t-on leur donner, vous vous rendez compte ?

— Personnellement, je ne suis pas convaincu de l'efficacité des détecteurs de métaux, répliqua Quincy.

Il s'empressa d'ajouter, pour que le principal ne se fasse pas d'illusions :

— En fin de compte, les élèves sont obligés de faire la queue avant d'entrer à l'école, ce qui fait d'eux des cibles d'autant plus vulnérables.

— Tout ça est parfaitement absurde ! lâcha VanderZenden en secouant la tête pour exprimer sa frustration. J'ai reçu toute la nuit des appels angoissés de parents qui veulent savoir ce qu'on peut faire. Les enseignants ont peur, mes équipes administratives sont débordées. Et là-dessus, les parents d'Alice me demandent de parler à son enterrement, ce que je vais faire, bien évidemment, mais tout de même… Quand j'ai entamé ma carrière, je rêvais de voir mes élèves grandir en savoir et en sagesse. Je me disais que je les verrais sans doute se marier, avoir des enfants. Je n'ai pas fait ce métier pour avoir à trouver les mots justes à leur enterrement. Figurez-vous que les parents de Sally, comme ceux d'Alice, ont décidé de payer les obsèques avec le compte épargne qu'ils avaient ouvert en vue de financer les études de leurs filles. Vous imaginez ?

Pendant que VanderZenden remettait un bouquet en place, perdu dans ses pensées, Rainie et Quincy échangèrent un regard. Mieux valait le laisser dire ce qu'il avait sur le cœur.

— Les fleurs ont commencé à arriver ce matin, poursuivit-il après un long silence. Je m'y attendais, pour avoir vu des photos de ce qui s'était passé ailleurs, mais c'est tout de même autre chose quand ça vous arrive. Des messages, des lettres qui viennent de tout le pays. Des centaines d'anonymes qui envoient des ballons et des ours en peluche.

Lorsqu'il les regarda à nouveau, le désarroi avait fait place à la colère.

— J'ai également reçu des appels de deux chefs d'établissement à qui il est arrivé la même chose, sans parler de la demi-douzaine de psychologues pour adolescents qui m'ont téléphoné. J'ai l'impression de faire partie d'une élite, ce qui est un comble. Je n'ai jamais voulu ça ! Je veux qu'on nous fiche la paix. Je voudrais que ce drame soit un cas isolé, et non le énième d'une longue série. Si je compte bien, nous sommes onzième ou douzième sur la liste, c'est ça ? Mon Dieu, quelle absurdité…

Il se pinça le nez pour tenter de se donner une contenance. Ses yeux se portèrent à nouveau sur le portrait de Melissa Avalon avant de se repincer le nez.

— Excusez-moi, les dernières vingt-quatre heures ont été particulièrement pénibles.

— Ne vous excusez pas, répondit Rainie. Vous avez besoin de temps.

— J'avais besoin de temps hier soir. Aujourd'hui, c'est de vacances dont j'ai besoin, ce qui ne risque pas d'arriver. Mais vous avez sûrement d'autres questions à me poser, même si je crois avoir dit à l'inspecteur Sanders le peu que je sais.

— L'inspecteur Sanders? réagit aussitôt Rainie, comme si un voyant rouge s'était brusquement allumé dans sa tête. Et qu'avez-vous dit à l'inspecteur Sanders?

— Pas grand-chose…

VanderZanden haussa les épaules, déstabilisé par le ton de la jeune femme.

— Je me trouvais dans mon bureau quand j'ai entendu les premiers coups de feu. Je suis sorti dans le grand hall pour voir ce qui se passait et j'ai entendu un hurlement. La minute d'après, l'alarme à incendie s'est mise à hurler et tout le monde a commencé à fuir le bâtiment dans une pagaille épouvantable. Au début, j'ai pensé qu'il s'agissait d'un simple incident. Un élève qui aurait utilisé un pistolet à amorces dans un couloir ou quelque chose comme ça. Il ne faut pas grand-chose pour déclencher l'alarme. Ou bien quelqu'un qui aurait fait une farce avec un pétard. C'est déjà arrivé. Je me suis rendu compte qu'il se passait quelque chose de grave quand j'ai vu la tête de Mme McLain, la professeur de sixième. Elle était blanche comme un linge et ses mains tremblaient. Je lui ai demandé de se ressaisir et c'est là qu'elle m'a dit qu'on avait tiré sur des élèves, que quelqu'un avait été touché et que le tueur était encore là. Et encore, ce n'est qu'en voyant Will blessé à la jambe sur le parking que j'ai vraiment réalisé ce qui se passait. Quelqu'un avait bien ouvert le feu dans notre école. Vous vous rendez compte?

— Avez-vous entendu quelqu'un prononcer le nom de Danny? demanda Quincy.

VanderZanden fit non de la tête.

— J'ai juste entendu Dorie dire en pleurant qu'un homme en noir allait venir la prendre. En même temps, Dorie n'a que sept ans et ce n'est pas la première fois qu'elle invente des choses. Un jour, elle a convaincu toute une classe de CM1 de ne pas aller aux toilettes en prétendant qu'il y avait des trolls mangeurs d'enfants cachés dans les W.-C. Je n'ai pas besoin de vous faire un dessin, mais ce n'est pas exactement une sinécure quand vingt et un petits refusent d'aller aux toilettes. J'ai reçu des coups de téléphone de parents pendant des semaines après ça.

— Y avait-il beaucoup d'enfants autour d'elle quand elle a parlé de l'inconnu en noir ? demanda Rainie.

— Ils étaient tous là puisqu'on avait évacué tout le monde sur le parking, conformément aux consignes de sécurité.

Rainie soupira d'un air las.

— Voilà qui explique les témoignages recueillis sur l'inconnu en noir, maugréa-t-elle à l'intention de Quincy. Une gamine hystérique et deux cents enfants impressionnables. Et vous êtes certain qu'aucun des enseignants n'a rien vu ? reprit-elle. Et Mme McLain ? J'ai du mal à croire qu'on ait pu tirer comme ça dans les couloirs sans que personne ne remarque rien.

— Je ne crois pas que le tireur se trouvait dans le couloir. D'après l'un des enseignants, les coups de feu provenaient d'une salle de classe située au bout de l'aile ouest. Peut-être de la salle d'informatique. Je sais en tout cas qu'on ne voyait rien de l'endroit où je me trouvais dans le hall d'entrée.

Rainie lança un coup d'œil à Quincy qui l'approuva d'un petit mouvement de tête. Le meurtrier avait commencé par abattre Melissa Avalon avant de s'en prendre à Sally et Alice. Il leur avait tiré dessus, profitant de la panique pour se précipiter dans la salle d'informatique, ce qui expliquait l'absence de témoin direct et le côté improvisé de la fusillade.

— Parlez-nous un peu de Danny O'Grady, reprit Quincy. Ses résultats scolaires, ses relations avec ses camarades.

— Danny est un bon élève qui a reçu les encouragements à plusieurs reprises. Je ne l'ai quasiment jamais vu dans mon bureau pour des problèmes de discipline. Melissa… je veux dire Mlle Avalon me disait encore l'autre jour qu'elle n'avait jamais vu un élève se débrouiller aussi bien avec les ordinateurs. C'est un don chez lui.

— Avait-il des problèmes relationnels avec les autres élèves ? insista Quincy. Plus particulièrement, je cherche à savoir si les autres se moquaient de lui, s'il était apprécié de ses camarades, ou bien au contraire s'il leur servait de bouc émissaire.

Rainie approuva de la tête. Elle aurait dû y penser la veille en recueillant les premiers témoignages. La plupart des élèves impliqués dans des affaires similaires s'étaient plaints d'être persécutés par leurs camarades, même si ce n'était pas toujours vrai. Rainie se souvenait même avoir lu quelque part que les fusillades en milieu scolaire constituent une variante du suicide adolescent. À force de se croire rejetés par les autres, certains adolescents fragiles ne le supportent plus et passent à l'acte. Dans le cas d'une fusillade, les choses sont plus complexes puisque l'enfant ne se contente pas de mettre fin à ses jours mais s'en prend physiquement à ceux qu'il soupçonne de le persécuter. Par manque de maturité, les ados ont tendance à imaginer des solutions radicales et disproportionnées.

VanderZenden hésita longuement avant de répondre à la question de Quincy. Il finit par secouer la tête.

— Je ne me suis aperçu de rien, dit-il, avant d'ajouter à regret : En tant qu'adulte, je représente l'autorité. Et même si je fais de mon mieux pour établir le meilleur contact possible avec les élèves, je ne suis pas nécessairement dans la confidence des adolescents.

— Danny avait-il des amis proches qui pourraient nous éclairer ?

— Je ne crois pas que Danny avait des amis proches. C'est un enfant plutôt calme, assez secret.

VanderZenden eut soudain une intuition.

— Pourtant si, il y a eu cet incident il n'y a pas très longtemps !

Quincy et Rainie redressèrent la tête.

— Vous a-t-on parlé de Charlie Kenyon ?

— Oui, je le connais, répondit Rainie avant de préciser à l'intention de Quincy : C'est le fils de l'ancien maire. Dix-neuf ans, trop d'argent et rien à faire de ses journées. Son père l'a envoyé dans une école militaire à l'autre bout du pays, il y a quatre ans, et il est revenu au printemps dernier, sans donner l'impression d'avoir beaucoup changé. Il se prend un peu pour le caïd du coin. Il traîne là où il ne faut pas et se fait choper pour conduite en état d'ivresse un week-end sur deux. On l'a déjà interpellé une dizaine de fois pour des broutilles, mais son père s'empresse de payer sa caution et fait appel aux meilleurs avocats. Je n'ai pas l'impression que Charlie ait la moindre intention de s'amender.

VanderZenden hocha la tête.

— C'est exactement Charlie. Il y a deux mois de ça, il a commencé à traîner ici à la sortie des classes. Plusieurs enseignants l'ont aperçu en train de discuter avec des élèves à travers les grilles, mais tant qu'il restait du côté de la rue, on ne pouvait rien dire. Jusqu'à ce que Mme Lund le voie un jour tendre une cigarette à Danny. Elle a aussitôt confisqué la cigarette avant de le mettre en retenue, mais on ne pouvait rien contre Charlie qui s'est empressé de dire à Danny de ne pas s'en faire, que c'était en colle qu'on s'amusait le plus à l'école, ou quelque chose du genre. J'ai envoyé un mot aux parents de Danny et ça ne s'est plus reproduit mais ça n'est pas rare que Charlie traîne encore par ici. Je ne comprends d'ailleurs pas très bien pourquoi il s'intéresse aux élèves du collège. On pourrait penser qu'il aurait plus d'affinités avec ceux du lycée.

— Charlie connaissait-il Mlle Avalon ? demanda Quincy.

— Je ne crois pas. Elle est arrivée ici l'an dernier, quand nous avons reçu la subvention pour les équipements informatiques. En même temps…

Le principal rougit brusquement, regardant d'un air gêné Rainie qui acheva sa pensée :

— Elle était très jolie, c'est vrai. Particulièrement jolie.

— C'était une excellente enseignante, s'empressa d'ajouter VanderZenden, le regard voilé.

— Quel âge avait-elle ? demanda Rainie.

— Vingt-huit ans.

— C'est-à-dire suffisamment jeune et jolie pour attirer l'attention d'un gamin de dix-neuf ans, poursuivit Rainie. Quincy semblait perdu dans ses pensées.

— Si je comprends bien, Mlle Avalon était nouvelle à Bakersville ?

— Elle est arrivée ici l'été dernier, nous l'avons engagée au mois d'août. À dire vrai, je ne croyais plus à cette subvention, et puis boum ! Mais ce n'est pas à vous que je vais apprendre comment fonctionnent les subventions au niveau fédéral.

— D'où était-elle originaire ?

— Elle avait passé sa maîtrise à l'université de Portland.

— C'était son premier poste ?

— En tant que titulaire, oui. Sinon, elle avait effectué plusieurs remplacements à Beaverton. C'est l'une des raisons pour lesquelles nous avons retenu sa candidature.

Comme pour s'excuser, VanderZenden ajouta d'un air désolé :

— Comme nous manquons de crédits, nous sommes contraints de recruter en priorité des débutants.

— Sinon, que savez-vous d'elle ? poursuivit Rainie. D'où était-elle ?

On sentit une hésitation chez VanderZenden qui évita de croiser le regard de la jeune femme.

— Il me semble que sa famille vit dans la région de Portland.

— Ses proches ? Un ancien petit ami qu'elle aurait laissé là-bas ? Un admirateur un peu trop possessif ?

— Vous... vous devriez poser ce genre de questions à ses parents. Je ne crois pas que ce soit mon rôle de parler de la vie privée du personnel enseignant.

— Je comprends vos scrupules, monsieur le principal, mais vous savez comme moi que le temps presse.

— Ce sera aussi rapide de passer un coup de téléphone à ses parents, rétorqua fermement le principal. C'est l'un des privilèges de notre époque.

Rainie fronça les sourcils, contrariée. Avant qu'elle ait pu se ressaisir, Quincy avait déjà pris le relais, ce qui eut le don de l'agacer encore davantage.

— Quels étaient les rapports de Danny avec Mlle Avalon ? Le courant passait-il entre eux ou bien au contraire avait-elle du mal avec lui en classe ?

— Certainement pas, s'empressa de déclarer VanderZenden. C'est bien ce qui rend le drame d'hier totalement incompréhensible. J'aurais juré que Mlle Avalon était l'enseignante avec laquelle Danny s'entendait le mieux. Il se sentait comme un poisson dans l'eau dans sa classe et se débrouillait particulièrement bien sur internet. Le matin avant les cours, à l'heure du déjeuner, après la classe, il était tout le temps fourré là-bas, au point que Mlle Avalon restait quelquefois après l'heure, rien que pour lui.

— Vous avez parlé d'internet, l'interrompit Rainie. Que faisait-il exactement sur le web ?

— Je ne sais pas très bien. Il devait surfer d'un site à l'autre, je suppose.

— Lui arrivait-il de participer à des forums ?

— Probablement. Mlle Avalon avait fait en sorte que les élèves ne puissent pas avoir accès aux sites classés X. Elle avait fait installer un filtre exprès pour ça. Sinon, les élèves pouvaient surfer librement. L'idée était de les encourager à se familiariser avec l'informatique.

— Et les jeux vidéo sur ordinateur ? demanda Quincy. Quels étaient ses jeux préférés ?

— Honnêtement, je ne pourrais pas vous dire. La seule qui aurait pu vous répondre était Mlle Avalon.

Rainie hocha la tête, en mordillant sa lèvre inférieure. Danny était donc un fan d'internet. Voilà qui éclairait l'affaire d'un jour nouveau, sachant que quelqu'un d'un peu débrouillard peut aller à peu près partout, se renseigner sur tout ce qu'il veut. Le responsable de la tuerie de Springfield, Kip Kinkel, s'était servi de l'internet pour construire des bombes artisanales et fabriquer des pièges. Avant d'être assassinés par leur fils, ses parents avaient même confié à des amis qu'ils étaient contents de voir cet enfant à problèmes se passionner pour quelque chose d'aussi inoffensif que l'informatique.

Cela signifiait surtout que Danny avait pu croiser sur le net tous les fêlés possibles et imaginables. Sans même parler de Charlie Kenyon, Danny était un gamin perturbé dont les parents traversaient une mauvaise passe. Un gamin éminemment vulnérable.

— Il faudra qu'on jette un œil sur ces ordinateurs, murmura Rainie.

— L'inspecteur Sanders les a déjà fait prendre. Il ne vous l'a pas dit ?

— Je vois que vous ne connaissez pas encore l'efficacité de l'inspecteur Sanders. Il aura sûrement oublié de me prévenir, répondit Rainie en souriant à VanderZenden.

Sa perfidie n'échappa pas à Quincy qui reprit l'interrogatoire :

— Danny restait-il souvent après l'école ?

VanderZenden lança un coup d'œil en direction de Rainie qui haussa les épaules :

— Vous savez, tout finit toujours par se savoir dans une enquête criminelle.

VanderZenden soupira d'un air las avant de reprendre d'une voix douce :

— Les parents de Danny connaissent actuellement des problèmes au sein de leur couple.

— Sandy vient de commencer un nouveau boulot, expliqua Rainie à l'adresse de Quincy. Son travail lui plaît, mais elle y passe beaucoup de temps. Shep n'a jamais été chaud pour qu'elle travaille, surtout si ça doit l'empêcher de préparer à manger.

— Ils sont séparés ?

— Non. Ils sont tous les deux catholiques pratiquants.

— Sandy a récemment demandé à voir les professeurs de Danny et de Becky, poursuivit VanderZenden. Elle leur a expliqué qu'il y avait beaucoup de tensions en ce moment à la maison et que c'était difficile pour ses enfants. Elle souhaitait que les enseignants le sachent pour intervenir éventuellement. Et c'est vrai que Becky est nettement plus renfermée cette année. Quant à Danny…

— Quoi d'autre à part cette histoire de cigarette ?

— Il y a trois semaines, Danny est arrivé à l'école très énervé. Il n'arrivait pas à se souvenir de la combinaison de son casier et il s'est emporté. Il donnait des coups de poing dans son casier en criant qu'il détestait l'école, que tout le monde le traitait d'imbécile…

— Imbécile ? l'interrompit Quincy. Vous êtes sûr qu'il a employé le mot « imbécile » ?

— Oui, j'étais là quand c'est arrivé. Il a même fallu que je fasse appel à Richard Mann pour le calmer. Il hurlait : « Imbécile, imbécile, imbécile ! »

Quincy regarda Rainie, qui haussa les épaules. Il ne faisait guère de doute que Danny se posait des questions sur lui-même.

— Figurait-il au tableau d'honneur ? insista Quincy.

— Oui.

— Il était donc considéré comme un bon élève, ce qui veut dire que ses profs étaient contents de lui ?

— Absolument. Sans être premier partout, il n'avait aucun problème dans les matières qui l'intéressaient. Encore une fois, il se débrouillait remarquablement bien en classe d'informatique.

— Monsieur VanderZenden, avez-vous jamais entendu ses parents le traiter d'imbécile ?

— Je ne vois pas Sandy O'Grady faire ça, elle adore ses enfants. Quant à Shep…

VanderZenden leva les sourcils.

— Disons qu'il s'intéresse plus aux biceps de son fils qu'à ses capacités intellectuelles.

— Danny faisait beaucoup de sport en dehors de l'école ?

— Shep a tenu à ce qu'il fasse du football américain. Il l'a inscrit dans un club, mais on ne peut pas dire que Danny se passionnait pour ça. Il est plutôt petit pour son âge, un peu balourd, et son père n'est pas particulièrement psychologue. Il voulait absolument que son fils joue au football et Danny n'a pas eu le choix. Pour être honnête, il passait plus de temps sur le banc de touche que sur le terrain. Mais je crois que vous devriez parler de tout ça avec le conseiller d'éducation, Richard Mann. Il a vu Danny à plusieurs reprises suite à l'incident du casier, et il pourra sûrement vous en dire davantage sur sa personnalité.

— Nous n'y manquerons pas, répondit Rainie.

Elle se souvenait de Mann, de l'efficacité avec laquelle il avait la veille improvisé une infirmerie de campagne sur le parking. Mann était jeune, comme Mlle Avalon. Elle se demanda quels avaient pu être leurs rapports.

— Nous aurons également besoin d'une copie du dossier scolaire de Danny, reprit Rainie. Ses bulletins de notes, ses relevés d'absence, etc.

— Je ne sais pas si…

— Nous ferons établir un mandat s'il le faut, mais j'aurais voulu gagner du temps.

— Très bien, très bien. Mais avec tout ce que j'ai à faire…

VanderZenden désigna du regard le bâtiment dont les portes closes et la silhouette sombre donnaient une impression pénible, avec ses rubans de plastique interdisant l'accès au parking et ses taches sur le trottoir, là où les élèves blessés s'étaient agrippés à leurs camarades avant d'être évacués par les hélicoptères de la sécurité civile. Désormais, on ne pourrait plus voir le bâtiment sans penser que la mort y était entrée.

— D'après ce qu'on m'a dit, ils ont entièrement rénové le lycée de Columbine depuis la tuerie. Ils ont arraché les moquettes, repeint les murs, changé les casiers. Ils ont même installé une nouvelle alarme à incendie. Quant à cette bibliothèque tragique, elle a tout simplement été condamnée. Ils ont barré la porte avec des casiers, et les livres ont été installés dans un algeco à l'extérieur.

Un long silence s'installa. Lorsqu'il releva les yeux, le principal donnait l'impression d'avoir vingt ans de plus.

— Je ne sais pas très bien ce que je dois faire, avoua-t-il. Les dégâts matériels ne sont pas considérables, et pourtant… Tout ce que je souhaite, c'est que les élèves puissent un jour se sentir à nouveau en sécurité ici, mais Dieu sait qu'à notre époque l'école n'est plus un refuge contre la violence. Je voudrais que ce bâtiment redevienne ce qu'il était, mais on ne peut pas faire comme si rien ne s'était passé. Et j'ai beau me dire qu'il faut aller de l'avant, je pense qu'il est essentiel de ne pas oublier. J'avoue que je suis un peu perdu. Quand j'ai débuté ma carrière, nous n'avions peur de rien, sinon peut-être des tremblements de terre. Qui aurait pu imaginer qu'un jour les élèves auraient à s'exercer à se cacher sous leurs bureaux comme cela se pratique à Los Angeles ? Les écoles n'étaient pas encore des champs de bataille entre gangs rivaux. Aujourd'hui, on tue des professeurs et des élèves, personne n'est épargné ; les petites villes comme les grandes, les Blancs comme les Noirs, les riches comme les pauvres. En tant qu'être humain, ma première réaction serait de refuser d'admettre que ça puisse exister ; en tant que principal, je suis obligé d'accepter la réalité, pour le bien de mes élèves. Si le monde dans lequel nous vivons est comme ça, je dois les aider à y faire face. Mais comment m'y prendre ? Je ne sais pas si j'en suis encore capable. Surtout après ce qui est arrivé à Mlle Avalon.

— Avez-vous pensé à faire appel à une antenne d'aide psychologique ? interrogea doucement Quincy.

— Bien sûr, nous attendons plusieurs psychologues pour enfants.

— Je ne parlais pas uniquement des élèves, mais aussi de vous et de l'équipe enseignante.

— Oui, bien sûr.

Le principal se tourna à nouveau vers le mémorial et son regard se posa sur l'affiche où était écrit : « Nous vous aimons, mademoiselle Avalon. »

Rainie le vit se recroqueviller sur lui-même, fragile et vulnérable, prématurément usé par la vie.

— Elle a pourtant tout fait pour l'aider.

VanderZenden ne s'adressait à personne en particulier.

— Elle aimait ses élèves, surtout Danny. Si vous aviez pu la voir quand elle était avec lui, toutes ces heures après la classe, sachant pertinemment qu'il faisait tout pour ne pas rentrer chez lui. Elle lui apprenait les ficelles de la programmation informatique, riait avec lui des histoires drôles qui courent sur le web, et tout ça avec une telle patience, un tel dévouement... Il m'arrive d'en vouloir tellement à Danny O'Grady que je me prends à le détester, ce qui est pire que tout. Un principal n'a pas le droit de détester un élève. Comment un adulte peut-il en arriver à détester un enfant ?

Le principal n'attendait visiblement aucune réponse à ses questions. Il se redressa et s'éloigna en direction de sa voiture à l'instant précis où des nuages voilaient le soleil et où tombaient les premières gouttes de pluie.

— Encore un qui a besoin d'aide, finit par dire Rainie.

— Vous réagiriez comme lui si vous aviez perdu la personne que vous aimez.

— Comment ça ? On a toujours dit qu'il formait avec sa femme un couple très uni !

— Ce n'était pas le cas quand il se trouvait avec Melissa Avalon, laissa tomber Quincy.

11

Mercredi 16 mai, 16 h 46

Sandy O'Grady n'arrivait pas s'ôter de la tête que Danny était mort.

Toutes les sociétés ont leurs rituels, leur façon de célébrer les grandes étapes de l'existence. La plupart de ces rites sont liés à la table. Quand une femme se marie en Oregon, on fait cuire pour elle son pain préféré avant d'en scotcher la recette sur le moule qu'elle utilisera dans sa nouvelle cuisine. Quand une femme a son premier enfant, on lui offre des petits gâteaux en forme de chausson. Pour fêter un examen, la mère de famille prépare sa meilleure salade aux trois haricots. Pour la fête des moissons, on cueille du maïs et des tomates fraîches du jardin et on prépare de la glace aux pépites de chocolat avec une machine à gros sel. Lors d'un enterrement, on sort les cocottes pour faire mijoter un jambon aux pommes de terre, ou bien des lasagnes de tacos. On fait cuire un jambon ou une dinde. Un beau jambon, une énorme dinde, servis avec des Kleenex qui sèchent les larmes de la veuve. Quelques jours plus tard, on revient avec des brownies ou une tarte aux pommes et, tôt ou tard, les gens se consolent avec des gâteaux. Ainsi va la vie.

La veille au soir, devant la porte des O'Grady, Sandy avait trouvé la première cocotte, accompagnée d'un petit mot : « Avec toutes nos condoléances. » Un mot anonyme, bien sûr. C'est à ce moment-là que Sandy avait compris à quel point l'avenir serait sombre. Certains voisins compatissaient. D'autres avaient même pitié d'eux, mais personne ne savait comment le leur faire comprendre.

Lorsque Danny avait été emmené dans le centre de détention pour mineurs du comté, on lui avait demandé d'enfiler un gilet pare-balles.

La police avait passé la soirée chez les O'Grady. Des inconnus à la mine grave, vêtus de coupe-vent bleu marine, avaient interdit l'accès à la chambre de Danny. Ils avaient défait son lit, vidé ses placards, démonté son bureau et son armoire avant d'emporter dans de grandes boîtes en carton tout ce qu'il avait pu toucher. Ils avaient passé la pièce au peigne fin et relevé toutes ses empreintes avant de s'en aller, sans un mot.

Pendant tout ce temps, Becky était restée cachée dans le placard de l'entrée.

Les parents de Sandy étaient venus. Ils avaient pris leur fille dans leurs bras avant de pleurer longuement, puis ils avaient sorti Becky de son placard et redoublé de larmes. En passant, ils avaient jeté à Shep un regard sombre. D'après eux, tout ce qui était arrivé était sa faute. La mère de Sandy était ensuite passée à la cuisine où elle avait préparé à manger pendant que son père s'était installé sur le canapé.

Le curé était venu lui aussi. Il avait parlé à Sandy et Shep. Il leur avait rappelé que nous sommes sur cette Terre pour porter le fardeau que nous donne le Seigneur. Il avait voulu les rassurer en affirmant que la foi est le meilleur rempart contre la peine. Et quand il s'était mis à parler de Danny, il l'avait fait au passé, et Sandy avait failli avoir une crise de nerfs.

Danny n'était pas mort ! Danny n'était pas un fardeau ! C'était un enfant perturbé et apeuré qui vivait désormais dans une institution spécialisée avec des barreaux aux fenêtres. Il avait subi un traumatisme majeur, de l'avis des médecins qui lui avaient rendu visite ce matin-là. Recroquevillé sur lui-même, les bras serrés autour des genoux, comme s'il voulait retourner dans le ventre maternel pour échapper à l'insoutenable.

Non, il était encore trop tôt pour lui rendre visite. Il lui fallait du temps et beaucoup de sommeil. Demain, peut-être…

Sandy refusait pourtant de partir, même si elle ne voulait plus vivre dans une maison où apparaissaient des cocottes comme par enchantement. Elle ne voulait plus voir sa mère, qui confondait le secret de l'existence avec celui d'une pâte à tarte réussie. Elle ne voulait plus jamais revoir ce prêtre qui les avait mariés avec Shep et qui leur jetait aujourd'hui un regard de compassion habituellement réservé aux lépreux. Elle ne voulait plus voir la porte de son garage où une main anonyme avait tracé tôt ce matin, en lettres rouges et dégoulinantes, l'inscription « Assassin d'enfants ».

Danny n'était pas un assassin. C'était un enfant. C'était *son* enfant et Sandy voulait qu'on lui rende sa famille. Revêtue de son armure de mère, elle était prête à tuer tous les monstres qui menaçaient ses petits.

Mais quels monstres ? Personne n'avait su lui dire pourquoi sa petite fille de huit ans s'était transformée en fantôme et son fils de treize ans en meurtrier.

Leur avocat, Avery Johnson, discutait avec eux dans la cuisine familiale. Ils revenaient tout juste de l'audience initiale avec le juge pour enfants, et Sandy avait été très choquée par la manière informelle dont les choses s'étaient déroulées. La salle du tribunal ressemblait à une salle de classe anodine et impersonnelle avec ses murs blancs et son sol en linoléum. Le juge, drapé dans une robe noire, s'était étonné de découvrir deux avocats en costume civil, si bien qu'il avait ouvert le débat en déclarant :

— Messieurs, je vois que vous n'avez pas l'habitude de fréquenter ces lieux.

Dans le décor ordinaire d'une procédure banalisée, le procureur Charles Rodriguez, un homme avec lequel Shep collaborait depuis des années et que Sandy avait reçu à dîner chez elle à de nombreuses reprises, avait officiellement demandé à ce que l'affaire soit jugée par une juridiction pour adultes en raison de « la nature particulièrement odieuse des crimes commis par Danny O'Grady ».

Il avait placé leur fils sous le chef d'une quintuple inculpation pour meurtre : une au titre de la première victime, et deux pour chacune des deux fillettes ; au prétexte qu'il s'agissait d'un meurtre en série. En cas de comparution devant un jury d'assises, Danny était passible de cinq condamnations à la prison à vie. Il était placé sous la responsabilité du comté depuis la veille au soir et ne reviendrait jamais chez lui.

Sandy n'arrivait pas à s'ôter de la tête que Danny était mort.

— Il faut tout de même voir le côté positif des choses, déclara l'avocat. Danny n'a que treize ans, et les statistiques lui sont favorables.

— Quelles statistiques? demanda Sandy d'une voix éteinte, tout en émiettant le morceau de tarte aux pommes que sa mère lui avait servi dix minutes plus tôt avec une boule de glace à la vanille géante.

D'un œil distrait, Sandy regardait la glace fondre en une multitude de petites rivières qu'elle bloquait à l'aide de morceaux de pomme. Shep lui prit l'assiette des mains et fit un sort à sa tarte. C'était toujours pareil; à chaque fois que quelque chose n'allait pas, il faisait une crise de boulimie et elle perdait tout appétit.

— À la prochaine audience, reprit Avery, nous devons disputer de ce qui est le mieux pour l'enfant, mais aussi pour la communauté. Le juge va poser deux questions essentielles : Danny est-il trop dangereux pour être confié à une institution pour mineurs, et existe-t-il une chance de le remettre dans le droit chemin? Le procureur va s'efforcer de montrer que Danny est un criminel dangereux, qu'il n'a pas sa place dans une juridiction pour mineurs et qu'il est de la responsabilité du juge de le faire comparaître aux assises. Notre boulot est de faire pencher la balance dans le sens inverse, et les statistiques jouent en notre faveur. La majorité des enfants qui commettent des actes de violence ne récidivent pas. En outre, et c'est primordial de mettre l'accent là-dessus, on observe que les enfants placés en détention dans des prisons pour adultes ont plus de chances de récidiver que ceux confiés à un centre de détention pour mineurs. L'État a donc tout intérêt à faire passer Danny devant un juge pour enfants, ce qui lui permettrait d'être libéré le jour de son vingt-cinquième anniversaire et de retrouver une place normale dans la société.

— Vous parlez comme si vous étiez convaincu de la culpabilité de mon fils, dit Sandy après un court silence. Comment pouvez-vous en être si sûr ?

Avery tenta de lui sourire. C'était un homme plus âgé, portant de petites lunettes métalliques et un costume impeccable. Il avait dévoré sa part de tarte en quelques minutes avant de s'essuyer les lèvres d'un geste précieux avec sa serviette en papier. Sandy n'était pas certaine de l'aimer beaucoup. Elle le trouvait trop pompeux avec son air d'opulence tranquille, mais Shep ne jurait que par lui depuis qu'il l'avait rencontré à un séminaire quelconque dont Avery était le principal intervenant. Shep allait jusqu'à dire que c'était un ami, mais Sandy n'était pas dupe. Avery Johnson et eux n'étaient pas du même monde. Il habitait une superbe villa de Lake Oswego et n'avait pas accepté de prendre la défense de Danny uniquement pour leurs beaux yeux. Avery Johnson était un ténor du barreau qui facturait ses services cinq cents dollars de l'heure, et chaque minute comptait, qu'il discute d'une affaire ou mange de la tarte aux pommes.

Sandy n'avait pas la moindre idée de la manière dont ils pourraient régler ses honoraires, ni des pieux mensonges que Shep avait pu lui servir pour qu'il prenne le temps de venir les voir. Tout ce qu'elle savait, c'est que Shep voulait Avery Johnson et personne d'autre parce que c'était le meilleur. Sa façon à lui d'être un père exemplaire... Sandy en était folle de rage et de chagrin.

— Madame O'Grady, vous pouvez être certaine que jamais je ne laisserai les jurés penser que votre fils est coupable, reprit Avery en souriant. Mais nous n'en sommes pas là. Ce n'est pas avant six mois que Charles Rodriguez et moi-même évoquerons le cas de Danny avec le juge Matthews qui, entre parenthèses, est un vieux barbon convaincu de la nécessité de rétablir le châtiment corporel à l'école. Il est sans doute persuadé de la culpabilité de Danny et qu'il faudrait le pendre, mais, grâce à Dieu, ce n'est pas l'objet de l'audience d'aujourd'hui. Son rôle se borne à prendre une décision au sujet de la juridiction compétente, un point c'est tout. Le mien est de le convaincre que pour le bien de Danny et de la société, il est préférable de le placer entre les mains d'un juge pour enfants, qu'il soit coupable ou non.

— Parce que d'après vous, il suffit qu'un adolescent ayant tué plusieurs personnes grandisse un peu pour reprendre sa vie normalement, comme par magie ?

— Exactement, et la magie n'a rien à voir là-dedans. J'ai passé ma nuit à lire des articles sur les crimes d'enfants, et nous sommes en présence de ce que les psychologues appellent dans leur jargon un « phénomène de désistement ». Entre douze et dix-huit ans, avec les modifications hormonales liées à la puberté, les adolescents mâles font preuve d'une tendance marquée à l'agressivité. C'est leur façon d'appréhender le monde qui les entoure. À leur entrée dans l'âge adulte, ils commencent à travailler, leurs relations affectives se stabilisent et ils se calment. Même les adolescents que l'on cataloguait comme «perturbés» mènent aujourd'hui des existences tout à fait normales.

— Si j'ai bien compris, si Danny est innocent, il est innocent. Et s'il est coupable, ça n'est qu'une mauvaise passe. C'est bien ça que vous comptez dire aux jurés? répondit Sandy d'une voix aiguë.

Elle n'avait pas pu s'en empêcher. Tout ça lui paraissait tellement ridicule, tellement absurde.

Shep lui jeta un regard agacé.

— Mais bon sang, Sandy, qu'est-ce que tu voudrais qu'on te dise? Il vient de t'expliquer que son boulot consiste à éviter les assises à Danny, et c'est comme ça que ça marche.

— Madame O'Grady… tenta à son tour Avery d'un air rassurant, avant d'être coupé aussitôt.

— Je ne sais pas ce que j'ai envie d'entendre, mais je sais que je n'ai pas envie d'entendre que mon fils est un meurtrier et qu'il a tué trois personnes.

Elle frappa du poing sur la table pour ponctuer sa réponse.

— Mais regardez-vous un peu tous les deux! Vous êtes en train de vous vautrer dans des arguties juridiques sans la moindre importance! Ce n'est pas un match de foot, avec un gagnant et un perdant. Il s'agit de notre fils, Shep! Il s'agit de notre vie à Bakersville! Tu crois qu'on pourra se promener dans la rue, comme si de rien n'était, si Danny est reconnu coupable? Et Becky? Que va-t-on lui dire? Tu n'as pas vu ce qui est écrit sur la porte du garage ? Ils veulent sa peau. Tous nos voisins sont convaincus que Danny a assassiné ces deux petites filles et quelqu'un finira par le tuer, tôt ou tard. Et merde !

Sandy recula sa chaise, se leva et arpenta la minuscule cuisine en sanglotant. Shep ne fit pas un geste pour tenter de la consoler. La veille au soir, il avait voulu la rejoindre dans leur lit, après des mois passés à dormir sur le canapé du salon. D'une voix lasse, il lui avait dit qu'il voulait juste la prendre dans ses bras, qu'il était temps de faire une trêve, de se souvenir de l'époque où tout allait bien entre eux.

La colère rentrée de Sandy avait été la plus forte. Elle avait regardé son mari, le père de ses deux enfants, fragile et vulnérable pour une fois avec ses épaules voûtées, et n'avait pu s'empêcher de penser qu'il était le premier responsable de tout ce gâchis. À force de vouloir faire de son fils un homme, il en avait fait un assassin. Il n'avait jamais voulu comprendre que Danny était différent de lui, que c'était un cérébral comme sa mère. Il l'avait pris à rebrousse-poil, tenant absolument à lui faire une place dans son univers de mecs arrogants.

Sandy le détestait pour avoir détruit leur fils, pour avoir détruit leur famille.

D'un seul coup, aussi vite que sa colère était montée, Sandy se retrouvait debout dans sa cuisine, vidée, épuisée, rompue.

Tournant la tête vers la porte, elle aperçut Becky qui la regardait de ses yeux bleus inquiets.

— Maman, je ne veux pas que le monstre te fasse du mal.

Becky disparut aussi silencieusement qu'elle était venue et rejoignit ses grands-parents au salon où ils regardaient la télévision.

Sandy reprit sa place à la table de la cuisine.

— Je sais ce que vous ressentez, commença Avery.

— Putain de bordel de merde, répliqua Sandy.

Shep soupira longuement avant de se lever pour se servir une troisième part de tarte.

— Écoutez-moi, reprit Avery aussitôt. Je vais vous expliquer en détail comment les choses vont se passer, pour que vous ayez une meilleure idée de ce que je cherche à faire. Les six prochains mois vont être décisifs pour Danny.

Sandy leva la main.

— Comment se fait-il que ça prenne aussi longtemps ?

— Tout simplement parce qu'il faut du temps à la justice pour décider dans quelle juridiction Danny va être jugé. Ça n'est pas une petite affaire, vous savez.

— Vous m'avez bien dit que Danny n'aurait pas le droit de revenir ici, qu'on ne libérait pas sous caution les meurtriers mineurs. Qu'est-ce que ça veut dire ? Mon fils n'a même pas été jugé, il n'est donc reconnu coupable de rien du tout, et on veut l'enfermer dans une prison pour mineurs pendant six mois ? Comment peut-on encore parler de justice ?

— Ce n'est pas moi qui ai conçu le système.

— Eh bien, que le système aille se faire foutre !

La première, Sandy prit conscience que rien ni personne ne pouvait plus la raisonner. Avery Johnson tenta à nouveau de la rassurer d'un sourire avant de reprendre d'un ton plus mordant :

— Madame O'Grady, je sais que je ne vais pas vous faire plaisir, mais tout semble indiquer que Danny est coupable de ces meurtres. Quand on l'a trouvé, il tenait un pistolet sous le nez de votre mari, c'est lui qui a apporté les armes de son père à l'école et, surtout, n'oubliez pas qu'il a avoué *à deux reprises.*

— Il était sous le choc. C'est vous-même qui l'avez dit. Il ne savait plus ce qu'il disait.

— Les armes, madame O'Grady. Les armes. Comment ces armes, qui auraient dû se trouver chez vous dans un coffre, ont-elles atterri à l'école ?

Sandy regarda désespérément en direction de Shep. Celui-ci agita sa fourchette dégoulinante de glace en ajoutant, stoïque :

— Mon fils n'aurait jamais fait ça.

Pour la première fois depuis longtemps, Sandy retrouvait le Shep qu'elle avait aimé.

Avery Johnson répondit d'un air grave :

— Personne n'est en mesure de prouver l'innocence de votre fils, pas même vous qui êtes officier de police.

— Je compte bien m'en occuper.

— Comment ?

— J'ai six mois devant moi.

Avery Johnson soupira. Il ne faisait guère de doute à ses yeux que Shep et Sandy se trouvaient au stade du refus, mais il retenta sa chance :

— Quand bien même vous réussiriez à expliquer par quel tour de passe-passe deux armes qui vous appartiennent se sont retrouvées sur le lieu de la fusillade, pourquoi votre propre fils vous a pris en otage et pour quelle raison il a lui-même avoué les trois meurtres, il n'en reste pas moins que Danny est un enfant à problèmes. Sans même envisager la situation d'un point de vue juridique, votre rôle en tant que parents est de comprendre que les six prochains mois peuvent permettre à Danny de se faire aider. Il sera placé entre les mains d'experts et il va subir toutes sortes de tests psychologiques. On va examiner à la loupe son enfance, sa famille et ses amis. Ce sera difficile, mais en fin de compte, ça permettra de mieux comprendre Danny et la nature de ses problèmes. Vous comprenez ?

Pour la première fois, Sandy semblait décidée à voir les choses en face. Elle jeta un regard en direction de Shep qui mâchait distraitement un morceau de tarte, abattu par ce que venait de lui dire l'avocat. Shep avait toujours refusé de comprendre que son fils avait des problèmes, et le discours de Johnson le laissait sans voix. Et si c'était eux qui avaient fait de Danny un monstre ?

Des poches s'étaient brusquement creusées sous les yeux de Shep, et Sandy dut détourner la tête.

Elle savait qu'en quittant leur chambre la veille, Shep s'était allongé par terre à côté du lit de Becky. La petite fille avait refusé de dormir dans la chambre de ses parents, préférant construire un rempart autour de son lit avec ses animaux en peluche. Gros Ours, son préféré, était son garde du corps en chef. Hannah le cheval veillait à la porte, les Beanie Babies protégeaient la fenêtre et Becky avait insisté pour que sa mère prenne Pugsley le chien, en cas de besoin.

Becky avait crié dans son sommeil à plusieurs reprises. Vers 3 heures du matin, Shep l'avait interceptée alors qu'elle sortait tout endormie de son lit pour se réfugier dans le placard. Elle s'était mise à hurler quand il avait voulu la réveiller, et il avait eu toutes les peines du monde à la remettre dans son lit avec Gros Ours. Becky lui avait recommandé de faire attention aux monstres avant de se rendormir.

Vers 6 heures, Shep s'était finalement installé sur le canapé du salon. Une heure plus tard, Sandy avait trouvé Becky recroquevillée tout au fond de son placard, cachée sous une pile de robes.

Becky refusait toujours de dire ce qui s'était passé la veille, et les médecins étaient convaincus qu'elle ne parlerait jamais. Le choc avait été trop fort pour ses huit ans et elle s'appliquait à enfouir ce traumatisme au plus profond d'elle-même. On avait recommandé à Sandy et Shep de tout faire pour sécuriser leur fille sans pour autant minimiser sa peur. Encore des mots…

Sandy avait l'impression que Shep avait vieilli de dix ans en l'espace de quelques heures. Elle aurait voulu pouvoir prendre son téléphone et se confier à Margaret, Liz ou Margie comme elle en avait l'habitude, mais rien ne serait jamais plus comme avant. Le premier responsable de ce drame était son fils, c'était donc à elle d'en payer le prix.

— Et… et si c'est bien Danny qui a fait ça? osa-t-elle demander pour la première fois à cet avocat riche et prospère qui tenait leur avenir entre ses mains. Que va-t-il se passer si les experts décident que Danny est un meurtrier?

— C'est ce que j'ai tenté de vous expliquer. Le but de ce procès n'est pas de déterminer si Danny est un meurtrier ou non, mais de savoir s'il est susceptible de recommencer. Le tribunal pour enfants va nommer un psychologue spécialisé qui examinera Danny afin de détecter des troubles éventuels de la personnalité, scruter son passé, etc. Ce genre d'étude prend du temps. Quand il aura fini ses examens, il faudra qu'il rédige son rapport, et compte tenu de la gravité des faits reprochés à Danny, il est probable que le psychologue rendra un double avis d'expertise : s'il est coupable de ce qu'on lui reproche, il indiquera un pourcentage de risques de récidive ; s'il est innocent, il devra déterminer ses chances de retrouver sa place dans la société.

— Je ne comprends pas. Si Danny est innocent, pourquoi n'aurait-il pas cent pour cent de chances de mener une vie normale ? Pourquoi ce double avis d'expertise ?

— Le rôle de l'expert ne s'arrête pas à ce qui s'est passé aujourd'hui, madame O'Grady, qu'il soit coupable ou non.

— Danny a toujours été un petit garçon formidable, précisa Sandy dans un ultime réflexe de défense.

Avery Johnson lui lança un regard compréhensif, mais ferme :

— Danny est capable d'accès de violence. Il s'intéresse de près aux armes à feu et n'est pas très sociable. Tout ça va apparaître au moment de l'enquête, madame O'Grady. L'expert va rechercher toutes sortes de facteurs, en particulier dans son environnement familial.

Shep baissa la tête. Sandy, qui le connaissait mieux que quiconque, savait à quoi il pensait. Shep avait un tempérament violent, ce qui n'arrangeait pas les choses, même si, grâce à Dieu, il n'avait jamais levé la main sur elle ou sur les enfants. Le mobilier, en revanche, n'avait pas toujours eu cette chance.

Shep finit par prendre la parole :

— Et si les rapports de l'expert ne nous conviennent pas ? A-t-on le droit de choisir notre propre psychologue ?

— Bien évidemment. Dès demain, j'ai bien l'intention de demander au juge pour enfants de nommer un expert psychiatre pour nous représenter. Il sera nommé par le tribunal, mais il travaillera pour nous.

— Je suppose que tout ça va coûter beaucoup d'argent, demanda Sandy d'un air hésitant.

Elle savait que son mari allait lui en vouloir d'avoir abordé le sujet, mais c'était plus fort qu'elle. Shep gagnait vingt-cinq mille dollars par an et Sandy neuf dollars de l'heure à son boulot. Elle avait espéré être augmentée, voire être salariée au lendemain de la signature du contrat Wal-Mart, mais ses espoirs s'étaient envolés la veille, comme tout le reste. Elle avait quitté son bureau comme une flèche sans s'inquiéter de la suite. Mitchell avait laissé un petit message sur son répondeur lui disant de prendre le temps qu'il lui faudrait, mais elle avait bien senti à sa voix qu'il était déçu. Il ne pouvait pas s'en tirer seul et comme elle n'était plus là, il lui faudrait bien faire appel à quelqu'un d'autre. Les affaires sont les affaires.

— Conformément à la loi, les experts sont pris en charge par le tribunal.

— Ce qui veut dire que ça ne va rien nous coûter ? demanda Sandy.

Son mari grogna tandis qu'Avery Johnson acquiesçait. Pour la première fois, elle lut de la compassion dans ses yeux. Sans doute comprenait-il mieux qu'elle n'avait pas rêvé leur situation financière.

— L'avantage d'avoir notre propre expert est qu'il est tenu par le secret professionnel. Danny peut tout lui dire et, si nous décidons en fin de compte que toute vérité n'est pas bonne à dire, nous avons toute latitude de ne pas faire témoigner notre expert. Personne n'en saura rien.

— Mais nous, nous saurons, ajouta Sandy.

— Si vous voulez aider Danny, vous avez besoin de savoir ce qui s'est passé, précisa calmement Avery.

— À condition qu'il ne passe pas en assises, répliqua-t-elle.

— C'est tout l'enjeu de notre combat. Pour un garçon de treize ans, les assises seraient une catastrophe.

Le silence retomba. Sandy et Shep pensaient aux mois d'angoisse qui les attendaient, à l'avenir de Danny.

— Danny n'a pas fait ça, répéta Shep d'un air buté. Et j'ai bien l'intention de le prouver.

La sonnerie du téléphone retentit et Shep saisit machinalement le combiné. Au moment où il dit allô, ses traits se figèrent et il raccrocha brutalement.

— Une erreur, marmonna-t-il sans que personne ne fût dupe.

Le téléphone avait sonné toute la matinée. Des voix déguisées qui hurlaient à l'appareil : « J'espère que ce petit salopard va se faire violer. J'espère qu'ils lui feront bien mal en taule. Saloperie de tueur d'enfants. »

Sandy avait toujours vécu à Bakersville et elle aimait sa ville.

Elle se tourna vers Avery Johnson.

— Quelles sont nos chances ? Dites-moi la vérité. Qu'est-il arrivé aux autres enfants impliqués dans des affaires similaires ?

— Presque tous ont été condamnés à la prison à vie, mais la plupart d'entre eux avaient plus de seize ans. Ils ont donc été condamnés par des jurés d'assises.

— Quand vous dites la plupart, il y a eu des exceptions ?

— Oui, à Jonesboro. Les deux meurtriers étaient très jeunes et l'Arkansas n'a aucune loi permettant d'envoyer des mineurs aux assises.

— On les a envoyés dans une prison pour mineurs ?

— Si je me souviens bien, ils sont censés rester enfermés jusqu'à l'âge de vingt et un ans.

Sandy entrevit pour la première fois une lueur d'espoir.

— Mais qu'est-ce que ça a donné, monsieur Johnson ? Ont-ils pu retrouver une place dans la société ?

— Il est encore trop tôt pour le dire, madame O'Grady.

12

Mercredi 16 mai, 17 h 57

Pour surfer sur l'internet, l'inconnu utilisait de préférence AOL, à cause de la façon dont les rubriques y sont agencées. Passer d'un titre à l'autre était en particulier un jeu d'enfant. Cliquer sur la rubrique Info, « Fusillade tragique, le fils du shérif inculpé ». Deux paragraphes plus bas, cliquer sur « compte rendu complet ». Le monde entier est en larmes. Trois familles anéanties par ce drame, le président demande une modification de la législation sur les armes à feu, bla bla bla. À gauche de l'écran, un menu avec d'autres options. S'entretenir de la question avec d'autres internautes, un rappel de toutes les autres fusillades en milieu scolaire, des interviews de survivants expliquant que chaque nouvelle tuerie est pour eux un véritable drame car elle rouvre immanquablement leurs blessures. « Blessures ouvertes, cœurs meurtris. » Il prit le temps de savourer l'article. À chaque fois, c'était la même chose, le même plaisir renouvelé. Il avait même fait encadrer le numéro du *Time* du 20 décembre 1999.

Deux heures plus tôt, il s'était appliqué à télécharger les derniers articles consacrés à la tuerie de Bakersville. Il avait été déçu de constater que la presse n'était pas aussi prolixe sur le sujet qu'il l'aurait voulu. Sûrement parce qu'il n'y avait que trois morts. Il devenait de plus en plus difficile d'avoir la une avec ce genre d'histoire. Il faudrait qu'il s'en souvienne la prochaine fois.

6 heures du soir. L'inconnu repoussa son ordinateur portable. Il avait faim. Très faim.

De ce point de vue, le motel dans lequel il était descendu n'était pas très pratique. Il aurait préféré quelque chose de plus grand, une chaîne hôtelière plus impersonnelle, mais ça n'existait pas dans la région de Bakersville. Il lui avait fallu se rabattre sur ce motel bon marché, tenu par un autochtone. Il y avait du pour et du contre. D'un côté, le gérant s'intéressait d'un peu trop près à ses clients, mais de l'autre, le personnel était trop peu nombreux pour que l'on fasse attention à ses allées et venues. Du pour et du contre.

Comme son estomac le rappelait à l'ordre, il se décida pour un bar anonyme.

Un quart d'heure plus tard, il poussait la porte d'un petit café mal éclairé sur la rue principale du patelin. Trois indigènes, agglutinés autour de l'unique poste de télévision, se tournèrent dans sa direction. Un peu d'animation, enfin ! Le patron, un grand type chauve, lui fit un petit signe de la tête. L'inconnu prit place devant les pompes à bière et commanda un demi.

— Quoi de neuf aux infos ? demanda-t-il à ses voisins de comptoir.

— Le Sénat veut changer la loi sur les armes à feu et faire porter le chapeau aux parents quand leurs gosses font des conneries avec un flingue.

— Il serait temps, grommela son compagnon. Comme on dit, les chiens ne font pas de chats ; il faut bien que les gamins aillent chercher leurs idées tordues quelque part.

Le troisième, un vieil homme au visage tanné par une vie de labeur passée au volant de son tracteur, se contenta d'un avis laconique :

— Shep est un type bien.

Les deux autres haussèrent les épaules, manifestement peu enclins à discuter.

L'inconnu en profita pour relancer la conversation :

— Personne n'a dit que Shep n'était pas un bon shérif. De là à être un bon père, c'est une autre histoire.

Les trois hommes le dévisagèrent. Visage tanné reprit la parole :

— J'ai pas bien compris votre nom. Vous êtes qui, vous ?

— Je suis de passage, pour affaires. J'aime bien faire la côte. Les gens sont gentils, le pays est beau, mais je dois dire que cette fois-ci… Un gamin de treize ans qui tue deux petites filles avant d'assassiner cette pauvre prof… Quel gâchis ! Une fille aussi jolie.

Il se tourna vers le patron dont le visage s'était durci.

— J'aurais voulu commander des ailes de dinde épicées, avec beaucoup de sauce au bleu.

— Personne ne sait encore si c'est Danny O'Grady qui a fait ça, reprit Visage tanné.

Le barman approuva.

— Arrête, Darren! répondit l'un de ses compagnons. La mère de Luke Hayes a dit à ma femme que Danny avait même avoué.

— Et moi je te dis que les O'Grady sont des gens bien.

— Y a-t-il d'autres suspects? demanda l'inconnu, l'air de ne pas y toucher.

— Plusieurs gamins ont dit avoir aperçu un inconnu en noir, s'empressa de répondre Visage tanné.

— Darren! Comment peux-tu croire une histoire comme ça? C'est des gamins. Ils ont eu peur et comme ils ne manquent pas d'imagination…

— Ça veut pas dire que c'est pas vrai.

Les deux autres froncèrent les sourcils, soucieux de ne pas le contredire.

— On dit que les parents O'Grady ne s'entendaient pas très bien, reprit l'inconnu.

Visage tanné lui lança un regard noir. Il était encore costaud pour son âge, mais l'inconnu n'avait pas l'air impressionné pour autant. Les vieux comme lui ne se battent pas, ils comptent sur le respect dû aux anciens pour éviter les affrontements, mais cette fois, il avait trouvé à qui parler. L'inconnu assis au comptoir ne désarmait pas.

— Je répète ce que j'ai entendu, c'est tout, dit-il d'une voix calme.

Visage tanné fit un pas dans sa direction, mais l'un de ses compagnons le retint par le bras.

— Laisse-le tranquille, Darren. Chacun est libre de penser ce qu'il veut.

— L'été dernier, reprit Visage tanné d'une voix tendue, je suis allé à Bakersville pour le marché aux bestiaux. Un pneu de ma remorque a éclaté et j'ai bien failli aller au tas. Shep O'Grady patrouillait dans le coin avec son fils et ils se sont arrêtés pour m'aider. Vous croyez que Danny est resté dans la voiture ? Pas du tout, il m'a aidé à changer la roue. Un bon gamin. Quand je les ai remerciés, il m'a serré la main en me disant que c'était normal. Je ne sais pas ce qui s'est passé dans cette école, mais ce que je sais, c'est qu'il ne faudrait pas juger trop vite un gamin et ses parents, surtout que vous ne les connaissez même pas.

— C'est drôle que vous racontiez ça, répliqua l'inconnu, parce qu'à Bakersville, on dit que Danny O'Grady a un sale caractère. Il paraît qu'il traîne avec des bons à rien et qu'il a même démoli son casier au collège. J'ai un client qui a son fils dans la même école et tout le monde savait que Danny O'Grady ne tournait pas rond.

Cette fois, Visage tanné fronça les sourcils, prêt à bondir, et l'un de ses compagnons dut à nouveau le retenir avant d'ajouter, conciliant :

— En tout cas, ça n'a pas de sens, ce qui est arrivé là-bas. À se demander si une bonne guerre ne leur remettrait pas les idées en place, aux jeunes d'aujourd'hui.

— Parce que tu t'imagines que les guerres forment la jeunesse ? demanda Visage tanné.

Son interlocuteur haussa les épaules.

— Tout ce que je sais, c'est que j'ai tiré sur des Allemands et des Coréens, mais jamais sur mes copains de classe.

— T'as de la merde dans la tête, Edgar…

— Ce que je voulais dire…

— Ce que tu voulais dire, c'est que la guerre sert à faire des gueules cassées et des types qui se droguent. Belle façon de former la jeunesse, tiens !

— Mais Bon Dieu, Darren, comment t'expliques tout ce qui se passe aujourd'hui ? Toutes ces tueries ? Il y en a eu combien, déjà ?

Un silence épais enveloppa le bar. L'inconnu du comptoir tentait de réprimer un sourire sarcastique.

— On verra bien ce qui va se passer, reprit Visage tanné.

Edgar grogna :

— S'il se passe quelque chose. Il n'y a même plus de shérif à Bakersville. Il paraît que c'est cette fille qui le remplace.

— Rainie Conner, précisa l'inconnu du comptoir, ce qui ne manqua pas de surprendre le patron.

Edgar approuva :

— Ouais, c'est ça. Et c'est à cette gamine qu'on a confié l'enquête.

— Ils ont aussi fait appel à un flic fédéral, précisa l'inconnu. Un spécialiste des fusillades en milieu scolaire.

— Ils ont un spécialiste au FBI pour ça ? demanda le patron, incrédule.

— C'est drôle, non ? répliqua l'inconnu avec un petit sourire en coin. C'est le moment ou jamais de voir ce qu'il a dans le ventre.

8 heures du soir. Une lumière grise et terne était lentement descendue sur les rues de Bakersville, ce qui n'était pas pour remonter le moral de Rainie.

En quittant le principal, elle s'était rendue en compagnie de Quincy dans le petit appartement de Melissa Avalon, avec l'espoir d'en apprendre davantage sur sa vie privée. À en juger par les apparences, l'auteur de la fusillade l'avait assassinée délibérément. Le meurtre avait sans doute même été prémédité, mais Rainie ne pouvait croire que Danny O'Grady eût cherché à tuer sa prof préférée. Ce qui posait la question de savoir qui elle était vraiment et qui voulait la voir morte. Après ce que lui avait dit Quincy des relations de Melissa avec VanderZenden, Rainie était tentée de penser que la clé de l'énigme se trouvait là. Le principal peut-être, ou bien sa femme...

De son côté, Quincy évitait de croire quoi que ce soit. Il semblait convaincu que Melissa Avalon était bien la victime désignée, sans en déduire pour autant que le meurtrier la connaissait personnellement. Ce n'était pas la première fois qu'une femme se faisait assassiner parce qu'elle était jeune et jolie. Quand il lui avait dit ça, Rainie s'était fait la réflexion qu'il devait avoir de drôles de lectures le soir pour s'endormir.

Cependant, l'inspecteur Sanders avait une fois de plus pris les devants. Quand Rainie et Quincy arrivèrent à l'appartement de Melissa Avalon, les tiroirs étaient sens dessus dessous, la cuisine en chantier, le lit défait. Les spécialistes de l'identité judiciaire avaient même fouillé la réserve de tampons de la jeune femme.

Rainie devrait se contenter d'attendre le rapport officiel de la police d'État pour connaître le résultat de la perquisition, à moins de supplier Sanders de lui communiquer les éléments dont elle avait besoin pour son enquête, ce qui ne l'enchantait guère.

Toujours accompagnée de Quincy, elle était arrivée à son QG improvisé de la mairie juste à temps pour croiser Luke Hayes et Tom Dawson. Ses deux collègues avaient tenté d'interroger Becky peu avant le dîner, sans succès. Avery Johnson, présent chez les O'Grady, avait exigé d'assister à l'interrogatoire, tout comme Sandy et Shep, et la petite fille s'était retrouvée dans le salon face à cinq adultes inquisiteurs.

Becky avait eu une réaction normale. Elle avait serré contre elle son ours en peluche, s'était mise en boule sur le canapé et s'était endormie.

Au bout d'un quart d'heure, Luke et Tom prenaient congé et Shep ne les avait même pas raccompagnés à la porte. L'avocat s'en était chargé, non sans leur préciser que les O'Grady avaient dû changer de numéro et se faire mettre sur liste rouge à cause des coups de téléphone anonymes. Il leur avait aussi demandé de veiller sur eux, surtout après ce qui avait été écrit sur la porte du garage.

Luke avait été outré par le graffiti dont il avait pris deux clichés Polaroïd pour le dossier. Il avait ensuite acheté un seau de peinture blanche à la quincaillerie de Bakersville pour repeindre la porte du garage de Shep en compagnie de Tom. Ni Shep ni Sandy n'étaient sortis pour les remercier.

Luke et Tom venaient tout juste de partir lorsque le maire était passé voir Rainie. Il avait reçu un appel des parents de Sally Walker ; ils demandaient pourquoi on avait repoussé l'autopsie au lendemain. Pourquoi tant tarder à rendre les corps aux familles désireuses de fixer au plus vite la date de l'enterrement ? Les parents étaient furieux.

Le maire parla également à Rainie de l'intervention de George Walker aux infos de 5 heures. Devant les caméras de télévision, le père avait déclaré que Danny O'Grady allait s'en tirer et que c'était un scandale car il avait tué trois personnes de sang-froid, mais la police de Bakersville le protégeait éhontément sous prétexte qu'il s'agissait du fils du shérif. Il criait à l'injustice et prévenait les mères de famille de tenir leurs enfants enfermés chez elles car Danny O'Grady serait bientôt de retour.

Tout l'après-midi, les gens avaient fait la queue pour acheter des fusils au magasin de sport, pas seulement à Bakersville, mais dans tout le comté.

La peur s'était emparée de la région et le maire n'avait pas mâché ses mots. La population était en colère, et Rainie n'avait pas beaucoup de temps devant elle si on voulait éviter que l'ambiance ne tourne à l'émeute.

Le maire à peine parti, assise face à Quincy à sa table à tréteaux, Rainie avait sorti une boîte de crayons qu'elle avait cassés consciencieusement en deux l'un après l'autre. Sa manière à elle de passer ses nerfs.

Elle avait beau se triturer les méninges, les éléments dont elle disposait étaient contradictoires et les questions s'accumulaient. Pourquoi Danny aurait-il tué l'enseignante qu'il appréciait apparement le plus? Charlie Kenyon avait-il influencé Danny? Ou alors avait-il rencontré quelqu'un sur le net? Une hypothèse un peu tirée par les cheveux, sans doute, mais envisageable quand on savait à quel point Danny était influençable. Dieu sait que, de nos jours, tout est possible.

Autre point inexplicable, la façon dont Melissa Avalon avait été exécutée d'une balle en plein front alors que les autres victimes avaient reçu des blessures multiples.

Vingt-quatre heures après le drame, Rainie aurait aimé avoir quelques ébauches de réponse, mais c'était loin d'être le cas. Elle était dans un tel état d'énervement que le crissement du stylo de Quincy sur le papier lui donnait envie de lui arracher son carnet et de l'assommer. Quand elle avait commencé à casser ses crayons de papier, il avait même osé rire. Décidément, les gens du FBI ont un sens de l'humour pour le moins curieux.

Rainie était cependant consciente qu'elle aurait pu tomber sur quelqu'un de pire. Elle était frappée par le calme et le détachement apparent de Quincy, même s'il avait une façon bien à lui de regarder son téléphone portable, dans l'attente d'une mauvaise nouvelle.

Mais c'était avant tout l'application de Quincy qui l'étonnait. Elle avait pu en prendre la mesure à la façon méthodique dont il avait arpenté le lieu de la fusillade, et plus tard dans l'appartement de Melissa Avalon, réunissant ici et là des informations qu'il répertoriait dans sa tête, attendant d'être en mesure de reconstituer le puzzle. Quincy était sans aucun doute un type intelligent, sérieux, *solide.* Une constatation qui ne manquait pas de la troubler, mais avait-elle besoin d'être troublée ?

D'ailleurs, elle en avait marre de ce putain d'agent du FBI. De ce putain d'inspecteur Sanders, décidé à marquer des points. De ce putain de Danny O'Grady. De ces putains de crétins alcooliques qui avaient décidé de répondre à la violence par la violence, sans avoir la moindre idée de toute la paperasse qu'il lui faudrait noircir.

Le regard de Rainie quitta la fenêtre et la nuit qui tombait sur Bakersville. Elle s'aperçut qu'elle serrait machinalement les poings et comprit qu'elle faisait fausse route en s'imaginant que le sort s'acharnait sur elle. Elle était tout à fait capable de gérer un flic du FBI et un inspecteur de la police d'État. Elle n'en avait honnêtement rien à foutre du maire et de sa conférence de presse, ni des amateurs d'autodéfense de la région. Ce n'était pas la première fois qu'elle avait affaire à eux.

La perspective de prendre la route à 5 heures le lendemain matin pour assister à l'autopsie des deux petites filles était en revanche nettement moins réjouissante.

Elle en était toute retournée d'avance. Ne plus jamais revoir Sally et Alice, d'autant plus qu'elle connaissait maintenant leurs parents, qu'elle savait que les deux fillettes étaient inséparables depuis leur naissance. Ne pas penser à la cérémonie à l'église, aux deux petits cercueils enterrés côte à côte.

La veille au soir, pour la première fois en cinq ans, Rainie avait revécu en rêve la mort de sa mère. Tout ce sang, ces restes de cervelle sur le mur. L'odeur, cette puanteur atroce de viscères et de poudre qui imprégnait la moquette. Ce corps sans tête prostré par terre, grotesque et irréel, que Rainie n'aurait pu reconnaître si le goulot d'une bouteille de Jim Beam n'était resté coincé entre les doigts sans vie de sa mère.

Dans son rêve, au moment où la Rainie de dix-sept ans voyait pétrifiée la cervelle de sa mère lui dégouliner sur les cheveux, Danny O'Grady était arrivé de la cuisine et lui avait calmement tendu un fusil encore chaud.

— J'ai fait ce que tu voulais, lui avait-il déclaré avant de sortir de la maison.

Rainie s'était réveillée à 4 heures du matin, couverte d'une sueur glacée, tremblant de tous ses membres. Elle s'était obligée à se lever pour faire le tour du salon où la moquette brune et le papier à fleurs avaient disparu depuis longtemps. En balayant du regard cette pièce qui n'avait plus rien de commun avec le lieu du crime quatorze ans plus tôt, elle aurait juré que du sang suintait encore du plafond.

Rainie s'était recouchée, mais en se levant une heure plus tard, elle savait au tremblement qui agitait ses mains que la fin de sa nuit n'avait guère été plus paisible.

Cette affaire avait réveillé de vieux démons. Après toutes ces années, elle ne s'y attendait pas, et à sa peur se mêlait de la colère.

— Il faut que je mange quelque chose, déclara-t-elle en se levant brusquement de son bureau avant de réunir ses affaires.

Quincy leva la tête de ses notes. Son visage restait impassible, mais il avait enlevé sa veste et dénoué sa cravate lie-de-vin et semblait ainsi moins distant. Cela faisait également ressortir les poches qu'il avait sous les yeux. Monsieur Superflic n'avait visiblement pas beaucoup dormi ces derniers temps, avant même d'arriver à Bakersville.

— On peut manger dans cette ville ? demanda-t-il d'un air faussement étonné. Et moi qui pensais que nous avions sauté le déjeuner faute de restaurant.

— Le déjeuner ? C'est bon pour les femmelettes, lui répondit Rainie sur le même ton. Allez, venez. Je vous emmène chez Martha, elle fait le meilleur poulet frit du coin.

Quincy leva un sourcil d'un air dubitatif, sans que Rainie pût savoir s'il mettait en cause le talent culinaire de Martha ou s'il s'inquiétait pour ses artères. Il prit sa veste et la suivit.

Martha's Diner était calme à cette heure-là. La plupart des gens avaient fini de manger, il était quasiment l'heure de se coucher pour les agriculteurs. Rien de tel que quelques milliers de vaches pour imposer un couvre-feu dans une petite ville. Rainie aperçut tout d'abord Donald Leyden, le président de la banque locale, qui avait pris l'habitude de dîner là depuis son divorce, puis elle remarqua Abe Sanders.

Seul dans un box, Sanders tenait son téléphone portable d'une main tout en grignotant un blanc de poulet de l'autre. Entre deux phrases, il tirait d'un sac plastique des carottes crues qu'il mangeait du bout des dents. Devant lui, un Tupperware rempli de salade verte. L'inspecteur ne se déplaçait jamais sans sa salade ! Si Rainie ne l'avait pas encore compris, il ne lui restait plus guère de doute désormais : Abe Sanders était l'Antéchrist.

— Mais oui, j'entends le chien, ma chérie.

Au ton de sa voix, on sentait son agacement.

— Non, Sara. Je ne tiens pas à ce que tu me passes le chien. Non…

Sa voix se fit soudain plus aiguë :

— Bonjour, Murphy. Oui, tu es un bon chien. Un très bon chien. Maintenant, passe-moi ta maman. Il faut que je parle à maman. Allô, Sara ? Oui, je lui ai dit bonjour, mais c'est un chien et je ne suis pas sûr qu'il sache très bien comment marche le téléphone. Attends une seconde… C'est lui qui pleure ? Pourquoi ce chien pleure-t-il ? Qu'est-ce qu'il y a ? Quoi ? Vraiment ?

Sanders avait l'air à la fois surpris et béat.

— Murphy me cherche dans toute la maison le matin ? Je lui manque ? C'est qu'il est malin notre Murphy.

C'est à ce moment-là que Sanders remarqua la présence de Rainie et Quincy qui le regardaient avec des yeux ronds.

Il se redressa sur la banquette et rougit comme un gamin pris en flagrant délit avant de refermer précipitamment son téléphone portable.

— C'est notre bébé chien, grommela-t-il. Ma femme en est dingue. Vous savez ce que c'est…

Il avala sa salive et fit signe à ses deux collègues de se joindre à lui.

— Vous voulez vous asseoir ? J'ai des nouvelles fraîches.

Rainie, méfiante, se glissa sur la banquette de skaï rouge et présenta Quincy à Sanders. Les deux hommes savaient visiblement déjà à quoi s'en tenir au sujet l'un de l'autre, et leur poignée de main ne fut pas particulièrement chaleureuse.

— Alors, qu'est-ce qui vous amène à Bakersville ? demanda Sanders après que Quincy, malgré les injonctions de Rainie qui voulait lui faire goûter le poulet frit, eut commandé une salade César.

Rainie secoua la tête devant la gravité de son erreur et commanda du poulet avec de la purée de pommes de terre et une double ration de sauce. Elle n'avait rien mangé de la journée et n'avait pas l'intention de laisser deux mangeurs de salade lui donner des complexes. Elle était en train de se demander si elle ne terminerait pas son repas par un milk-shake au chocolat quand Quincy répondit à Sanders :

— Je fais des recherches sur les fusillades en milieu scolaire pour le département des Sciences du comportement. Voilà pourquoi je m'intéresse à cette affaire.

— Vous êtes ici en simple observateur ?

Quincy jeta furtivement un coup d'œil en direction de Rainie.

— On peut dire ça comme ça.

— Parce que je peux vous dire qu'on n'a nul besoin du FBI, ajouta Sanders brutalement, ce qui fit sourire Quincy.

— Ne vous inquiétez pas, inspecteur. Je n'ai pas la moindre intention de passer au-dessus de la tête de l'agent Conner afin de prendre l'enquête en main. J'ai cru comprendre qu'elle ne comptait pas se laisser faire… et que c'était une tireuse émérite.

Rainie accepta le compliment avec un petit sourire en coin. Sanders fronça les sourcils et s'essuya les mains sur sa serviette en papier avant de reprendre :

— De toute façon, la question ne se posera probablement plus demain. J'ai quasiment dénoué l'affaire.

— Vraiment ? s'étonna Rainie. Et moi qui craignais ce matin encore d'avoir détruit des preuves capitales.

— Il arrive que les choses se dénouent d'elles-mêmes, même en présence d'un flic aussi bien intentionné que vous, répliqua Sanders du tac au tac.

— Je saurai m'en souvenir. Mais je serais curieuse de savoir ce que vous avez dénoué.

— Je ne vous l'avais pas dit ? fit Sanders, faussement surpris. J'ai reçu le rapport de la balistique qui n'a eu aucun mal à retrouver la trace des deux armes de Danny, un revolver .38 et un .22 semi-automatique. Les deux appartenaient à un certain Shep O'Grady. En plus de ça, l'identité judiciaire a retrouvé cinq projectiles de 38 mm sur les lieux du drame. Le médecin a confirmé que le sang et les tissus retrouvés sur les balles correspondent à ceux des deux jeunes victimes et surtout – roulement de tambour – la balistique a confirmé que les balles de .38 avaient bien été tirées par le revolver de Danny. Vous aviez raison, Conner, on a effectivement retrouvé l'une des armes du crime.

— Ce qui confirme que le 38 mm a bien servi à tuer les deux petites filles, répondit Rainie. Mais ça ne veut pas dire que Danny a appuyé sur la gâchette.

— Ouais, bien sûr, n'empêche que les empreintes de Danny ont été relevées sur les douilles retrouvées sur le lieu du drame. Un bon avocat nous répondra que Danny a chargé les armes et que rien ne prouve qu'il a tiré, mais à ce stade, les charges qui pèsent contre lui sont écrasantes. On a pu établir un lien direct entre Danny et l'arme du crime, il n'a aucun alibi à l'heure de la fusillade et nous avons un témoin – vous-même – qui le situe dans le bâtiment tout de suite après, en train de tenir son père en respect. Même si sa confession n'est pas recevable, je ne crois pas que les jurés auront beaucoup de mal à comprendre que deux et deux font quatre.

— Et Melissa Avalon ? Jusqu'à preuve du contraire, les preuves dont on dispose ne concernent que les deux petites filles.

— Pour Avalon, c'est une autre histoire. Elle semble avoir été tuée d'une balle en pleine tête par un calibre .22 semi-automatique. Comme la balle n'est pas ressortie, il faudra attendre que le légiste l'extraie demain au cours de l'autopsie, mais c'est sans grand espoir. Le plomb utilisé pour les balles de calibre .22 est mou et il est rare qu'on puisse procéder à la moindre identification une fois que la balle a ricoché plusieurs fois à l'intérieur de la boîte crânienne. On verra bien. D'un autre côté, j'ai appris deux ou trois trucs aujourd'hui en allant me faire couper les cheveux. Si l'on en croit la rumeur, Avalon et le principal avaient l'air de s'entendre particulièrement bien, si vous voyez ce que je veux dire.

— Quelle perspicacité ! railla Rainie. Quincy en savait autant après dix minutes de conversation avec le principal. Racontez-lui, Quincy.

L'enquêteur fédéral haussa les épaules, gêné, alors que Sanders, visiblement agacé, l'interrogeait :

— Vous saviez qu'il trompait sa femme ?

— Disons que je l'ai trouvé anormalement perturbé par la disparition de Mlle Avalon.

— Ouais…

Sanders passa ses nerfs sur une carotte avant de reprendre, très sûr de lui :

— Ça ne change rien à l'enquête. J'ai vérifié auprès du personnel administratif, VanderZenden se trouvait dans son bureau quand les coups de feu ont éclaté. Jusqu'à preuve du contraire, Danny est la seule personne manquant à l'appel au moment des faits, ce que nous serons forcés de signaler dans notre rapport.

— N'oublions pas les élèves absents hier, rétorqua Rainie.

— Je sais, vingt et un élèves absents pour cause de maladie. Seize d'entre eux étaient avec leurs parents et je suis prêt à parier que les cinq autres seront mis hors de cause avant demain soir.

— Parlez-nous un peu des ordinateurs, reprit Quincy. M. VanderZenden nous a dit que Danny passait des heures sur le net, je serais curieux d'en savoir davantage.

Sanders posa sur lui des yeux curieux.

— Vous pensez qu'il a pu être influencé par quelqu'un de l'extérieur ?

— C'est arrivé dans plusieurs affaires similaires. Et je suis surpris par la facilité avec laquelle Danny semble avoir réussi à ouvrir le coffre de son père.

— Je n'en sais pas suffisamment pour déterminer s'il a eu du mal à l'ouvrir ou non. Tout ce que je sais, c'est que Shep a une collection d'armes impressionnante. On a eu de la chance que Danny se contente de deux armes de poing relativement modestes quand il aurait pu prendre les fusils de son père. Vous imaginez un peu le carnage ?

— Sait-on pourquoi il a choisi un .38 et un .22 ? interrogea Quincy.

Sanders posa sur Rainie un regard interrogatif, mais la jeune femme fit non de la tête :

— Il n'en a pas parlé et je n'ai pas pensé à le lui demander. Sans doute parce que c'était plus facile de les glisser dans son sac de classe sans que personne ne le remarque.

— Mais Danny chassait bien avec son père, non ? demanda Quincy.

— Depuis qu'il était tout petit.

— Il s'y connaissait aussi en armes de poing ?

Rainie prit le temps de réfléchir avant de répondre, et leur dîner arriva. La salade de Quincy avait l'air craquante à souhait. C'était bien la moindre des choses à Bakersville. Quant au poulet de Rainie, couronné d'un gros morceau de beurre à moitié fondu, il nageait dans une sauce épaisse, mais elle s'aperçut dès la première bouchée que la conversation lui avait coupé l'appétit.

— Shep parle souvent de chasse, reprit-elle au bout d'un moment, et je sais que Danny a remporté des concours de tir, mais je crois que c'était avec un 22 long-rifle.

— Un premier prix en catégorie junior, confirma Sanders. On a retrouvé la coupe dans sa chambre.

Rainie fit la grimace. Elle n'osait pas imaginer ce qu'avaient pu ressentir Sandy et Shep en voyant les types de l'identité judiciaire mettre en cartons toutes les affaires de leur fils.

Quincy poursuivit :

— Danny a beau préférer les fusils, il choisit deux armes de poing. Il n'aime pas le sport, mais s'en prend à la prof d'informatique qu'il adore. Il se cache dans une classe pour qu'on ne le voie pas sans pour autant chercher à quitter le bâtiment après la fusillade. Vous avouerez que c'est curieux.

Puis à l'adresse de Sanders :

— On parlait des ordinateurs…

— Les techniciens sont en train de les analyser. D'après ce que j'ai compris, il y avait une unité centrale et trois postes de travail. L'école avait fait installer un serveur « étanche » et il est donc impossible d'avoir le détail des sites auxquels se sont connectés les élèves pour chacun des postes de travail. Théoriquement, les types de l'informatique devraient être en mesure de me communiquer la liste des sites visités avant la fin de la semaine. Je dis théoriquement, parce qu'on m'a appelé cet après-midi pour m'annoncer que les ordinateurs avaient été bidouillés ; la mémoire cache a été vidée, le journal du navigateur a été supprimé, comme si quelqu'un avait voulu effacer les traces de son passage, mais les techniciens n'avaient pas l'air de s'en faire. Il semblerait qu'ils puissent retrouver tout ça dans les cookies ou je ne sais quoi. Ils doivent s'y attaquer demain matin.

— En cas de besoin, sachez qu'on a des types spécialisés dans ce genre de choses au FBI, précisa Quincy incidemment.

— Ouais, ouais, merci…

Sanders n'avait visiblement pas la moindre intention de laisser quiconque piétiner ses plates-bandes et s'empressa de repousser de la main la proposition de Quincy.

— On se débrouillera très bien. En plus, ce ne sont pas les éléments de preuve qui manquent et la question des ordinateurs est accessoire.

— Sauf que rien ne permet d'établir un lien entre Danny et le meurtre de Melissa Avalon, remarqua Quincy.

— Le procureur peut très bien se contenter d'inculper Danny pour le meurtre des deux gamines. Ça suffira amplement à faire enfermer ce charmant jeune homme pour le restant de ses jours.

— Ce n'est pas un jeune homme, c'est un enfant, précisa Rainie d'une voix neutre en repoussant son assiette avant de voler une feuille de salade dans celle de Quincy. Un enfant qu'on risque d'enfermer pour le restant de ses jours.

Sanders leva les yeux au ciel.

— Comme si l'âge comptait encore aujourd'hui. On va finir par se retrouver à la tête de toute une génération de psychopathes. Vous n'êtes pas d'accord avec moi, Quincy ? Depuis que la société trouve normal que les deux parents travaillent, le système génère des superprédateurs sans conscience ni remords, qui commencent par apprendre à tuer sur leurs consoles Nintendo avant de faire pareil dans la rue. Ils assassinent des femmes enceintes et retournent tranquillement chez eux regarder Bugs Bunny à la télé. J'ai lu tout un article là-dessus dans le *New York Times.*

— Il ne faut pas croire tout ce qu'on lit, répliqua Quincy.

— Pourquoi ? J'ai lu ça au début des années 90 et regardez le nombre de fusillades en milieu scolaire qu'on a eues depuis.

— Une demi-douzaine, c'est vrai, répondit Quincy calmement, mais l'année 1998 reste l'un des meilleurs crus de toute l'histoire de l'école américaine en matière de sécurité.

Sanders regarda Quincy d'un air dubitatif, mais l'enquêteur fédéral ne se laissa pas démonter pour autant.

— Au cours de l'année scolaire 1992-1993 – dont parlait très certainement votre article –, on a recensé cinquante-cinq morts. Comme vous le faisiez remarquer, c'était avant cette explosion de fusillades. En 1997-1998, on a recensé trois tueries en milieu scolaire, ce qui n'a pas empêché les statistiques de descendre à quarante morts, soit une baisse de trente pour cent. La violence à l'école, c'est un peu comme les accidents d'avion ; tout le monde en parle et la presse en fait des gorges chaudes parce que c'est horrible, mais il n'y a pas de véritable tendance pour autant. Ça reste moins dangereux d'envoyer ses enfants à l'école – ou de leur faire prendre l'avion, d'ailleurs – que de prendre la route dans le monospace familial.

— D'un autre côté, on ne peut pas nier qu'on assiste à une recrudescence de ce genre d'affaires, contra Rainie.

Elle en profita pour piquer un croûton à Quincy en le regardant droit dans les yeux avant de poursuivre :

— Je veux bien qu'on ait cru à un épiphénomène au début, mais ça fait des années que ça dure. La première fois, on a trouvé ça terrible. Au bout de la septième tuerie, ça fait peur.

— Je ne prétends pas que c'est un problème mineur, rétorqua Quincy. Je dis simplement qu'il faut savoir mettre les choses en perspective. En règle générale, les crimes commis par des mineurs ont diminué au cours des cinq dernières années. Au fur et à mesure qu'on élimine les gangs et qu'on s'occupe du problème de la drogue, nos écoles deviennent plus sûres, ce qui est une bonne chose. D'un autre côté, ajouta-t-il en voyant leur scepticisme, il est indéniable que *certains* adolescents font preuve d'une violence incroyable, et les médias en profitent pour travestir la vérité. « *Un élève irréprochable tue dix de ses camarades.* » « *Une famille unie décimée par le fils de quatorze ans.* » Si on ne fait pas attention, on risque de provoquer des réflexes paranoïaques et on finira par avoir peur de tous les enfants. La vérité est que l'immense majorité des gamins qui passent à l'acte ne sont pas normaux, entre guillemets. Plusieurs d'entre eux étaient des déséquilibrés traités comme tels par la psychiatrie. Et même ceux qui n'étaient pas suivis par des médecins présentaient des troubles de l'attachement susceptibles de les pousser au pire.

— Des troubles de l'attachement ? interrogea Sanders.

— L'incapacité à créer des liens affectifs avec les autres, répondit aussitôt Rainie, picorant à nouveau dans l'assiette de Quincy. J'ai fait des études de psycho, j'ai encore quelques restes.

Quincy en profita pour tenter de protéger son assiette contre les attaques répétées de Rainie, avant d'y renoncer définitivement lorsque celle-ci trouva le moyen de lui voler un nouveau croûton.

— Tout le monde a besoin de s'attacher aux autres, reprit Quincy à l'intention de Sanders. Pendant l'enfance, nous sommes censés nous attacher à nos parents. Quand on pleure, nos parents réagissent en nous donnant à manger, nous comprenons qu'ils nous aiment et nous nous attachons à eux. En grandissant, l'enfant transfère cette capacité d'attachement à l'ensemble de la société, ce qui nous permet d'avoir des amis, des voisins, de nous marier… Malheureusement, il arrive que certains enfants se révèlent incapables de nouer des liens affectifs. Un bébé frappé par ses parents quand il pleure, par exemple. Au lieu d'apprendre à faire confiance aux autres, l'enfant se replie sur lui-même, il ment, il manipule son entourage, il est incapable de s'attacher à autrui. La plupart du temps, c'est ce qui arrive avec les enfants maltraités ou abandonnés, mais ça ne veut pas dire qu'on n'en rencontre jamais dans les bonnes familles. C'est plus rare, c'est tout.

— Vous voulez dire qu'il y a des parents comme il faut avec des enfants à problèmes ? demanda Sanders en levant les yeux au ciel d'un air incrédule.

— Bien sûr. Prenons le cas d'une femme. Elle traverse une période de dépression après l'accouchement et ne s'occupe pas de son bébé comme il faut. Un bébé atteint d'une maladie quelconque à la naissance dont ses parents n'arrivent pas à soulager la douleur. Ou même un enfant qui reste insensible aux marques d'affection de ses parents ; malgré tous les efforts de la mère, il se replie sur lui-même. Ça arrive rarement, mais ça arrive. Oui, bien sûr, de bons parents peuvent parfaitement avoir un enfant socialement normal et un autre qui ne l'est pas.

Sanders était toujours aussi peu convaincu.

— Je n'y crois pas, avoua-t-il. Des gamins qui seraient des mini-psychopathes de naissance ? Si c'était le cas, comment expliquer que personne ne s'en aperçoive dès le début ? Et pourquoi peut-on lire à la une des journaux, comme vous l'avez dit tout à l'heure, « *Un élève irréprochable tue dix de ses camarades* » ?

— Regardez le cas de Ted Bundy, répondit patiemment Rainie. Tout le monde pensait que c'était un jeune homme bien sous tous rapports. Le problème, c'est qu'il violait et tuait des jeunes filles pour s'amuser. Vous avouerez que ça fait un peu désordre.

— Exactement, approuva Quincy.

— Tout ça, c'est du blabla de psy, fit Sanders en se raclant la gorge. Ces gamins sont des tueurs, point barre. La seule solution, c'est de les enfermer et de ne plus jamais les laisser sortir.

— Sans tenir compte de leur âge ? demanda Quincy d'une voix douce, tout en continuant à regarder longuement Rainie dans les yeux avant de se replonger dans sa salade.

— Sans tenir compte de leur âge. C'est avant de faire des conneries qu'il fallait réfléchir.

Quincy haussa les épaules, peu convaincu. Il planta sa fourchette dans une feuille de salade et surprit Rainie et Sanders en poursuivant :

— Vous avez peut-être raison. Après tout ce que j'ai vu…

Il marqua une pause pour reprendre avec une fermeté inattendue :

— J'ai eu l'occasion d'interroger des gamins probablement irrécupérables, au-delà de tout ce qu'on peut imaginer, mais ce n'est pas le cas de tous. Sans oublier que notre système judiciaire préfère théoriquement laisser cent coupables en liberté plutôt que d'enfermer un innocent. Je reste convaincu qu'il est de notre devoir de tenter de savoir quels sont les jeunes pour lesquels il existe un espoir de réinsertion. C'est trop facile de tous les mettre dans le même sac et de ne plus s'en occuper.

— Vous croyez vraiment qu'il est possible de faire quelque chose pour un gamin qui a commis un meurtre ? interrogea Rainie.

— Dans certains cas, oui. Plus l'enfant est jeune, plus on a de chances de le sauver, sans parler de l'ampleur de ses problèmes affectifs. J'ai rencontré des enfants qui étaient des « mini-psychopathes », pour reprendre l'expression de Sanders. Dans ces cas-là, je suis d'accord avec lui, le mieux est de les enfermer et de ne plus jamais les laisser sortir.

Quincy adressa un sourire forcé à l'inspecteur, puis sa voix se fit plus grave :

— Mais ce n'est pas le cas de tous les meurtriers adolescents. Comme j'ai déjà eu l'occasion de vous l'expliquer, mademoiselle Conner, nous ne sommes pas en présence d'une population criminelle homogène. Certains de ces jeunes meurtriers étaient davantage des suiveurs que des meneurs. Ils étaient fragiles et donc vulnérables. Ils se sont laissé manipuler parce qu'ils étaient paumés. Ils ont fait ce qu'ils ont fait, mais l'ont regretté par la suite, ils ont même éprouvé du remords. Dans ces cas-là, il est encore possible de les sauver et ce serait criminel de ne pas essayer de le faire en considération de leur jeune âge.

— Tout ça c'est bien joli, mais si on se trompe et qu'ils récidivent ? demanda Sanders. Vous irez trouver les familles pour leur expliquer que vous avez voulu faire une expérience et qu'elle a raté ? C'est vous qui passerez à la télé pour dire aux gens pourquoi vous avez délibérément choisi de remettre en liberté un assassin convaincu ?

Quincy sourit faiblement.

— Ça arrive. Plusieurs tueurs en série – je pense à quelqu'un comme Kempner, par exemple – ont séjourné dans des établissements pour mineurs. Ils ont tué très jeunes, on a tenté de les réinsérer, ils ont grandi et ont recommencé à tuer.

— Quand j'entends ça, je suis content de ne pas avoir d'enfants, répondit Sanders.

Quincy soupira. Il posa sa fourchette, se désintéressant définitivement de sa salade.

— Les choses sont de moins en moins simples, murmura-t-il. Est-ce que vous savez que dans certains lycées, on évalue les élèves à partir de grilles établies pour les tueurs en série ?

Rainie fronça les sourcils. Sanders, plus prosaïque, s'exclama :

— Vous déconnez !

— Je ne déconne pas du tout, inspecteur. À la suite des dernières fusillades, plusieurs académies ont mis en place des techniques d'évaluation à l'intention des élèves. Les responsables d'établissements ont une liste de comportements « suspects » dont ils se servent pour repérer les élèves potentiellement violents. Les élèves qui martyrisent les animaux, qui insultent leur entourage, qui décrivent des scènes violentes dans leurs devoirs. Nous avons actuellement plusieurs agents chargés d'initier des équipes d'enseignants à l'évaluation psychologique et aux sciences du comportement.

— Que se passe-t-il quand un élève potentiellement dangereux est repéré ? s'inquiéta Rainie. On appelle les flics, on le fouille et on lui confisque ses jeux vidéo ?

— Ça dépend des académies, mais en général on prévient les parents avant de montrer l'élève à des spécialistes, ou alors on le renvoie de l'établissement. Croyez-moi, c'est très sérieux.

— Les procès qu'on faisait aux sorcières de Salem étaient très sérieux, eux aussi.

— Sans doute, mais les sorcières de Salem n'ont jamais tué treize personnes. Il faut bien comprendre que le système éducatif est actuellement sous pression. Il y a encore trois jours, M. VanderZenden n'aurait jamais imaginé qu'une fusillade puisse avoir lieu un jour dans une petite ville comme celle-ci, et il est probable qu'il regrette amèrement aujourd'hui d'avoir été aussi aveugle. Si on parle au conseil d'administration de la cité scolaire d'évaluation psychologique la semaine prochaine, je suis prêt à parier que les profs liront les copies de leurs élèves entre les lignes afin d'essayer de dénicher des meurtriers potentiels.

Un silence s'installa que Sanders rompit en déclarant avec véhémence :

— Je ne pourrais jamais être prof. Je m'occupe de deux à quatre crimes par semaine, de bons petits assassinats pépères, mais l'idée de traquer ce qui se passe dans la tête de ces gamins, ça me rend malade. Quand on pense que la moitié des profs se font harceler et tyranniser par leurs élèves et qu'on leur demande de savoir lesquels sont susceptibles de les tuer de sang-froid, pas étonnant qu'ils soient épuisés en rentrant chez eux le soir !

Rainie haussa les épaules.

— Ils doivent avoir l'habitude. Les associations de parents d'élèves sont les premières à ne jamais remettre en cause le rôle de la famille. C'est toujours la faute de l'école. À chaque fois qu'il y a un problème, les gens poussent les hauts cris en se demandant ce que font les enseignants.

Quincy lui lança un sourire forcé.

— Voilà bien un discours de quelqu'un qui n'a pas d'enfants.

— Je me demande ce qui a bien pu pousser Danny O'Grady à faire ça, lança Sanders comme s'il réfléchissait à voix haute. Il ressemble aux gamins qui ont fait pareil avant lui. Plutôt solitaire, il passe tout son temps dans la salle des ordinateurs, ne trouve pas sa place dans l'équipe de football. Pas d'amis, à en croire tous les profs à qui j'ai parlé. Vous ajoutez à ça un paternel qui se prend pour Dieu le père, des parents en conflit permanent et un garçon sachant manier un fusil depuis qu'il est né… Si ça se trouve, leur technique d'évaluation des élèves à risque aurait pu permettre d'éviter un drame. Il avait visiblement tous les atouts de son côté.

Quincy secoua la tête.

— Je ne pense pas que Danny O'Grady aurait pu être repéré de cette façon-là. C'était un bon élève, travailleur et poli avec ses enseignants. Personne ne l'a vu faire du mal au moindre animal, il n'avait aucune fascination particulière pour le feu et les incendies. Danny est peut-être un gamin révolté, mais rien n'indiquait qu'il pouvait avoir des pulsions meurtrières.

— C'est pourtant lui qui a fait le coup, aucun doute là-dessus, affirma Sanders. Rainie Conner l'a surpris en flagrant délit, les armes à la main, et il a même avoué à deux reprises. Affaire classée. Il ne nous reste plus qu'à boucler le dossier avant que cette putain de ville n'explose. Quel nid de péquenots ! Personnellement, je serais d'avis qu'on demande le QI des gens avant de leur vendre des armes.

Rainie choisit de se taire.

Il était 21 h 30, le restaurant était presque vide. Malgré les belles paroles de Sanders, tous restaient pensifs. Quincy finit par briser le silence :

— Tout ça mérite réflexion.

Il s'essuya les mains avec sa serviette en papier avant de récapituler.

— Primo. Tous les gamins qui sont passés à l'acte avaient envie que l'on parle d'eux. Ils sont arrivés à l'école sans se cacher et ont ouvert le feu devant tout le monde. Ils avaient envie que leurs copains de classe les voient. Ils avaient besoin de se venger à visage découvert. Le cas de Danny O'Grady est radicalement différent : il s'est arrangé pour que personne ne le voie. L'un des enseignants a même dit que les coups de feu venaient de la salle des ordinateurs, comme si le meurtrier avait voulu se cacher.

— Simple réflexe de panique. Il avait peur, suggéra Sanders.

— Deuxio. N'oublions pas non plus que les fusillades en milieu scolaire constituent une façon détournée d'exprimer une colère rentrée. De l'avis de tout le monde, Danny était étouffé par un père autoritaire, d'où cette colère rentrée. Mais alors, pourquoi ne pas s'en être pris à l'entraîneur de l'équipe de football, à des élèves plus sportifs que lui, c'est-à-dire à des rivaux potentiels aux yeux de son père, ou même au principal, le symbole même de l'autorité paternelle ? Pourquoi s'en prendre délibérément à Melissa Avalon, une femme jeune et jolie, enseignante dans le domaine qui l'intéressait le plus ? Quelle raison avait-il de lui en vouloir ?

— Peut-être était-il amoureux d'elle ? Il n'aura pas supporté qu'elle le rejette.

— Tertio. La plupart du temps, les meurtriers adolescents multiplient les victimes. Tuer sans limite et terroriser leurs camarades, cela fait partie du jeu et montre à quel point ils sont puissants. Pourquoi Danny a-t-il attendu la reprise des cours pour agir ? Et pourquoi avoir choisi des armes de poing nettement moins meurtrières quand il a l'habitude de manier des fusils beaucoup plus efficaces ?

— Peut-être que ce n'était pas une fusillade en milieu scolaire telle qu'on la conçoit habituellement, répondit Sanders, intrigué. Si ça se trouve, il en voulait à Mlle Avalon parce qu'elle l'avait vexé ou qu'elle l'avait regardé de travers. Il perd la boule, il décide de se venger et les deux petites filles se trouvent juste au mauvais endroit au mauvais moment.

— Votre théorie tient debout, inspecteur, sauf sur un point.

— Lequel ?

— Jusqu'à preuve du contraire, rien ne prouve qu'il a tué Melissa Avalon. Si elle était sa cible, comme vous le dites, comment expliquer qu'aucun élément n'indique sa responsabilité ?

Sanders, ébranlé par l'argument de son interlocuteur, cherchait vainement une réponse.

Quincy eut un petit sourire ironique.

— Je ne sais pas ce qui a pu se passer dans cette école hier, inspecteur, mais je crois que cette affaire n'est pas aussi simple qu'il y paraît et qu'il est trop tôt pour apporter des réponses définitives. En particulier, il est impératif de savoir ce que nous diront les ordinateurs. Surtout après ce que vous ont affirmé vos techniciens.

— Mes techniciens ?

— D'après eux, quelqu'un a cherché à effacer la mémoire cache et le journal du navigateur. Qui pouvait avoir intérêt à faire ça ?

— Et merde ! répondit Sanders.

Quincy sourit à nouveau, mais les poches qu'il avait sous les yeux s étaient creusées. Loin de le rassurer, son propre raisonnement l'inquiétait.

Ils se levèrent de table et Rainie s'apprêtait à sortir son argent lorsque Sanders la surprit en s'emparant de l'addition.

Dehors, l'odeur des aiguilles de pin mêlée à celle de la pluie de printemps fraîchement tombée parfumait la nuit. Perdu dans ses pensées, Sanders se dirigea vers sa voiture. Rainie et Quincy se retrouvèrent seuls, debout l'un en face de l'autre. Elle le dévisagea, s'arrêtant longuement sur son regard bleu, capable de souffler tour à tour le chaud et le froid.

Elle se demandait s'il avait raison au sujet de Danny, frustrée que son enquête avance si lentement. Elle aurait voulu pouvoir expliquer ce qui s'était passé aux habitants de sa ville. Elle aurait voulu pouvoir expliquer ce qui s'était passé à Shep et Sandy. Elle aurait surtout voulu pouvoir se donner des explications à elle-même, pour être enfin capable d'oublier le drame de la veille et ne plus réveiller les démons de sa propre histoire.

Quincy la regardait, le visage impassible. Elle observa à nouveau ses mains. Des mains sans alliance.

— Il faut encore que je trouve un hôtel, finit par dire Quincy.

— Je connais l'endroit qu'il vous faut, répondit-elle.

13

Mercredi 16 mai, 22 h 03

Le Motel Hôtel de Ginnie n'était pas miteux à proprement parler, même si la literie avait effectivement une bonne vingtaine d'années au compteur et si les commodes en érable fatigué avaient été achetées dans des vide-greniers. En revanche, les rideaux à fleurs étaient cousus main, les draps scrupuleusement propres et la moquette aspirée quotidiennement.

Ginnie, la maîtresse des lieux, trônait derrière la réception, des bigoudis roses dans ses cheveux gris, sa silhouette massive drapée dans une tunique hawaïenne bleu marine à fleurs orange. Elle prit le temps d'expliquer à Quincy qu'elle avait ouvert son Motel dix ans plus tôt à la mort de George, son quatrième mari, et qu'après avoir consacré son existence à ses époux successifs, elle s'était lancée dans un commerce qui lui permettait de changer d'homme tous les soirs. Elle avait accompagné sa boutade d'un clin d'œil complice gentiment dragueur et Quincy aurait aimé être sûr qu'elle plaisantait.

Ginnie lui fit le baratin habituel : muffins maison au petit déjeuner, cookies le soir ; pour la lessive, deux dollars la charge, merci de laisser son linge sale par terre devant la porte. En fin de compte, le Motel Hôtel n'était pas aussi fruste qu'il y paraissait. Ginnie avait même fait installer une ligne à haut débit afin que son aimable clientèle soit en mesure de suivre en direct l'évolution du Dow Jones.

Elle déposa sur le comptoir de la réception une liste plastifiée de numéros d'accès aux serveurs internet locaux et invita Quincy à visiter son propre site, bigmama.com.

Rainie riait sous cape tandis que Quincy faisait de son mieux pour se débarrasser de Ginnie et de sa tunique hawaïenne. Quelques instants plus tard, ils avaient rejoint le parking entre les deux ailes des bâtiments roses disposés en V le long desquels se succédaient les chambres.

— Dans quel repaire m'avez-vous emmené ? s'enquit Quincy en glissant la clé dans la serrure de sa chambre.

— Au moins, ça fait couleur locale, répondit Rainie. Le Motel 6, c'est bon pour les touristes.

— Et si j'étais un touriste fédéral ?

— Pas question. Ginnie est la meilleure pipelette de Bakersville, après Walt, bien sûr. Vous verrez demain matin à l'heure du petit déjeuner. Le temps d'avaler quelques muffins et vous ne serez pas déçu, question potins.

— Mon estomac non plus ne risque pas d'être déçu, grommela-t-il en ouvrant la porte.

À l'intérieur, Rainie le regarda poser son sac de voyage sur le grand lit, installer son ordinateur sur la table en pin et chercher la prise du téléphone. Un rituel auquel il avait dû se plier des centaines de fois dans des centaines de petites villes. Il ouvrit la penderie, y prit le second oreiller et accrocha sa veste sur le dossier de l'unique chaise avant de pénétrer dans la salle de bains pour s'assurer qu'il y avait du savon et du shampooing en quantité suffisante. Il acheva son inspection en vérifiant la fenêtre et les serrures de la porte.

La fenêtre était protégée par une gâche précolombienne, et Quincy fit la grimace. La porte ne valait guère mieux : une chaîne symbolique et un verrou dont n'importe quel enfant de deux ans serait venu à bout. Il secoua la tête.

— Vous avez déjà entendu parler de mesures élémentaires de sécurité par ici ?

— Pour rompre le charme et gâcher le pittoresque de notre petite ville ? Le conseil municipal en ferait une jaunisse. En plus, quel imbécile aurait l'idée de cambrioler un agent du FBI ?

— Je vais avoir besoin d'un bout de bois pour coincer cette fenêtre, dit-il avec le plus grand sérieux. La chaise devrait suffire à bloquer la porte.

— Vous n'êtes donc pas armé, Agenquêteur ?

— Si, mais il faut nettement moins de paperasse pour justifier l'usage d'un bout de bois.

Quincy sortit et revint bientôt armé d'une branche avec laquelle il bloqua le bas de la fenêtre. Il prenait visiblement ses précautions. Après tout, avec la pile de photos de victimes qu'il baladait dans la sacoche de son ordinateur, il y avait de quoi faire de doux rêves…

Quincy se frotta les mains pour les dépoussiérer tout en balayant rapidement la pièce du regard. À part le téléphone, il n'y avait pas grand-chose à voir.

Ginnie ne croyait manifestement pas aux vertus de la télévision.

Dehors, il régnait une nuit noire et épaisse qui déteignait sur la chambre. Il était temps de se souhaiter réciproquement bonne nuit, si possible sans trop de cauchemars peuplés de petits garçons armés de fusils d'assaut et de petites filles en fuite dans de longs couloirs sombres.

— Rainie, finit par proposer Quincy, puis-je vous inviter à prendre un verre ?

Rainie ne s'y attendait pas. Elle le regarda droit dans les yeux. Où voulait-il en venir ? Un verre, rien qu'un verre ? En compagnie du célèbre Pierce Quincy, super agent enquêteur de première classe ? À sa décharge, il n'avait rien d'un aventurier ; sérieux comme un pape et raide comme la justice. D'un autre côté, son regard s'était adouci. Ce n'était plus l'enquêteur du FBI qui s'adressait à un flic, mais un homme qui parlait à une femme.

Rainie ne savait plus très bien quoi penser.

La situation était singulière. Elle avait côtoyé la mort de trop près ces dernières heures et il lui faudrait y retourner dès l'aube pour les plaisirs de l'autopsie. Elle avait besoin de se retrouver seule face à elle-même, de s'asseoir sur son porche, de serrer contre elle une bouteille de bière glacée et de se laisser bercer par le hululement lugubre des chouettes. En même temps, elle avait une furieuse envie de se retrouver dans un bar, avec de la musique et des gens plein la piste de danse, des filles et des types au regard allumé. Histoire de se faire draguer. Histoire de se bagarrer. Ces soirs-là, elle n'était jamais très sûre de ce qu'elle voulait.

Tout ce qu'elle savait, c'est qu'il lui arrivait parfois d'être la digne fille de sa mère. Ce soir, il valait mieux se montrer prudente. *Rentre chez toi, Rainie, tu connais la règle du jeu.*

Elle choisit pourtant d'observer attentivement Quincy. Sa bouche résolue, ses épaules roides, ce regard bleu et décidé. Un bleu à la Paul Newman, caractéristique de qui n'a plus peur de rien.

Et puis merde !

Une demi-heure plus tard, elle avait troqué son uniforme pour une tenue plus passe-partout, et ils étaient assis l'un en face de l'autre.

Le Tequila's était le bar branché de Bakersville. Un plancher jonché d'épluchures de cacahuètes. Des box étroits aux banquettes recouvertes de skaï marron déchiré. De la bière à un dollar cinquante la cruche le mercredi soir et des amuse-gueules à la mozzarella à volonté à l'heure de l'apéro. De la musique country sur le juke-box. Sur la piste, la moitié des couples dansaient nonchalamment dans la lumière des spots, tandis que d'autres avaient choisi de se réfugier dans l'ombre.

Rainie dut crier pour commander une bouteille de Bud Light dans la mêlée, et elle fut étonnée de voir Quincy l'imiter. Elle l'aurait volontiers pris pour un amateur de Heineken, mais on en apprend tous les jours.

Ils se contentèrent d'être là dans un premier temps, à regarder les gens sur la piste, submergés par le bruit et le mouvement, oubliant peu à peu Danny O'Grady et la cité scolaire.

— L'endroit est plutôt sympa, se contenta de dire Quincy.

— Ça va, répondit Rainie.

— Vous venez souvent ici ?

— Attention, terrain glissant, Agenquêteur. Dans un instant, vous voudrez connaître mon signe du zodiaque.

Quincy esquissa un sourire, ce qui le rendait plutôt séduisant, surtout avec ses manches relevées et sa cravate en soie desserrée. Il prit sa bière et but une longue gorgée.

— Elle est bien fraîche. Et la vôtre ?

— Je ne sais pas. Vous savez, Quince, je suis alcoolique, fille de mère alcoolique et sans doute de père alcoolique aussi. Je l'aurais peut-être su si ma mère n'avait pas été trop bourrée pour s'en souvenir.

Il lui jeta un regard curieux.

— On aurait pu aller ailleurs.

— Pas de problème. Ça fait dix ans que je ne bois plus. Je sais ce que je fais.

— Alors pourquoi avoir commandé une bière ?

— Ça me rassure de la prendre en main et de savoir que je vais la reposer sans y toucher. Une façon de me sentir forte, je suppose. En plus – ajouta-t-elle en lui glissant un clin d'œil –, on n'a pas encore trouvé mieux comme symbole phallique.

Quincy éclata de rire, ce qui fit sourire Rainie. Il ne devait pas rire très souvent, et c'était bien dommage. Il avait un rire agréable qui lui allait bien.

— Et vous ? demanda-t-elle en reposant sa bouteille. Dites-moi la vérité, Agenquêteur. Que venez-vous chercher à Bakersville ?

— Le boulot, bien sûr. Le monde ne manque pas de criminels.

— Vous voyagez beaucoup ?

— En moyenne, trois ou quatre villes par semaine. Si je n'étais pas un agent du FBI, je pourrais être rock star.

— J'imagine que ça ne doit pas faciliter la vie de famille, poursuivit-elle.

Un petit sourire en coin montra qu'il n'était pas dupe.

— J'ai été marié pendant quinze ans, c'est-à-dire sept de trop. Je me trimbalais toujours avec sa photo dans un cadre en argent dans mon attaché-case. À chaque fois que j'arrivais dans une chambre d'hôtel, je commençais par poser le cadre sur le bureau, mais ça n'était pas exactement l'idée qu'elle se faisait de la vie de couple. On a fini par divorcer et j'ai appris à travailler sans avoir sa photo sous les yeux. Et vous ?

— La vie à deux, ça n'est pas mon truc. C'est même contraire à ma religion. Je me dis que la moitié des Américains ont déjà divorcé et qu'on n'a pas besoin de moi pour faire monter les statistiques.

Quincy la regarda d'un air sceptique. Il essayait de faire la part des choses, entre vérité et forfanterie.

— Vous êtes jeune, vous êtes intelligente, vous êtes belle. Pourquoi ne pas avoir d'enfants ?

— Oh non, pas d'enfants. Ils sont petits, dépendants et fragiles. Il faut savoir regarder les choses en face. Je reviens peut-être de loin, mais je ne serai jamais que la fille d'une mère abusive et alcoolique. Avec une telle hérédité, mes chances de faire une bonne mère sont plutôt minces. Pour les Conner, la route s'arrête ici.

— Vous avez tort de vous sous-estimer, Rainie.

— Je ne me sous-estime pas, je suis réaliste.

Elle le regarda avaler une gorgée de bière. Nul doute qu'elle l'intéressait. Elle le voyait à son regard. Elle l'étonnait et l'intéressait tout à la fois. C'était sans doute idiot de sa part, mais elle éprouva le besoin de sourire.

Elle se pencha en avant, repoussant ses longs cheveux sur le côté, à nouveau sérieuse.

— Allez, Quincy, parlez. Vous êtes dans un bar à des millions de kilomètres de votre boulot et vous avez quasiment fini votre première bière. Racontez-moi votre histoire en commençant par le moins brillant. Ce sera autant de temps de gagné pour la suite.

— Je n'ai pas grand-chose d'intéressant à raconter.

— Tout le monde a quelque chose d'intéressant à raconter.

— Pas moi. J'ai le profil banal du flic lambda. Une ex-femme, deux grands enfants qui se souviennent à peine de moi et une foutue conscience professionnelle qui m'a empêché de me consacrer aux miens. La routine, quoi.

— Ah ouais? Alors pourquoi vous avez peur des coups de téléphone?

Il sursauta, pris au dépourvu, puis il la regarda longuement. Rainie n'était pas mécontente de son petit effet. Elle se rendait compte que la surprise était son meilleur atout avec un professionnel de haut vol dans son genre.

— Je n'avais pas l'impression d'être aussi transparent.

— Pierce?

— Ne m'appelez pas comme ça. Mon ex-femme est la seule personne à m'appeler par mon prénom.

Tout le monde m'appelle Quincy, comme le médecin légiste de la vieille série télé. Les tueurs en série ont un drôle de sens de l'humour, ajouta-t-il dans un murmure.

Elle ne le quittait pas des yeux, et il finit par reposer sa bière.

— L'une de mes filles est à l'hôpital, déclara-t-il brutalement.

— C'est grave ?

— Elle va mourir. Non, ce n'est pas exact, corrigea-t-il. Elle est déjà morte. Ça fait quatre semaines qu'elle est morte. À vingt-trois ans, un accident de la route particulièrement brutal. Pour vous donner une idée, on a retrouvé l'empreinte de son visage sur le pare-brise. Je le sais parce que j'ai insisté pour que les flics me le montrent.

Il détourna la tête un instant. Son visage était si décomposé que Rainie en fut étonnée. Décomposé et las.

— Aujourd'hui, elle repose dans une chambre d'hôpital, poursuivit-il d'une voix douce. Des machines respirent à sa place, font battre son cœur, la nourrissent, et nous restons là, jour après jour, dans l'attente d'un miracle. Sauf qu'elle a un électroencéphalogramme plat et qu'aucune machine ne peut rien contre ça. Les miracles de la science ont leurs limites.

— Mais votre place n'est-elle pas là-bas ?

— Si, bien sûr.

— Alors pourquoi êtes-vous ici ?

— Parce que si j'étais resté une minute de plus dans cette chambre, complice de ce simulacre de survie humaine, je serais devenu cinglé.

L'espace d'une seconde, il eut les yeux brillants. Un instant de faiblesse qu'il s'empressa de balayer d'un revers de la main avant de la regarder d'un air agacé.

— Rainie, ma fille n'a même plus de visage. Sa voiture a frappé de plein fouet un poteau téléphonique à soixante kilomètres-heure et elle n'avait pas sa ceinture. Vous voulez vraiment savoir ce qui se passe dans un cas pareil ? Le corps bascule en avant, vers le haut, le nez et le visage s'aplatissent contre le pare-brise et le crâne s'enfonce dans le cerveau. Ma fille n'a plus de tête, elle a juste une bouillie informe maintenue tant bien que mal par des agrafes, des fils et des kilomètres de pansements. Les médecins l'ont maintenue en vie artificiellement parce qu'ils espéraient obtenir l'autorisation de prélever ses organes. Et maintenant elle est là comme une baudruche grotesque, et mon ex-femme, Bethie, refuse de la laisser partir. De mon point de vue, ça n'a aucun sens. Comment peut-on encore parler de dignité humaine ? Et je ne vois pas pourquoi ma seconde fille, Kimberly, devrait rester au chevet de sa sœur, à nous écouter nous déchirer sur l'opportunité ou non de débrancher les machines. Je suis très clair là-dessus, mais la balle est dans le camp de Bethie.

— Vous êtes venu, vous avez donné votre verdict et vous êtes parti.

Quincy battit plusieurs fois des paupières.

— Si vous étiez charitable, vous pourriez au moins faire semblant de ne pas lire dans mon âme. Surtout que vous n'avez rien bu.

Il avala une gorgée de bière. Sa bouteille était presque vide. La serveuse lui demanda s'il en voulait une autre. Il hésita, visiblement tenté, mais finit par refuser.

— Je suis étonnée que vous ne vous soyez pas mis au bourbon, ajouta Rainie.

— J'ai essayé pendant une semaine, mais l'ironie de la situation m'a poussé à arrêter. Amanda a été tuée par un individu en état d'ivresse.

— Ah!

— Ensuite, je me suis gavé de chips, de chocolat et de bonbons. Les distributeurs qu'on trouve dans les hôpitaux sont parfaits pour ça. Mais j'oubliais de mâcher, ce qui n'est pas exactement recommandé. Je me suis remis au jogging et pour l'instant, ça marche. Et vous?

— Vingt kilomètres quatre fois par semaine. Je n'aurais aucun mal à vous semer.

— J'ai presque quinze ans de plus que vous, Rainie. Bien sûr que vous n'auriez aucun mal à me semer.

— N'essayez pas de vous vieillir, Quincy.

Pendant un instant, leurs yeux firent des étincelles, mais il rompit le charme le premier en détournant les yeux.

— Maintenant, c'est votre tour, reprit-il brusquement. Œil pour œil, dent pour dent.

— Si vous voulez.

Elle redressa fièrement la tête, et sa main se serra sur sa bouteille de Bud Light.

— Ma mère était alcoolique. Elle avait l'alcool méchant et ramenait n'importe qui chez elle dans ces cas-là. C'est tout juste si elle ne faisait pas le trottoir. Elle passait son temps à se bagarrer, à se trouver des types qui la battaient et, selon la théorie bien connue des effets en cascade, elle me tapait dessus quand elle rentrait à la maison. Un jour, de retour du lycée, je l'ai retrouvée décapitée, la tête explosée par un coup de fusil. Et j'ai eu le grand honneur de découvrir le corps.

— C'est Shep O'Grady qui vous a arrêtée ?

— Eh oui ! Elle haussa les épaules. J'aurais fait la même chose à sa place. Toute la ville savait comment elle me traitait et, quand on l'a retrouvée morte avec sa cervelle dans mes cheveux, j'ai fait une coupable idéale. Sauf que ce n'était pas moi.

— Et qui était-ce ?

— Officiellement, l'enquête ne l'a jamais dit. Officieusement, tout le monde a pensé à son mec du moment. Un voisin l'a vu entrer chez nous juste avant d'entendre le coup de feu. Ils ont dû se disputer, ou alors ils étaient tellement soûls qu'ils ne savaient plus ce qu'ils faisaient. Les jules de ma mère n'étaient pas exactement des prix Nobel. Celui-là était camionneur, je crois. La police a lancé un avis de recherche, mais personne ne l'a plus revu. Après toutes ces années, je ne me souviens même plus de son nom.

Rainie haussa à nouveau les épaules.

— Vu la manière dont vivait ma mère, c'était écrit d'avance.

— Oui, mais vous ? interrogea-t-il d'une voix calme. On pourrait penser que vous auriez cherché à quitter Bakersville définitivement.

— C'est ce que j'ai voulu faire. Je suis allée à Portland où je suis entrée à la fac. Pendant quatre ans, j'ai passé mon temps à picoler avant d'entrer chez les AA. Quand je suis sortie avec un diplôme, j'ai décidé de revenir ici, et la boucle était bouclée. En plus, je me plais ici. Comme j'ai hérité de la maison de ma mère, je n'ai pas de loyer à payer, ce qui n'est pas si mal quand on gagne quinze mille dollars par an.

— Vous habitez toujours la même maison ? demanda Quincy, surpris.

— Je m'en fiche. Et puis je raffole de mon porche, ajouta-t-elle avec un pauvre sourire. C'est peut-être bizarre, mais j'adore mon boulot, et Bakersville est une bonne petite ville. Les gens sont plutôt gentils, par ici.

— Surtout les voisins qui n'ont jamais dénoncé votre mère quand elle vous battait tous les soirs, et ceux qui restent convaincus que c'est vous qui l'avez tuée.

— Ceux-là s'en fichent pas mal. Pour eux, on finit toujours par récolter ce qu'on a semé.

— Mais vous, Rainie, est-ce que vous pensez comme eux ? Ces derniers jours, en voyant Danny O'Grady, j'imagine que ça n'a pas été facile pour vous.

Elle se raidit et ses mains se contractèrent sur sa Bud Light.

— N'essayez pas de me psychanalyser.

— Je n'en ai pas l'intention, répondit-il calmement. Je remarque simplement que vous êtes très au fait de ce que sont les troubles de l'attachement. En tant que victime de maltraitance, vous avez grandi dans un environnement proche de celui de la plupart des adolescents violents. Rien de ce que vous vivez ces jours-ci n'est vraiment nouveau pour vous. C'est évident que vous y avez pensé et vous risquez d'y penser encore longtemps, même quand cette affaire sera bouclée.

— J'ai au moins des raisons personnelles de m'intéresser à cette affaire. C'est pas comme certains, qui se prennent bien à tort pour des héros.

C'était sorti tout seul. Rainie ne réalisa la dureté de ses propos qu'en le voyant pâlir.

— Touché, murmura-t-il.

Rainie baissa aussitôt les yeux, consciente d'avoir profité de confidences qu'elle avait elle-même provoquées. Mais comme elle n'était pas du genre à s'excuser…

— Je ne voulais pas vous blesser, reprit Quincy.

— Je suis inquiète pour Danny, répondit-elle brutalement, avant de poursuivre : Je l'ai vu dans son regard. Il se sentait piégé, mal à l'aise, furieux. Les gens pensent que les enfants sont incapables d'avoir de telles pulsions de violence, mais je sais bien que c'est un leurre. C'est parfois dur de combattre ses propres démons. C'est dur d'être jeune et sans défense…

Les mots se coincèrent dans sa gorge. Son cœur cognait dans sa poitrine comme un oiseau se cogne aux barreaux de sa cage.

— Vous pensez que vous auriez pu agir comme Danny O'Grady ? demanda Quincy.

Rainie resta silencieuse.

— Mais vous n'êtes pas Danny, poursuivit-il d'une voix ferme.

— Je sais ça ! Je suis une fille et les filles sont censées contenir leur rage mieux que les garçons. Les tueurs en série ne sont jamais des femmes. On préfère diriger notre haine contre ceux qui nous font du mal ou bien contre nous-mêmes, je connais la chanson. Mais il ne s'agit pas de ça. Je crois que c'est la violence qui me fait réagir avant tout. Et puis parce qu'il s'agit d'une fusillade et non d'un accident de la route. Tout me revient d'un seul coup. J'ai l'impression que c'était hier. Tout le monde se demandait si j'avais tué ma mère, et personne ne cherchait à savoir comment je vivais ça. Pendant une éternité, je me suis réveillée toutes les nuits en hurlant. C'était ma mère. Et quand je pense à toute l'eau de Javel qu'il m'a fallu pour faire disparaître ces taches de sang au plafond… J'ai l'impression d'avoir passé des jours et des jours à essayer d'enlever ces taches sans y parvenir, alors que c'était ma mère. La seule personne qui me restait.

— Rainie, ça va aller ?

— Bien sûr que ça va aller. Putain, avec ma grande gueule, je ferais mieux de la fermer.

À un moment, il lui avait pris la main, et elle ne s'en était pas aperçue immédiatement, ce qui ajoutait à son trouble. D'habitude, elle ne supportait pas qu'on la touche. Même après toutes ces années, elle veillait scrupuleusement à préserver sa bulle. Elle retira sa main et la passa machinalement dans ses cheveux. Elle voyait au regard de Quincy qu'il s'inquiétait pour elle. Si elle avait pu, elle aurait essayé d'en rire.

— Je suis désolée, dit-elle au bout de quelques instants. Je vous accuse de me parler comme à une malade et c'est moi qui vous parle comme si vous étiez mon psy.

— Je n'ai pas la moindre intention d'être votre psy, Rainie, répondit-il d'une voix calme. Que ça soit clair entre nous.

— Je le sais bien. D'ailleurs, je n'ai pas besoin de psy !

Il leva un sourcil d'un air interrogatif, ce qui la désarçonna encore davantage.

— Rainie, écoutez-moi.

Il avait repris sa main dans la sienne.

— Ce qui vous arrive est parfaitement normal. Il y a quatorze ans, vous avez été confrontée à une expérience particulièrement traumatisante. Vous avez su vous en sortir, mais un tel traumatisme laisse forcément des traces. Aujourd'hui, vous traversez une expérience similaire qui fait remonter des souvenirs enfouis depuis longtemps. C'est un phénomène extrêmement courant. Au moment de la guerre du Golfe, le ministère des Anciens Combattants a été obligé de créer des antennes psychologiques spéciales pour les anciens du Viêt-nam qui revivaient brutalement des souvenirs refoulés depuis vingt ans. À chaque fois qu'une tuerie comme celle-ci se produit, les familles qui sont passées par là revivent leur drame personnel. C'est normal.

— Je suis flic, Quincy. C'est mon boulot d'être confrontée à la violence sans rien laisser paraître.

— Vous êtes aussi un être humain…

Il serra sa main dans la sienne.

— … un être humain intelligent et sensible.

— Trop sensible. J'ai l'impression de revivre constamment la même scène et je voudrais que ça s'arrête.

Il sourit timidement.

— Plus le traumatisme est ancien, plus les effets disparaissent rapidement. En attendant, ce ne serait peut-être pas une mauvaise idée de voir quelqu'un. Y a-t-il une unité psychologique dans la police locale ?

— Vous rigolez ? Il n'y a même pas de machine à café.

— Vous pourriez voir l'un des spécialistes dépêchés pour les élèves de la cité scolaire.

À la manière dont elle répondit « Peut-être », Quincy ne se fit aucune illusion. Rainie aurait considéré comme une faiblesse de consulter un médecin. Et Rainie se voulait forte.

— Il est tard, déclara Quincy.

Rainie regarda autour d'eux. Les tables s'étaient vidées et la musique s'était tue. Il était en effet temps de partir. Chacun de son côté, surtout après ce qu'elle lui avait raconté. On ne passe pas la nuit avec un inconnu devant lequel on vient de dénuder son âme.

Elle se leva et Quincy l'imita.

— Quincy… Je suis sincèrement désolée pour votre fille.

— Merci. Ça ne change rien, et pourtant si.

— Je sais.

Elle hésita.

— Je suis désolée pour ce que je vous ai dit tout à l'heure. Je ne suis pas quelqu'un de gentil.

— Et moi qui croyais que ça faisait partie de votre charme.

Quincy posa sa main sur la taille de la jeune femme et se dirigea vers la porte.

Dehors, la nuit était fraîche, et Rainie le regarda à nouveau d'un air interrogatif. Il la tenait toujours par la taille. Ils se tenaient très près l'un de l'autre. Elle respirait son odeur, épicée par celle de son eau de toilette. Une eau de toilette délicate. Elle aurait été incapable de dire ce qui l'attirait chez lui. Sa force, son intelligence, sa délicatesse. Elle avait toujours veillé scrupuleusement à ne jamais rencontrer d'hommes susceptibles de l'intéresser, préférant se contenter de Don Juan peu enclin à lui poser des questions.

Elle posa les yeux un instant sur sa chemise ouverte avant de s'attarder sur ses mains aux doigts fins et agiles, sur ses yeux bleus inquisiteurs.

Elle recula instinctivement d'un pas, troublée et anxieuse tout à la fois. Trop tard. Il s'était avancé et avait caressé sa joue de ses lèvres.

— Je ne suis pas votre psy, Rainie.

— Je sais.

Ses lèvres effleurèrent son autre joue. Des lèvres fermes, sèches et tièdes.

— Je ne sais pas ce qui m'arrive. Je ne fais jamais ça, c'est contre mes principes.

Ses lèvres caressèrent le creux de son cou. Rainie bascula sa tête en arrière, consciente de braver un interdit. Il posa sur ses lèvres un baiser léger comme une plume qui la fit tressaillir.

— Alors, on fraternise? murmura-t-elle.

Il releva la tête.

— J'ai passé l'âge des aventures et des nuits sans lendemain, Rainie. J'ai trop bourlingué dans mon boulot pour ce genre de connerie. J'ai voulu me marier et j'ai voulu avoir des enfants. J'ai fait dans ma vie des trucs dont je suis fier et d'autres que je regrette, mais je ne crois plus à l'éphémère.

Elle voulut lui répondre, mais il lui coupa la parole en posant sa bouche sur ses lèvres, ce qui la fit sursauter. Il s'arrêta net, mais sa bouche restait immobile, à la fois vivante et curieuse. Les mains dans le dos, il la retenait à peine. Elle lui en était reconnaissante, mais se sentait contrariée.

Elle s'apprêtait à fondre dans ses bras quand il rompit leur baiser.

— Je me sens très attiré par toi, Rainie, lui murmura-t-il au creux de l'oreille. Tu es différente de ce à quoi je m'attendais. Tu es intelligente, tu es compliquée, et j'ai déjà compris que tu ne passerais pas la nuit avec moi ce soir.

— Non, lui répondit-elle dans un souffle.

— Tu es déjà obnubilée par l'autopsie qui t'attend demain et tu vas rêver de ta mère, de petites filles assassinées.

— Je ne veux pas…

— Je t'ai dit que je n'avais pas l'intention de te servir de psy, Rainie. Je sais ce que tu ressens, c'est tout.

Au moment où il laissait tomber ses mains, elle se recula et sentit la nuit s'insinuer entre eux. Elle frissonna en le voyant rejoindre sa voiture, sans rien faire pour le retenir.

Toujours garder sa voiture afin d'être en mesure, quoi qu'il arrive, de rentrer chez soi. L'une des nombreuses règles qui contribuaient depuis des années à ériger un mur invisible autour de sa solitude.

La voiture de l'agent enquêteur Pierce Quincy s'éloigna, et Rainie attendit encore un petit moment avant de rentrer chez elle. Seule.

14

Jeudi 17 mai, 1 h 08

Lorsque Rainie arriva chez elle, Shep l'attendait sur le seuil. À en juger par le tas de bouteilles de bière vides à ses pieds, il était là depuis un bon moment, et cette longue attente n'avait rien fait pour le calmer.

— Où est-ce que tu étais, encore ? demanda-t-il au moment où elle passait la porte coulissante.

Rainie le regarda fixement. Il était minuit passé et elle avait peur de ne pas avoir la patience de supporter ce genre de conversation, même si elle savait la confrontation inévitable.

Elle déboutonna les manches de sa chemise usée.

— Tu ferais mieux de rentrer chez toi, Shep.

— Je croyais que tu avais rendez-vous avec le médecin légiste pour l'autopsie tôt demain matin. Putain, Rainie, c'est une enquête sérieuse. Qu'est-ce que tu fous dehors en plein milieu de la nuit ?

— Jusqu'à preuve du contraire, je suis chargée de cette enquête, alors tu vas me faire le plaisir de dégager de mon porche vite fait.

Shep fit mine de ne pas avoir entendu. Il posa sa bière et se leva lourdement, comme pour imposer son autorité de shérif à son adjointe, mais il tituba et Rainie secoua la tête.

— Il faut qu'on parle, toi et moi, tenta Shep.

— Tu as bu, tu n'as pas les idées claires et si quelqu'un te voit ici, George Walker s'en donnera à cœur joie avec les journalistes. Le père du suspect numéro un pris en flagrant délit chez la fonctionnaire de police chargée de l'enquête.

— Danny est innocent.

— On a trouvé ses empreintes sur les douilles, Shep.

— Pas sur toutes les douilles.

— Qu'est-ce que tu veux dire ?

— Ah, ah ! Alors Sanders ne t'a pas tout dit, hein ?

Une lueur étrange s'alluma dans les yeux de Shep qui martela du poing sa poitrine.

— J'ai mes entrées à l'identité judiciaire. Quand j'ai parlé cet après-midi au type que je connais là-bas, il m'a dit qu'on avait trouvé les empreintes de Danny sur toutes les douilles, à l'exception d'une douille de .38. Une seule douille, propre comme un sou neuf, sans la moindre empreinte. Une douille soigneusement nettoyée. Et écoute-moi bien. Ce n'est pas la seule bizarrerie. Mon copain n'a pas voulu m'en dire plus, mais ils ont ordonné des examens complémentaires. Qu'est-ce que tu dis de ça ? Il y a des trucs qui ne collent pas, Rainie. Voilà bien la preuve que tout ne s'est pas passé comme on le croit.

— Nom de Dieu, Shep ! Tu sais aussi bien que moi qu'on ne trouve pas systématiquement d'empreinte sur une douille. Pour la dernière fois, rentre chez toi.

— Une douille propre comme un sou neuf, Rainie ! Je te dis qu'il y avait quelqu'un d'autre, et en voilà la preuve. Je ne te dis pas que Danny n'a rien fait. C'est lui qui s'est procuré les armes, mais il a peut-être voulu aider quelqu'un. C'est quelqu'un d'autre qui a tiré. Il faut que tu m'aides, Rainie. Tu dois me croire.

— Je ne dois rien du tout.

— Pourquoi tu me dis ça ?

Rainie regarda son supérieur droit dans les yeux avant d'ajouter d'un ton cassant :

— D'abord, tu me demandes de prendre l'enquête en main, Shep. Tu n'es pas encore arrivé à l'école et tu sais déjà qu'il se passe quelque chose de bizarre. Ensuite je te retrouve face à Danny et tu t'arranges pour que je tire avec mon arme de service avant de mettre tes empreintes sur les armes de Danny. En moins de trente secondes, toutes les preuves s'évanouissent en fumée et tu trouves le moyen de le faire savoir à tout le monde. L'agent Conner n'a pas été capable de faire son boulot. Danny va s'en tirer. Je ne sais pas ce qui s'est passé dans cette école, Shep. Si tu veux que je t'aide, il va falloir que tu m'expliques deux ou trois choses.

— Rainie, je te jure…

— Arrête tes conneries !

Elle n'en pouvait plus. Elle était épuisée et elle en voulait à Shep. À cause de lui, elle se trouvait mêlée à ce drame, et il venait la relancer jusque sur son porche en la suppliant de l'aider après s'être foutu d'elle. Comment avait-il pu lui faire ça ? Lui qu'elle avait toujours considéré comme un ami.

— Tu savais ce qui était en train de se passer, Shep. Tu savais déjà pour Danny. Comment ?

— Lorraine Conner, je vous interdis de me parler sur ce ton. Je ne suis peut-être pas en service, mais je suis encore le shérif de cette ville !

— Qu'est-ce qui s'est passé, bordel ? Quel est ton rôle là-dedans ?

— Tu n'as pas à me parler comme ça, surtout après ce que j'ai fait pour toi autrefois. Si j'avais voulu, j'aurais pu te poser pas mal de questions à l'époque. Des questions qui restent sans réponses aujourd'hui encore. Mais je n'ai pas voulu jouer à ce jeu-là. J'ai préféré étouffer l'affaire. Aujourd'hui, c'est à toi de me renvoyer l'ascenseur.

— Sors immédiatement de chez moi !

— Mais putain, c'est mon fils, Rainie, mon fils !

Les épaules de Shep se soulevèrent brusquement. Debout sur le porche de son adjointe, entouré d'une demi-douzaine de bouteilles de bière vides, le shérif O'Grady pleurait comme un enfant.

Seigneur Dieu ! Rainie rentra un instant pour prendre deux bouteilles de bière dans le réfrigérateur et en tendit une à Shep, sans un mot. Elle serra l'autre entre ses mains, espérant ressentir l'impression de puissance habituelle, mais rien ne se passait comme prévu ce soir. Seigneur Dieu !

Shep mit un petit moment à se ressaisir, puis il s'essuya le visage avec la manche de sa chemise, dévissa la capsule et vida sa bière en deux gorgées.

— Shep, comment es-tu venu jusqu'ici ?

— En voiture.

— Tu ne peux pas rentrer en voiture dans cet état-là.

— Je sais.

Ils se turent. Rainie plongea ses yeux dans la nuit étoilée. Les pluies de la fin de journée avaient nettoyé le ciel où les étoiles formaient de petits points argentés. Une nuit comme elle les aimait. Une nuit idéale pour rester assise sur son porche à écouter le cri des chouettes en imaginant le ressac des vagues sur les rochers. Si la maison elle-même restait associée au cauchemar de son enfance, le porche et le jardin la ramenaient aux rares bons souvenirs : la terre, les arbres, le ciel. Savoir qu'elle ne serait jamais qu'une poussière dans l'infini du temps et que les étoiles survivraient longtemps à ses souffrances…

Certaines personnes se sentent noyées devant l'immensité du cosmos. Pour Rainie, c'était au contraire un réconfort.

— C'est moi qui ai donné à Danny la combinaison du coffre, déclara Shep d'une voix calme. Il me l'a demandée il y a quinze jours et je la lui ai donnée.

— Tu veux dire que tu t'es donné le mal de faire installer chez toi un coffre digne de ce nom pour ensuite t'empresser d'en donner la combinaison à ton fils ?

— Sandy va me tuer pour ça.

— Shep, tu déconnes à plein tube.

— Mais je ne savais pas ! Danny m'a juste dit qu'il avait l'intention de démonter mon revolver et mon pistolet pour voir comment c'était fait. J'étais content qu'il s'intéresse à ça. Tu sais bien que c'est la dernière chose que j'avais encore en commun avec mon fils. Je l'ai poussé à faire du sport, mais ça n'a pas marché. J'ai tout essayé : le basket, le base-ball, le foot. Ce gamin n'a pas la moindre fibre sportive. Tout ce qui l'intéresse, c'est de lire des bouquins, de surfer sur l'internet et toutes ces conneries… Tu ne peux pas savoir ce que c'est d'avoir toujours voulu avoir un fils, Rainie, et de t'apercevoir un jour qu'il ressemble à sa mère.

— Tu savais que tes armes avaient disparu ?

Shep garda un silence gêné.

— Mais bon sang, comment peux-tu être aussi con par moments ?

— Tu ne crois pas que j'en paye assez le prix comme ça ?

— Non, si quelqu'un est en train d'en payer le prix, c'est George Walker. Ou les parents d'Alice Bensen. Merde !

— Mais je ne savais pas, Rainie ! Il y a trois jours, j'ai vu que les flingues n'étaient pas dans le coffre. J'en ai parlé à Danny et il m'a dit qu'il n'avait pas fini de les remonter, c'est tout. Il m'a juré qu'il les remettrait en place dès qu'il aurait fini, et je n'y ai plus pensé.

— Jusqu'à l'appel du central.

— Ce n'est pas Danny ! Je te le jure, Rainie, ce gamin n'a pas une once de méchanceté. Encore, s'il me ressemblait un peu, je pourrais me poser des questions, mais c'est le portrait craché de sa mère. Il ne ferait pas de mal à une mouche.

— Que s'est-il passé quand tu es arrivé à l'école ?

— Simplement ce que j'ai consigné dans mon rapport. Quand je suis arrivé, le bâtiment avait déjà été évacué. Quelqu'un a affirmé avoir vu le tireur s'enfuir et quelqu'un d'autre m'a dit qu'il restait des gamins blessés à l'intérieur, alors je suis entré. Quand je suis arrivé dans la salle des ordinateurs, j'ai trouvé Danny avec un revolver et un semi-automatique entre les mains.

— Il n'était donc pas en train de les ramasser.

— C'est-à-dire qu'il venait de les ramasser…

— Shep !

— O.K. ! Il les avait à la main si c'est ça que tu veux ! Il tenait les deux flingues et il n'avait pas l'air bien. Au moment où je l'ai appelé, il m'a visé à la tête.

— Et ça ne te rappelle rien ?

— Il était complètement paniqué, Rainie ! Il avait peur et il avait visiblement pleuré. Je te jure, il avait encore les joues mouillées. Bon Dieu, il s'agit de Danny ! De Danny à qui tu prêtais ton insigne d'adjoint. Danny qui se cachait sous les bureaux quand il venait avec moi. Danny qui insistait pour être assis à côté de toi quand tu mangeais à la maison et…

— Arrête ! Je ne veux plus t'entendre !

Rainie s'éloigna. Debout à l'autre extrémité du porche, elle avait croisé les bras sur son ventre pour se réchauffer. Dans la nuit, elle aperçut brièvement un éclair, comme si la lune avait accroché un morceau de verre. Intriguée, elle se demandait d'où pouvait venir ce reflet quand un oiseau s'envola d'un arbre en en faisant bruisser les feuilles.

— Si Danny a quelque chose à voir avec ça, reprit la voix de Shep derrière elle, c'est que quelqu'un lui a monté la tête. Il était… bizarre ces derniers temps. Il est très influençable, comme tous les gamins de son âge.

— On nous a raconté ce qui s'était passé avec les casiers, Shep. Et avec Charlie Kenyon. Le Danny que j'ai connu était un bon gamin. Hier matin encore, j'en aurais donné ma main à couper, mais je ne suis plus sûre de rien maintenant. Les choses sont plus compliquées qu'elles en ont l'air. Tous les mômes qui ont fait ce genre de truc par le passé, leurs parents aussi étaient persuadés que c'étaient de bons gamins.

Shep baissa la tête. Rainie ne voulait pas lui faire mal, et c'était pénible de le voir aussi désemparé. Elle reprit doucement :

— On essaye d'en savoir plus sur les ordinateurs, on vérifie s'il n'aurait pas pu communiquer avec quelqu'un par l'internet, être influencé de l'extérieur, je ne sais pas…

— C'est déjà une bonne chose.

Au son de sa voix, Shep reprenait espoir.

— Il faut absolument que tu saches qui a pu faire ça.

— Si tu veux vraiment savoir la vérité, Shep, il faut que tu nous laisses interroger Danny. L'enquêteur du FBI, Quincy, est psychologue. C'est un spécialiste des fusillades en milieu scolaire. Il saura comment s'y prendre avec Danny, il ira jusqu'au bout des choses.

— Pas question.

— Shep, tu dis que tu veux que j'aide Danny, mais tu fais tout pour m'en empêcher. Il faudrait savoir.

— Il est hors de question de l'interroger. Il est bien trop perturbé pour ça. Si ça se trouve, il est capable de tout prendre sur lui. Ça arrive. Je ne veux pas que mon gamin finisse ses jours en prison parce qu'il s'est vanté d'un truc qu'il n'a pas fait.

— Et Becky ? Peut-être qu'elle a vu quelque chose…

— Les médecins disent qu'elle est sous le choc.

— Quincy est un spécialiste.

— Depuis quand tu te fies comme ça à un étranger ? Attends une seconde… C'est pour ça que tu rentres si tard ! Tu étais avec lui ! Tu étais avec le type du FBI !

— Désolée, Shep, je ne savais pas que c'était un crime passible de la peine de mort.

— Je ne rigole pas.

— Shep, si tu veux vraiment savoir ce qui s'est passé, j'ai besoin de ton aide. Laisse au moins Quincy interroger Becky.

— Notre avocat ne sera jamais d'accord.

— Ça ne le regarde pas.

— Non, je ne peux pas. Il faut que j'en parle à Sandy avant. Laisse-moi d'abord lui en parler.

— D'accord, Shep. Sandy a la tête sur les épaules, je suis sûre qu'elle saura ce qui est mieux pour Danny.

Shep, visiblement dubitatif, répliqua :

— Ce qui est mieux, tu parles... Mon fils est en prison pour meurtre, ma fille dort dans un placard, mes voisins écrivent « Assassin d'enfants » sur la porte du garage, et je devrais savoir ce qui est mieux... Le maire m'a interdit de venir à l'enterrement des deux gamines, il dit que les gens prendraient ça mal. Mais c'est ma ville, Rainie ! Je connais George Walker depuis toujours, j'allais autrefois au bowling avec l'oncle d'Alice, et maintenant regarde où on en est.

Rainie ne répondit pas. Les mots lui manquaient.

— C'est sûr, c'est quelqu'un d'autre qui a tiré, reprit Shep d'un air buté. Écoute-moi bien, c'est à toi de m'aider. Je ne peux pas me fier à un type de la police d'État ou à un agent fédéral pour ça. Ils ne sont pas d'ici, ils ne peuvent pas comprendre. Ils ne connaissent pas Danny comme je le connais. Nous devons faire équipe ensemble, Rainie. Comme il y a quatorze ans. Toi et moi.

— Je te rappelle que tu ne m'as pas fait la moindre fleur il y a quatorze ans, Shep.

Shep baissa les yeux.

Rainie soupira. Elle s'approcha de la rambarde et vida le contenu de sa bouteille de bière, prononçant silencieusement la formule rituelle sans que personne ne puisse l'entendre.

Shep la laissa faire sans rien dire. Depuis toutes ces années, il avait appris à se taire.

Au bout de quelques instants, la jeune femme se retourna :

— Allez, Shep. Je te reconduis chez toi.

Accroupi derrière un bouquet d'arbres, l'inconnu cessa brusquement de retenir sa respiration. C'était toujours pareil. Au moment où ses lèvres bougeaient, elle baissait la tête, et il ne pouvait pas lire ne serait-ce qu'une expression sur son visage, même avec des jumelles. Et s'il venait avec une caméra vidéo un soir ? Il pourrait la filmer et montrer la séquence à quelqu'un capable de lire sur les lèvres. Avec un spécialiste, peut-être que ça pourrait marcher.

D'un autre côté, cela voulait dire partager son secret, et il n'avait pas l'intention de partager son secret avec qui que ce soit. Rainie était à lui. Elle lui appartenait et il comptait bien la garder pour lui tout seul.

L'inconnu se balança sur ses jambes, faisant la moue d'un air perplexe. La tête lui tournait légèrement. Il avait bu deux bières dans le bar et il n'aurait pas dû. Mais Visage tanné était là qui le toisait d'un air résolu et il n'avait pas voulu perdre la face. Alors il était resté à boire des bières dont il ne sentait même pas le goût sous le poids de ce regard hostile et dur.

À la fin, il avait éclaté de rire. C'était vraiment trop drôle, ces crétins s'imaginant que la jeune génération avait besoin d'une bonne guerre. Avec un Hitler, c'est sûr, ils ne passeraient pas leur temps à s'entre-tuer.

L'inconnu s'était mis à rire, et il riait encore en quittant le bar tandis que Visage tanné le regardait en hochant la tête. *Connard! Tous des connards. Si seulement ils pouvaient savoir…*

La première fois que l'inconnu avait jeté son dévolu sur une ville en vue d'accomplir l'une de ses missions, il n'avait pas eu peur. Il était surtout curieux de voir de quoi il était capable. Tout avait commencé une nuit, par un rêve. Un rêve visionnaire. Une manière de passer le temps dans le désert de sa solitude. Petit à petit, cette vision avait renoncé à ses nuits pour envahir ses journées, jusqu'à devenir une obsession qui lui rongeait les entrailles.

Il avait bien l'intention de montrer à son vieux qui il était. *Putain de vieux.* Il irait sur la tombe de son vieux et il se gargariserait avec le putain de cognac à cent dollars la bouteille de ce vieux con, les tempes bourdonnantes de haine. *Tu me prends pour une mauviette ? Tu me prends pour un imbécile ? Je vais te montrer, moi…*

La première fois, il avait été particulièrement prudent, veillant scrupuleusement à ne tisser aucun lien avec la population dans la ville concernée. Une ville choisie au hasard à l'aide de son ordinateur. Il avait fait pas mal de recherches avant d'entrer en contact avec les personnes dont il avait besoin. Quand il lui avait fallu aller sur place, il s'était grimé et avait tout payé en liquide. Les trois P incontournables de toute mission réussie : Patience, Planification et Précaution. *Tu vois bien que j'ai retenu la leçon, vieux schnock.*

En fin de compte, ça lui avait paru facile. Des cris, de la fumée et du sang. Une mort grand-guignolesque à souhait.

La main ferme, l'esprit libre.

Et puis tout s'était arrêté. La police était arrivée sur les lieux, avait mené son enquête et arrêté des suspects avant de passer à autre chose. Affaire conclue. L'inconnu avait pu reprendre sa vie, retourner sur la tombe de son père et siffler une autre bouteille de cognac.

Et maintenant, qui est une mauviette, espèce de vieux con? Et qui est l'imbécile?

Ensuite…

Rien. L'affaire avait été enterrée par la presse et la ville avait retrouvé son ennui. La vie avait repris son cours. L'inconnu était toujours tout seul, conscient de sa puissance, sûr de ce qu'il savait, s'ennuyant… à mourir.

Il était temps de passer à autre chose. Quelque chose de plus compliqué pour donner davantage de piquant à son petit jeu.

Il avait choisi la ville suivante avec plus de soin encore, il avait passé un maximum de temps à préparer l'opération, à observer le quotidien des gens. Beaucoup de patience et une sérieuse planification, et toujours autant de précautions. Décidément, le type qui a inventé le micro-ordinateur mériterait une médaille.

Et puis un jour, tout était prêt. Des cris, de la fumée et du sang. Une mort grand-guignolesque à souhait. Cette fois, il était resté quelque temps. Le temps d'observer les choses de loin, avec ses jumelles. Mais il était tout de même resté sur place, pour accroître encore son plaisir…

Les flics étaient arrivés. Des crétins moyens de petite ville, bêtes et sans imagination. Ils avaient vu ce qu'il avait bien voulu leur montrer, cru ce qu'il avait bien voulu leur faire croire. Ils avaient fini par arrêter des suspects, satisfaits d'eux-mêmes.

Les choses s'étaient d'ailleurs si bien passées que l'inconnu n'était pas rentré chez lui tout de suite. Il avait choisi un hôtel – dans une autre ville, bien évidemment, bien qu'il ne fût pas convaincu de l'utilité d'une telle précaution. Il avait loué une voiture et s'était promené de bar en bar, à se repaître des conversations des autochtones. Il s'était bien amusé. Il avait même assisté aux enterrements pour voir les mères pleurer.

Et qui est le plus malin, maintenant, espèce de vieux con?

En cinq jours, tout était fini et consommé. Les journalistes étaient repartis chez eux, les avocats avaient fait leur boulot et l'inconnu était rentré chez lui où il avait repris son existence « normale » jusqu'à ce que ses souvenirs finissent par s'estomper.

Il avait besoin d'autre chose. Il savait maintenant que ses plans fonctionnaient, mais ça ne l'amusait plus. À bien y regarder, il était même trop malin. *(Tu entends ça, le vieux?)* Il n'avait aucun mal à mener les flics par le bout du nez, et ça n'était même plus rigolo.

Il lui fallait quelque chose de plus difficile, un objectif plus stimulant, un adversaire à sa mesure. Il était temps de passer à la vitesse supérieure.

Et c'est là que Bakersville lui était tombé tout cuit dans le bec.

L'endroit rêvé, l'objectif rêvé, avec une équipe de flics rêvée pour lui faire face.

Enfin de quoi s'amuser.

Le bon gros Shep en train de pleurer sur le sort de son fiston. Rainie Conner, avec sa tête bien faite et bien pleine, décidée à donner le meilleur d'elle-même pour le bien de sa communauté. Et même l'agent enquêteur Pierce Quincy, la crème de la crème de Quantico.

Enfin une partie digne de lui. C'était une bonne chose parce qu'il n'avait pas l'intention de s'arrêter en si bon chemin. Il n'en était qu'au prologue.

Quel effet ça t'a fait quand tu as appuyé sur la gâchette, Rainie Conner? Entends-tu toujours dans tes cauchemars le bruit moite de la tête de ta mère en train d'exploser ?

Un jour, il faudra que je vois comment ça fait, moi aussi.

Mais pas ce soir. Ce soir, l'inconnu devait reprendre le chemin de Portland, sa journée n'était pas encore terminée.

En s'endormant la première fois depuis les événements, Becky O'Grady avait rêvé qu'elle tenait tête au monstre de l'école. Plantée devant lui, elle s'était écriée :

— Espèce de sale monstre ! Laisse mon frère tranquille ! Je ne veux pas que tu fasses du mal à mes amis !

De honte, le monstre s'était éloigné, la queue basse. Alice et Sally s'étaient mises à pleurer et elles avaient serré Becky très fort dans leurs bras. Mlle Avalon lui avait fait un bisou sur la joue et l'avait félicitée pour son courage. Tout le monde était content, y compris papa et maman qui ne s'étaient plus jamais disputés, et Danny qui lui avait donné un petit chat.

La seconde fois, Becky avait rêvé qu'elle tenait tête au monstre et qu'il l'avait mangée.

Vers 5 heures du matin, Becky O'Grady s'était installée dans le placard de l'entrée, se couvrant de manteaux empilés. Elle savait bien pourtant que c'était inutile.

Le monstre allait venir la chercher. Elle n'avait pas été capable de sauver Danny et le monstre ne l'ignorait pas. Il ne tarderait pas à venir la prendre. Bientôt, ce serait son tour.

Becky sanglota en appelant sa mère, mais c'était surtout pour Danny qu'elle pleurait. Pour Danny qu'elle n'avait pas su protéger quand il avait le plus besoin d'elle.

15

Jeudi 17 mai, 7 h 50

Sandy lavait interminablement la même assiette à motif fleuri dans l'évier de sa cuisine. Le soleil brillait au-dehors. Elle avait entrouvert la fenêtre pour faire entrer un peu de la fraîcheur du matin, et l'on percevait la rumeur du quartier en train de se réveiller. Quelque part dans la rue, quelqu'un tondait sa pelouse. Sans doute M. McCabe, un principal de collège en retraite qui prenait soin de son jardin avec une adoration quasi religieuse. En juin, on venait de loin admirer ses rosiers.

Un chien aboya à quelques maisons de là, et une mère de famille appela un enfant. Andy, peut-être? Ou bien Anthony, à moins que ce ne fût Andrea Simpson, une petite fille de quatre ans. Pour Halloween, elle s'était déguisée en cow-boy. Pas en cowgirl, en cow-*boy*, avait-elle insisté. Sandy la trouvait à croquer et ne se formalisait même pas lorsqu'Andrea insistait pour l'appeler madame O'Grady. Sandy se considérait pourtant comme un peu jeune pour ça.

Elle retourna l'assiette entre ses mains et en frotta énergiquement le revers avec une éponge.

Quand elle avait emménagé dans le quartier avec Shep onze ans plus tôt, rares étaient les couples avec enfants. Depuis, le quartier s'était agrandi au rythme des familles. Rien que dans leur pâté de maisons, il devait y avoir cinq tout petits, et deux des copines de classe de Becky habitaient quelques rues plus loin. S'il y avait quelques garçons, aucun n'avait l'âge de Danny, et Sandy l'avait toujours regretté. Alors que Becky avait toutes ses amies à portée de main, il fallait prendre la voiture pour conduire Danny chez ses copains, si bien que Sandy et Shep passaient leur temps à faire le taxi.

Mais Danny ne s'en était jamais plaint. Quand il ne restait pas au collège à surfer sur l'internet, il lisait. Le soir, elle l'emmenait souvent en promenade dans le quartier. En passant, ils saluaient de loin les voisins, et Danny s'amusait à compter les maisons reliées au câble. Parfois, il préférait la suivre à vélo et tournait autour d'elle en lâchant le guidon pour la faire rire.

Pour Sandy, ces promenades avaient toujours été un rare moment de bonheur. Elle se sentait bien dans ce quartier où tout le monde se connaissait.

Aujourd'hui, elle n'aurait pas osé prendre le journal dans la boîte aux lettres. Elle avait trop peur du regard des gens, des questions qu'on risquait de lui poser. Elle ne savait même plus si elle préférait qu'on la regarde avec haine ou commisération.

Prisonnière du drame qui frappait les siens, elle avait choisi d'astiquer sa cuisine. Comme si sa vie ne s'était pas arrêtée deux jours plus tôt…

Sandy avait appelé le centre de détention à 7 heures. Elle n'avait eu aucun contact avec son fils depuis quarante-huit heures et elle en était malade. Il devait être mort de peur, loin de tout, et ne devait rien comprendre à ce qui lui arrivait. Elle se demandait s'il pensait à elle et s'il lui arrivait de l'appeler au milieu de la nuit.

Et s'il faisait des cauchemars ? Et s'il avait faim ? Et si ses couvertures étaient rêches et son matelas trop dur ? Comment pouvait-on empêcher une mère de voir son fils ?

Le directeur du centre de détention, un certain monsieur Gregory, lui avait rapporté, poliment mais fermement, que Danny les avait suppliés de ne pas laisser entrer sa mère. Le directeur était allé trouver Danny à la cafétéria ce matin-là pour lui dire que ses parents souhaitaient venir le voir, et Danny avait réagi avec une telle virulence que le personnel avait dû le reconduire de force dans sa cellule. Il avait arraché une fourchette des mains d'un autre détenu et avait tenté de s'ouvrir les veines.

Il était manifestement traumatisé à l'idée de revoir ses parents. Peut-être que d'ici une ou deux semaines…

Sandy en était bouleversée, persuadée que son fils avait d'autant plus besoin d'elle qu'il avait subi un grave traumatisme. Elle aurait voulu pouvoir lui apporter de quoi se distraire, un gâteau, n'importe quoi…

Je t'en prie, ne me rejette pas comme ça. Je me sens tellement inutile !

M. Gregory avait tenté de la rassurer, lui affirmant que son fils avait été placé sous surveillance renforcée afin de prévenir toute nouvelle tentative de suicide. Mais il était hors de question de le voir avec Shep. Un point, c'est tout.

Le moteur de la tondeuse se tut. Un claquement sec au moment où M. McCabe retirait le panier de la faucheuse avant de vider l'herbe coupée sur ses plates-bandes, comme Sandy l'avait vu faire des centaines de fois.

Elle posa enfin l'assiette sur l'égouttoir. La vaisselle était terminée. Son plan de travail brillait, le sol de la cuisine était impeccable. Elle avait même nettoyé le four et essuyé le micro-ondes. Il était 8 heures du matin et Sandy n'avait plus rien à faire.

Elle se tourna vers Becky qui l'observait gravement, assise à la table du petit déjeuner.

— Tu veux encore des céréales, ma chérie?

Becky fit non de la tête. Le bol de Cheerios que sa mère avait posé devant elle un quart d'heure plus tôt était intact.

— Ou alors un fruit? insista Sandy. Et des pancakes, qu'est-ce que tu dirais de pancakes avec des pépites de chocolat?

Elle regretta aussitôt sa proposition. Les pancakes aux pépites de chocolat étaient le dessert préféré de Danny.

Becky secoua à nouveau la tête.

Sandy ouvrit la porte du réfrigérateur, se demandant ce qui pourrait faire plaisir à sa petite fille. Becky n'avait pratiquement rien mangé depuis deux jours.

— Ah, je sais! De la salade de fruits!

Elle sortit le saladier, trouvé la veille sur le pas de sa porte avec un gratin de macaronis, un plat de jambon-tomates et un hachis à la viande. Une salade de fruits particulièrement appétissante, avec de la gelée de fraises, des pommes, des bananes et des noix, le tout agrémenté de crème fouettée. Sandy avait été touchée, quelqu'un avait pensé à Becky. Dieu sait si la pauvre petite avait souffert de ce drame.

Sandy montra le saladier à Becky pour la tenter. Becky avait toujours aimé la gelée de fraises et la crème fouettée…

Après un court instant d'hésitation, Becky fit oui de la tête. Gagné !

Ravie, Sandy remplit un bol à ras bord et lui servit un verre de jus d'orange avant de s'en verser un pour tenir compagnie à sa fille.

Shep ronflait dans le salon. Il était rentré à l'aube, sentant la bière. Sandy n'avait pas eu besoin de lui demander où il était allé. Chez Rainie, bien évidemment. À chaque fois que quelque chose ne tournait pas rond, à chaque fois qu'un problème se présentait, il finissait inévitablement chez Rainie.

Au début, Sandy s'était monté la tête, se demandant ce que son mari pouvait bien faire chez son adjointe. Tout le monde savait comment vivait sa mère et la façon dont elle était morte. Sandy imaginait des scènes torrides entre son mari et Rainie. Elle les voyait pouffant de rire, se moquant de cette bécasse de Sandy Surmon qui ne se doutait de rien, en brave petite ménagère.

Un soir, folle de jalousie, elle avait filé jusque chez Rainie. Elle avait dévalé la route en terre au milieu des bois, prête à affronter celle qu'elle croyait être sa rivale, pour trouver Rainie et son mari sagement assis sur le porche, silencieux, une bière à la main et les yeux perdus dans la forêt qui les entourait.

Sandy était repartie chez elle sans un mot.

Avec le temps, elle avait fini par accepter que la relation de son mari et de Rainie lui échapperait toujours. Elle aurait été incapable de dire ce qui pouvait les unir dans un même silence, une même fraternité muette. Elle ne comprenait pas pourquoi Shep semblait tenir davantage à Rainie qu'à elle. Après tout, elle lui avait donné deux enfants, alors que Rainie ne lui donnait que des Bud Light.

Si elle n'avait rien de sexuel, leur relation était intense, et Sandy avait perdu tout espoir que son mari se tourne à nouveau vers elle, au lieu de se réfugier chez une autre les jours de blues.

— Maman, il s'est passé quoi à l'école?

Sandy regarda sa fille, surprise tout autant par la question elle-même que par le son de la voix de Becky. Celle-ci n'avait pour ainsi dire pas prononcé une parole depuis le drame, sinon un mot ici et là.

— Que veux-tu dire, ma chérie?

— Il n'y a pas école, aujourd'hui.

— Non, Becky, il n'y a pas école aujourd'hui.

— Et demain?

— Tu n'es pas obligée d'aller à l'école demain non plus, ma puce. Ne pense plus à l'école, c'est fini pour l'instant.

Sa fille ne la quittait toujours pas des yeux.

— Est-ce que les autres enfants vont à l'école?

— Tu veux dire tes camarades de classe? Non.

Sandy veillait tout particulièrement aux termes qu'elle employait.

— L'école est finie pour l'instant, pour eux aussi.

— Mais ce n'est pas l'été, pourtant.

— C'est presque l'été, ma chérie.

— Oui, mais c'est pas encore l'été.

— Becky, tu sais qu'il s'est passé quelque chose de grave à l'école. Tu le sais?

Becky approuva de la tête.

— Quelque chose de grave qui a rendu tout le monde très triste. Toi aussi, tu es triste, non?

Becky approuva à nouveau de la tête.

— Je suis triste, tu sais, poursuivit Sandy très doucement. Et papa est triste, et tous les autres enfants.

Alors comme tout le monde est triste en ce moment, il n'y a pas école.

— Oui, mais un jour?

— Bien sûr, mon amour. Un jour, il y aura école. Mais tout va bien, mon bébé! Tu retourneras à l'école quand tu seras prête, et quand on sera sûr qu'il n'y a plus de danger là-bas. Quand la chose grave…

— Tu veux dire le monstre, maman.

Sandy marqua un temps d'hésitation.

— Oui, quand on sera sûr que le monstre est parti.

Becky la fixait de ses grands yeux graves, et Sandy comprit à quel point sa petite fille avait grandi en l'espace de deux jours.

Becky se concentra brusquement sur sa salade de fruits. L'explication de sa mère ne l'avait pas convaincue. Au plus profond d'elle-même, elle savait qu'elle ne serait plus jamais en sécurité à l'école, du moins tant que les monstres seraient susceptibles d'y venir.

Sandy reprit sa place devant l'évier et vida son verre de jus d'orange avant de le laver consciencieusement. La petite lumière rouge du répondeur clignotait furieusement, mais elle avait déjà entendu le message la veille. Un message de Mitchell, enregistré sur le répondeur avant que Shep n'ait fait changer leur numéro de téléphone afin d'échapper aux appels anonymes. Mitchell, sincèrement désolé de la déranger à un moment pareil, mais qui avait absolument besoin du dossier Wal-Mart. Si elle pouvait avoir la gentillesse de lui passer un coup de fil juste pour lui dire où elle avait mis le dossier.

Sandy savait parfaitement où se trouvait le dossier, mais elle n'avait pas trouvé la force de le rappeler.

Peut-être Shep avait-il raison, après tout. Peut-être avait-elle fait passer ses propres envies avant les besoins des siens. Si elle avait été plus présente à la maison… Si Danny s'était senti mieux dans sa peau, plus équilibré, mieux aimé…

Si, et si, et si…

Sandy ferma le robinet. Ses mains tremblaient et ses yeux brillaient.

Maman, il s'est passé quoi à l'école ?

Je dois te protéger. Mon Dieu, ma chérie, je voudrais tellement te protéger.

— Maman.

Sandy se tourna vers sa fille. Un instant, elle crut voir du sang sur son visage et fut sur le point de hurler, mais ce n'était que de la gelée de fraises. Rien que de la gelée de fraises.

Puis elle s'aperçut que sa fille pleurait.

— J'ai mal à la langue, maman.

Sandy se précipita. Elle inspecta la bouche de sa fille et s'aperçut avec stupéfaction qu'elle saignait. Il y avait du sang sur la langue de Becky !

— Qu'est-ce qu'il y a, ma chérie ? Tu t'es mordu la langue ? Attends une seconde, je vais t'essuyer avec un torchon propre et je vais te donner un glaçon pour ta langue.

Au passage, elle prit le saladier et le posa dans l'évier. Ce n'est qu'en ouvrant le robinet pour humidifier un torchon qu'elle remarqua des éclats brillants dans la gelée.

Très lentement, à l'aide d'une cuillère, elle sonda la gelée et y trouva de minuscules morceaux de verre.

Assassin d'enfants. Assassin d'enfants. Assassin d'enfants.

Dans le dessert d'un enfant ! Je sais bien que vous nous détestez, mais il faut avoir perdu tout respect de la dignité humaine pour mettre des morceaux de verre dans le dessert d'un enfant !

Sandy était particulièrement calme lorsqu'elle se retourna. Elle nettoya doucement le visage de sa fille et lui donna un glaçon à sucer. Apparemment, le saignement s'était arrêté. Les éclats de verre étaient minuscules et n'avaient pas dû lui faire grand mal.

Sandy caressa tendrement les cheveux blonds de Becky.

— Comment te sens-tu, ma chérie ?

— Ça va.

— Tu as bien mangé ? demanda-t-elle d'un ton volontairement dégagé.

Becky fit non de la tête.

— J'ai pas faim.

— Si jamais tu as mal au ventre, tu me le dis, ma chérie. D'accord ?

Becky hocha la tête et Sandy n'insista pas. La petite fille avait l'air bien et Sandy ne souhaitait pas l'effrayer en l'emmenant une nouvelle fois aux urgences.

— Je sais ce qu'on va faire, reprit-elle. On va faire des petits gâteaux ! Je vais sortir ce qu'il faut et tu vas m'aider. D'accord ?

Becky haussa les épaules.

— Super. Je vais d'abord laver tout ça et puis on se met au travail.

Sandy se voulait rassurante, veillant à montrer à sa fille le visage le plus serein possible. Elle vida la salade de fruits dans le broyeur de l'évier avant de faire de même avec les trois autres plats retrouvés devant sa porte. Surtout, *surtout*, ne pas pleurer.

— Il ne faut pas que tu te laisses faire par le monstre, maman.

— Oh non, ma chérie, je n'en ai pas l'intention.

16

Jeudi 17 mai, 6 h 33

Quincy avait fait des cauchemars cette nuit-là, mais il n'avait pas rêvé de sa fille. Dans la lueur grise de l'aube, il se tournait et se retournait dans sa chambre rose du Motel Hôtel, revivant en songe les détails sordides d'une affaire vieille de dix ans. L'affaire Candy Wallace, une fillette de treize ans au sourire lumineux et aux jolies boucles blondes. Élevée dans la foi par des parents baptistes, Candy Wallace ne savait pas que le cœur des hommes sert parfois de refuge au mal.

Elle avait été enlevée un mercredi après-midi ordinaire, à la sortie de l'école. Des camarades l'avaient vue s'éloigner innocemment dans la rue. Une minute plus tard, il ne restait d'elle que quelques livres de classe.

Le ravisseur de Candy s'était trompé de cible. Il avait en fait l'intention de s'emparer de Polly, la sœur aînée de Candy âgée de seize ans, et son erreur l'avait rendu enragé. Pour se venger, il avait décidé de torturer les Wallace. Il les appelait au téléphone et faisait subir à Candy des sévices abominables pendant que sa sœur et ses parents écoutaient.

Dès le deuxième appel, Quincy avait été appelé à la rescousse en tant que spécialiste, et il s'était trouvé lui aussi à l'écoute.

Aujourd'hui, ce n'était pas aux hurlements de Candy ou au visage ravagé de la mère de l'adolescente qu'il pensait. Ni même à Polly qui suppliait l'homme d'arrêter et lui proposait de prendre la place de sa petite sœur. *Je vous en prie, je vous en prie…*

Non, il pensait avant tout aux dernières paroles de Candy, au terme d'une lente agonie qui avait duré cinq jours.

Papa et maman, je ne veux pas que vous soyez tristes. Bientôt, je partirai pour un monde meilleur. Dieu veillera sur moi. Tout ira bien, vous verrez. Mais je tenais à vous dire que je vous aime, et que j'aime aussi cet homme, aussi mauvais soit-il. Mon cœur est pur et je quitte ce monde l'âme en paix.

Quincy se réveilla en sursaut, des larmes plein les yeux.

Il resta allongé sur son lit un long moment, songeant à la capacité de résistance de l'adolescente, mais aussi à Dieu, à ses propres croyances, à ses propres renoncements au terme d'années d'un travail éprouvant.

Le lendemain du dernier appel, on avait retrouvé le corps de Candy. Un corps nu, tuméfié, mutilé. Trois semaines plus tard, on avait arrêté le coupable, un ouvrier au chômage qui avait effectué des travaux de climatisation chez les Wallace quelque temps plus tôt. Au moment de son arrestation, il avait raconté comment il avait coupé la langue de Candy alors qu'elle insistait pour lui répéter que Dieu l'aimait.

Quincy avait pensé à l'époque que rien ne serait jamais trop dur pour un monstre comme celui-là.

Quand il avait repris le chemin de la Virginie, il se sentait épuisé et seul. En rentrant chez lui, il avait fui les siens, dans l'incapacité d'ériger une cloison étanche entre l'horreur de son quotidien et la quiétude de son univers familial. À ces moments-là, il n'arrivait plus à voir ses filles sans penser au monde d'horreurs qui les attendait. Les ouvriers climatiseurs, les paumés, les étudiants en droit au sourire charmeur… Lorsqu'il regardait les siens, il ne parvenait plus à chasser de ses pensées la souffrance et la mort.

Quincy sortit de son lit. Il téléphona à l'hôpital et apprit que l'état d'Amanda était stationnaire. Comme son ex-femme dormait dans la chambre, l'infirmière lui proposa de la lui passer, mais Quincy lui répondit de ne pas la déranger. Sa cadette, Kimberly, avait dû reprendre le chemin de son université. Elle aussi semblait avoir accepté l'inéluctable, un ralliement que Bethie ne supportait pas.

Les relations n'étaient pas au beau fixe entre la mère et la fille depuis que Kimberly avait annoncé son intention de suivre des études de psychologie à l'université de New York. Plus tard, elle souhaitait travailler pour le FBI, comme son père.

Quincy enfila un vieux short et un T-shirt gris. Dehors, il respira longuement l'air frais du matin avant de faire son jogging quotidien. Il pensait toujours aux cris d'agonie de Candy, à son amour infaillible pour l'humanité ; à sa propre fille, aussi, et à son incapacité à la protéger d'un monde qu'il était censé rendre plus sûr depuis toutes ces années.

Puis ses pensées s'envolèrent vers Rainie, son regard gris et son menton volontaire. Sa résistance face à la vie, sa capacité à ne jamais renoncer.

Plus jeune, il avait commis l'erreur de croire que la solitude est le plus sûr allié contre les agressions du monde. Il s'était imaginé qu'il lui suffirait de se jeter à corps perdu dans son travail. Il avait écouté les paroles d'une adolescente à l'agonie, mais ne l'avait pas entendue.

Quincy n'était plus tout jeune, il continuait pourtant à apprendre.

Il courut longtemps ce matin-là, la morsure de l'air froid sur son visage. En voyant le jour se lever sur cette vallée luxuriante coincée entre mer et montagne, il comprit pourquoi Rainie Conner avait choisi de vivre là.

Peu avant 13 heures, Quincy pénétra dans leur QG de la mairie. Il ne s'attendait pas à ce que Rainie fût déjà de retour de Portland après les autopsies, mais elle se trouvait là, à sa table de travail. Occupée à écrire, elle ne leva pas les yeux tout de suite.

Il s'arrêta un instant et l'observa. Elle était plus pâle que la veille, des cernes plus marqués sous les yeux. Une nouvelle nuit d'insomnie, probablement, et une matinée pénible. De toutes les autopsies, celles des enfants sont les pires.

Concentrée sur sa tâche, Rainie n'avait pourtant rien perdu de son énergie.

En la voyant, elle lui fit brusquement penser à une femme dont il mit quelques instants à retrouver le nom. Tess. Tess Williams. Une autre affaire, il y a longtemps déjà, qui s'était terminée sur une note moins tragique, pour une fois. Tess avait commis l'erreur d'épouser un garçon parfait, le parti idéal dont rêvent toutes les femmes. Avec Jim Beckett, le rêve avait tourné au cauchemar car ce policier modèle avait un hobby douteux : il arrêtait de jeunes et jolies conductrices pour excès de vitesse et les assassinait. Tess avait découvert le pot aux roses et s'était ingéniée à réunir des preuves contre lui tout en continuant à partager son lit comme si de rien n'était.

Jim Beckett n'était pas un enfant de chœur. Il avait laissé derrière lui une longue traînée sanglante au sein des équipes chargées de sa capture, et Quincy y avait même gagné quelques cicatrices. Tess était une femme de caractère et, lorsque Beckett avait voulu s'en prendre à elle après s'être évadé de prison, elle s'était assurée personnellement qu'il ne coûterait plus jamais rien aux contribuables du Massachusetts.

Quincy n'avait plus pensé à elle depuis des années et se demanda quel âge aurait aujourd'hui Samantha, la fille de Tess. Dix ans, peut-être ? Il aurait aimé savoir comment la fille et la mère s'en étaient sorties.

Il s'était fixé comme règle de ne jamais revoir les gens croisés lors des affaires dont il s'occupait. Même lorsque les choses finissaient bien, il avait conscience d'être le fantôme d'un passé douloureux.

— Tu as l'intention de rester planté là tout l'après-midi ? lui demanda Rainie sans lever les yeux.

— J'admirais le paysage.

Elle leva les yeux un court instant, le temps de lui lancer un regard dur.

— Je t'en prie !

— Je vois que les autopsies se sont bien passées.

— Telles que je les imaginais, en dix fois pire. Écoute, sois gentil. Tu entres ou tu sors, mais tu fermes cette porte. J'ai horreur des gens indécis.

Quincy prit son temps. Il ne s'attendait pas à la trouver aussi épuisée. Sa voix trahissait sa fatigue, elle avait l'air d'être au bout du rouleau. Il aurait parié qu'elle n'avait pas voulu pleurer, alors que c'est la meilleure façon d'évacuer le stress au sortir d'une autopsie.

— Tu rédiges un rapport ? demanda-t-il d'un ton neutre.

— Non, j'essaye de dresser une liste. Que penses-tu du mystérieux inconnu en noir ?

— Je te demande pardon ?

— L'inconnu en noir, celui que plusieurs gamins ont dit avoir vu à l'école. Tu y crois ?

— Je ne sais pas.

— Et si c'était vrai ? Un inconnu pourrait-il avoir quelque chose à voir avec cette fusillade ?

— Si tu savais le nombre d'inconnus qui font des choses bizarres, répondit Quincy lentement. En particulier ceux qui traînent sur le web. Il suffit de voir le nombre de gamins qui se font piéger par des pédophiles dans des forums de discussion.

— Nous vivons une époque formidable !

Rainie se mit à écrire de plus belle.

— Nous disons donc, l'inconnu en noir. Il rencontre Danny sur le web et tente de gommer les traces de son passage en effaçant le contenu des disques durs des ordinateurs. Sauf que ça nous ramène à Melissa Avalon. Pourquoi une seule balle en plein front ? Cette putain de blessure me tarabuste.

Rainie poussa un long soupir, avant de reprendre :

— On s'occupera de ça plus tard. Passons maintenant au conseiller d'éducation, Richard Mann.

— Pourquoi Richard Mann ?

— Il est relativement jeune, trente-trois ans d'après son dossier, même s'il a l'air d'en avoir quinze si tu veux mon avis. Si on part de l'hypothèse que Melissa Avalon était la véritable cible du tueur, il pourrait bien avoir un mobile. Imaginons qu'il ait été amoureux d'elle, ses rendez-vous avec VanderZenden ne lui plaisaient peut-être pas. En tant que conseiller d'éducation, il lui était facile de manipuler Danny, ce qui a le mérite de répondre à pas mal de questions.

— Tu fais une liste de suspects potentiels ?

— Mais je vois que notre enquêteur fédéral est particulièrement perspicace !

Quincy fronça les sourcils. Rainie avait décidé d'être blessante aujourd'hui.

— Et puis-je te demander qui figure sur cette liste ?

— Charlie Kenyon, VanderZenden, l'inconnu en noir et Richard Mann.

— Je croyais que le principal avait un alibi.

— À première vue, oui, mais on n'est sûr de rien tant qu'on n'a pas vérifié.

— Charlie Kenyon, pourquoi pas, reprit Quincy, décidé à jouer le jeu pour ne pas envenimer les choses. Un post-ado manipulateur. On sait déjà qu'il a eu des problèmes avec les autorités locales et qu'il a l'habitude de traîner du côté de la cité scolaire. J'avoue être moins convaincu en ce qui concerne le principal. Même si son histoire avec Melissa Avalon s'était mal passée, je le vois mal tuer deux petites filles, et encore moins s'arranger pour faire porter le chapeau à Danny.

— La figure du père. Danny est incapable de tenir tête à son père, pourquoi tiendrait-il tête à son principal ? Et tu as entendu ce qu'il disait à la fin de son interrogatoire ? Ce gamin a peur. Et qui détient l'autorité au collège ? Le principal !

Du point de vue de la logique, la thèse de Rainie tenait debout.

— Il faut aussi tenir compte de la réaction de VanderZenden. Il avait l'air sincèrement affecté quand on l'a vu.

Rainie était prête à le reconnaître, mais elle eut un éclair.

— Et si c'était sa femme ?

Quincy soupira lentement pendant qu'elle ajoutait fiévreusement le nom de Mme VanderZenden à sa liste. Elle se donnait trop de mal.

— Rainie, pourquoi fais-tu cette liste ?

— Pour m'éclaircir les idées. Cette enquête part dans tous les sens.

— Tu as déjà un suspect en prison. Je ne vois pas en quoi ça part dans tous les sens.

— D'accord, mais rien ne prouve que ce soit lui le coupable.

— Ses empreintes sur les douilles ne te suffisent pas ?

— Je ne vois pas pourquoi elles devraient me suffire alors qu'elles ne te suffisent pas, à toi.

— Moi, je suis payé pour douter de tout.

Rainie posa son stylo. Elle le regarda longuement dans les yeux, et Quincy fut frappé par sa pâleur et ses traits tirés. Si elle mangeait aussi peu qu'elle dormait, elle ne tarderait pas à craquer.

— J'ai eu la visite de Shep hier soir, finit-elle par lâcher.

— Ah !

Quincy comprenait mieux.

— Il a cherché à te culpabiliser.

— C'est normal, à quoi serviraient les amis, sinon ? Il a même fait mieux, il a pris contact avec l'un de ses copains du labo, et il se trouve que Sanders ne nous a pas tout dit.

— Vas-y.

— Il y a un truc bizarre avec une des douilles du 38 mm. Non seulement on ne trouve aucune empreinte, même brouillée – comme si quelqu'un avait pris la peine d'essuyer la douille – mais la balistique a remarqué quelque chose d'étrange. J'ai demandé confirmation ce matin, on a retrouvé dans la douille un résidu curieux, probablement un polymère.

— Du plastique ? Du polyester, par exemple ?

— Mystère. Mais tu avoueras que c'est pour le moins curieux de trouver une fibre plastique *à l'intérieur* de la douille, surtout que Danny était entièrement habillé de coton quand je l'ai arrêté. Le labo fait des tests complémentaires, mais ça complique le problème au lieu de le simplifier.

— Je suppose que tu as l'intention de faire la peau à Sanders.

— Oui, à 3 heures cet après-midi et tu es le bienvenu.

Rainie lui lança un sourire timide.

— Quant à la médecin légiste, j'ai eu une conversation très édifiante avec elle tôt ce matin. Elle a procédé à l'autopsie de Melissa Avalon hier soir et à celle des deux petites filles ce matin. C'était bien ma chance. Écoute bien ça : la balle de 22 mm qui a tué Melissa Avalon n'a subi aucune déformation. Cette saloperie a même traversé son cerveau en ligne droite avant de s'arrêter à la base de la boîte crânienne. Aucun ricochet, ce qui fait que la balle est intacte. Normalement, on devrait y trouver quantité de rayures, sauf qu'il n'y en a aucune.

— Pas la moindre rayure susceptible de l'associer à l'arme du crime ? Bizarre… La légiste a-t-elle parlé d'un pistolet à canon lisse ?

— Je suis infoutue de te dire à quoi pense Nancy Jenkins. Elle est visiblement intriguée, mais elle garde ses réflexions pour elle, malheureusement. Je vais essayer de te répéter mot pour mot ce qu'elle m'a dit. Quelque chose du genre : « Le projectile semble provenir d'une arme de 22 mm, mais je ne crois pas que ce soit le cas. »

— Elle ne le croit pas ?

— Il se trouve que Nancy Jenkins s'y connaît très bien en flingues. Elle ne veut rien dire officiellement tant qu'elle n'a pas reçu le rapport de la balistique, mais il y a quelque chose de louche avec cette balle. Quelque chose de particulièrement louche.

— Tu veux dire trop louche pour un gamin de treize ans ?

— Tu m'as parfaitement comprise.

— Et la balle a fini sa course dans la partie inférieure de la boîte crânienne, c'est ça ?

— Très précisément. C'est-à-dire que la trajectoire n'est pas ascendante, mais descendante, ce qui nous pose un petit problème quand on sait que Danny fait un mètre cinquante et que Melissa Avalon mesurait un mètre soixante-dix.

— D'autant plus qu'elle n'était pas à genoux quand elle est morte, comme le confirme la position du corps.

Rainie approuva d'un mouvement de tête.

— Nous y sommes. J'ai l'impression que nous sommes tombés sur un os. Dans l'état actuel de l'enquête, il est hautement improbable que Danny ait pu tuer Melissa Avalon, ce qui pose le problème de Sally et Alice.

— Il y avait donc quelqu'un d'autre sur les lieux du drame, et il nous manque une arme.

— Tout juste, Auguste. Il nous manque une arme, et un mobile. Pourquoi Melissa Avalon ? Je n'arrive pas à me sortir ça de la tête. Pourquoi la jeune et belle Mlle Avalon ?

— Tu as donc l'intention de travailler sur une nouvelle hypothèse.

— En tant que responsable de l'enquête, je pensais que ça ne pouvait pas faire de mal.

— Rainie, tu veux une bonne nouvelle ?

— Ne te gêne surtout pas.

— J'ai rendez-vous avec Richard Mann à 13 h 30 pour lui poser quelques questions sur Danny O'Grady. Je voudrais que tu m'accompagnes. Je jouerai le rôle du flic sympa et toi celui de l'emmerdeuse de service. À deux, on a peut-être une chance.

Les yeux de Rainie se mirent à briller, ce qui fit sourire Quincy.

— L'emmerdeuse de service, tu dis ?

— Je crois que tu as le physique de l'emploi.

— Agenquêteur, je crois que je pourrais vous embrasser.

— Des promesses, toujours des promesses… dit-il d'un air détaché.

17

Jeudi 17 mai, 13 h 28

Richard Mann avait fixé rendez-vous à Quincy dans son bureau, la cité scolaire étant rouverte depuis peu aux équipes administratives. D'emblée, le jeune conseiller d'éducation annonça à ses interlocuteurs qu'il avait une montagne de travail en retard. Rainie le trouva particulièrement découragé, les traits tirés et le teint pâle. Il avait fait l'effort de s'habiller, sans doute en prévision de la venue des enquêteurs, mais la rigueur de sa tenue contrastait avec sa mine défaite, résultat de nuits d'insomnies passées à ressasser des questions sans réponses. Sans doute se sentait-il coupable de n'avoir rien vu venir, et les reproches qu'il s'adressait à lui-même devaient l'empêcher de dormir.

Rainie ne connaissait rien ou presque de ce garçon au look sage et sans affectation, à l'allure adolescente. Élancé, brun aux yeux bleus, il n'aurait pas manqué de faire craquer les élèves du sexe opposé s'il s'était trouvé en poste dans un lycée. Afin d'en savoir plus, Rainie avait recueilli l'opinion de quelques parents, et tout le monde s'accordait à dire que Mann était un garçon gentil et consciencieux, à défaut d'être expérimenté. Deux jours plus tôt, aux heures les plus sombres, il avait pourtant apporté la preuve de sa valeur en suivant à la lettre les instructions de Rainie.

Rainie se posait des questions sur la nature de ses relations avec Melissa Avalon.

— Bonjour mademoiselle Conner, s'écria-t-il en découvrant Rainie au côté de Quincy. Ravi de vous revoir.

Il sourit spontanément à la jeune femme et lui tendit la main.

— Bonjour, monsieur Mann.

Rainie se fit la réflexion qu'il avait la main molle. Sans doute un signe de manque de maturité. Le jeune homme ajouta aussitôt :

— Je vous en prie, appelez-moi Richard. Quand on m'appelle monsieur Mann, j'ai toujours l'impression qu'il s'agit de mon père.

— Pas de problème, répondit Rainie, se souvenant aussitôt de la réflexion de Quincy la veille au soir lorsqu'elle l'avait appelé par son prénom.

Les deux enquêteurs prirent place sur les chaises que leur désignait le conseiller d'éducation. Situé à peu de distance de l'accueil et à côté de celui du principal, le bureau de Richard Mann était impeccablement rangé. Le soleil entrait à flots par une vaste fenêtre dominant le parking de la cité scolaire. La moquette, les murs d'un blanc éclatant, les armoires grises, tout rappelait l'uniformité caractéristique des administrations. Mann avait voulu apporter sa touche personnelle en y ajoutant deux plantes vertes et un poster naïf sur lequel une série de caricatures déclinaient la palette des émotions humaines. Un bureau de célibataire, se dit Rainie, convaincue que l'appartement du jeune homme devait être tout aussi impersonnel.

Des cartons vides et des piles de vieux dossiers jonchaient le sol.

— Vous faites du ménage? demanda Quincy.

— Je classais de vieux dossiers, avoua Mann. Je commence à manquer de place, et tous ces dossiers ont été établis par mon prédécesseur.

— Ça ne fait pas très longtemps que vous êtes ici, je crois.

— Tout juste un an, mais j'ai quand même trouvé le moyen de prendre mes marques.

— Après Los Angeles, l'atmosphère de Bakersville a dû vous changer, intervint Rainie.

— C'est justement ce que je voulais.

— Vous en aviez assez de la ville?

— Je cherchais un endroit calme, loin de toute cette violence, dit-il avec un sourire timide. Comme vous le savez, le sort en a décidé autrement.

— Où étiez-vous quand les premiers coups de feu ont été tirés? demanda Rainie.

— Ici, dans mon bureau. C'était ma pause déjeuner.

— Vous ne mangez pas en même temps que les élèves?

— Non, ma porte est toujours ouverte. Ils doivent avoir la possibilité de venir me voir à tout moment s'ils ont besoin de parler.

— D'après ce que j'ai cru comprendre, Melissa Avalon faisait la même chose pendant l'heure du déjeuner.

— C'est exact.

Il hocha la tête.

— De sorte que vous preniez votre pause déjeuner au même moment.

Rainie regardait fixement son interlocuteur qui ne savait plus quoi penser. Il s'était attendu à ce qu'on lui pose des questions sur Danny O'Grady, pas sur son emploi du temps le jour du drame.

— Oui, je suppose, reprit-il avec moins d'assurance.

Ses mains commençaient déjà à s'agiter sur ses genoux, et Rainie se dit que la partie était inégale.

— Vous arrivait-il de déjeuner ensemble ?

— Nous étions simples collègues et…

— Nous avons cru comprendre que Mlle Avalon s'intéressait justement à certains de ses collègues.

— Je ne vois pas…

— Je veux parler de ses relations avec M. Vander-Zenden. Mais peut-être n'étiez-vous pas au courant ?

Rainie avait durci le ton, et Richard Mann se tortilla sur son siège.

— J'avais cru comprendre que nous parlerions de Danny.

— Vous connaissiez bien Melissa Avalon ?

— Nous travaillions dans le même établissement, c'est tout.

— Elle était particulièrement jolie.

— Oui, sans doute…

— Et elle avait à peu près le même âge que vous.

— À peu près, oui.

— Et comme vous, elle était nouvelle ici. Allons, monsieur Mann, vous n'allez pas me dire que vous n'aviez aucun point commun avec elle !

— Attendez une seconde ! Si vous sous-entendez que Melissa et moi…

Mann fit un petit geste de la main, choqué, avant de secouer violemment la tête. Pour la première fois depuis le début de l'interrogatoire, il sembla se détendre.

— Je suis désolé de vous contredire, mais si vous avez pu imaginer que je sortais avec Melissa, c'est que vous ne la connaissiez pas.

— Et pourquoi ? demanda doucement Rainie.

— Disons que Melissa avait des problèmes d'ordre... freudien.

— Vous voulez dire, avec son père ? répliqua Rainie d'un ton coupant.

— Je ne sais pas tout, mais elle m'a expliqué un jour qu'elle ne voyait plus sa famille. D'après ce que j'ai cru comprendre, son père a toujours été très dur et très exigeant avec elle. Maintenant, ajoutez à ça qu'elle s'est liée très vite avec VanderZenden alors qu'il est deux fois plus vieux qu'elle...

— Un père de substitution, commenta Quincy.

— C'est comme ça que j'ai vu les choses, répondit Mann, remerciant Quincy d'un sourire.

— Son père est-il venu la voir ? poursuivit Rainie.

— Je n'en ai pas la moindre idée.

— Et sa mère ?

— Je ne sais pas non plus.

— Pour quelqu'un qui a travaillé avec elle pendant toute une année, vous ne savez décidément pas grand-chose.

— Melissa était très secrète.

— Pas avec M. VanderZenden, en tout cas.

— Je n'avais rien à voir avec Melissa Avalon, rétorqua le conseiller d'éducation en serrant les dents. Nous étions de simples collègues. Et si sa vie privée vous intéresse tant que ça, vous n'avez qu'à demander à Steven. Ou bien téléphonez à son père. J'ai entendu dire qu'il n'avait pas pris la peine de réclamer le corps.

— Nous avons bien l'intention de le rencontrer, ne vous inquiétez pas, répondit Quincy.

— Parlons un peu de Danny O'Grady, enchaîna Rainie. J'ai appris que vous aviez eu l'occasion de le voir.

— Pendant quelques semaines seulement.

— Ah oui ? Et combien de temps faut-il pour comprendre qu'un gamin qui s'acharne sur son casier est susceptible d'avoir des problèmes ?

— Les choses n'étaient pas roses entre ses parents à la maison. Je n'avais aucune raison de penser qu'il pouvait s'agir d'autre chose. Les problèmes de couple déclenchent habituellement des réactions de violence chez les enfants.

— Où étiez-vous au moment de la fusillade ?

— Mais, je vous l'ai dit… dans mon bureau !

— Vous avez des témoins ?

— Comment osez-vous !

Richard Mann se leva de sa chaise, rouge de colère.

— J'ai fait tout ce qui était en mon pouvoir pour aider ces enfants, mademoiselle Conner. Vous avez sans doute oublié que c'est *moi* qui ai improvisé l'infirmerie sur le parking et que c'est *moi* qui ai fait évacuer le parking pour que les ambulances puissent passer. Aujourd'hui encore, c'est *moi* qui reçois tous les jours les appels des parents parce que leurs enfants se réveillent la nuit en hurlant. Comment osez-vous ? C'est proprement scandaleux !

— Mademoiselle Conner ne suggère rien, monsieur Mann, reprit calmement Quincy avec un geste apaisant de la main. Elle ne fait que son travail en vous posant des questions, et personne ne songe à remettre en cause votre efficacité le jour du drame.

Mann se tourna vers Quincy. L'enquêteur fédéral lui souriait chaleureusement.

— Je pensais que nous allions parler de Danny, reprit Mann après quelques instants de silence. Je ne m'attendais pas à une… à une attaque en règle, c'est tout.

— Vous savez, les interrogatoires de police sont parfois un peu brusques, poursuivit Quincy. Et croyez bien que pour nous, les gens sont innocents tant qu'ils n'ont pas été reconnus coupables.

Mann jeta à Rainie un regard hostile. La jeune femme haussa négligemment les épaules. Décidément, l'éducateur modèle avait les nerfs sensibles pour un suspect sans véritable alibi. D'un autre côté, l'un des élèves dont il s'était occupé était accusé d'un triple meurtre, d'où peut-être sa susceptibilité.

— Revenons à Danny O'Grady, reprit Quincy.

— Je ne sais pas si je peux vous dire grand-chose, répliqua Mann d'un air boudeur. Je suis tenu au secret professionnel.

Quincy lui décocha un grand sourire avant de lui répondre avec une onctuosité qui amusa Rainie intérieurement :

— Rassurez-vous. Je n'avais pas la moindre intention de vous demander quoi que ce soit de confidentiel. J'ai parfaitement conscience de votre responsabilité en tant que psychologue et je me contenterai de considérations générales, si vous le voulez bien.

Mann prit le temps de la réflexion. Il s'enfonça dans son siège, joignit les mains et fixa son interlocuteur :

— Très honnêtement, je n'ai pas grand-chose à vous dire. J'ai commencé mes entretiens avec Danny il y a quelques semaines. Les premières fois, je me suis contenté de bavarder avec lui, histoire d'établir un rapport de confiance, mais nous n'avons pas eu le temps d'aller au-delà.

— Il faut du temps, c'est certain.

— Nous avons évoqué sa passion pour l'informatique, reprit Mann. Danny adorait surfer sur l'internet et construire des programmes. Il ne me l'a pas dit comme ça, mais j'ai eu l'impression qu'il faisait même un peu de piratage. Pour lui, l'informatique était une façon de s'amuser. C'était aussi un défi et il a peut-être poussé le bouchon un peu loin.

— Par exemple en allant sur des sites interdits ?

— Par exemple. Ce n'est un secret pour personne, Danny avait du mal à se positionner par rapport à son père. Son père est dur avec lui. Il le rabaisse en permanence et veut l'obliger à faire quantité de choses qui lui déplaisent. Je ne pense pas que M. O'Grady soit un exemple pour lui.

— Il fait croire à Danny qu'il est bête ?

— Bête, inférieur, faible. Si vous voulez mon avis, les gens devraient avoir un permis parental avant d'avoir des enfants.

— Shep n'est peut-être pas un père modèle, l'interrompit Rainie, mais il adore son fils et ne souhaite que son bien.

— Je ne dis pas le contraire, mais dans le domaine affectif, je ne suis pas sûr que la bonne volonté suffise.

Mann arrêta d'un geste les protestations que Rainie s'apprêtait à faire.

— Vous savez, je suis sur le terrain tous les jours de l'année, reprit le conseiller d'éducation, et je peux vous affirmer qu'il ne suffit pas d'avoir des intentions louables pour élever un enfant convenablement. Les enfants se fichent de ce que vous leur racontez. Ce qu'ils veulent, c'est des actes. Et Shep a beau faire, il ne fait que complexer son fils. Quand Danny se trouve face à un écran d'ordinateur, c'est exactement l'inverse, il a enfin l'impression d'être à la hauteur.

— Lui est-il arrivé de faire allusion aux gens qu'il rencontrait sur le net ? Ou bien aux forums de discussion auxquels il participait ? demanda Quincy.

— Je suis désolé, mais je n'ai pas le droit de vous répondre.

Rainie fit mine de vouloir l'interrompre, mais Mann la coupa sèchement :

— Je suis tenu au secret professionnel.

Rainie s'adressa aussitôt à Quincy :

— Peut-on réellement parler de secret professionnel dans le cas d'un conseiller d'éducation ?

D'un regard, Quincy lui fit signe de ne pas insister. Mann était sur les nerfs et ils avaient encore besoin de lui.

— À votre place, je jetterais un œil sur les ordinateurs, reprit Mann.

Il se pencha en avant, chuchotant presque :

— Je ne demande qu'à vous aider, mais je ne peux tout de même pas commencer ma carrière en trahissant la confiance d'un élève. D'un autre côté, Danny utilisait les ordinateurs de l'école. Je ne suis pas spécialiste en informatique, mais la police est certainement capable de faire parler une machine...

Quincy et Rainie se regardèrent brièvement. Mann leur faisait le grand jeu, c'était tout juste s'il ne leur adressait pas des clins d'œil complices. Et on en revenait toujours aux ordinateurs.

— Danny parlait-il de quelqu'un en particulier? tenta à nouveau Quincy. Un ami rencontré récemment, par exemple?

— Tout le monde sait qu'il fumait des cigarettes avec Charlie Kenyon.

— Je voulais dire quelqu'un qu'il aurait rencontré sur le web. Un adulte avec lequel il aurait dialogué régulièrement.

Mann eut une nouvelle hésitation. Son regard passa de Rainie à Quincy avant de revenir sur la jeune femme. Tant pis! Elle décida de gratifier l'éducateur modèle d'un sourire.

— Vous nous rendriez un grand service, monsieur Mann.

— Il y avait bien quelqu'un, finit par avouer Mann. Danny était convaincu qu'il s'agissait d'un autre ado, un spécialiste du piratage rencontré sur le web. Il m'a fait lire quelques-uns des e-mails qu'il avait reçus, mais ça ne collait pas. Les messages étaient trop sophistiqués pour un gamin. Je pense plutôt qu'il s'agissait d'un adulte se faisant passer pour un adolescent.

— Et ça ne vous a pas inquiété? demanda Quincy.

— Si, bien sûr, répondit Mann avec véhémence. C'est pour ça que j'ai demandé à Danny de m'apporter ces e-mails. Je ne suis pas naïf et je sais très bien que ce ne sont pas les pédophiles et les obsédés qui manquent sur le web. Je suis parfaitement conscient que l'internet est une jungle, mais les messages que Danny m'a montrés étaient inoffensifs. Des petits mots gentils le félicitant sur ses capacités en informatique, des adresses de sites, des noms de logiciels. Pourtant…

Mann marqua une courte hésitation avant de reprendre :

— Pourtant, on m'a dit qu'au moment de son arrestation, Danny répétait à tout bout de champ qu'il était malin.

Quincy jeta un regard à Rainie, qui acquiesça, confirmant les dires du jeune conseiller d'éducation.

— Le type terminait tous ses messages en disant à Danny à quel point il était malin. Du genre : « *Je me demande ce que notre petit génie nous prépare. Tu es vraiment malin.* »

Mann haussa les épaules d'un air un peu perdu, et Rainie eut presque pitié de lui.

— Je crois que ça venait de ce type. Il y en avait peut-être d'autres, mais Danny ne m'en a pas dit davantage. Je ne sais pas…

La voix de Mann s'éteignit, puis il ajouta, plus grave :

— J'aurais vraiment voulu aider Danny O'Grady. Je me faisais beaucoup de souci pour lui. Cet interlocuteur bizarre, bien sûr, mais surtout à cause de ses parents, et puis j'étais convaincu d'arriver à gagner sa confiance. Malgré ces e-mails, je dois avouer que je n'ai rien vu venir. J'ai toujours pensé que les gamins capables d'en arriver à de telles extrémités ont toujours fait preuve d'un caractère violent. Que ça arrive en priorité aux enfants sadiques avec les animaux, qui mettent le feu aux poubelles, passent tout leur temps sur des jeux vidéo violents. Danny n'était absolument pas comme ça. Pour moi, c'était simplement un gamin qui traversait une mauvaise passe. Je vous jure que je n'aurais jamais imaginé qu'un jour…

Les épaules de Richard Mann s'affaissèrent brusquement. Prostré sur sa chaise, il secouait la tête.

Quincy se pencha vers lui :

— Monsieur Mann, auriez-vous par hasard conservé un exemplaire de ces fameux e-mails ?

— Danny n'a jamais voulu me les laisser. Il avait déjà peur de trahir la confiance de son correspondant en me les montrant.

— Auriez-vous remarqué quelque chose de particulier ? Un nom de forum, un pseudonyme, une adresse e-mail ?

— Je ne crois pas... Attendez une seconde ! L'adresse e-mail ! Je me suis même demandé ce que ça voulait dire. Une histoire de feu... ou plutôt de volcan. Oui, c'est ça, NoLava ! Vous ne trouvez pas ça étrange, comme nom ?

— NoLava. C'est tout ? Aucun nom de serveur ?

— Un serveur national, si je me souviens bien. AOL ou Compuserve, je ne sais plus.

Rainie prit note des indications de Mann et jeta un regard interrogatif en direction de Quincy.

— Au FBI, nous avons des spécialistes de ce genre de choses. On pourrait leur demander de se faire passer pour un adolescent, voir si NoLava mord à l'hameçon.

Richard Mann se cala sur son siège. Il se passa la main dans les cheveux et soupira longuement.

— Je voudrais vraiment pouvoir vous aider. Sally et Alice étaient des gamines adorables. Je n'arrive toujours pas à me faire à l'idée que tout ça est arrivé chez nous.

— Très bien, je vous remercie.

Rainie se leva la première, tendit sa carte à Mann et lui recommanda de ne surtout pas hésiter à l'appeler si un détail lui revenait, tout en étant persuadée qu'il ne l'appellerait jamais après ce qui venait de se passer entre eux. Au moment où elle sortait, Mann la rappela.

— Mademoiselle Conner.

Rainie s'arrêta sur le seuil, et le conseiller d'éducation lui désigna du doigt le bureau de la secrétaire du principal, à peu de distance de là.

— Comme vous pouvez vous en apercevoir, mon bureau est juste à côté de celui de l'administration. Je n'aurais pas pu sortir sans que quelqu'un me voie. Vous pouvez vous en assurer auprès de Marge, la secrétaire. Elle vous confirmera qu'elle m'a vu entrer dans mon bureau avec un sandwich au moment de ma pause, et que j'étais toujours là quand les premiers coups de feu ont éclaté. Je tenais à vous le dire.

Rainie hocha la tête. Elle était suffisamment intelligente pour comprendre qu'elle venait de se faire remettre à sa place. Son regard tomba sur les vieux dossiers éparpillés par terre et lut machinalement les deux premiers noms : *Sally Walker* et *Alice Bensen.* Deux dossiers faciles à classer, en effet…

Richard Mann avait suivi son regard et son visage s'assombrit.

— Je ferais peut-être bien de les prendre, murmura Rainie au bout de quelques instants. Pour mon rapport sur les victimes.

Mann l'observa d'un air curieux. Elle aurait été bien en peine de dire à quoi il pensait à cet instant précis : qu'elle n'avait aucune pudeur, ou bien au contraire que la vie ne lui avait pas fait de cadeau.

Il ramassa les deux dossiers et les lui tendit sans un mot.

18

Jeudi 17 mai, 15 h 12

Lorsque Rainie et Quincy retrouvèrent leur bureau improvisé de la mairie après avoir mangé un morceau au Dairy Queen, Abe Sanders les attendait. L'inspecteur portait un costume gris impeccable et des souliers noirs étincelants. Rainie le soupçonnait de ne jamais partir en mission sans un fer à repasser de voyage et un nécessaire à chaussures, en plus de sa réserve de salade fraîche. À quoi pouvait donc bien s'amuser ce genre de type ?

Il s'était installé sans vergogne au bureau de Rainie et lisait sans le moindre complexe un fax que la jeune femme s'empressa de lui arracher des mains.

— Pas touche, je ne crois pas que ce soit pour vous.

— Comment ? Et moi qui croyais que nous formions tous une grande famille unie…

Rainie lui jeta un regard glacial avant de s'intéresser au fax, en provenance de la firme d'avocats Johnson, Johnson et Jones. Encore un bureau où l'on devait s'amuser follement le jour du sapin de Noël du personnel… Les termes du fax lui précisaient sans ambiguïté que ni elle, ni ses adjoints n'étaient autorisés à avoir le moindre contact avec Shep, Sandy ou Becky O'Grady hors de la présence de leur conseil. En cas de violation caractérisée de cette consigne, une plainte serait dûment déposée à l'encontre de la police municipale de Bakersville. Veuillez agréer, mademoiselle, etc., signé : Avery Johnson.

— Super, grommela Rainie.

La conversation que Shep n'avait pas manqué d'avoir avec Sandy s'était visiblement bien passée ! À moins que Shep ait parlé à Avery Johnson du souhait de son adjointe d'interroger Becky, cherchant à s'assurer qu'il agissait dans l'intérêt de Danny. Avec toutes ses années d'expérience, Shep aurait dû savoir à quoi s'en tenir, mais enfin…

— J'ai comme l'intuition que nous ne sommes pas près d'interroger Becky O'Grady, ironisa Sanders.

— On verra bien, rétorqua Rainie en tendant le fax à Quincy que ce débat n'intéressait pas outre mesure.

— C'est dans l'ordre des choses, se contenta-t-il de déclarer.

— Et ça ne fait que commencer, ajouta Sanders de l'air entendu d'un spécialiste s'adressant à un autre. D'ici la fin de l'enquête, la ville croulera sous une montagne d'avocaillons zélés, prompts à protéger les braves citoyens et à poursuivre toutes les institutions possibles et imaginables de ce pays. Je suis d'ailleurs étonné que George Walker n'ait pas encore porté plainte officiellement contre la police municipale puisqu'il est persuadé que tout ce qui est arrivé est de la faute de Shep.

Rainie se mordillait nerveusement la lèvre inférieure. Pour rien au monde elle n'aurait voulu le reconnaître en présence de Sanders, mais elle se sentait dépassée par les événements.

— Je risque d'être poursuivie, moi aussi ?

— Bien sûr, répondit Sanders d'un air faussement dégagé. Les Walker et les Bensen vont évidemment porter plainte contre la police municipale, soit pour n'avoir pas su protéger la ville de Danny O'Grady, soit pour avoir sabordé l'enquête, ce qui vous place au tout premier rang des personnes concernées, ma chère Rainie. Par la suite, ils porteront plainte personnellement contre les O'Grady pour faire bonne mesure. Et je ne serais pas surpris que les parents de Melissa Avalon fassent de même. Sans oublier les parents de tous les gamins blessés lors de la fusillade, même si tous sont hors de danger aujourd'hui. Comme d'habitude, il y aura deux camps : ceux qui voudront oublier le plus vite possible, et ceux qui se donneront un mal de chien pour faire le plus de mal possible.

— Pourquoi porter plainte contre un service de police municipale ? s'étonna Rainie. Notre budget est tellement ridicule que la plupart de nos agents sont bénévoles. Quand on sait que l'argent qui sert à payer les autres émane de la municipalité, ça revient à dire que les gens qui portent plainte s'en prennent à leurs voisins.

— Non, parce que la municipalité et la police ont des assurances qui couvrent ce genre de situation, expliqua Sanders. Et comme on parle en millions de dollars, les avocats expliquent à leurs clients qu'il y a de l'argent à prendre et que ça ne coûtera rien à personne, sinon aux compagnies d'assurances.

— Oui, mais les primes augmentent, les impôts municipaux suivent et on se retrouve au point de départ.

— Vous êtes trop rationnelle, Rainie. Quand il s'agit d'enfants, les gens considèrent que tout le système est en cause et ils ont besoin d'un responsable. Depuis les années 90, la police et la justice servent à la fois de recours universel et de bouc émissaire.

Rainie leva les yeux au ciel. Elle n'avait décidément aucune sympathie pour les avocats. Toujours à compliquer les choses et à croire que l'argent est le remède à tout. On commence par enterrer les enfants avant de passer à la caisse.

Rainie passa derrière son bureau, expulsa Sanders de son siège et décida de se mettre au travail.

— Bon, dit-elle en croisant les mains d'un air résolu, regardant ses deux collègues. Ce matin à Portland, j'ai vu les experts de la balistique ainsi que la légiste. Sanders, vous êtes sûr que vous n'avez rien oublié de me dire, ou bien alors vous préférez que je tire d'abord et que je pose les questions ensuite ?

L'inspecteur haussa les épaules.

— Je suppose que vous faites allusion à la prétendue douille mystère.

— Puisque vous abordez le sujet spontanément, parlons-en.

— La balistique a trouvé un vilain petit canard, c'est tout. Une douille sans empreinte avec un truc bizarre à l'intérieur.

— Un polymère, précisa Quincy.

Sanders lui jeta un regard torve avant de se tourner vers Rainie, mécontent. Il n'appréciait visiblement pas qu'elle ait choisi de partager ses informations avec un enquêteur fédéral. L'opinion de Sanders était cependant le cadet des soucis de la jeune femme.

— Ouais, un polymère, finit-il par reconnaître. Je ne vous en ai pas parlé parce qu'on ne sait rien de plus précis. Ils doivent procéder à de nouveaux tests, et il faudra s'armer de patience.

— Vous avez une curieuse notion du partage de l'information, Sanders.

— Conner, dans une affaire comme celle-ci, ce ne sont pas les informations qui manquent, et il y a un million et demi de trucs plus étranges que cette cartouche. On a des débris inconnus, des traces de pas non identifiées et des fluides organiques qui n'ont rien à faire là. Si je vous en dressais la liste, ça vous rendrait folle.

— Je vous rappelle que c'est moi qui suis chargée de l'enquête, Sanders. Si ça me rend folle, c'est mon problème, pas le vôtre.

— D'accord, d'accord !

Sanders leva les mains en signe d'apaisement :

— Je voulais juste vous aider, c'est tout.

— Mon cul, oui. Vous voulez surtout vous simplifier la tâche pour aller plus vite.

— Exactement ! Et croyez-moi, ce serait beaucoup mieux comme ça, d'autant que cette putain de ville est bourrée d'armes à feu !

— D'où l'intérêt de découvrir la vérité. Et à l'heure actuelle, je ne suis pas certaine de la culpabilité de Danny.

— À cause de cette connerie de douille ?

— À cause de cette connerie de douille, de cette connerie de balle et de cette connerie de trajectoire qui montre que Melissa Avalon a été tuée par quelqu'un de plus grand qu'elle.

— Quoi ?!!

Abe Sanders était sincèrement étonné, et Rainie mit quelques secondes à réaliser la situation. L'inspecteur n'était pas encore au courant du rapport de la médecin légiste. Jusqu'à présent, il n'avait été en contact qu'avec les spécialistes de l'identité judiciaire.

— Vous n'étiez pas au courant ? lui demanda-t-elle en l'imitant. La balle de 22 mm a suivi une trajectoire descendante depuis le front de la victime jusqu'à la base de la boîte crânienne. Ce qui veut dire que la balle n'a pas pu être tirée par un gamin de treize ans de petite taille.

Sanders passa par toutes les couleurs de l'arc-en-ciel avant de se reprendre, tournant et retournant le problème dans sa tête sous le regard amusé de Rainie. Et si Danny avait tenu son arme à bout de bras ? À moins qu'il ne soit monté sur quelque chose ? Oui, mais quoi, et pour quelle raison ?

Rainie suivait d'autant mieux le cheminement mental de Sanders qu'elle s'était posé les mêmes questions le matin même. La légiste et son assistant avaient fait une démonstration à Rainie, et la seule explication plausible était que la balle avait été tirée par une personne au moins aussi grande que la victime.

— Et merde, finit par conclure Sanders.

— J'espère que vous ne mâchez pas vos mots, ironisa Rainie. Conclusion : la douille mystérieuse n'est plus aussi anodine que tout à l'heure, sans parler du fait que la balle ne porte aucune éraflure. Pour résumer les choses, rien ne colle.

— Attendez une seconde, attendez une seconde! reprit aussitôt Sanders. Ne jetons pas le bébé avec l'eau du bain. Nous avons également retrouvé sur les lieux du crime un revolver de calibre .38 qui a servi à abattre deux des victimes. Nous avons retrouvé les empreintes de Danny sur la plupart des douilles de .38, et sur trois chargeurs. Si ça ne colle plus pour Melissa Avalon, nous avons au moins des éléments suffisants contre Danny en ce qui concerne Sally et Alice.

Rainie regarda Sanders avec des yeux ronds.

— Et vous trouvez que ça ne change rien? On trouve une brèche large comme le golfe du Mexique dans notre belle théorie, et ça ne change rien?

— Ça pose un certain nombre de questions, c'est sûr, reprit Sanders, imperturbable, mais ça ne change rien dans le fond.

— Mais comment pouvez-vous dire un truc pareil?

— Je peux dire ça parce que ces éléments nouveaux ne changent pas tout. Je sais bien que c'est votre première affaire criminelle, Conner, mais il faudra vous y faire. La plupart du temps, il manque des pièces au puzzle. Il se pose souvent des questions insolubles, et les preuves sont rarement parfaites. Notre boulot consiste à trouver un coupable et nous n'avons guère de doute quant à la responsabilité de Danny dans la mort des deux gamines. Alors peut-être n'a-t-il pas tué Melissa Avalon, peut-être y avait-il quelqu'un d'autre au moment du drame, peut-être quelqu'un a-t-il profité de la fusillade pour régler ses comptes personnels, mais de mon point de vue, Danny O'Grady a tué Alice Bensen et Sally Walker, et basta.

— Absolument pas basta ! insista Rainie rageusement. L'affaire est loin d'être classée. À partir du moment où nous avons un inconnu sur les lieux, l'affaire rebondit et M. Avery Johnson, avocat de son état, entre en scène. Je vois d'ici Johnson expliquer que Danny s'est procuré les armes et qu'il les a chargées, mais que c'est quelqu'un d'autre qui a tiré. Et les jurés boiront ça comme du petit-lait. À partir du moment où nous avons un inconnu sur les lieux, notre enquête est purement et simplement enterrée.

Sanders fronça les sourcils. Il ouvrit une première fois la bouche pour tenter de répondre, la referma puis l'ouvrit à nouveau avant de se décider à se taire, le front soucieux. S'il avait toujours été convaincu de la culpabilité de Danny, la logique de la position de Rainie ne lui échappait pas. La présence d'un inconnu modifiait la donne en profondeur et le procureur se trouvait désormais sur des sables mouvants.

Sanders se tourna vers Quincy.

— Ne vous gênez surtout pas si vous avez des suggestions à faire, gronda l'inspecteur.

Quincy haussa les épaules.

— J'avais l'impression que Rainie Conner se débrouillait plutôt bien toute seule.

— C'est quand même vous le spécialiste, bon sang. Je serais curieux de vous entendre.

— Pour ne rien vous cacher, je suis convaincu qu'il faut tout reprendre à zéro. Il reste trop de questions sans réponses. Primo, pourquoi Melissa Avalon ? La façon dont elle a été tuée est suffisamment curieuse pour qu'on puisse penser qu'elle se trouve au centre de toute cette affaire. On sait qu'elle avait probablement une liaison avec VanderZenden. D'après Richard Mann, elle avait coupé les ponts avec sa famille, en particulier avec son père. Je serais curieux de savoir si son père se sert d'un ordinateur.

— Luke Hayes s'occupe des familles des victimes, déclara Rainie. Je peux lui demander de mettre le paquet sur Melissa Avalon et de nous faire un premier rapport demain.

Quincy approuva de la tête.

— Secundo, les ordinateurs de l'école. On sait que Danny passait une bonne partie de son temps sur le web et qu'il était en relation avec un certain NoLava. Qui est NoLava ? Quelles étaient ses intentions en prenant contact avec un enfant de treize ans ? Si nous en savions davantage sur les ordinateurs, cela pourrait éventuellement confirmer la théorie selon laquelle l'inconnu en noir et le correspondant de Danny sont une seule et même personne.

— À propos d'ordinateurs… interrompit Sanders d'un air sombre. Je n'ai pas encore eu le temps de vous en parler…

— Allez, Sanders, crachez votre Valda !

— J'ai reçu un appel de nos techniciens ce matin. Ils n'arrivent pas à récupérer le contenu des disques durs des ordinateurs de l'école.

— Et pourquoi ?

Sanders eut un sourire contraint.

— Ça va vous plaire. Comme je vous l'avais déjà dit, tout laissait croire que Danny…

— Que quelqu'un, le corrigea aussitôt Rainie.

— O.K., O.K. Tout laissait croire que quelqu'un avait bidouillé les machines. Le journal du navigateur avait été vidé et la mémoire cache effacée. N'importe qui peut faire ça assez facilement, et les techniciens ne s'inquiétaient pas outre mesure.

— Je crains le pire.

— Vous pouvez. D'après ce que j'ai cru comprendre, à chaque fois qu'on se rend sur un nouveau site, le site en question envoie à l'ordinateur une information qui se place dans un cookie afin de permettre au site de « reconnaître » l'utilisateur la fois suivante. Pour un bon technicien, c'est assez facile de récupérer le fichier de ces cookies sur le disque dur et d'établir la liste des sites visités. Eh bien, pas cette fois-ci. Les fichiers des cookies des quatre ordinateurs ont été vidés le lundi 14 mai à 18 heures. Les seuls cookies encore identifiables sont ceux qui correspondent au mardi matin, et on y trouve quelques trucs sans grand intérêt comme etoys.com ou divers sites Pokémon visités par des gamins ce matin-là.

— Et les e-mails ? demanda Quincy. Je sais qu'on peut récupérer d'anciens e-mails, même quand ils ont été lus et mis à la poubelle.

— En règle générale, oui. Mais quelqu'un a pris soin de nettoyer tous les e-mails et de les compacter afin de les rendre indéchiffrables. Pour couronner le tout, celui qui a fait ça est entré dans le serveur, et a effacé toutes les données. En clair, les quatre ordinateurs ont été intégralement nettoyés.

— Je veux les récupérer, se contenta de déclarer Quincy.

— Aucun problème, acquiesça Rainie.

— Attendez une seconde, protesta Sanders. Nous avons de super-techniciens…

— Il y en a de meilleurs au FBI.

— Mais, Bon Dieu, nos techniciens ont entamé le travail et…

— Tant mieux, ça facilitera le travail des experts du FBI, et nous aurons les résultats d'autant plus rapidement, contra Rainie.

— Elle a raison, ajouta Quincy à l'intention de Sanders, prêt à exploser. Même après tout ce que vous venez de nous décrire, les informations restent cachées quelque part dans l'ordinateur. Quand on met un fichier à la poubelle, l'ordinateur se contente de supprimer son adresse interne, sans effacer les informations. Et à moins que notre mystérieux inconnu se soit servi d'un programme de nettoyage agréé par le ministère de la Défense, il est possible de récupérer les informations contenues dans la machine. Nous en avons besoin. Je ne sais pas de quoi Danny et NoLava parlaient, mais il y a gros à parier que ça avait un rapport avec ce qui s'est passé mardi. Plus tôt les experts du FBI s'en occuperont, plus tôt nous saurons à quoi nous en tenir.

— Je suis certain que mes gars pourraient y arriver tout aussi bien, insista Sanders. Je vais leur demander de mettre le paquet. Je ne vois pas pourquoi on devrait passer la main au FBI.

— Non, assez discuté comme ça. Quincy récupère les ordinateurs et c'est tout, décida Rainie.

— Ça, c'est un coup monté pour nous enlever l'affaire et…

— Rien à foutre ! hurla Rainie en tapant du poing sur le bureau. Il y avait quelqu'un d'autre à la cité scolaire. Quelqu'un d'autre a tué Melissa Àvalon et j'ai bien l'intention de savoir qui c'est. Pour la dernière fois, Sanders, je vous répète que c'est *moi* qui décide.

La mine de Sanders se rembrunit. Il croisa les bras et marmonna :

— Dieu du ciel... Je donnerais n'importe quoi pour un sundae au caramel. Là, tout de suite...

Rainie lui lança un regard furieux. Un silence glacial s'installa, que Quincy finit par rompre :

— Tertio...

Il les regarda l'un après l'autre. Rainie hocha la tête en signe d'attention et Sanders l'imita, à contrecœur.

— Tertio, on reprend ce qu'on faisait ce matin, Rainie. On établit la liste de tous les suspects potentiels. VanderZenden, Charlie Kenyon, Richard Mann, le père de Melissa Avalon et le mystérieux correspondant de Danny, NoLava.

— Je m'en occupe, mais je n'ai pas beaucoup d'hommes à mettre sur le coup.

— Pas de problème, interrompit Sanders, on n'a qu'à se partager le boulot. Faisons comme si nous étions capables de nous entendre pour nous partager l'enquête. Je prends VanderZenden. Le champion du FBI n'a qu'à s'occuper de NoLava puisqu'il m'a piqué les ordinateurs. Luke Hayes s'occupe du père de Melissa Avalon...

— Je prends Charlie Kenyon et Richard Mann, proposa Rainie.

— Parfait, rétorqua Sanders sèchement avant de défier Rainie du regard. Ce qui nous laisse un dernier suspect : Shep.

— Pas question ! C'est le shérif et...

— Et personne n'est capable de dire ce qu'il a trafiqué dans ce bâtiment au moment du drame. On sait qu'il a des problèmes dans son couple. On sait que ce n'est plus un jeune homme capable de séduire Melissa Avalon. Et on sait surtout que vous avez une vieille histoire avec lui, Conner, ce qui rend les choses d'autant plus intéressantes.

Rainie ne releva pas, se contentant de dire :

— Shep m'a appelée sur sa radio après le début de la fusillade, ce qui signifie qu'il se trouvait dans sa voiture et non à l'école.

— Sauf s'il a fait son petit trafic avant de retourner dans sa voiture pour passer l'appel.

— Connerie ! Jamais Shep ne ferait porter le chapeau à son propre fils !

— Rien ne nous dit que c'est ce qu'il a fait ! On commence par crouler sous les preuves et on accuse Danny. Puis on s'aperçoit qu'il y avait quelqu'un d'autre. C'est vous-même qui l'avez dit, Conner. Danny a une défense en béton, maintenant, avec ce mystérieux inconnu, et il s'en tire comme une fleur. Ce qui fait de Shep le roi des petits malins ou bien le roi de la chance.

— Vous feriez mieux de voir moins de films d'Oliver Stone, rétorqua Rainie.

— Je m'en charge, s'interposa Quincy calmement.

Conner et Sanders le regardèrent brusquement, comme s'ils se souvenaient brusquement de son existence.

— Je me charge de Shep, répéta-t-il avant de couper court aux objections de Rainie. On ne peut pas faire moins, Rainie. Il y a trop de trucs bizarres dans cette histoire et, tant que tout ne sera pas éclairci, tout le monde est suspect, qu'il s'agisse de l'inconnu en noir ou du shérif. C'est comme ça.

Rainie ne répondit rien. Elle était loin d'être satisfaite, mais à quoi bon répliquer ? Quincy reprit son exposé :

— Une dernière chose. Si notre « témoin non identifié » vient d'ailleurs, nous devons élargir le champ de nos investigations car il se trouve peut-être encore dans la région.

— À Bakersville ? interrogea Rainie, incrédule.

— Non, la ville est trop petite pour ça. Mais il aurait pu s'installer dans le coin, par exemple dans un endroit touristique au bord de la mer, traîner dans les bars et suivre l'affaire à la télévision. Si notre inconnu existe, il est probable qu'il suit l'enquête de très près et se renseigne autour de lui. C'est sa façon à lui de prolonger son plaisir. Nous devrions prendre contact avec la police des villes voisines afin qu'ils interrogent les patrons de bar et les employés d'hôtel. Il suffit de demander si des inconnus s'intéressent particulièrement à la tragédie de Bakersville, de voir si on n'aurait pas remarqué un homme entre vingt-cinq et quarante-cinq ans posant beaucoup de questions.

Sanders approuva :

— Je peux passer quelques coups de fil, mais je ne voudrais pas que mes hommes perdent leur temps à chercher un inconnu imaginaire. Vous semblez être convaincus de la thèse de l'homme mystère, mais j'en reviens toujours à la manière dont Melissa Avalon a été tuée. J'ai vu pas mal de meurtres au cours de ma carrière, mais je n'ai jamais vu d'accident avec une balle en plein front. Ça sent la préméditation. Ce n'était peut-être pas Danny, mais *quelqu'un* en voulait tout particulièrement à Melissa Avalon.

Ni Quincy ni Rainie ne songèrent à contester l'hypothèse de Sanders. On en revenait toujours à Melissa Avalon, sans que pour autant le mobile du crime apparaisse clairement.

— Dans notre malheur, nous avons au moins une chance, finit par déclarer Quincy.

Sanders et Rainie se regardèrent, étonnés, mais ce fut Sanders qui posa la question.

— Une chance ?

— Oui, le fait que la balle de 22 mm ait été retrouvée intacte. Vous l'avez dit vous-même, inspecteur. La plupart du temps, ce genre de balle est trop abîmée et ne parle plus au moment des tests balistiques. Je parierais que notre tueur n'était pas sans le savoir. Donc, il demande à Danny de se procurer un calibre .22, sachant qu'il y a toute chance pour que la balle ricoche dans la boîte crânienne et ne laisse par conséquent aucune trace susceptible de disculper Danny. Et comme les autres preuves sont écrasantes, on met la mort de Melissa Avalon sur le dos de Danny. Sauf que la balle n'a pas ricoché et que la trajectoire signe le crime d'un adulte, sans parler de l'absence d'éraflures qui nous indique clairement que l'arme était d'un modèle inhabituel. Du coup, la tuerie prend une tout autre allure.

Rainie acquiesça lentement. Sans la trajectoire et la balle, jamais personne ne serait allé voir plus loin, et Danny aurait été accusé des trois meurtres. D'autant qu'il ne s'était pas fait prier pour avouer.

Sanders gardait pourtant les sourcils froncés.

— Je ne comprends pas. Vous dites que l'inconnu a demandé à Danny d'apporter un calibre .22 pour couvrir le sien. Mais pourquoi ne pas s'être servi du .22 de Danny, tout simplement ?

La remarque était judicieuse. Rainie jeta un regard dans la direction de Quincy. Celui-ci avait l'air désemparé.

— La balle est complètement lisse, murmura-t-elle. Elle ne provenait donc pas de l'arme de Danny. Autre question : si l'assassin a apporté sa propre arme pour tuer Melissa Avalon, pourquoi avoir choisi un 22 mm, c'est-à-dire une arme peu puissante et pas vraiment idéale dans ce genre de situation ? Pas mal de gens réchappent d'une blessure de .22, et l'assassin ne pouvait risquer que Melissa Avalon survive et raconte ce qu'elle avait vu. Je ne comprends pas, ça ne colle pas…

Les trois enquêteurs se regardèrent, mais aucune réponse satisfaisante ne se présentait à eux. Une victime soigneusement choisie, une balle mystérieuse, un inconnu ayant poussé au meurtre un gamin de treize ans…

On était loin de l'éruption de violence aveugle envisagée au début de l'enquête, mais Rainie ne voyait pas clair pour autant. Elle pensait à sa petite ville, longtemps préservée par son écrin de verdure. Elle pensait à Danny, tremblant de peur et décidé à tout prendre sur lui. Elle pensait aux couloirs de l'école et au sang qui s'y était répandu.

Pour la première fois, Rainie Conner renouait avec un sentiment oublié depuis quatorze ans : la peur.

19

Jeudi 17 mai, 16 h 21

Assis dans une cellule de deux mètres sur deux, Danny fixait l'araignée qui avançait lentement sur la moquette.

La porte était ouverte. Tout les matins à 6 heures, les membres du personnel du centre de détention pour mineurs ouvraient grandes les portes, annonçant d'une voix forte : « Debout, les gars et les filles. » Les cellules donnaient sur un long couloir. Les portes resteraient ouvertes toute la journée, jusqu'au soir. À 21 heures, les membres du personnel – pas des surveillants, mais des *accompagnateurs*, comme on l'avait expliqué à Danny – enfermaient les détenus. Une heure plus tard, c'était l'extinction des feux, et Danny verrait le visage d'un accompagnateur apparaître à travers la vitre en plexiglas.

Danny suivait le règlement, sans faire d'histoires. Il se levait à l'heure prescrite, suivait l'accompagnateur jusqu'à la cafétéria où il plongeait le nez dans son plateau, suivait un autre accompagnateur jusqu'à la salle de classe où une vingtaine de garçons de douze à dix-sept ans travaillaient sous le regard d'une enseignante faussement enthousiaste, répétant inlassablement que quand on veut, on peut. Ensuite seulement, on les autorisait à se retrouver entre eux.

Danny préférait rester dans sa chambre, assis pendant des heures. Personne ne s'en inquiétait. Le centre de détention pour mineurs du comté de Cabot était un établissement récent, une sorte d'internat géant de couleur terne, différent des centres dont les autres adolescents parlaient entre eux à voix basse. D'anciennes prisons transformées en centres pour mineurs, avec des murs et un sol en béton, où l'on était obligé de pisser devant tout le monde. Le centre du comté de Cabot était d'une autre nature. Certains jeunes détenus étaient même autorisés à garder leurs propres vêtements à condition d'éviter les couleurs des principaux gangs adolescents et les tee-shirts aux messages agressifs. Le centre socio-éducatif avait de grandes fenêtres en plexiglas et de vraies plantes vertes. Ceux qui avaient accumulé suffisamment de bons points avaient le droit de regarder la télévision ou de louer des cassettes vidéo.

L'emploi du temps des détenus, réglé par les accompagnateurs, alternait repas, heures de classe et périodes de temps libre. À condition de faire ce qu'on vous disait de faire et d'aller où l'on vous disait d'aller, tout se passait bien. L'adolescent disposait même de la liberté de rester seul dans sa chambre pendant son temps libre, si tel était son désir. Que ce fût pour regarder pendant des heures son uniforme bleu ou bien une araignée, peu importait.

Le tout était de savoir qu'on n'en sortirait jamais. Les fenêtres des chambres n'étaient pas en plexiglas pour rien. Quant aux portes, elles étaient en acier renforcé, sans parler de l'enceinte qui entourait la cour, un mur de trois mètres recouvert de fil de fer barbelé, balayé la nuit par des projecteurs et vingt-quatre heures sur vingt-quatre par les fusils à balles en caoutchouc des accompagnateurs.

À son arrivée, Danny s'était trouvé au centre de l'attention des détenus les plus âgés. On lui avait raconté comment les accompagnateurs avaient coincé entre deux matelas et aspergé de gaz lacrymogène ceux qui avaient tenté de se faire la belle. Très peu d'entre eux avaient réussi à franchir le mur d'enceinte, et ils avaient été rattrapés par des dobermans. Quand les chiens te rattrapent, avait-on expliqué à Danny, on les laisse te mordre. Mais ce sont les accompagnateurs qui décident où ils te mordent.

Danny s'était dit que les ados racontaient des conneries, mais il n'avait pas pipé mot. Depuis son arrivée, il s'était fixé comme règle de conduite de ne rien dire.

Je suis malin, je suis malin, je suis malin.

J'ai peur.

En attendant, il regardait l'araignée grimper péniblement vers la fenêtre, attirée par le soleil, peut-être à la recherche d'un peu d'air frais.

Danny caressait machinalement son uniforme – ni lacets, ni boutons, ni ceinture pour les détenus suicidaires –, s'efforçant de ne penser à rien.

La veille, son avocat lui avait rendu visite. Danny n'avait aucune envie de le voir. Son costume gris particulièrement chic et sa montre de luxe ne lui avaient pas échappé. Danny s'était dit qu'il devait coûter la peau des fesses. Il savait que sa mère allait se faire un sang d'encre à l'idée de devoir le payer, et que son père protesterait en hurlant que ça n'avait aucune importance. De toute façon, ce bon vieux Shep n'avait jamais rien compris à rien, perdu dans ses rêves de gloire et de football, à attendre le jour où son fils marquerait le but décisif dans un match tout aussi décisif.

Danny supportait mal de faire souffrir sa mère. Il savait très bien qu'elle avait pleuré. Il l'avait entendue. La nuit, il se bouchait les oreilles pour ne plus l'entendre et se mordait les poings pour ne pas crier.

L'avocat avait voulu jouer au grand frère avec Danny. Il lui avait expliqué son rôle, la façon dont se déroulerait le procès, ce qu'il attendait de lui. Il lui avait parlé comme s'il avait quatre ans et Danny l'avait laissé faire, se contentant de fixer le vide pendant que l'avocat déblatérait pendant une heure.

L'avocat avait recommandé à Danny de ne pas parler aux psychologues. Ils étaient employés par le centre de détention, faisaient donc partie de la machine, et tout ce qu'il leur dirait pourrait être utilisé contre lui au moment du procès. Si jamais Danny éprouvait à un moment ou à un autre le besoin de s'épancher, il lui faudrait demander un aumônier, un pasteur ou un rabbin car, lui avait-il dit, le secret de la confession est un devoir sacré et inviolable.

Danny n'avait pas répondu. Il était parfaitement conscient qu'il ne pouvait rien dire et ne devait faire confiance à personne, même aux petites heures de la nuit lorsque les mots se bousculaient dans sa tête et nouaient son estomac. À ces moments-là, il revoyait chaque instant du drame avec une netteté impressionnante, mais en spectateur, de loin, comme dans un rêve. Il regardait sa main, constatait qu'elle ne tremblait pas, et n'avait plus qu'une envie : hurler de toutes ses forces.

L'avocat lui avait expliqué qu'il recevrait la visite de deux experts et devrait faire très attention. L'un d'entre eux était dangereux. Quant à l'autre, probablement un dénommé Schaffer, il était envoyé par ses parents, et Danny pouvait lui parler sans crainte. Il se sentirait sans doute mieux après avoir vidé son sac.

Danny pensait à Mlle Avalon, à son expression quand elle s'était tournée vers lui, à ses dernières paroles alors qu'il était déjà trop tard.

— *Dépêche-toi, Danny! Cours!*

L'araignée avait atteint la fenêtre et Danny observa longuement sa progression sur le plexiglas chauffé par le soleil.

Tellement de choses se bousculaient dans sa tête. Des images à la fois nettes et lointaines. Du sang, une rumeur confuse, des odeurs inconnues. Les armes brûlantes entre ses mains. Des images tellement irréelles. Mais était-ce un rêve? Il lui suffisait d'ouvrir les yeux et tout disparaissait. Comme une mauvaise série qu'on arrête en éteignant la télé avant d'aller se coucher.

Sally et Alice et Mlle Avalon. Sally et Alice et la jolie Mlle Avalon.

— *Cours, Danny, cours!*

Danny se leva et écrasa l'araignée. Il avait de la bouillie d'araignée plein la main. Il observa longuement ses doigts qui ne voulaient toujours pas trembler. Il regarda sa main dans l'espoir qu'elle se mette à bouger. En vain.

Danny, le tueur insensible.

Puis il retourna s'asseoir sur son lit.

Rainie tomba à bras raccourcis sur Charlie Kenyon. Elle l'avait déjà arrêté à quatre reprises, mais cette fois, plus question de rire. Juché sur une moto tout terrain, il dévalait une route en terre, en plein milieu des bois, sur le domaine de son père. Rainie alluma ses phares et entama la poursuite.

Quincy, à côté d'elle, ne dit pas un mot lorsqu'elle mit sa sirène en route et fit une queue de poisson au jeune homme, s'arrêtant dans un nuage de poussière. Elle sortit de la voiture, la main posée sur le manche de la matraque passée à sa ceinture.

— Descends de ta moto, Charlie.

— Putain de ma mère, m'dame Conner, vous allez pas me dire que je faisais un excès de vitesse.

Faussement décontracté avec sa veste en cuir et son pantalon moulant, Charlie restait assis sur sa moto, un petit sourire ironique aux lèvres. Rainie dut se contenir pour ne pas lui mettre sa main sur la figure. Elle qui n'était pas très patiente de nature l'était ces derniers temps moins que jamais.

Les yeux de Charlie quittèrent Rainie pour se poser sur Quincy à l'instant où il descendait de voiture.

— C'est qui, le type en costard ? demanda Charlie.

— C'est moi qui pose les questions, pas toi.

— Vous apprenez le métier à un nouveau coéquipier ? Vous auriez pu le prévenir, pour ses fringues. C'est pas vraiment la mode par ici. J'ai vu des types se faire tuer pour moins que ça.

Rainie feignit l'indifférence.

— À qui appartient cette moto, Charlie ?

— Pourquoi ? Vous voulez me l'acheter ?

— À qui appartient cette moto, Charlie ?

— À moi…

— On dirait une moto de gamin.

— Ça doit être la nostalgie. Ça me prend, des fois.

— Ah oui ? Et moi qui étais persuadée que tu n'étais qu'un sale petit menteur de merde… Descends de cette moto, Charlie, et mets les mains en l'air.

Charlie jugea qu'il était temps d'arrêter de jouer au James Dean de carnaval.

— Mais elle est à moi, cette bécane, je l'ai gagnée honnêtement. C'est pas ma faute si ce gamin savait pas se battre.

— Tout de suite, Charlie.

— Vous avez pas le droit. Ce bois appartient à mon père et…

— Tout de suite !

Charlie se tut enfin. Il regarda longuement Rainie, puis Quincy, avant de descendre de sa moto à contrecœur.

— C'est bon, c'est bon ! Pas la peine d'en faire un sketch…

— Les mains en l'air. Tourne-toi, pose tes mains sur le tronc de cet arbre et écarte les jambes.

— Vous allez me fouiller ? Mais je rêve ! Pour avoir piqué une bécane ?

— Qui t'a dit que je m'intéressais à ta bécane ?

— Mais…

Trop tard. Rainie lui fit un croche-pied et il perdit l'équilibre. Elle le plaqua contre l'arbre, lui mit les mains sur la tête et le fouilla méthodiquement, retirant de ses poches un tire-bouchon, un couteau à cran d'arrêt, deux cents dollars en cash et un rouleau de pièces de vingt-cinq cents.

Quincy s'empara du rouleau de pièces, le soupesa avant de le serrer entre ses doigts. Avec les moyens du bord, Charlie Kenyon avait réinventé le coup de poing américain.

— Vous vous ennuyez le soir, monsieur Kenyon? demanda-t-il à Charlie.

Rainie lâcha l'adolescent. Il se retourna lentement, prenant le temps de redresser le col de sa veste en cuir et de se masser les avant-bras. Il se passa la main dans les cheveux et regarda Quincy d'un air dédaigneux.

— Je ne suis pas sûr d'avoir bien compris votre nom, demanda-t-il d'un ton sarcastique.

— Agent enquêteur Pierce Quincy du FBI.

— Et merde!

Rainie ne put s'empêcher de sourire.

— C'est marrant, c'est exactement ce que m'a dit ton père quand on a parlé cet après-midi. J'ai comme l'impression que tu fais moins le malin avec le FBI qu'avec la police locale, Charlie.

— Vous avez qu'à reprendre la bécane.

— Pas possible! Charlie, si tu nous parlais un peu de Danny O'Grady?

— Quoi?

— Tu m'as parfaitement entendue. On veut savoir tout ce que tu as dit à Danny. À ta place, je me montrerais très coopératif parce que ce ne sont pas les témoignages qui manquent si on veut te boucler pour complicité de meurtre. Tu as dix-neuf ans, Charlie. Même ton connard de père, tout ancien maire qu'il est, ne pourra rien pour toi si tu as participé de près ou de loin à la tuerie de mardi. C'est plus de la rigolade, Charlie, c'est de la prison ferme, et pas dans un camp de vacances, crois-moi. Tu auras droit à la totale.

— Hé hé ! Doucement ! Vous croyez que j'ai quelque chose à voir avec la mort de ces gamines ? D'abord, j'ai un alibi.

Il jeta un coup d'œil en direction de Quincy.

— Un beau petit alibi avec un joli petit cul si vous voyez ce que je veux dire.

— Qu'est-ce que tu foutais à la cité scolaire, Charlie ? Les élèves du lycée sont trop grands pour toi ? T'as peur de te faire casser la figure ?

— Je dois avoir un faible pour les bacs à sable.

— Je vais finir par me fâcher, Charlie. Je n'ai pas beaucoup dormi les temps derniers et le maire m'a demandé de boucler mon enquête le plus vite possible. À ta place, je ne ferais pas trop le mariole.

— Devant un agent du FBI ? répondit Charlie du tac au tac.

Quincy regarda en l'air :

— Un agent du FBI ? Où ça ?

— Putain ! Et moi qui croyais que les flics fédéraux étaient plus honnêtes que les autres.

— Les choses ont changé depuis l'histoire de la secte de Waco, tu sais.

Charlie marqua le coup :

— Alors là, ça me troue le cul !

— Arrête, tu vas me faire pleurer, Charlie, reprit Rainie. Qu'est-ce que tu faisais à la cité scolaire ?

— Je m'emmerdais, d'accord ? Il n'y a jamais rien à faire dans ce patelin de merde, il faut bien s'amuser.

— C'est ça que tu faisais avec Danny O'Grady, tu t'amusais ?

Charlie haussa les épaules.

— Danny était un gamin plutôt marrant. Un gamin qui avait de l'avenir devant lui, si vous voyez ce que je veux dire.

— Non, je ne vois pas ce que tu veux dire. C'était un bon élève, un enfant intelligent qui avait toujours évité de faire des conneries. Son avenir était autrement plus prometteur que le tien, crois-moi.

Charlie se tourna vers Quincy :

— Mais vous, vous me comprenez, non ? J'ai entendu parler de vous. Vous êtes un spécialiste des tueurs en série. Le meilleur. Vous avez arrêté le grand Jim Beckett. J'avoue que ça m'impressionne. On s'emmerde tellement, ici. Pour une fois que je trouve un interlocuteur à la hauteur.

— Continue de parler, ne t'arrête surtout pas, répliqua Quincy d'une voix neutre. Nous autres flics, on est du genre complexé, surtout avec les beaux parleurs. Et puis je suis sûr que tu adores t'écouter parler.

— C'est pas drôle.

— Désolé, mais ça fait partie du boulot.

— Charlie, de quoi discutiez-vous avec Danny ?

— On discutait de rien, d'accord ? C'est pas interdit par la loi de discuter, que je sache ! Vous m'emmerdez encore avec ça et je vous dénonce à la ligue des droits de l'homme, fliquette de mes deux.

Rainie se tourna vers Quincy.

— J'ai l'impression que j'ai un petit problème.

— Un témoin récalcitrant.

— Il va falloir faire quelque chose.

— Vous touchez à un seul de mes cheveux et mon père vous renvoie direct à l'âge de pierre.

— Je crois que ton père ferait mieux de ne pas trop se faire remarquer, répondit Rainie avant de s'adresser à nouveau à Quincy : Les cheveux ou le blouson ?

Quincy regarda longuement le blouson de cuir noir et les cheveux gominés de Charlie.

— Le blouson.

— O.K.

Rainie s'avança. Charlie tenta une esquive, mais elle l'agrippa par la manche et le projeta en avant. Un quart de seconde plus tard, elle tenait le blouson à la main et Charlie la regardait, hébété.

Rainie lui sourit. Elle se sentait de particulièrement méchante humeur. Elle en avait surtout assez des petits cons qui se baladent avec des armes à feu et des couteaux à cran d'arrêt sans avoir la moindre idée de ce qu'est la mort.

— On va jouer tous les deux, Charlie. Je vais te poser des questions et tu vas me répondre. Quincy, comme tu le sais, est psychologue de métier, et il va me dire si tu dis la vérité ou non. Si tes réponses ne lui plaisent pas, ou si tu me mets encore en colère, je taillade ton blouson. Tu refuses de répondre, je coupe une manche. O.K. ?

— C'est rien qu'un blouson de merde. J'en achèterai un autre.

— Pas de problème.

Rainie ouvrit le cran d'arrêt et approcha la lame du col.

— Attendez, attendez !

Charlie se sentait de plus en plus mal. De petites gouttes de transpiration commençaient à perler sur sa lèvre supérieure. Il ne quittait pas le blouson des yeux, un vieux blouson avec le sigle d'un gang de motards dans le dos. Charlie était coincé. Sans son blouson, il n'était plus le Charlie Kenyon dont tout le monde avait peur. On n'enlève pas sa cape à Superman.

— Question numéro un, Charlie. Pourquoi traînais-tu avec Danny O'Grady ?

— Parce que je le trouvais sympa, ça vous va ?

— Danny s'intéressait surtout aux ordinateurs. Toi aussi, tu aimes ça ?

— Non, vous avez rien compris. Il y avait qu'à voir ses yeux. Ce gamin avait quelque chose. C'était un grand. Et puis… il avait la haine. Contre son père. C'est des choses qui s'expliquent pas.

— Tu veux dire que c'était un peu ton âme sœur ? demanda Rainie d'un ton sec.

— Quelque chose comme ça.

— Et Melissa Avalon ? s'interposa Quincy.

Cette fois, Charlie ne prit pas de gants.

— Ah ! Celle-là, elle était bonne ! Vous l'avez pas vue ? Un de ces châssis, la grande classe !

— Et tu l'as rencontrée ?

— J'ai bien essayé.

Il haussa les épaules, les mains dans les poches, visiblement mal à l'aise sans son blouson.

— Je crois que je l'impressionnais. Et puis il paraît que les jeunes, c'était pas son truc. Y avait que les vieux qui la branchaient.

— C'était une âme sœur elle aussi ?

— Vous voulez savoir si elle avait la haine ? Je sais pas. Je crois pas, mais faudrait demander à Danny. Il était tout le temps fourré avec elle.

— Il t'a déjà dit s'il en pinçait pour elle ?

— Pas besoin de me le dire, ça se voyait comme le nez au milieu de la figure qu'il en pouvait plus pour elle.

— Et Mlle Avalon était au courant ?

— Sûrement, je crois que c'était pas la première fois qu'elle affolait un de ses élèves.

— Comment était-elle avec Danny ?

— Je sais pas. Je traînais devant l'école, pas dans cette putain de salle des ordinateurs.

— Danny était au courant que « les vieux la branchaient » ?

— Ben oui, je lui ai dit. Vous croyez quand même pas que Danny l'a déquillée parce qu'il était jaloux ? Si c'est ça, vous vous foutez le doigt dans l'œil jusqu'au coude.

Charlie secoua la tête. Pour une fois, il avait l'air sincère.

— Danny est plus malin que vous croyez. Il en pinçait pour elle, mais c'était quand même une prof. Il l'adorait de loin, point barre. Il se voyait quand même pas en ménage avec elle, avec un pavillon et des gamins. Putain, Danny n'a encore que treize ans.

— Et les deux petites filles ? reprit Rainie. Sally et Alice ?

— Je les connaissais ni d'Ève ni d'Adam.

— Tu as l'intention d'aller à l'enterrement, Charlie ?

Il haussa les épaules.

— Mon vieux m'y oblige.

— Et quel effet ça te fait, la mort de ces deux petites filles ?

— Ni chaud ni froid. Je les connaissais même pas.

— T'es un vrai dur, hein, Charlie ?

— C'est vous qui voulez me destroyer mon blouson.

— Avec Danny, ça t'arrivait de parler de tuer des gens ?

— On parlait de plein de trucs, avec Danny.

— Fais attention, Charlie.

Rainie lui montra le couteau, puis le blouson. Charlie serra les mâchoires. Pour lui délier la langue, la jeune femme approcha lentement le couteau du col du blouson.

— D'accord, d'accord. Vous voulez savoir ? Des fois, je rêve de rayer de la carte cette putain de ville. D'envoyer dessus une saloperie de bombe nucléaire. *Adios amigos.* Histoire de nettoyer la merde.

— Tu as raconté ça à un gamin de treize ans ?

— Seulement quand il m'a dit qu'il voulait se faire son vieux et lui trouer la peau.

Rainie écarquilla les yeux. Sa mâchoire se tendit. Lorsqu'elle reprit la parole, son ton était plus dur qu'elle ne l'aurait voulu :

— Un gamin te raconte qu'il a l'intention de tuer son père et tu ne dis rien à la police ?

— Et à qui je le dis ? À Shep ? Ou à vous ? Non merci !

Charlie ricana d'un air mauvais, avant de poursuivre :

— Je vois d'ici la photo. Tout le monde sait ce que vous avez fait à votre mère. Vous auriez fait quoi avec Danny ? Vous lui auriez envoyé un flingue par la poste ?

— Je n'ai jamais touché ma mère, s'écria Rainie. Si j'avais fait ça, je serais en prison depuis longtemps et certainement pas là en train de te parler.

— Je comprends ! dit-il avec un clin d'œil vicieux. Vous pouvez pas parler à cause du type du FBI. C'est normal, mais pas la peine de me raconter des histoires à moi, chérie. Je suis pas né de la dernière pluie, et tout le monde sait que vous faites partie de l'amicale des enfants modèles. Vous êtes même la présidente du club local.

— Une dernière question, interrompit Quincy, désireux d'éviter que Rainie ne perde son sang-froid. Est-ce que Danny t'a parlé d'un type rencontré sur l'internet ? Un certain NoLava ?

— Un fondu d'ordinateurs ? Je crois bien, oui. Danny était en permanence le nez sur son écran, même que ça m'épatait qu'on puisse passer autant de temps à des conneries.

— Il t'a montré les messages qu'il avait reçus ?

— Qu'est-ce que j'en avais à foutre ?

— Danny avait l'air de bien aimer ce NoLava. Peut-être bien que tu étais jaloux ?

— J'ai jamais entendu parler de ce NoLava. C'est un nom d'impuissant, ça. Danny recevait tout le temps des e-mails. Il y a six ou huit mois, je sais plus, il parlait constamment d'un type qu'il avait connu comme ça. Il fallait tout le temps qu'il aille vérifier sa boîte aux lettres. Je sais rien de plus.

— Tu l'as encouragé, murmura Rainie. Danny avait des problèmes et tu l'as enfoncé. Je crois que tu as ta part de responsabilité dans le triple meurtre de mardi, Charlie. Il va falloir que tu vives avec.

— Qu'est-ce que j'en ai à foutre ? Juridiquement, vous pouvez rien contre moi. Et rendez-moi mon blouson, d'abord. C'est pas que je m'ennuie avec vous, mais j'ai pas que ça à foutre.

— Pas de problème, répondit Rainie, souriante.

Sans crier gare, elle cisailla le col du blouson d'un geste d'expert avec le couteau à cran d'arrêt.

Charlie poussa un cri, et Quincy avança d'un pas, choqué.

Rainie ramassa le col en cuir pour en extraire un long sachet en plastique contenant de la poudre blanche.

— Tiens, tiens ! De l'héroïne. Pas loin de cent grammes, on dirait, ce qui prouve que ce n'est pas uniquement pour ta consommation personnelle. Bravo, Charlie ! Juridiquement, comme tu dis, je crois que tes problèmes ne font que commencer.

— Espèce de salope ! T'as pas le droit ! Tu vaux pas mieux que nous tous !

— Tu as raison, Charlie. Quand on a la haine, comme tu dis, on a le choix entre devenir gendarme ou voleur. Je sais, ça tombe mal pour toi, mais je suis du côté des gendarmes et toi, des voleurs.

Rainie était particulièrement contente d'elle-même quand elle le fit monter de force dans la voiture.

20

Jeudi 17 mai, 21 h 05

Rainie consacra toute sa fin d'après-midi à Charlie Kenyon, le temps de remplir des formulaires et de rédiger des déclarations sur les circonstances dans lesquelles elle avait saisi le sachet d'héroïne. Elle avait également pris soin d'enfermer la drogue dans ce qui servait de coffre à la police municipale. Elle venait tout juste de prendre les empreintes de Charlie lorsque l'avocat dépêché par son père arriva, prétendant qu'elle avait outrepassé ses droits. Lorsque Rainie proposa le témoignage d'un enquêteur du FBI, maître FitzSimons prit très mal la chose. De quel droit avait-elle fouillé Charlie Kenyon ? De quel droit avait-elle détérioré son blouson ? Elle avait transgressé les lois les plus élémentaires de la République et ça ne se passerait pas comme ça, elle pouvait en être certaine.

Rainie laissa passer l'orage, surprise de voir à quel point l'arrestation de ce petit trafiquant lui avait fait du bien après la tension insoutenable des derniers jours. Elle connaissait par cœur les Charlie Kenyon et autres maîtres FitzSimons, mais aussi le règlement, sur le bout des doigts. Elle aurait pu remplir toute cette paperasse les yeux fermés.

Elle passa donc deux bonnes heures à rédiger son rapport d'enquête sur Charlie, choisissant soigneusement ses mots. Cette corvée terminée, elle retourna au QG de la mairie et trouva les lieux étrangement calmes alors que le soir tombait. Il était 10 heures passées, une fois de plus la journée avait été longue et fastidieuse.

Luke Hayes s'était rendu à Portland dans le but d'interroger les parents de Melissa Avalon. Quant à Sanders, il était occupé à Dieu sait quoi ; peut-être à remettre de l'ordre dans les conserves de l'épicerie, à moins qu'il ne se soit rendu à une réunion Tupperware pour sa collection. Pendant ce temps-là, Quincy suivait la piste NoLava, ou bien il avait préféré s'attaquer à Shep. Il est probable qu'elle serait la dernière au courant s'il trouvait quelque chose, ce qui la rendait douce-amère.

Dans le grenier aménagé à la hâte, le bourdonnement d'un vieil ordinateur troublant seul le silence, elle passait en revue tout ce qu'elle savait de l'affaire, et les informations s'entrechoquaient dans sa tête.

Les propos de Charlie l'avaient perturbée. Non pas seulement l'accusation d'avoir tué sa mère. Rainie savait que la rumeur n'était pas tendre avec elle, et elle ne s'en formalisait pas outre mesure.

Non, ce qui l'avait troublée, c'était ce que Charlie lui avait dit au sujet de Danny.

— *Seulement quand il m'a dit qu'il voulait se faire son vieux et lui trouer la peau.*

Pourquoi tant de violence, tant de haine? Dieu sait qu'elle avait vécu des heures terribles avec sa mère. Toutes les fois où elle s'était recroquevillée dans son placard, tremblante et meurtrie, la lèvre éclatée, du sang plein la bouche. Si seulement ça pouvait s'arrêter… Si seulement elle avait le courage de tout arrêter…

Sans parler des moments où elle rêvait de tenir tête à sa mère. D'être capable de la frapper à son tour. Rien qu'une fois. Elle aurait tellement voulu que sa mère comprenne et lui fasse des excuses en pleurant : « Ma chérie, je ne savais pas que je te faisais mal. Je ne me rendais pas compte. Je ne recommencerai plus jamais, c'est promis. »

La différence se situait peut-être là. En dépit de toute sa souffrance, Rainie n'avait jamais oublié que Molly était sa mère. Une mère à qui elle aurait voulu pardonner, qu'elle aurait voulu pouvoir aimer. Tenter de lui expliquer, tenter de l'empêcher de boire. Elle avait tant désiré que sa mère la prenne dans ses bras, lui jure qu'elle ne lui ferait plus jamais mal. Et s'endormir, ne fût-ce qu'une seule fois, dans les bras de sa mère…

Même aux heures les plus noires, jamais elle n'avait souhaité la mort de sa mère.

Il en avait fallu beaucoup plus pour qu'elle passe à l'acte.

Rainie arpentait nerveusement le grenier. Elle avait un mal de crâne infernal et ne supportait plus de rester seule avec ses pensées.

Elle avait besoin de dormir, de manger, de courir, mais il était trop tard pour faire un jogging, elle ne pouvait rien avaler, et elle avait peur de fermer les yeux.

— *Vous auriez fait quoi avec Danny ? Vous lui auriez envoyé un flingue par la poste ?*

Non, elle lui aurait dit qu'elle comprenait. Elle l'aurait emmené sur son porche, et là, au milieu des grands pins, parmi les cris des oiseaux de nuit, elle lui aurait montré combien sont dérisoires les problèmes de l'existence face à la majesté de la Nature. Elle l'aurait écouté, aussi. Deux enfants meurtris, l'un en face de l'autre, unis dans une même fraternité. Peut-être même aurait-elle fini par lui raconter des choses qu'elle n'avait jamais pu dire. Assis tous deux sur son porche, environnés par la forêt et caressés par l'air de la montagne…

Elle aurait peut-être pu sauver Danny O'Grady, mais elle ne l'avait pas fait. La dernière fois qu'elle l'avait vu, c'était deux semaines avant le drame. Il avait mauvaise mine. Elle l'avait trouvé particulièrement dur et farouche avec son père, mais elle ne s'en était pas inquiétée outre mesure, persuadée comme tout le monde que Danny traversait une mauvaise passe, que les drames ne surviennent que dans les familles à problèmes.

Elle avait failli à son devoir d'âme sœur. Elle ne savait pas encore si elle parviendrait à vivre avec un tel poids sur la conscience.

Quand on toqua à la porte, Quincy était assis face à son ordinateur portable dans sa petite chambre rose du Motel Hôtel. Depuis plus de deux heures, il passait en revue les principaux serveurs internet à la recherche de NoLava. Il avait mal aux yeux et mal au dos. Chaque fois qu'il tentait de trouver une position plus confortable, son minuscule bureau menaçait de s'écrouler et il n'avait rien trouvé de mieux que de caler les pieds de la table avec des photos de cadavres. Un jour dans la vie de Pierce Quincy.

On toqua à nouveau.

Quincy recula sa chaise et se massa la nuque, prenant le temps de se regarder dans la glace. Sa chemise blanche était froissée et sa cravate tombée par terre, quelque part. Sa barbe avait repoussé et, à force de se passer la main dans les cheveux, il était tout ébouriffé. Ce look lui allait bien quand il avait trente ans et qu'il pouvait encore prétendre jouer au beau ténébreux. Quinze ans plus tard, ça lui donnait l'air fatigué.

Dans la vie, il y a décidément des époques plus glorieuses que d'autres, pensa-t-il. C'est comme ça…

Il regarda par le judas et ne fut pas étonné d'apercevoir Rainie.

Il ouvrit la porte, et ils se regardèrent longuement, sans un mot.

Elle avait troqué son uniforme pour un jean droit délavé et un grand pull à col roulé vert foncé. Ses cheveux châtains, fraîchement brossés, avaient des reflets roux dans la lumière de l'hôtel. Elle n'était pas maquillée, et Quincy la trouvait belle ainsi, sans artifice. Sans rien pour l'empêcher de lui caresser la joue, d'embrasser le coin de sa bouche.

En fin d'après-midi, il avait appris sur Lorraine Conner des choses qu'il ne soupçonnait pas. Il n'en avait pas fini avec les zones d'ombre de son passé. Il ne la sentait pourtant pas encore prête à tout lui raconter. Il espérait seulement qu'il ne serait pas trop tard pour eux le jour où elle finirait par avouer la vérité.

Il connaissait trop la nature humaine pour ne pas se méfier, conscient cependant que l'intelligence et la logique sont impuissantes à prévenir le danger. Elle était là, devant lui, et il lui souriait sans s'en rendre compte.

— Salut, finit-elle par dire.

— Bonsoir, Rainie.

— En train de bosser ?

— J'avais quasiment terminé.

— C'est vrai ?

Elle glissa les mains dans les poches arrière de son jean, les yeux fixés au sol. Elle était visiblement mal à l'aise, et Quincy la trouvait touchante.

— J'allais commander à manger dans un restaurant chinois, reprit-il. Ça te dit ?

— Je n'ai pas très faim.

— Moi non plus, mais on peut faire semblant.

Elle entra dans la chambre. Il repoussa les papiers éparpillés sur son lit. C'était le seul endroit où elle pouvait s'asseoir. Elle jeta un coup d'œil sur l'écran de son ordinateur pendant qu'il rangeait des dossiers dans une serviette de cuir noir.

— Tu essayais de localiser NoLava ?

— Oui. La plupart des portails internet ont des annuaires qui répertorient leurs adhérents, alors je tente ma chance à tout hasard, sans succès. En désespoir de cause, il faudra que je fasse une demande officielle aux serveurs.

— Tu as eu le temps de t'occuper de Shep aujourd'hui ? demanda-t-elle.

Quincy s'arrêta net, une pile de dossiers à la main. Décidément, elle ne perdait pas de temps. Il rangea ses dossiers et fit glisser la fermeture Éclair de sa serviette.

— Que dirais-tu d'un Lo Mein ?

— Comme tu veux.

— Va pour un Lo Mein, alors.

Quincy prit sur la table les menus des différents restaurants à emporter. Il les passa en revue et finit par s'arrêter sur celui de La Grande Muraille de Chine. Puis il s'empara du téléphone et passa la commande : une double portion de Lo Mein et du thé vert. Rainie ne l'avait pas quitté du regard.

— Je ne crois pas que nous devrions parler de ça, reprit Quincy.

— Ce qui signifie que tu as trouvé quelque chose.

— Non, ça signifie que j'ai une éthique professionnelle et que je me trouve dans un cas de conflit d'intérêts caractérisé. Tu es amie avec Shep depuis très longtemps.

Il la regardait droit dans les yeux.

— Je n'ai jamais couché avec Shep, répliqua-t-elle d'un ton neutre.

— Les gens jasent. Ils disent que s'il ne s'entend plus avec Sandy, c'est à cause de toi.

— Il n'y a jamais rien eu entre nous, et il n'y aura jamais rien.

— Il traîne souvent chez toi.

— Je sais.

— Rainie…

— Les gens adorent colporter des ragots. Tu ne t'en es pas encore aperçu ? Bakersville est une petite ville où il pleut neuf mois de l'année, avec deux fois plus de vaches que d'habitants. Alors, pour se distraire, les gens parlent. C'est comme ça, il faut s'y faire.

— Pourquoi ne pas m'avoir parlé du fusil, Rainie ? Le fusil avec lequel ta mère a été tuée portait tes empreintes, mais il a disparu comme par miracle du placard de la police. Et quand on l'a retrouvé, il avait été soigneusement nettoyé, comme par miracle. Pourquoi ne m'en as-tu rien dit ?

Le visage de la jeune femme se figea, son menton se tendit et ses yeux gris s'assombrirent. Rainie était en position de combat. Il commençait à la connaître.

— Tu penses que j'ai tué ma mère ?

— Non.

— Tu penses que je l'ai tuée de sang-froid ? Un jour, comme ça en rentrant de l'école, je lui aurais explosé la tête ? Tu me prends pour Charlie Kenyon en fille ? Pour Danny O'Grady ?

Quincy répondit doucement :

— Non, Rainie, je ne pense pas ça.

— Alors qu'est-ce que ça peut faire, Quincy ? C'était il y a quatorze ans et ce n'était pas moi. Affaire classée. C'est déjà assez difficile de devoir supporter le regard et les calomnies de mes voisins sans que tu t'y mettes aussi.

— Ne me prends pas non plus pour un imbécile, répliqua-t-il durement. Je ne suis pas un petit flic de cambrousse dont on peut se débarrasser en criant plus fort que lui. Je sais que quelque chose s'est passé il y a quatorze ans, Rainie. Et Shep t'a aidée. Je ne connais pas la nature du secret qui vous lie et je n'ai peut-être pas besoin d'en savoir plus, mais il y a de toute évidence quelque chose entre toi et Shep. Quelque chose qui n'a rien à voir avec le fait que vous travaillez ensemble. Et c'est là que le bât blesse, car tu t'es retrouvée seule dans ce bâtiment avec Shep et Danny. Sanders a raison, tu devrais passer la main pour cette enquête. Tu le sais aussi bien que moi.

Elle ne répondit pas, les lèvres pincées. Elle ne s'attendait pas à une attaque en règle.

Depuis le début, il se demandait ce qu'une fille aussi intelligente que Rainie faisait dans un boulot comme celui-là, et il avait trouvé la réponse : Rainie avait choisi de rester là parce que les gens étaient discrets et que personne ne cherchait à percer son secret. Il la soupçonnait de sortir avec des types plus musclés des bras que de la cervelle et de ne jamais rester longtemps avec le même, afin d'éviter toute question indiscrète. Pas question de s'approcher de trop près. Rainie avait érigé autour d'elle une barrière infranchissable.

— Je n'avais pas le droit de renoncer à l'enquête, déclara-t-elle soudainement.

— Pourquoi, parce que tu avais promis à Shep que tu t'en chargerais ?

— Oui.

Elle eut une courte hésitation.

— Je lui dois au moins ça.

— Mais tu lui dois quoi, Rainie ?

— Shep me fait confiance. C'est un ami, et je n'ai pas l'intention de le laisser tomber. Moi aussi, j'ai une éthique professionnelle, Quincy. On passe notre vie à faire des choix qu'il faut ensuite assumer. Si Danny a tué ces deux gamines, je n'ai pas l'intention de le laisser s'en tirer comme ça, tu peux me faire confiance.

— Tu en es bien sûre ?

— Quelle question ! Je ne lui rendrais même pas service en cherchant à le couvrir. C'est pourtant simple à comprendre ! Je sais bien que les gens sont prêts à n'importe quoi pour tuer le sentiment de culpabilité qui les étouffe, mais on n'aide pas un gamin en le couvrant ! Un moment d'inattention, un instant de faiblesse, et l'existence se transforme en un enfer de haine et de mépris vis-à-vis de soi-même. Un trou noir auquel on pense sans arrêt et qui finit par vous envahir au point…

Elle s'arrêta brusquement, la respiration haletante, les poings serrés, les yeux perdus dans le vague.

— Dis-moi la vérité. Tu fais de plus en plus de cauchemars ces temps derniers, c'est ça ? demanda Quincy d'une voix douce.

— Oui.

— Tu ne manges plus.

— Je n'y arrive pas.

— Rainie, tu es trop intelligente pour t'infliger ça à toi-même.

— Je ne peux pas m'en empêcher.

— Pourquoi es-tu venue ici ce soir, Rainie ?

Elle lui jeta un regard dans lequel se lisait toute sa frustration.

— Je crois que j'ai besoin de parler.

— Alors parle, mais trouve autre chose, Rainie, parce que j'en ai assez de tes mensonges.

L'arrivée du garçon livreur interrompit leur discussion. Quincy lui servit une assiette de Lo Mein, certain qu'elle n'y toucherait pas. Elle la repoussa en effet, mais accepta tout de même une tasse de thé. Quincy commença à manger. Il n'avait pas vraiment faim, mais savait depuis longtemps qu'il ne faut jamais se laisser aller pendant une enquête, surtout lorsqu'elle est difficile.

— L'enterrement de Sally et d'Alice a lieu demain, reprit Rainie. Le maire vient de m'appeler. Les familles ont été autorisées à récupérer les corps en fin d'après-midi et elles ne veulent pas attendre plus longtemps. Tout le monde convient que le plus tôt sera le mieux.

— Ce ne sera pas une partie de plaisir.

— Je sais. On a demandé du renfort à la police du comté, pendant l'enterrement et après, pour surveiller les bars.

— Les gens sont déjà assez secoués comme ça, et avec de l'alcool par-dessus…

Quincy ne termina pas sa phrase. Il savait aussi bien que Rainie avec quelle facilité les choses peuvent dégénérer. Il suffirait d'une étincelle, et les plus jeunes iraient chercher leurs armes pour faire justice eux-mêmes.

— On a doublé la garde autour de la maison de Shep, précisa Rainie d'une voix douce. Luke a voulu s'en charger personnellement.

— Et toi ?

— Les gens jasent déjà assez comme ça.

— George Walker est furieux contre toi.

— Il n'est pas le seul. J'aurais aimé pouvoir annoncer aux gens que Danny est innocent, avoir suffisamment d'éléments pour aller voir George Walker avant l'enterrement et lui dire : « Ce n'est pas un gamin de treize ans qui a tué votre fille, monsieur Walker. C'est un salopard quelconque. » Pour ce que ça aurait changé…

— Tu n'es donc plus si sûre de l'innocence de Danny ?

Les traits de la jeune femme se figèrent, et elle répondit dans un souffle :

— Non.

— À cause de Charlie Kenyon ?

Elle acquiesça lentement.

— À cause de ce qu'il a dit à propos de Danny. Qu'il voulait faire la peau de son père… Tant de haine… J'ignorais que les choses allaient aussi mal entre eux…

— Tu n'as rien à te reprocher, Rainie. Nous sommes tous dans le même cas. Nous avons le plus grand mal à nous imaginer que nos proches puissent être violents, mais les gens oublient trop souvent que les assassins ne naissent pas dans des éprouvettes. Ils vivent comme nous, ils ont des parents, des amis.

— Arrête les clichés, s'il te plaît. J'en ai assez d'entendre des fadaises. J'en ai marre qu'on caricature en trente secondes des affaires criminelles complexes. Regarde le monde qui nous entoure : des gamins tuent leurs copains de classe, des adultes fauchent leurs collègues de bureau. Je veux bien t'écouter quand tu affirmes qu'il est plus dangereux de prendre sa voiture que d'aller à l'école ou au boulot, mais ça ne me suffit pas, comme explication. Il y a de plus en plus de tueries, y compris dans un endroit comme ici où ça n'a aucun sens. Et ça peut arriver à tout le monde, y compris à Danny O'Grady qui était simplement un gamin perturbé il y a trois jours à peine. Je ne sais pas… J'ai l'impression d'être passée à côté de quelque chose. Je n'ai vraiment rien vu venir. Même avec le recul, je ne vois pas comment j'aurais pu prévoir un tel déchaînement de violence. C'est ça que je ne comprends pas, Quincy. Même moi. J'ai beau avoir été élevée par une mère qui me battait, je n'arrive pas à admettre qu'on puisse tirer comme ça sur des inconnus. J'ai besoin de savoir ce qui s'est passé dans ma ville, sinon je n'arriverai plus jamais à dormir.

— Tu n'as rien à te reprocher, Rainie, répéta-t-il.

Elle secoua la tête d'un air excédé :

— Alors explique-moi les raisons de ce drame. Je voudrais comprendre. Y a-t-il trop d'armes ? En tant que flic, est-ce que je devrais les faire interdire dans ma ville ? Ou bien alors les jeux vidéo, la violence au cinéma ? Pourquoi ?

— Tout ça compte, c'est sûr. D'un autre côté, suffirait-il de censurer Hollywood et d'interdire les armes à feu pour tout résoudre ? Je ne le crois pas. Tout le monde n'est pas violent, ça se limite à quelques individus.

— Ce qui voudrait dire qu'on n'y peut rien ? Que nous vivons dans un monde brutal et qu'il n'y a rien à faire ?

— Je n'ai pas dit ça. On peut toujours faire quelque chose. Nous vivons dans une société intelligente, Rainie. Une société capable de se défendre face à de telles dérives.

— Va dire ça à George Walker. Va dire ça aux parents d'Alice Bensen. À cette heure, je suis sûre qu'ils doivent avoir une très haute opinion de la société dans laquelle nous vivons.

Quincy ne répondit pas immédiatement. Rainie était d'une humeur de chien ce soir.

— Tu cherches une solution, Rainie, reprit-il après un temps de silence, ou bien tu as besoin de te défouler ?

— Je cherche une solution !

— Très bien, répliqua-t-il d'un ton sec. Alors je vais te dire ce que j'en pense, pour ce que ça vaut. La société n'est pas faite de monstres, mais de gens fragiles et instables qui travaillent trop, mangent trop et vivent dans des villes surpeuplées. C'est un mélange détonant, particulièrement quand ils ne sont pas très malins et plutôt caractériels. On en a la preuve avec cette flambée d'actes agressifs et haineux, et je parle aussi bien de la violence routière que de celle qui s'exprime à travers une fusillade comme celle-ci.

Rainie soupira.

— Tu crois que c'est un signe des temps ?

— C'est le signe d'une époque troublée et marquée par le stress, répondit Quincy en haussant les épaules. Mais il existe des solutions simples. Pourquoi ne pas apprendre aux enfants à gérer leur violence et leur stress ? Et tant qu'on y est, on pourrait également apprendre aux gens à mieux communiquer entre eux, mais aussi à mieux prendre soin d'eux-mêmes, ne serait-ce que sur le plan physique. Manger mieux pour vivre mieux. Le premier souci des pédopsychiatres est de veiller à ce que leurs patients dorment bien, mangent correctement et fassent de l'exercice. Si tous les individus les plus violents dormaient huit heures par nuit, mangeaient plus de fruits et de légumes et faisaient travailler leur corps convenablement, les choses iraient nettement mieux du jour au lendemain. L'immense majorité des gens négligent cet aspect des choses et ils se plaignent de ne pas se sentir bien dans leur peau.

Quincy regarda Rainie d'un air de reproche, posant ostensiblement les yeux sur l'assiette à laquelle elle n'avait pas touché. Rainie hocha la tête lentement, avant d'ajouter d'un air timide :

— Je sais, j'ai suivi des cours pour apprendre à gérer mon agressivité.

— Où ça, à Portland ?

— Oui, après mon séjour chez les Alcooliques anonymes. Ce qui ne veut pas dire pour autant que tout était simple. L'alcool a le pouvoir d'anesthésier les émotions et, quand on s'arrête de boire d'un seul coup…

— Tu as fait preuve de beaucoup de courage, remarqua Quincy. Si seulement tout le monde faisait pareil…

Rainie secoua la tête.

— Crois-moi, Quincy, je suis loin d'être une sainte, et tu ferais mieux de ne pas gaspiller ton énergie à m'admirer.

Il ne répondit rien, pensant qu'elle allait poursuivre. Rainie s'accrochait à sa tasse de thé comme s'il s'agissait d'une bouteille de bière, mais elle n'avait manifestement pas l'intention de poursuivre la discussion plus avant.

— Comment va ta fille ? demanda-t-elle.

— Toujours pareil. J'ai téléphoné ce matin.

Elle l'observa d'un air curieux.

— Tu ne culpabilises pas? Ta fille est en train de mourir et tu n'es même pas là, à côté d'elle. Le téléphone, ça paraît dérisoire au regard de la situation.

— Rainie, quand je t'ai dit que ma fille avait été tuée par un conducteur en état d'ivresse, c'était vrai sans être vrai.

Rainie se raidit.

— Allons bon…

— C'était elle le conducteur en état d'ivresse, poursuivit Quincy d'un air neutre. Elle se trouvait chez une amie, elle avait bu, et elle a quand même voulu rentrer chez elle à 5 h 30 du matin. Elle a tué un vieux monsieur qui promenait son chien avant de s'écraser sur un poteau téléphonique. Ma fille est morte. Le vieux monsieur est mort. Le chien est mort. Et tu as absolument raison, un coup de téléphone, c'est parfaitement dérisoire.

— Quincy, je suis désolée.

Il sourit avec amertume.

— Moi aussi. Moi aussi, je suis loin d'être parfait, Rainie. Il y a malheureusement trop de choses dans la vie qu'on apprend dans la douleur.

Elle acquiesça. Son visage trahissait toujours son trouble intérieur. Elle n'avait pas encore vidé son sac et son silence dissimulait mal la rumeur de son désarroi. Il se pencha, prêt à l'aider, à faire sortir la vérité. Il ne lui avait pas menti la veille au soir. Elle le fascinait vraiment. Il pensait constamment à elle, au point d'éprouver le besoin de prendre sa joue dans sa main, de lui caresser la bouche du bout des doigts…

Rainie était une battante, une race pour laquelle Quincy avait le plus grand respect.

Son visage se détendit légèrement. Ses yeux s'adoucirent, peut-être était-elle enfin prête à se donner, à faire naître entre eux un lien réel. Il aurait aimé pouvoir la toucher, mais craignait trop de la voir se refermer s'il l'approchait.

— Rainie…

— Il va falloir que j'y aille.

— Je suis prêt à t'écouter.

— Mais je n'ai rien à dire ! J'ai simplement besoin d'un peu de temps, c'est tout.

— Quatorze années de plus, c'est ça ? Ou bien seulement cinq ans, d'ici au prochain crime ? Ton secret est sur le point de te dévorer, Rainie. Il est temps de t'en débarrasser. Que s'est-il passé ce jour-là avec ta mère ? Que s'est-il passé avec ce fusil ?

Elle se leva précipitamment, et il fut frappé par la lueur qui brillait dans ses yeux, par le mouvement buté de son menton.

— Ne me parle plus jamais de ma mère.

— Si tu crois t'en tirer comme ça !

— Je te dis que ça ne te regarde pas…

— Trop tard. Tu aurais dû continuer à sortir avec des crétins, Rainie. Je ne suis pas de cette race-là et je n'ai pas l'intention de te laisser partir.

— Espèce de connard prétentieux !

— Exactement. Maintenant, tu vas me parler de ta mère, Rainie.

— Arrête avec ton baratin de psychologue. C'est comme ça que tu me vois, Quincy ? Un cas intéressant, c'est ça ? Grâce à moi, tu vas pouvoir écrire un brillant article dans le bulletin de l'association des Psychologues Qualifiés, plus connus sous le nom de PQ ?

— Tais-toi, Rainie.

— Quel sens de la repartie !

Quincy ne cachait plus son énervement. Il fut presque aussi étonné qu'elle en la prenant soudainement dans ses bras.

— Après le gentil, la brute ? murmura-t-elle en écartant les lèvres tandis que son regard se voilait.

— C'est bien ça que tu veux, non ? rétorqua-t-il sur le même ton. Comme ça, tu peux te persuader que tu es une moins que rien. Tant que tes relations avec les hommes restent purement physiques, tu ne risques rien. C'est bien ça ?

Elle le regardait toujours d'un air hostile. Il la serra encore plus fort. Leurs lèvres n'étaient plus qu'à quelques centimètres.

— Lâche-moi, murmura-t-elle.

— Pour que tu rentres chez toi et passes la nuit à faire les cent pas, peut-être ? Tu as peur de dormir, Rainie. Tu as peur de faire des cauchemars. Tu voudrais que ça s'arrête, mais tu refuses de faire ce qu'il faut pour ça.

— Lâche-moi tout de suite ou bien tu vas te retrouver avec une voix de petite fille.

— Je veux que tu me parles, Rainie. J'ai envie de t'entendre. Si ça se trouve, je pourrai même comprendre ce qui se passe dans ta tête.

Elle frissonna entre ses bras, et Quincy lut dans ses yeux le combat qui se jouait dans sa tête. Elle aurait aimé parler. Une partie de son âme cherchait à se protéger d'elle-même, mais c'était compter sans le doute accumulé au cours des ans, à chaque fois que sa mère entamait une nouvelle bouteille et passait sa hargne sur elle.

Soudain, ses traits se fermèrent. Un instant, il avait cru pouvoir aboutir, mais il était trop tard. Elle serra la mâchoire et ses yeux se vidèrent. Quincy, conscient d'avoir perdu la bataille, la relâcha. Elle recula d'un pas en se frottant les bras.

— Pas mal, dit-elle d'une voix faussement nonchalante, dissimulant mal son trouble. Je ne pensais pas que vous étiez aussi costaud, Agenquêteur.

Quincy ne prit pas la peine de répondre. Elle s'était refermée comme une huître dans sa coquille, et il n'y avait plus rien à attendre d'elle. L'éducation maternelle avait porté ses fruits.

— Je m'en vais, dit-elle sur un ton de défi.

— Bonsoir, Rainie.

Elle eut comme une hésitation, avant d'ajouter, renfrognée :

— Ce n'est pas toi qui m'empêcheras de partir, tu sais.

— Dors bien, Rainie.

— Espèce de salaud !

La jeune femme se dirigea d'un pas décidé vers la porte et l'ouvrit brutalement. Il ne fit rien pour l'arrêter et elle claqua la porte derrière elle.

Immobile près du lit, Quincy se demandait ce qui avait bien pu se passer quatorze ans auparavant dans la vie de Rainie Conner. Il pensait à tous les fusils de la Terre, à Danny O'Grady, à sa propre fille qu'il aimait de toute son âme.

Le monde avait décidément besoin d'amour. Ce n'était pas la première fois qu'il s'en faisait la réflexion. Le monde avait surtout besoin de croyances.

— Il est illusoire de chercher à s'isoler pour mieux se protéger, murmura-t-il, tout en se demandant si cette révélation ne survenait pas trop tard dans son existence.

Il faisait noir lorsque Rainie rentra chez elle. Elle oubliait toujours d'allumer la lumière extérieure avant d'aller travailler, et sa petite maison, perdue au milieu des bois, était invisible dans la nuit. Elle se gara sur le chemin de terre qui menait jusqu'à sa porte et chercha ses clés.

Personne pour l'accueillir. Elle avait beau avoir consciencieusement organisé sa vie de la sorte, le vide et la solitude lui pesaient ce soir.

Elle fit le tour de ses quatre pièces, allumant les lumières les unes après les autres. Le vide était toujours aussi oppressant. Pas moyen d'oublier les paroles de Quincy, ni le parfum de son eau de toilette.

— Pourquoi ne pas m'avoir parlé du fusil, Rainie? Pourquoi m'avoir caché qu'il avait disparu du placard de la police?

Elle entra dans la cuisine et ouvrit le frigo. En tout et pour tout, douze bouteilles de Bud Light, une livre de fromage de Tillamook et une bouteille de lait périmée. Elle referma la porte du réfrigérateur et se dirigea vers l'extérieur.

Les bois alentour étaient plongés dans les ténèbres. C'était presque la nouvelle lune et la cime des pins se confondait avec le velours noir de la nuit. Elle frissonna sous la caresse de l'air du soir et serra les bras contre sa poitrine pour se réchauffer, arpentant furieusement son porche.

— Pourquoi ne pas m'avoir parlé du fusil, Rainie? Pourquoi m'avoir caché qu'il avait disparu du placard de la police?

Elle était bien trop nouée pour lui parler. C'était complètement idiot de sa part d'être passée voir Quincy, mais cette impression de force tranquille qui émanait de lui la rassurait. Il lui donnait le sentiment d'être capable de tout comprendre, et elle se sentait si lasse…

Il y avait pourtant certaines choses impossibles à dire. Comment avait-elle pu être assez naïve pour croire qu'il ne chercherait pas à lui tirer les vers du nez ? Comment avait-elle pu sous-estimer la capacité de Quincy à comprendre, à aller au fond des choses ? Elle lui en voulait de l'avoir prise dans ses bras. Il l'avait remuée au plus profond d'elle-même, elle en avait encore l'estomac serré.

Un centimètre de plus et elle se serait jetée contre lui. Elle aurait caressé son visage. Elle aurait senti ses bras et ses jambes contre son corps. Elle aurait pu se laisser aller, comme une femme devant un homme, ce qui aurait peut-être été plus simple.

À peine endormi, elle serait partie sur la pointe des pieds. On ne change pas des années d'habitude du jour au lendemain.

Rainie rentra dans la maison. Elle retourna l'une après l'autre tous les portraits de sa mère qu'elle avait encore, mais ça ne lui suffisait pas. Un soir comme celui-ci, rien n'était susceptible de l'apaiser.

Elle finit par se recroqueviller sur son canapé, tout habillée, à la recherche d'un sommeil qui ne viendrait pas. Elle repensait à Quincy, à l'intensité de ses regards posés sur elle. Elle repensait à Charlie Kenyon, à Danny O'Grady, à tout ce qui l'empêchait de retrouver un semblant de paix intérieure.

Enfin, Rainie s'endormit pour se réveiller en hurlant moins d'une heure plus tard. Elle se trouvait sur le plancher, le corps de sa mère allongé à côté d'elle et quelqu'un la regardait depuis son porche. L'inconnu en noir ! Le fameux inconnu en noir !

Rainie se précipita dans sa chambre pour y chercher une arme. Les types de l'identité judiciaire avaient emporté son Glock. Elle fouilla fébrilement dans son placard, prit un vieux 9 mm dans une boîte à chaussures et se précipita dehors. Le porche était vide, la nuit glacée. Elle avait rêvé, une fois de plus. Personne. Pas d'inconnu. Juste un sentiment de malaise après un cauchemar horrible.

Rainie tremblait en rentrant dans la maison. Elle décida de garder près d'elle le 9 mm et se roula en boule sous une couverture. Les yeux fixés au plafond du salon, elle aurait donné n'importe quoi pour ne plus voir les taches de sang.

— *Rainie, tu es trop intelligente pour t'infliger ça à toi-même.*

Quincy s'était bien trompé en lui disant ça. Elle ne parvenait plus à trouver le sommeil, et la nuit n'en finissait pas. Elle trouva enfin le sommeil vers 5 heures, mais elle fut réveillée par la sonnerie du téléphone à 6 h 30. Sandy O'Grady était hystérique à l'autre bout du fil.

— Il faut que je parle à cet enquêteur du FBI ! Mon Dieu, Rainie, je ne sais plus quoi faire.

Pour Rainie, une nouvelle journée venait de commencer.

Vingt minutes plus tard, en montant dans sa voiture de fonction, elle trouva un petit mot coincé sous un balai d'essuie-glaces : « *Crève, salope.* »

Rainie en fit une boule qu'elle jeta par terre.

21

Vendredi 18 mai, 7 h 18

Si Ed Flanders tenait un bar depuis trente-cinq ans, ce n'était pas par vocation. Tout avait commencé presque malgré lui, par un boulot d'été plutôt sympa, idéal pour draguer les filles et se faire des pourboires incroyables. Sur le chemin de Los Angeles et de la gloire, il avait décidé de faire étape en Oregon, plus précisément à Seaside où il avait l'intention d'assister à une pièce de théâtre donnée par une troupe amateur. C'est alors qu'il avait aperçu une pancarte à la vitrine d'un bar. Après tout, pourquoi pas ?

Depuis, les années avaient filé. Au début, il s'était dit qu'il restait pour le théâtre. La troupe amateur de Seaside était plus qu'honorable, il y avait assez de touristes et le jeu en valait la chandelle. Les étés se succédaient et il espérait toujours décrocher un premier rôle, mais à force de jouer les troisièmes couteaux, il avait revu ses ambitions à la baisse et s'était dit qu'il restait là pour l'argent. Pendant les mois d'été, le métier de barman est plus que lucratif à Seaside. Par la suite, il s'était trouvé d'autres arguments plus convaincants ; à trente ans passés, il commençait à entrevoir pour l'avenir l'intérêt d'une bonne mutuelle et d'une retraite honorable. Mais surtout, il avait rencontré Jenny : le mal était fait.

Sans même s'en apercevoir, Ed Flanders avait vieilli, il était devenu grand-père et continuait à aimer Jenny comme au premier jour.

Ed Flanders avait toutes les raisons d'être heureux.

En tout cas, jusqu'au mercredi précédent, le jour où ce type était entré dans son bar, avait commandé des ailes de dinde et s'était pris la tête avec Darren – ce qui n'a rien d'un exploit en soi, il faut bien le reconnaître.

Le type avait une drôle de façon de parler des deux pauvres gamines de Bakersville et de la tuerie de la cité scolaire.

Ed Flanders avait croisé pas mal de tordus dans sa vie, mais celui-là était différent.

Ce n'était pas tant les questions qu'il posait. Comme Bakersville n'est qu'à une heure et demie de là, les gens ne parlaient que de ça, entre ceux qui prétendaient connaître Shep personnellement et ceux qui avaient de la famille à Bakersville.

Dans les bars, dans la rue, à l'église… Tout le monde ne parlait que de ça. Le plus singulier, c'est que l'étranger avait immédiatement su dire le nom de l'adjointe de Shep, alors qu'ici, personne ou presque ne la connaissait. Une certaine Lori, ou Liz… Non, Lorraine ! Lorraine Conner. Elle n'était pas passée aux actualités régionales, les types de la télé s'étaient contentés d'interviewer le maire et un flic de la police d'État, Sanders.

Comment un parfait inconnu pouvait-il connaître le nom de Lorraine Conner ?

Ed Flanders était persuadé d'avoir déjà vu ce type-là quelque part. Quelque chose dans le regard, ou peut-être le nez. Quelques années de moins, les cheveux coiffés différemment...

Il n'arrivait pas à savoir où il avait bien pu voir ce type, et ça le mettait de mauvaise humeur. Un type bizarre, malsain, qui était entré dans son bar sans crier gare et s'était comporté pour le moins curieusement.

Quelque chose chez l'inconnu déplaisait foncièrement à Ed. Et alors?

De retour dans sa chambre d'hôtel, l'inconnu se jeta sur son lit. Dieu, quelle fatigue! Avec ce qui s'était passé ces jours derniers et tout ce qu'il lui restait à faire... Les gens prétendent qu'il est facile de tuer, mais ils ne savent de quoi ils parlent.

L'inconnu fouilla dans ses poches et en extirpa une plaquette de gélules amaigrissantes. Il déchira l'emballage et en ingurgita quatre l'une après l'autre avant d'avaler un verre d'eau. La caféine lui faisait légèrement tourner la tête, mais elle lui donnait le coup de fouet dont il avait besoin.

Sa mission était loin d'être terminée.

Il avait bien failli tout faire capoter la veille. Lorraine Conner était dans un tel état d'épuisement en rentrant chez elle, il n'avait jamais imaginé un seul instant qu'elle se réveillerait en sursaut. Il venait tout juste d'atteindre le porche après avoir fait ce qu'il avait à faire dans le placard de sa chambre que déjà elle émergeait du canapé comme un zombie.

Saloperie! Il avait tout juste eu le temps de sauter par-dessus la rambarde du porche. Il allait s'enfuir comme un fou à travers bois, mais l'attitude de la jeune femme l'avait intrigué. Son maintien raide et quasi irréel, et cette façon de regarder sans voir. Il avait fini par comprendre : encore plongée dans un sommeil trouble, elle n'avait pas eu le temps de chasser les fantômes qui hantaient ses cauchemars.

Peut-être même l'avait-il réveillée sans le vouloir, ou alors était-elle en train de devenir folle. Il n'en avait pas la moindre idée. Il s'était tapi dans sa cache habituelle et avait attendu qu'elle rentre dans la maison pour s'en aller.

Cet épisode l'avait laissé sur les nerfs, au point qu'il avait été pris d'une crise de fou rire, un rire aigu et grinçant comme on en voit au cinéma. Il faudrait qu'il se montre plus vigilant dorénavant. Ce n'était pas le moment de perdre les pédales.

Pas encore.

Aujourd'hui, il comptait bien fêter ça dignement en se rendant à l'enterrement. Mais ensuite…

L'inconnu était fier d'être aussi malin, et de cela, Lorraine Conner n'allait pas tarder à s'apercevoir…

Lorraine Conner, mais aussi Pierce Quincy, Shep O'Grady et la petite Becky.

« On s'amuse comme on peut. Pas vrai, espèce de vieux con ? », pensa-t-il à l'adresse de son père.

22

Vendredi 18 mai, 7 h 53

— Danny m'a téléphoné ce matin. Je suis certaine que c'était lui.

Assise sur une chaise pliante au QG des enquêteurs, Sandy O'Grady se tordait convulsivement les mains, essayant de garder son calme.

— J'entendais des bruits de voix derrière lui, une rumeur sourde comme dans une collectivité. Mais personne ne disait rien à l'autre bout du fil. Alors je lui ai dit : « Danny, je sais que c'est toi. Je t'en prie, Danny, réponds-moi. Je t'aime. »

— Qu'a répondu Danny ? demanda Quincy.

Assis à côté d'elle, tiré à quatre épingles, il lui avait tout de suite fait penser à Mitch, son patron.

— Il n'a rien dit. Je l'ai entendu pousser un gros soupir, comme quelqu'un… quelqu'un qui ne croit plus en rien. Et puis il a raccroché.

— Tu es certaine que c'était Danny ? intervint Rainie. Adossée à la fenêtre à l'autre bout de la pièce, les bras croisés, elle prenait la parole pour la première fois. Ses joues s'étaient encore creusées pendant la nuit, et Sandy ne l'avait jamais vue dans un tel état.

Sandy ne valait pourtant guère mieux. En raccrochant, elle avait attrapé le premier sweat venu, un sweat de l'université d'Oregon plein de peinture blanche et de taches de bouillie jaune indélébiles. Les cheveux en bataille, elle n'avait pas pris de douche et n'avait pas davantage trouvé l'énergie de se maquiller. Elle n'avait plus la force de rien.

— C'était bien Danny, répondit-elle d'un air têtu. Shep nous a fait mettre sur liste rouge il y a deux jours, et il n'y a que la famille et l'avocat qui ont notre nouveau numéro. Depuis, on ne reçoit plus d'appels comme avant.

— Comment se comportent les voisins avec vous ? s'enquit gentiment Quincy.

— Ça dépend desquels.

Sandy faisait tout pour garder la tête haute.

— Nos meilleurs amis restent très présents. Sinon, il y a un couple du quartier qui est venu hier soir avec une assiette de cookies pour parler avec nous. Des gens que je ne connais pas mieux que ça. C'est vrai qu'il y a des moments difficiles, mais aussi quelques bonnes surprises. Pour certaines personnes, Danny reste innocent tant qu'il n'a pas été jugé coupable.

Sandy ne put s'empêcher d'interroger Rainie du regard.

— Je n'ai pas le droit de t'en dire plus, c'est une enquête officielle, déclara Rainie sèchement.

— Rainie, tu dois comprendre que c'est mon fils. Je sais qu'il va mal et qu'il est capable de se suicider. Encore hier, il a voulu s'ouvrir les veines avec une fourchette. Je ne sais pas combien de temps il va tenir comme ça dans ce centre. Je ne sais plus quoi faire. Shep m'a dit que la police avait la preuve que quelqu'un d'autre était présent au moment de la fusillade. Il m'a parlé de cartouches bizarres ou je ne sais quoi. Même avec ça, tu ne peux rien faire ? Tu ne peux pas le faire libérer ? Je voudrais tant que Danny rentre à la maison. Je t'en prie…

La voix de Sandy se brisa. Elle était loin d'être intime avec Rainie. Les deux femmes se connaissaient, bien sûr, mais avant tout à cause de Shep. Elles n'avaient jamais eu d'atomes crochus. Rainie venait pourtant dîner régulièrement chez les O'Grady. Elle avait joué avec Danny et Becky et donnait l'impression de les aimer sincèrement. Elle ne pouvait pas avoir oublié toutes ces heures passées ensemble. Elle ne pouvait pas être insensible au drame de Danny.

Et pourtant, Rainie restait impassible, son uniforme formant une sorte de rempart entre les deux femmes. Pour la première fois, Sandy sentit que Rainie ne la voyait plus comme la femme de son patron, mais comme la mère d'un tueur adolescent dans le contexte anonyme de ce bureau improvisé. Désespérée, elle reprit :

— Shep pourrait peut-être vous aider à retrouver celui qui a fait ça.

— Nous n'avons pas besoin de Shep, répondit froidement Rainie. C'est de Becky dont nous avons besoin.

— Becky ? Mais pourquoi ?

— Est-ce qu'elle passe encore ses nuits dans un placard, Sandy ?

— Je ne vois pas en quoi…

— Elle a pourtant vu quelque chose. Nous le savons. Shep et toi, vous n'arrêtez pas de dire que vous voulez connaître la vérité. Alors laissez-nous lui parler.

— Avery Johnson ne voudra jamais.

— Il n'a rien à voir là-dedans.

— Bien sûr que si! C'est notre avocat. On va être obligé d'hypothéquer la maison pour payer ses honoraires, alors autant lui faire confiance. Il doit savoir ce qu'il fait, tout de même.

— Tu crois qu'il sait ce qu'il fait, pour Becky? rétorqua Rainie. La pauvre petite passe son temps à s'enfermer dans un placard, elle fait des cauchemars, et Luke dit qu'elle a une mine de déterrée. Vous comptez la laisser comme ça longtemps?

— Le médecin dit que ça finira par passer.

— Mais pourquoi attendre?

— Il est hors de question que vous parliez à Becky! Mais enfin, Rainie, tu ne comprends donc pas que je n'ai plus qu'elle?

Les lèvres de Rainie se pincèrent et elle jeta un regard hostile à Sandy qui le lui rendit aussitôt. Comment Rainie aurait-elle pu comprendre? Elle n'avait pas d'enfants…

— Nous avons la preuve que Danny n'a pas tué Mlle Avalon, reprit Rainie. À cause de la trajectoire de la balle.

— Merci, mon Dieu!

Pour la première fois depuis le drame, Sandy se sentait tout à coup plus légère.

— Il y avait donc bien un inconnu en noir à l'école. C'est lui le tueur et Danny aura été traumatisé par ce qu'il a vu. Mais alors, qu'est-ce qu'on attend pour le libérer?

— Madame O'Grady, répondit Quincy d'une voix calme. Vous ne savez pas encore tout au sujet de Danny. Mais je sais que vous vous posez des questions, sinon vous ne seriez pas ici aujourd'hui.

— On pense qu'il a probablement tué Sally et Alice, ajouta Rainie brutalement.

— Mais je ne comprends pas... Et l'homme en noir?

— La balistique a pu identifier les balles qui ont tué les deux fillettes. Elles proviennent du revolver que Danny a apporté à l'école. Nous avons également découvert ses empreintes sur les douilles retrouvées sur place.

— Ça veut dire qu'il a chargé les armes, mais pas nécessairement qu'il s'en est servi, répliqua Sandy. C'est ce que Shep m'a expliqué. Les empreintes ne prouvent rien.

— On a retrouvé les empreintes de Danny sur plus de *cinquante* douilles, ce qui signifie qu'il a été obligé de recharger son arme au cours de la fusillade.

— Shep m'a dit qu'on avait utilisé des chargeurs automatiques. Danny a pu préparer les armes et les chargeurs, mais c'est le fameux inconnu qui a tiré.

Rainie quitta la fenêtre et s'approcha d'un air exaspéré.

— Réfléchis un peu, Sandy! Danny arrive à l'école avec un revolver et un semi-automatique qu'il a chargés lui-même. Il prend la précaution d'apporter des munitions supplémentaires, et tu continues à croire que c'est un simple témoin innocent?

— Mais il n'a que treize ans...

— Il est bien assez grand pour appuyer sur une gâchette.

— Il est très perturbé...

— Il a même avoué à plusieurs reprises!

— Il avait peur, il ne savait pas ce qu'il disait...

— Il a raconté à Charlie Kenyon qu'il avait l'intention de faire la peau à son père! Mais enfin, Sandy, il est temps de regarder les choses en face ! C'est pas comme si on avait surpris Danny en train de fumer une cigarette ! Il a participé à un triple meurtre, au minimum en fournissant des armes, et peut-être même en assassinant deux pauvres gamines de huit ans. Au nom du ciel, réveille-toi !

— Mon fils n'est pas un assassin.

— Et si c'était le cas ? Comment réagirais-tu ?

Rainie s'arrêta net, éreintée. Sandy en profita pour reprendre sa respiration. Elle regardait l'adjointe de son mari droit dans les yeux. Jamais elle n'avait haï quelqu'un à ce point. Comment osait-elle parler de Danny comme ça ? Elle avait dîné chez eux des dizaines de fois. Et Danny, en adoration devant elle, insistait toujours pour être assis à ses côtés. Quel monstre de froideur et d'ingratitude !

Sandy s'aperçut alors que les yeux de Rainie étaient brillants et qu'elle faisait des efforts surhumains pour ne pas pleurer.

La colère de Sandy se vida d'un seul coup, comprenant soudain la frustration de Rainie. Submergée par une vérité qu'elle voyait clairement pour la première fois, Sandy baissa enfin sa garde.

Danny, toujours seul, sans amis. Danny et ses accès de violence trop longtemps contenus. Danny, incapable de trouver sa place auprès d'un père autoritaire, ou même à l'école. Danny et sa passion pour les armes à feu.

Sandy, prise de vertiges, se raccrocha à son siège.

— Ça va aller, madame O'Grady ? demanda Quincy.

— J'ai besoin de souffler quelques instants.

Elle regardait fixement le plancher afin de se raccrocher à une réalité tangible. Les minutes s'écoulaient, mais elle n'en avait qu'une perception trouble, comme si le temps avait brusquement ralenti sa course. Un froid pesant envahit progressivement Sandy, et elle fut saisie de tremblements.

— Je ne sais plus quoi faire, murmura-t-elle. Je ne sais même plus qui je dois croire.

Le premier, Quincy reprit la parole :

— Je suppose que votre avocat a demandé à un psychologue d'examiner Danny ?

— Oui. Le tribunal a nommé un autre expert, mais ils n'ont pas encore vu Danny. Si j'ai bien compris, ils mettront des mois à rédiger leur rapport. Peut-être même six mois.

— C'est votre fils, madame O'Grady, et vous le connaissez mieux que quiconque. De quoi pensez-vous qu'il ait besoin aujourd'hui ?

— Je ne peux rien vous dire, dit-elle en partant d'un rire sinistre. C'est malheureusement vrai. L'avocat et mon mari m'ont interdit de vous parler sous prétexte que vous représentez l'autorité judiciaire et qu'à ce titre vous êtes susceptibles de témoigner au procès. Quant à mon fils, il pense uniquement à se suicider et n'a le droit de parler à personne. Il doit impérativement garder le silence, de peur qu'on retienne ses déclarations contre lui. Mon Dieu, mon Dieu ! Qu'est-ce que je peux faire ?

Quincy et Rainie restèrent silencieux.

Les yeux de Sandy s'embuèrent, mais elle poursuivit malgré ses larmes :

— Je n'arrive pas à comprendre comment marche la justice. On m'a enlevé mon fils, on l'a emprisonné pour meurtre, mais vu la façon dont fonctionne le système, ça prendra des années avant qu'il soit jugé.

En attendant, Danny restera enfermé dans cet endroit sans parler à personne au milieu de délinquants patentés. Et même si on finit par l'innocenter dans un an ou deux, comment pourrait-il s'en tirer ? D'un côté, j'ai peur que le système soit en train de broyer la vie d'un enfant innocent ; de l'autre, j'ai encore plus peur qu'il soit coupable. Mon Dieu, Rainie, et si c'était lui ? Qu'est-ce qu'on va pouvoir faire ?

Pendant qu'elle parlait, Quincy s'était accroupi devant elle. Sandy ne s'était pas attendue à éprouver la moindre sympathie pour cet homme-là. Shep le lui avait présenté comme un ennemi à éviter à tout prix. Au lieu de cela, Sandy découvrait un homme au regard compréhensif qui avait sur elle un effet apaisant. Alors qu'il lui semblait s'enfoncer toujours plus profondément dans des sables mouvants, l'agent enquêteur Quincy, lui, avait l'air de dominer la situation.

Il lui prit la main. Celle de Quincy était tiède.

— Tout espoir n'est pas perdu, dit-il simplement.

— Mais comment ? Notre avocat prétend que si Danny est jugé et reconnu coupable par une cour d'assises, on l'enfermera pour le restant de ses jours, même s'il a treize ans.

— Oui, mais son âge lui permet d'éviter la cour d'assises selon la loi de cet État. Avant d'être jugé, on va commencer par examiner attentivement son cas, et il faut s'en réjouir car l'affaire ne manque pas d'éléments troublants.

Sandy leva les yeux sur lui et Quincy poursuivit, comptant sur ses doigts :

— Primo, nous avons la preuve qu'il y avait quelqu'un d'autre. Si nous pouvons identifier cette personne, nous arriverons peut-être à prouver que

Danny a été manipulé, ou bien même qu'on l'a forcé à agir.

Sandy acquiesça faiblement.

— Secundo, examinons le cas même de Danny. Le fait qu'il soit actuellement sous surveillance étroite pour prévenir toute tentative de suicide est un point positif. Cela veut probablement dire que Danny a des remords. C'est peut-être un enfant très perturbé, mais ce n'est pas un psychopathe en herbe.

— Ou alors il a subi un traumatisme trop fort pour lui, ajouta Sandy d'un ton plus ferme. Tout le monde s'accorde à reconnaître qu'il y avait quelqu'un d'autre. En apportant ces armes au collège, Danny a peut-être obéi aux instructions de quelqu'un. Il ne comprenait pas forcément ce qui allait se passer, et après, il était trop tard.

— Il a avoué, répondit Rainie sèchement.

— Voilà pour les points positifs, madame O'Grady, reprit Quincy calmement. Maintenant, il faut aussi regarder les choses en face.

Sandy marqua une hésitation et se mordilla la lèvre. Elle avait compris où il voulait en venir, et elle avait peur. Dans le secret de son âme, elle avait déjà été jusqu'au bout du raisonnement. Danny était un enfant perturbé, et elle portait sa part de responsabilité en tant que mère qui n'avait pas su prévenir ce drame. Les gens n'avaient pas manqué de poser la question au moment de la fusillade : Et les parents? Pourquoi n'ont-ils rien fait?

Je suis… désolée, je travaillais ce jour-là.

— Je suppose que Danny a des sautes d'humeur, non? demanda Quincy. Il reste longtemps sans rien dire, et puis il explose.

— Vous voulez sans doute parler de l'incident des casiers à l'école.

— Il est très solitaire.

— Il n'y a pas beaucoup de garçons de son âge dans notre quartier.

— Mais il n'a pas vraiment d'amis à l'école.

— Il se passionne pour l'informatique.

— Madame O'Grady, Danny a des problèmes relationnels. Il refoule ses frustrations, vous le savez. Il ne dispose pas autour de lui de l'appui dont il aurait besoin, et les difficultés que vous connaissez dans votre couple ne sont pas faites pour arranger les choses. Et puis il est en conflit larvé avec son père. Danny lui en veut, mais en même temps Shep lui fait peur. Toutes les conditions sont réunies pour un transfert, et pour qu'il s'en prenne à quelqu'un d'autre, quelqu'un dont il n'aurait pas peur.

— Par exemple, les deux petites filles ? murmura Sandy.

— Ou bien un chat ou un chien.

— Danny n'a jamais fait le moindre mal à un animal, s'empressa de répondre Sandy. Becky ne le supporterait pas, et Danny s'est toujours montré très protecteur avec sa sœur.

— C'est une bonne chose de savoir que les symptômes de Danny ne sont pas aussi graves. Il n'en reste pas moins qu'il présente un comportement caractéristique. Il faut le traiter, pour son propre bien.

Sandy hésita avant de répondre.

— Oui, mais comment ?

— Il faut s'attaquer à toute cette haine refoulée. Il doit apprendre à gérer ses frustrations de manière raisonnée plutôt que d'attendre le point de non-retour. La plupart des experts conseillent pour commencer de faire du sport quotidiennement.

— Il n'est pas très sportif.

— D'accord, mais il pourrait au moins marcher en famille tous les jours. Ou alors faire des arts martiaux, ce qui plaît à beaucoup d'adolescents.

— Il… il faudrait que je me renseigne.

Quincy approuva de la tête avant de poursuivre :

— Dans le cas de Danny, il faudrait également éviter les livres, les films et les jeux vidéo susceptibles d'entretenir ses pulsions violentes.

— Danny n'a jamais manifesté beaucoup d'intérêt pour les films de violence. Maintenant, je ne pourrais honnêtement pas vous dire ce qu'il fait quand il surfe sur l'internet.

— Avec un fils perturbé comme le vôtre, madame O'Grady, il est très important de savoir ce qu'il lit et quels sont les sites qu'il fréquente. C'est essentiel.

Sandy baissa la tête.

— Le problème de Danny avec son père est plus complexe, reprit Quincy d'une voix calme. Votre mari et votre fils ont besoin de consulter un conseiller parental, ensemble ou bien chacun de leur côté. Il serait peut-être bon également que Danny ait une sorte de référent au sein même de votre famille. L'un de ses grands-parents, par exemple, ou bien un oncle ou une tante. Quelqu'un à qui il puisse s'adresser quand les choses ne vont pas bien à la maison.

— Je n'y ai jamais pensé, avoua Sandy. Notre famille n'est pas très grande. Les parents de Shep sont morts il y a longtemps. Quant aux miens… Dieu sait qu'ils adorent les enfants, mais ce ne sont pas les gens les plus expansifs de la Terre. C'est dans leur caractère.

Elle s'arrêta quelques instants.

— Vous pensez que… que les problèmes de Danny sont liés au fait que j'ai recommencé à travailler ?

Quincy lui sourit avec beaucoup de gentillesse.

— Non, madame O'Grady. Les mères qui travaillent ne sont pas nécessairement de mauvaises mères. On trouve également des enfants à problèmes dans des familles où la mère ne travaille pas.

Sandy hocha la tête. Elle n'était pas prête à le reconnaître, mais elle se sentait soulagée. Elle hésita un court instant avant de demander :

— Mon fils était déjà perturbé. Aujourd'hui, on sait qu'il a au moins assisté à trois meurtres. Comment va-t-il réagir ?

— Il faut qu'il se débarrasse de cette vision d'une manière ou d'une autre. Un traumatisme rentré comme celui-là serait pire que tout.

— Et si… s'il est lui-même responsable de quelque chose de terrible ?

Quincy conserva longtemps le silence avant de répondre :

— Il lui faudra beaucoup d'aide. Dans ce cas, il est probable qu'il se sent coupable et qu'il s'en veut énormément. Il faut l'aider à accepter ce qu'il a fait. Sinon, il court le risque d'enfouir ce traumatisme et de se prendre pour un tueur impitoyable, ce qu'il deviendra inévitablement si on ne fait rien.

On frappa à la porte et Luke Hayes passa la tête. Il fit signe à Sandy :

— Il faut y aller, dit-il.

— Déjà ?

Sandy regarda sa montre. Ses mains tremblaient si fort qu'il lui fallut quelques secondes pour arriver à lire l'heure. 9 heures. L'enterrement d'Alice et de Sally n'était prévu qu'à 13 heures, mais sans doute les gens commençaient-ils à s'y rendre pour être sûrs de trouver de la place.

Elle n'avait guère le choix, il lui fallait rentrer chez elle. Les ordres du maire étaient stricts, la famille O'Grady n'avait pas le droit de sortir de chez elle ce jour-là afin d'éviter tout incident. Sandy trouvait cette mesure encore plus douloureuse que tous les coups de téléphone de menace, les graffitis et les salades empoisonnées réunis.

Elle se leva lentement et prit son sac à main. Elle était venue dans l'espoir de trouver des réponses simples, sans se faire trop d'illusions.

Elle aimait tant Danny. Avait-on le droit de continuer à aimer son propre fils s'il avait tué ? Avait-on le droit de pleurer la mort de Sally Walker et Alice Bensen tout en espérant sauver ce fils ?

Prise d'un malaise, elle se demanda si elle trouverait la force de rentrer chez elle.

Sur le pas de la porte, elle se tourna une dernière fois vers Rainie :

— Tu as une idée de l'identité de la personne qui se trouvait là, de celui qui nous a fait ça ?

Rainie eut une courte hésitation.

— Est-ce que Danny t'a jamais parlé de quelqu'un surnommé NoLava ?

Sandy lui lança un regard étonné.

— Bien sûr. *NoLava@aol.com.* C'était l'adresse e-mail de sa professeur d'informatique. Avalon à l'envers.

23

Vendredi 18 mai, 10 h 05

Il était 10 heures passées de quelques minutes lorsque Rainie et Quincy montèrent dans la voiture de Luke Hayes. Chuckie ayant déjà pris place à côté de Luke, ils durent s'installer à l'arrière. Chuckie, manifestement mal à l'aise à l'idée de ce manquement aux règles les plus élémentaires de la hiérarchie, lançait de fréquents coups d'œil par-dessus son épaule. Comme son manège se répétait, Quincy posa son visage contre le grillage de protection installé entre les deux banquettes ; lorsque Chuckie se retourna peu après, il poussa un cri de frayeur.

Luke soupira lourdement. Rainie secoua la tête en levant les yeux au ciel, et Quincy se recula sur son siège, satisfait de sa plaisanterie.

— Vous avez décidé de mettre en boîte mon collègue, pas vrai ? finit par dire Luke d'un air distrait.

Penché en avant, il regardait attentivement ce qui se passait devant chez Sandy et Shep. Son chapeau posé à côté de lui pour éviter que les bords ne limitent son champ de vision, il avait la tête au niveau du tableau de bord, et observait ainsi l'activité du quartier sur toute la longueur de la rue. S'il se contentait le plus souvent de suivre le ballet des voitures, son regard se portait parfois sur le toit des maisons. Luke était lui-même trop fin tireur pour ne pas savoir que le danger vient parfois d'en haut.

— Rien d'anormal? demanda Rainie.

— Le grand calme.

— Et toi, Chuckie, comment ça se passe?

Le jeune policier caressait machinalement le manche de sa matraque, comme s'il s'agissait d'un chat.

— Pas trop mal, grommela Chuckie.

Il baissa les yeux, évitant le regard de la jeune femme. Il avait la mine défaite, les cheveux ébouriffés. Rainie n'avait guère eu le temps de penser à son jeune collègue depuis trois jours, et elle fut surprise de le voir aussi perturbé.

— Cunningham, lâcha-t-elle brutalement.

Chuckie se retourna à contrecœur, et Rainie l'observa longuement. Chuckie n'était pas dans son assiette. Il avait des poches sous les yeux et un tic lui agitait régulièrement la main. Il avait fini par comprendre qu'il ne suffit pas de jouer les durs pour faire un bon flic; il y a un monde entre la théorie et la pratique dans l'univers de la police. Rainie s'en voulait de ne pas s'être occupée de lui plus tôt.

— Tu as bien fait ton boulot mardi, lui dit-elle.

— Tu parles! marmonna Cunningham. J'ai pété une porte, laissé des empreintes de pas partout où il ne fallait pas, je me suis fait engueuler par les types de l'identité judiciaire, et l'inspecteur Sanders m'a dit que j'étais une calamité.

— Sanders n'est qu'un grand con. Tu as fait de ton mieux, Chuckie. Le reste viendra avec le temps.

Chuckie baissa à nouveau les yeux, pas rasséréné manifestement. Lorsqu'il s'était porté volontaire pour ce boulot, il rêvait de sauver des vies et de protéger ses concitoyens. Il ne pensait jamais connaître un jour ce sentiment d'impuissance qui taraude inévitablement les protagonistes d'un drame, surtout s'ils sont arrivés trop tard. Rainie connaissait elle-même trop bien ce sentiment. Elle savait que George Walker lui en voulait mortellement de ne pas être venue lui présenter ses condoléances. Elle aurait dû le faire dès le premier jour, mais n'avait pu se résoudre à sonner à la porte de parents éplorés pour sortir les banalités d'usage, assise sur un mauvais canapé. C'était au-dessus de ses forces.

Rainie se tourna vers Luke dont la surveillance ne s'était pas relâchée. La maison des O'Grady était un joli pavillon de cinq pièces avec un double garage. Des murs gris clair avec des fenêtres blanches. La porte de l'un des deux garages était plus claire que l'autre, et Rainie se demanda si Sandy et Shep pourraient encore la regarder sans penser aux inscriptions désormais cachées par la peinture neuve.

— Il faut qu'on parle, dit-elle à Luke.

Il fit oui de la tête. Il avait l'air épuisé après son périple à Portland, la veille. Ses joues étaient mal rasées et son uniforme froissé, mais son regard n'avait rien perdu de son acuité et ses mains ne tremblaient pas. Luke était le genre de type sur lequel on peut toujours compter.

— Comment ça s'est passé à Portland ? demanda Rainie.

Il fronça les sourcils.

— Je pensais qu'on attendrait la fin de l'enterrement pour parler de ça.

— Nous avons du nouveau, et il faut faire vite. Rien ne nous empêche de discuter tout en surveillant le quartier.

— Comme tu veux.

Luke donna une petite tape sur le genou de Chuckie.

— Va nous chercher du café, Cunningham.

— Encore ?

— Trois gobelets, et pas du jus de chaussettes. Il faut faire bonne impression à notre ami du FBI, répondit Luke en lançant un coup d'œil dans le rétroviseur.

— Un café noir pour moi, précisa Quincy.

Chuckie poussa un grognement. Il savait qu'il était inutile d'insister. Il descendit de la voiture et se dirigea vers une petite épicerie au coin de la rue.

— Chuckie a besoin d'un peu de recul, reprit Luke dès que le jeune flic eut disparu.

— Je m'en suis aperçue.

— C'est un bon bougre, Rainie, mais il en a pris plein la figure.

— Que proposes-tu ?

Luke haussa les épaules.

— À son âge ? On devrait lui faire faire un peu de tir avant de lui faire prendre une bonne cuite. Il s'en remettra.

— Stress, flingues et alcool, remarqua Quincy sèchement. Je me demande pourquoi le ministère des Anciens Combattants n'y a pas pensé plus tôt.

Luke grimaça un sourire.

— Vous préférez sans doute les psys avec leur divan ? Ouais... Eh bien je peux vous dire que les poules auront des dents le jour où notre Chuckie ira confier ses petits soucis à un type en costard. Désolé de vous décevoir, monsieur le fédéral, mais je crois qu'on connaît mieux nos gars que vous.

— C'est bon, ça va comme ça, intervint Rainie. Raconte-nous plutôt ta rencontre avec les Avalon hier à Portland.

Luke se rembrunit aussitôt. Il soupira lourdement, détournant le regard en direction de la maison de Shep.

— Bon sang, Rainie ! Tu es forcée de commencer par les questions à cent dollars ?

— M. Avalon est-il suspect, à ton avis ?

— Écoute, j'ai passé trois heures avec lui et je serais infoutu de te le dire. D'abord, Mme Avalon n'est pas la mère de Melissa. Si j'ai bien compris, la vraie mère est morte en couches. J'ai donc rencontré Daniel Avalon, le père de Melissa, et sa belle-mère, Angelina.

— *Daniel* Avalon ? nota aussitôt Quincy.

— Eh oui ! répliqua Luke gravement. Bizarre, Rainie. Très bizarre. M. Avalon vient d'une famille riche. Il a gagné beaucoup d'argent dans l'immobilier en achetant des terrains dans la partie centrale de l'État et en les revendant au moment du boom. Les Avalon vivent dans une vieille demeure victorienne à Lake Oswego. Je suppose qu'on peut dire que c'est une belle maison, mais il y avait tellement de bibelots fragiles partout que j'avais peur d'éternuer. Ils m'ont servi une tasse de thé dans de la vraie porcelaine et Mme Avalon portait une robe tout droit sortie d'un roman de Jane Austen. Le genre guindé avec des froufrous en dentelle et une broche à camée. Quant à M. Avalon, il est du style costume en tweed, et sa femme a le droit de parler uniquement quand il lui en donne l'autorisation. Tu vois le topo.

— Ce n'est pas encore un crime d'être coincé et prétentieux, que je sache.

— Puis-je poser une question ? intervint Quincy.

— Avec le plus grand plaisir, cher ami, répondit Rainie.

Elle se tenait aussi loin de lui que possible sur la banquette arrière, et Quincy faisait semblant de ne pas s'en apercevoir.

— M. Avalon a-t-il mis longtemps avant de se remarier ? Au moins une douzaine d'années ?

Luke lui jeta un coup d'œil étonné avant de répondre :

— Treize ans.

— Comment parlait-il de sa fille ? Fièrement, mais comme si c'était encore une petite fille ? Je ne sais pas, du genre : « Quand Melissa avait huit ans, elle dansait merveilleusement bien », ou alors « Melissa avait un sourire adorable quand elle était petite. Elle séduisait tout le monde à l'école primaire. » A-t-il fait la moindre référence à la Melissa d'aujourd'hui ?

— Quand j'y pense, c'est vrai qu'il y avait des photos d'elle partout, mais surtout quand elle était petite. Melissa à un gala de danse, à un concours de piano à dix ans, vous voyez le genre.

— Aucune photo de sa mère ?

— Je n'en ai pas vu.

— Et sa chambre ? Une chambre de petite fille avec des volants roses et des ours en peluche ?

— Oui, et une collection de clowns.

Quincy hocha la tête.

— Je ne serais pas surpris d'apprendre que M. Avalon ait eu des relations anormales avec sa fille.

— Des rapports incestueux ? demanda Rainie, incrédule. Je ne sais pas comment on peut arriver à dormir avec des idées pareilles plein la tête.

— Je n'ai aucun moyen d'être sûr de ce que j'avance, reprit Quincy, mais nous sommes en présence de tous les symptômes habituels. Un père dominateur qui élève seul sa fille pendant treize ans. Un père très attentif en apparence. Je suis convaincu qu'en grattant un peu sous le vernis, on trouverait tous les voisins et tous les profs possibles et imaginables pour confirmer que M. Avalon et sa fille étaient très « proches » l'un de l'autre, et qu'il « veillait » sur elle avec une attention toute particulière. Et puis au moment de la puberté, tout s'arrête. La fille pourrait se retrouver enceinte, elle commence à avoir un corps de femme, et la plupart de ces types-là n'aiment pas ça. M. Avalon décide de se remarier et il épouse une femme soumise qui va lui servir d'alibi aux yeux du monde. Désormais, il ne vit que dans le souvenir d'une époque révolue qu'il préserve jalousement.

— M. Avalon a-t-il un ordinateur chez lui ? demanda Rainie.

— Oui, dans son bureau.

Elle se tourna vers Quincy.

— Si Avalon avait des relations avec sa fille, de quel œil verrait-il sa liaison avec VanderZenden ?

— Forcément mal, mais ce serait le cas avec n'importe quel autre homme. Dans sa tête, sa fille lui appartient.

— Voilà qui explique tout. Il apprend qu'elle sort avec son principal, se fâche…

— Ouais, mais il a un alibi, interrompit Luke.

Rainie et Quincy le regardèrent avec une telle intensité que Luke en était presque gêné :

— Je n'y peux rien, Rainie. Je suis resté jusqu'à 11 heures du soir pour tenter de trouver une faille dans son emploi du temps. J'ai dû me mettre à dos la moitié des notables de la ville, mais il a un alibi en béton. Il a assisté à une réunion de boulot toute la journée de mardi. Sa secrétaire est prête à en jurer devant un tribunal, et deux autres gros bonnets confirment ses dires. Ils sont restés à discuter d'une affaire quelconque de midi à 7 heures du soir.

Rainie se mordilla la lèvre.

— Tu as eu le temps de t'assurer de la crédibilité des deux témoins ?

— Tu veux dire entre minuit et 6 heures du matin ?

— M. Avalon n'a pas l'air de manquer d'argent, poursuivit Rainie. Si les deux types en question sont en affaires avec lui, qui sait s'ils ne sont pas prêts à témoigner en sa faveur pour lui être agréables ?

— C'est possible, mais je ne vois pas comment on pourrait le prouver. Et puis il y a autre chose. J'ai demandé à M. Avalon s'il était déjà venu à Bakersville. Il m'a répondu qu'il n'y avait jamais mis les pieds. Mais avant d'aller chez lui, j'ai mené ma petite enquête auprès du trésor public et il se trouve qu'il a une petite baraque dans le comté de Cabot, à une demi-heure d'ici. Quand je lui ai posé la question, il m'a dit que c'était un petit chalet dont il ne se servait jamais et qu'il réservait à ses clients amateurs de chasse. Sa femme a confirmé, ce qui ne veut pas dire grand-chose. Je ne sais pas. Il y a des trucs bizarres là-dessous, Rainie, mais je ne sais pas quoi en penser.

Luke profita du silence qui s'installait pour observer les alentours. Un adolescent à vélo venait de tourner le coin de la rue. Avec son jean trop large et son grand polo, il n'avait rien de remarquable, sinon un sac de toile verte en bandoulière. Il avait pourtant l'air de s'intéresser de près à la maison des O'Grady.

— Voilà ce que je me suis demandé, grommela Luke en martelant d'un doigt son volant sans quitter l'adolescent des yeux. Pourquoi avoir attendu que Melissa ait vingt-huit ans ? Si Quincy a raison, pourquoi papa Avalon n'a-t-il pas craqué plus tôt ?

— Il peut y avoir plusieurs raisons à ça, répondit Quincy.

Il avait également remarqué le manège du gamin à vélo. Chuckie apparut au coin de la rue, un carton rempli de quatre gobelets de café fumant à la main.

— Était-ce la première fois que Melissa quittait la maison de ses parents ?

— Ouais, confirma Luke.

— Voilà une réponse possible à votre question.

— Je me demande si on ne va pas chercher midi à quatorze heures, murmura Rainie tout en changeant de position sur son siège pour mieux observer ce qui se passait à l'extérieur. M. Avalon a un mobile, de l'argent, et sa fille meurt d'une balle en pleine tête.

— Elle meurt assassinée, précisa Quincy.

— Qui nous dit qu'il s'agissait vraiment d'une fusillade en milieu scolaire ? On aurait très bien pu monter la tête à Danny pour faire diversion, dans le but de faire croire que Melissa Avalon avait été victime d'une tuerie. Le hic...

— Le hic, c'est qu'il a malencontreusement assassiné deux pauvres gamines au passage, remarqua sèchement Quincy.

Il s'interrompit brutalement.

Le gamin à vélo avait ralenti devant la maison des O'Grady et s'emparait soudain de son sac à dos...

Luke ouvrit sa portière d'un coup d'épaule. Rainie s'apprêtait à faire de même lorsqu'elle s'aperçut que la sécurité était mise et qu'elle se trouvait coincée avec Quincy à l'arrière de la voiture de police. Du coin de la rue, Chuckie comprit qu'il se passait quelque chose d'anormal et lâcha ses cafés pour se précipiter à son tour, son arme à la main.

— Non ! hurla-t-elle en vain en tapant des poings sur sa vitre. Non, Chuckie, non !

Le gamin vit Luke fondre sur lui avant d'apercevoir Chuckie avec son arme de service. Il s'arrêta, pétrifié.

— Stop ! lui ordonna Luke.

Rapide comme l'éclair, le jeune garçon lança son sac de toutes ses forces en direction de Luke avant de prendre la fuite. Déséquilibré, Luke faillit tomber. À l'autre bout de la rue, Chuckie se démenait toujours avec son arme. Rainie se trouvait trop loin pour en être certaine, mais elle avait cru voir des larmes rouler sur les joues de son jeune collègue.

— Putain de putain de putain ! s'écria Luke.

Retrouvant son équilibre, il laissa tomber le sac à dos vert mais il était trop tard. Le gamin avait disparu entre les rangées de maisons. Furieux, Luke rejoignit la voiture à grandes enjambées et délivra Rainie et

Quincy. Quelques instants plus tard, ils entouraient tous les trois le sac tombé sur le trottoir tandis que Cunningham arrivait enfin, tout essoufflé.

— Qu'est-ce qu'il a fait ? demanda-t-il en tentant de reprendre son souffle. Qu'est-ce qui s'est passé ? Il voulait faire quoi avec ce sac ?

— Une chose à la fois, Cunningham, gronda Rainie avant de se tourner vers Luke. Celui-ci haussa les épaules, se mit à quatre pattes sur le trottoir et colla son oreille contre le sac de toile.

— Aucun tic-tac.

Il le ramassa et fronça les sourcils :

— On dirait des bouquins…

D'un geste résolu, il ouvrit la fermeture Éclair. Deux gros volumes reliés plein cuir tombèrent sur le trottoir. L'inscription en lettres d'or sur la tranche ne laissait aucun doute : il s'agissait de l'Ancien et du Nouveau Testaments. Une Bible ! Sur un petit mot scotché à même la couverture du premier volume, on pouvait lire : « *Pour les O'Grady. Dieu est miséricorde.* »

— Doux Jésus ! s'exclama Chuckie. Quand je pense que j'ai failli *tirer* sur ce pauvre gosse !

D'une voix douce, Quincy ajouta :

— Je crois que nous devrions tous prendre le temps de souffler un peu.

Luke ramassa les deux volumes et se dirigea lentement vers la maison. Arrivé sur le pas de la porte, il les déposa délicatement. Puis, sans un mot, il retourna à sa voiture et s'installa au volant pour reprendre sa veille, penché sur le volant comme il l'était encore quelques minutes plus tôt, la main posée sur son chapeau.

24

Vendredi 18 mai, 11 h 27

Becky O'Grady posa doucement la main sur la bouche en fil noir de Gros Ours qui la regardait fixement de ses grands yeux dorés.

— Chhhhut ! lui dit-elle. Il ne faut pas faire de bruit.

Becky savait que Gros Ours n'aimait pas le placard. Il avait toujours eu peur du noir, mais c'était un ours brun très courageux, et il ne dit rien lorsque Becky tourna lentement la poignée pour ouvrir la porte du placard.

La dispute s'était arrêtée dans le salon, et Becky se figea sur place. Papa et maman se grondaient depuis un long moment déjà. À propos d'un monsieur que maman avait vu ce matin, et papa lui avait dit qu'elle n'aurait jamais dû faire ça et lui reprochait de ne jamais lui faire confiance quand il disait quelque chose, c'était toujours comme ça.

La maman de Becky n'avait pas l'air contente. Elle avait même dit au papa de Becky qu'il faisait un rejet. Becky ne savait pas très bien ce qu'était un rejet, mais elle était triste de voir sa maman aussi fort en colère contre son papa. D'abord, Becky aussi faisait un rejet. C'est les docteurs qui l'avaient dit.

Ça devait être une méchante maladie. Sinon pourquoi sa meilleure amie, Jenny, ne venait plus jouer avec elle ? Comme la fois où elle avait eu la varicelle. Personne n'avait eu le droit de jouer avec elle et elle avait très fort envie de se gratter tout le temps. Alors maman avait fait un truc rigolo, elle avait préparé un bain avec de l'eau très chaude et des flocons d'avoine. Comme un bol de céréales géant. Becky n'aimait quand même pas beaucoup la varicelle, même si Mamie Surmon lui avait fait son gâteau préféré. Un gâteau à la banane, même que Danny n'avait le droit d'en manger que si Becky était d'accord. C'était plutôt cool.

Mais aujourd'hui, Becky avait très mal au cœur rien qu'en pensant à Danny. Heureusement que Gros Ours était là.

Et voilà que ça recommençait dans le salon. Papa criait contre maman, il lui disait qu'elle n'aimait pas Danny comme il faut. Maman criait contre papa, elle lui disait que tout ce qui était arrivé était de sa faute :

— Et les armes, Shep ? Qui les lui a données, ces armes ?

Becky décida de retourner dans son placard. Elle ferma la porte pour se retrouver dans le noir et les voix se turent. Elle s'accroupit sur la vieille couverture que maman avait mise là pour elle et serra très fort Gros Ours.

Quand elle se retrouvait toute seule dans le noir comme ça, seule avec Gros Ours, c'était presque comme avant. Le poids qu'elle avait sur la poitrine depuis cette drôle de journée s'en allait, et elle avait moins de mal à respirer. Elle se sentait en sécurité et ça faisait du bien. Dans son placard, plongée dans le noir, personne ne pouvait lui faire de mal.

Il lui suffisait de fermer les yeux et ses cauchemars s'en allaient. Elle pouvait enfin rêver tranquillement de chats et de nuages, et de toutes les choses qu'elle aimait le plus.

Elle voulut essayer à nouveau et commença par fermer très fort ses petits yeux. Puis elle posa sa joue contre la tête douce et chaude de Gros Ours, mais rien ne se passa. Plus de rêves tranquilles. Rien qu'une petite fille perdue au fond d'un placard qui sentait la vieille chaussure.

Dans sa tête, les visages d'Alice et de Sally ne voulaient plus s'en aller. Elle les voyait par terre, sur le carrelage du couloir. Et à côté d'elle, Mlle Avalon, pourtant si jolie.

Becky se mit à geindre tout doucement dans son placard. Pour ne pas faire de bruit, elle enfouit son visage dans le cou de Gros Ours.

— Il faut que tu sois courageux, lui dit-elle. Très, très courageux. Sans faire de bruit.

Et comme Gros Ours était un ours brun très courageux, il s'efforça de ne rien dire, serré entre ses bras, pendant que papa et maman continuaient à se gronder dans le salon. Il ne dit rien, même quand Becky voulut chasser les monstres qui se battaient dans sa tête. Il ne dit toujours rien quand Becky pleura à nouveau, incapable d'oublier ce qui était arrivé à la pauvre Mlle Avalon.

Elle avait encore mal à la bouche, à cause de la salade de fruits à la gelée de fraises. Après toutes ces nuits sans sommeil, elle commençait à être très fatiguée, mais elle ne voulait pas abandonner Danny. Becky devait se montrer forte. Papa lui avait souvent dit qu'elle était comme lui, un bon petit soldat.

Becky ne savait pas ce qu'est un bon petit soldat, mais elle voulait être comme papa qui était grand et fort et courageux. Il fallait qu'elle soit comme papa.

Il fallait qu'elle soit forte, pour protéger Danny.

L'enterrement de Sally Walker et d'Alice Bensen était normalement prévu à 13 heures à la petite église épiscopale de la Quatrième Rue. Dès midi, les bancs et l'entrée de l'église, mais aussi la pelouse et le parking situés devant le bâtiment étaient noirs de monde, et le révérend Albright avait décidé de déplacer la cérémonie au cimetière. Des tentes avaient été dressées à la hâte et le vent qui soufflait de la mer faisait claquer la toile au-dessus des têtes.

Personne n'aurait songé à se plaindre, pourtant. Le ballet des voitures se poursuivait. Les éleveurs endimanchés avançaient lentement sur le raidillon menant au cimetière, la tête baissée pour se protéger du vent, leurs femmes à côté d'eux. L'équipe de basket du lycée de Bakersville, dont le meilleur joueur était le frère d'Alice Bensen et dont l'entraîneur était l'oncle de Sally Walker, avait été choisie pour assurer la garde d'honneur. Les Elks locaux, qui comptaient George Walker parmi leurs membres, étaient également en grande tenue ; alignés sur le côté, ils attendaient d'un air roide la fin du service pour transporter la montagne de fleurs chez les familles des deux fillettes.

Les dames patronnesses de l'église épiscopale distribuaient des programmes, tandis qu'amis et voisins arrivaient, les bras chargés de tartes car un buffet devait clôturer la cérémonie.

Rainie observait la scène de loin. Elle ne pouvait détacher son regard des deux trous noirs creusés côte à côte dans l'écrin vert de la colline, bordés de fleurs rouges et blanches. Elle nota que Quincy restait également à distance. Elle avait été surprise de le voir là. Après ce qu'il avait vécu au cours des dernières semaines, l'enterrement des deux fillettes devait être un véritable calvaire pour lui. Une fois de plus, Rainie se fit la réflexion que l'agent fédéral ne trouvait sa force que dans l'insoutenable.

Sanders aussi avait fait le déplacement. Il se tenait sur le flanc est de la colline, du côté où le cimetière s'ouvrait sur une petite rue en pente. Avec son costume bleu sombre, les mains jointes, il ne détonnait pas le moins du monde dans le paysage.

Conformément à ce qui avait été prévu par la mairie, Rainie était l'unique représentante de la police en uniforme. Sanders et les flics du comté, en civil, étaient disséminés à travers la foule afin de mieux observer sans déranger les familles.

On ne s'attendait à aucun débordement pendant la cérémonie, c'était les heures suivantes qui inquiétaient Rainie et le maire. L'émotion et la bière aidant, la tension risquait de monter d'un cran entre copains dans les bars de la ville après la cérémonie. L'alcool et les flingues constituent toujours un mélange détonant, et Dieu sait que ni l'un ni les autres ne manquaient à Bakersville.

Les types du comté avaient reçu l'ordre de se fondre dans la foule et d'écouter les conversations, histoire de repérer les grandes gueules et les surveiller d'autant mieux par la suite. Le maire ne souhaitait prendre aucun risque, sachant que les armureries avaient été dévalisées les jours précédents.

Sur les conseils de Quincy, les fonctionnaires de police devaient également ouvrir l'œil, à la recherche de « toute personne inhabituelle ».

— Ça pourrait être n'importe qui, leur avait-il précisé. Un type d'âge moyen qui ne connaît visiblement personne, quelqu'un qui a l'air d'aimer les enterrements ou qui serait assez bête pour sourire en regardant les cercueils.

Rainie n'y croyait pas vraiment, mais Quincy avait insisté. Si jamais la fusillade était le fait d'un inconnu sans but précis, il était peu probable qu'il soit là.

Rainie revit son cauchemar de la nuit précédente, quand elle s'était réveillée en sursaut et avait entrevu une ombre sur le porche. Elle avait les nerfs à fleur de peau…

La rumeur s'éteignit soudainement et le silence le plus complet se fit sur la foule rassemblée. Rainie sortit de sa rêverie et vit qu'une longue file de voitures arrivait en procession au cimetière. Les deux petites filles et leurs familles respectives arrivaient.

Le premier à sortir fut George Walker, un homme trapu au visage rougeaud et aux yeux injectés de sang qui fit le tour de la voiture pour ouvrir la portière à sa femme. Jean Walker était aussi menue que son mari était imposant. Elle donnait l'impression de tenir à peine debout, accrochée à son bras. Debout, ils attendaient que les Bensen sortent à leur tour de voiture. Rainie n'avait jamais rencontré les parents d'Alice, Joseph et Virginia. Elle ne connaissait que leur fils Frederick, dont Frank et Doug affirmaient qu'il était le meilleur joueur de basket que l'équipe du lycée de Bakersville ait jamais eu dans ses rangs. Toute la ville ou presque suivait avec intérêt sa carrière en attendant de savoir quelle université il intégrerait.

Rainie fut frappée de constater à quel point les origines nordiques des Bensen ressortaient : la tête haute en s'approchant des Walker, le regard droit au moment où la garde d'honneur s'avançait, stoïque, lorsque leur fils se baissa pour porter le cercueil de sa petite sœur.

Dix minutes plus tard, les deux cercueils parvenaient sous la tente et la cérémonie commençait.

Rainie regarda furtivement du côté de Quincy et s'aperçut qu'il n'observait plus la scène. Les yeux perdus du côté de la cime sombre des arbres, là où le vert des pins rejoignait le bleu de l'horizon, il pleurait.

Le pasteur conclut son monologue. Un jeune homme que Rainie ne connaissait pas se leva pour aider une vieille femme à s'approcher du micro installé à l'occasion de la cérémonie. Le vent qui soufflait plaquait la robe noire de la vieille femme sur sa silhouette ronde. Elle ouvrit un livre et s'éclaircit la gorge avant de se présenter comme la tante d'Alice Bensen. À la mémoire des deux petites filles, elle avait choisi de lire un passage tiré de Winnie l'Ourson sur le sens de l'amitié.

C'était trop pour Rainie qui préféra détourner les yeux, attendant que M. VanderZenden prenne la parole.

L'expression presque tragique de son visage n'échappa à aucune des huit cents personnes réunies devant lui. Il avait écrit son discours, et la feuille tremblait dans sa main. Malgré ses efforts, Rainie ne parvenait pas à éprouver la moindre sympathie pour cet homme. Elle était trop occupée à regarder l'épouse du principal qui réconfortait son mari depuis trois quarts d'heure en lui tenant la main. Abigail VanderZenden s'était légèrement empâtée avec le temps et sa robe bleu marine de chez JC Penney lui donnait un petit air désuet, mais ses yeux bleus et son sourire respiraient la générosité. Elle était visiblement fière de son mari, et l'antipathie de Rainie pour VanderZenden s'en trouvait renforcée.

Aujourd'hui, tout le monde était perdant, une constatation qui ne fit qu'accroître le malaise de Rainie. Elle aurait aimé prendre la parole, s'adresser à tous ces visages familiers, leur dire ce qui s'était réellement passé mardi après-midi, et pourquoi. Afin que l'angoisse ne les étreigne plus à chaque fois qu'ils passeraient en voiture près de l'école. Pour leur éviter d'avoir à croiser le regard inquiet de leurs enfants à la table du petit déjeuner, redoutant le pire. Pour comprendre comment des enfants pouvaient en arriver à assassiner leurs camarades de classe.

Seulement Rainie se trouvait dans l'unique cimetière de Bakersville, fouettée par le vent dont les rafales furieuses ajoutaient à la solennité de l'hymne *Amazing Grace* interprété par un chœur de quatorze adultes. À côté de la tombe d'Alice, Frederick Bensen sanglotait entre les bras de sa mère.

La foule resta longtemps immobile après que les dernières mesures se furent tues. Le révérend Albright reprit lentement sa place face au micro, se racla la gorge et annonça la fin du service, mais les gens ne bougeaient toujours pas.

Danny aurait dû être ici, se dit Rainie. Danny et Shep et Sandy et Becky, et même Charlie Kenyon, ou encore le tireur mystérieux et tous les gamins susceptibles de tenir une arme entre leurs mains et de tuer. Qu'ils soient là afin de voir le visage de la mort, le visage de la douleur, afin de connaître à leur tour cet instant de vérité où la vie prend tout son sens. D'abord, pourquoi n'avait-on pas jugé bon de faire venir davantage d'enfants à cet enterrement ? La plupart de ceux de Bakersville étaient quotidiennement au contact d'armes à feu chez eux. Il était du devoir des parents de leur faire comprendre que les armes sont avant tout synonymes de mort, de détresse et de désolation.

La foule se mit en mouvement. Lentement, quelques personnes émergèrent de la tente, suivies par le reste de l'assistance, comme la mer qui rompt ses digues.

Rainie regarda autour d'elle à la recherche de ses collègues de la police d'État. Apparemment rien d'anormal ou de suspect. Elle se rapprocha de Quincy. Le visage de celui-ci avait retrouvé son impassibilité coutumière.

— Tu es prête ? demanda-t-il.

Comment aurait-elle pu être prête ?

— Mann en premier, et ensuite VanderZenden.

— Pas de problème.

Rainie eut une hésitation en jetant un dernier regard sur la foule, passant inconsciemment en revue les silhouettes masculines pour tenter de reconnaître son inconnu de la nuit…

Elle secoua la tête afin de revenir à la réalité et chasser son cauchemar, mais c'était plus fort qu'elle, et elle ne put s'empêcher de scruter les visages en rejoignant la foule.

Ils trouvèrent Richard Mann près de la tente, au centre d'un petit cercle de collègues féminines. En les apercevant, il s'approcha de Quincy et de Rainie installés un peu à l'écart, près d'un bosquet de pins.

— Ravie de vous voir, monsieur Mann.

Rainie, soucieuse de remiser provisoirement son costume de flic agressive, avait décidé de se montrer courtoise.

— Vous avez pu parler à Charlie Kenyon ? demanda Mann d'un air curieux. Il avait quelque chose à voir là-dedans, en fin de compte ?

— Oui, on a eu une petite discussion avec lui, répliqua Rainie froidement.

Plus elle observait le jeune conseiller d'éducation, plus elle était perplexe.

— J'ai bien peur que la piste tourne court. Charlie n'a apparemment rien à se reprocher.

— C'est curieux. J'aurais pourtant juré…

Le visage de Mann s'assombrit. Il soupira longuement et se passa la main sur le visage, l'air défait, et Rainie fut surprise de constater à quel point il était perturbé.

— Tout ça me tracasse, dit-il soudainement.

— Qu'est-ce qui vous tracasse, monsieur Mann ? demanda Quincy.

— Je n'arrête pas de tourner tout ça dans ma tête, et plus j'y pense, moins je crois Danny capable d'avoir organisé ça tout seul. Et pas uniquement parce que j'estime avoir une part de responsabilité dans cette affaire en tant que conseiller d'éducation. Danny avait des accès de violence, c'est vrai, mais ça n'explique pas tout.

Richard Mann avait visiblement du mal à trouver les mots justes.

— Ça ne lui ressemble pas. Danny est un fan d'informatique, tout l'inverse d'un caïd de cour d'école. S'il avait vraiment l'intention de se venger du collège ou d'une autorité quelconque, je le vois bien imaginer quelque chose de compliqué, mais pas ça. Il se serait arrangé pour entrer dans la base de données de l'établissement et aurait modifié les résultats scolaires en donnant de bonnes notes à tout le monde, par exemple. Ou alors il aurait trouvé le moyen d'accéder au dossier de M. VanderZenden et l'aurait révoqué. Mais tuer des gens pour se venger, non. Ça ne colle pas avec sa personnalité.

— Danny a grandi au milieu d'armes à feu, répondit Rainie. Il est aussi à l'aise avec un revolver qu'avec un ordinateur.

— Vous avez peut-être raison, rétorqua Mann, peu convaincu. Avez-vous pu entrer en contact avec M. Avalon ?

— Il vient de réclamer le corps. Il entend s'occuper personnellement de l'enterrement de sa fille.

— Ah bon ? Mann ne dissimula pas sa surprise. Ça doit être terrible pour les parents de Melissa, surtout qu'elle était fille unique, je crois.

Rainie confirma de la tête, mais son esprit était déjà passé à autre chose. Richard Mann ne savait rien, comme elle l'avait pressenti dès le début. Pour lui, il s'agissait avant tout de trouver des explications plausibles pour se dédouaner, ou même faire oublier son manque d'expérience. En fin de compte, Mann n'était qu'un petit fonctionnaire de plus, totalement démuni et dépassé par les événements. Comme Rainie, somme toute.

— Nous avons de bonnes raisons de penser que Danny n'a pas agi seul, intervint soudain Quincy.

— C'est vrai? répliqua Mann en haussant les sourcils alors que Rainie jetait à Quincy un regard assassin. Elle ne voyait pas très bien l'intérêt de dévoiler leurs batteries.

— Je n'avais donc pas tort! J'étais sûr que Danny n'avait pas pu faire ça. Mais alors, qui? Un autre élève? Je n'ai pas souvenir d'avoir jamais vu Danny en conversation avec quiconque. Il n'avait pas d'amis au collège. Ou alors ce mystérieux type, le Volcan avec qui il dialoguait sur le net?

— Il est plus que probable que cette personne ne s'est pas contentée de dialoguer avec Danny par l'internet, monsieur Mann. Nous sommes même convaincus que Danny a rencontré NoLava en personne. Vous ne pouvez rien nous dire de plus à ce sujet?

Rainie eut la furieuse envie de marcher sur le pied de Quincy pour le faire taire. À quoi jouait-il donc? Mais Quincy, loin de s'arrêter, regardait Richard Mann droit dans les yeux. On aurait dit un chien de chasse sur une piste.

— Non, finit par répondre le conseiller d'éducation, les yeux baissés. Je ne sais rien.

— Vous êtes certain? C'est bizarre, reprit Quincy. Voilà un élève que vous recevez dans votre bureau deux fois par semaine. Il vous parle de ce correspondant mystérieux qui envoie des e-mails, mais il oublie de vous dire qu'il l'a rencontré? Et vous, vous n'avez même pas la curiosité d'en savoir davantage? Vous avouerez que c'est quand même étrange…

Richard Mann était visiblement au supplice.

— Avez-vous une arme? intervint Rainie, comprenant enfin où Quincy voulait en venir. Et à propos, combien mesurez-vous, Richard? Un mètre soixante-dix-huit, un mètre quatre-vingts? Oui, ça pourrait correspondre.

— Correspondre à quoi?

Rainie se tourna vers Quincy d'un air dégagé.

— Il nous a bien dit qu'il était originaire de Los Angeles, non? Si ça se trouve, il en connaît plus sur les armes à feu que vous et moi réunis.

— Je ne connais *rien* aux armes à feu! Et si vous voulez tout savoir, Los Angeles m'a surtout appris à me méfier du bruit et de la ville. Et qu'est-ce que vous avez tous les deux à me regarder comme ça? Qu'est-ce que j'ai fait?

— Mlle Avalon a été abattue par un inconnu, répondit sèchement Rainie. Et tout semble indiquer que son assassin mesurait au moins un mètre soixante-dix. J'aimerais entendre à nouveau où vous étiez mardi après-midi, et quelle était la nature exacte de vos relations avec Melissa.

— Parce que vous pensez...

— Je pense que vous devriez être content. Il y a une minute à peine, vous nous expliquiez à quel point vous étiez choqué à l'idée que l'un de vos élèves ait pu commettre ces meurtres. Maintenant que vous voilà rassuré, je serais curieuse de savoir où vous vous trouviez mardi après-midi.

— Mais dans mon bureau, comme je vous l'ai déjà dit. C'est complètement dingue! À chaque fois que j'essaye de vous aider...

— Danny vous a-t-il parlé à un moment ou à un autre d'une rencontre avec quelqu'un? poursuivit

Quincy sans lui laisser le moindre répit. Un nouvel ami, quelqu'un qui ne serait pas nécessairement originaire de la région.

— Je ne sais plus.

— NoLava, monsieur Mann. Vous étiez pourtant au courant que Danny recevait des e-mails et vous deviez vous douter que ça ne s'arrêterait pas là. Danny a dit quelque chose qui vous a mis la puce à l'oreille, mais vous n'en avez parlé à personne et maintenant vous avez peur. Vous avez commis une grosse bourde et vous vous en voulez.

Richard Mann respirait de plus en plus vite. Des gouttes de transpiration perlaient sur sa lèvre supérieure.

— Mais je…

Quincy s'avança vers le jeune homme. Très calme, il lui dit d'un ton glacial :

— Vous êtes à moins de cent mètres des tombes de deux fillettes lâchement assassinées, monsieur Mann. Vous avez assisté à leur enterrement, vous êtes venu ici dans le but de prier pour elles. Je vous demande solennellement de nous aider à résoudre cette affaire en nous disant enfin la vérité.

Le jeune conseiller d'éducation frissonna. Il balaya les alentours du regard, à la recherche d'une porte de sortie, mais il était seul. Seul face à deux enquêteurs soucieux de faire toute la lumière sur une zone d'ombre perdue dans les méandres de sa conscience. Lorsqu'il leva les yeux, la honte se lisait sur son visage.

— Il ne m'a presque rien dit, avoua-t-il. Je vous le jure, si j'avais pu prévoir ce qui allait se passer…

— Il est temps de nous dire la vérité, lui ordonna Rainie.

— J'ai posé une fois la question à Danny. Je voulais en savoir plus sur NoLava et je lui ai dit que ce n'était pas très prudent de se confier à quelqu'un dont il connaissait seulement l'adresse électronique. Je lui ai expliqué que ça pouvait aussi bien être un gamin de six ans qu'un vieux vicieux. Je ne le lui ai pas dit dans ces termes, bien sûr.

— Et que vous a-t-il répondu ?

— Il m'a dit que ce n'était pas ça du tout, que c'était une femme. Et quand j'ai tenté de lui expliquer qu'il n'avait aucun moyen de savoir si ce n'était pas un homme, Danny m'a regardé d'un drôle d'air et m'a envoyé promener. Au début, je me suis dit que c'était juste une réaction épidermique, mais suite aux événements de mardi, j'ai été amené à me poser des questions. Je me suis demandé s'il n'avait pas rencontré NoLava en personne, ce qui expliquerait son assurance quant au sexe de son interlocuteur.

— Pourquoi ne pas nous l'avoir dit plus tôt ?

— C'était une simple hypothèse !

Rainie était excédée. Rien de tel qu'un psychologue amateur pour compliquer une enquête. Elle le fusilla du regard, et il baissa la tête.

— C'est tout ce que vous avez à nous dire, Richard ?

— Oui, répondit-il d'un air penaud.

— Vous ne savez pas où et quand Danny aurait pu rencontrer NoLava ?

Il secoua la tête énergiquement, mais sans regarder Rainie en face.

— Avez-vous une adresse e-mail, Richard ? Et surtout, avez-vous déjà reçu du courrier de Melissa Avalon ?

— Je viens de m'acheter un ordinateur. Je me débrouille sans trop de difficultés, mais j'ai encore un peu de mal à me diriger sur le net. J'avais même l'intention de demander à Danny de me montrer comment ça marche. C'était aussi un moyen d'établir une relation de confiance.

— Vous n'avez jamais reçu d'e-mail de Melissa Avalon ? répéta Rainie.

— Non. D'ailleurs, elle n'avait aucune raison de m'écrire.

— Ce sera tout pour l'instant. Vous pouvez y aller, fit Rainie en lui faisant signe de s'éloigner.

Richard Mann acquiesça d'un air reconnaissant et hésita un court instant avant de rejoindre ses collègues. Il allait sans doute leur expliquer qu'il venait de fournir à la police des renseignements de première importance, pour se faire valoir et se montrer enfin à la hauteur de l'opinion qu'il se faisait de lui-même. Personnellement, Rainie le trouvait lamentable.

Elle se tourna vers Quincy.

— Ce serait donc une femme ? Et cette femme se serait servie de l'adresse e-mail de Melissa Avalon pour entrer en contact avec Danny, car on ne me fera pas croire que Mlle Avalon l'a aidé à mettre en scène sa propre mort.

— Bien sûr que non. Ce n'est pas très sorcier de pirater une adresse e-mail, et quoi de plus facile pour impressionner un fan d'informatique comme Danny ?

— Tu me rassures. Maintenant, par simple curiosité, qui a pu faire ça ?

— Je n'en ai pas la moindre idée.

— C'est tout de même étrange… Tu crois vraiment que ça pourrait être une femme ? Les enfants ont tous parlé d'un *homme* en noir, pas d'une femme. Même à sept ans, ils sont capables de faire la différence.

— À moins qu'elle ait été habillée en homme pour détourner les soupçons, répliqua Quincy, un sourire étrange sur les lèvres. Les travestis psychopathes ne sont pas aussi rares qu'on le croit.

— Super ! On avait bien besoin de ça ! Et maintenant, que fait-on ? On chope VanderZenden, ou bien sa femme ?

— Je te laisse le choix des armes. À toi l'honneur.

Rainie s'apprêtait à rejoindre la foule amassée un peu plus loin lorsqu'elle se heurta à un homme arrivant en sens inverse. Au moment de s'excuser, elle reconnut George Walker, plus écarlate que jamais, les joues cramoisies. Il tendit un doigt accusateur en direction de la jeune femme, tremblant de tous ses membres. Rainie sentit sa gorge se nouer. Elle essaya d'avaler sa salive, le temps de trouver une formule de circonstance, mais le père de Sally ne lui en laissa pas le temps :

— Et vous, qu'avez-vous fait pour ma fille? hurla-t-il.

— Nous faisons de notre mieux, monsieur.

— Vous voulez dire que vous avez fait de votre mieux pour brouiller les pistes, oui ! gronda George Walker.

De tous côtés, les regards se tournaient vers Rainie. Mme Walker, livide, se précipita vers son mari.

— Je suis sincèrement désolée, monsieur Walker. Je comprends votre peine…

— Ce petit salopard a tué ma fille, et vous n'avez rien fait pour le faire enfermer. Vous croyez peut-être que je ne suis au courant de rien ? Vous croyez peut-être qu'on ne nous a rien dit ? Il a tué nos filles et vous, vous ne cherchez qu'à le protéger. Il a massacré nos pauvres enfants et vous faites tout pour le disculper !

— George, je t'en prie.

Mme Walker tenta de s'interposer, posant sa minuscule main sur le bras épais de son mari. Elle jeta à Rainie un regard désespéré.

— Je suis désolée, murmura Rainie.

— Désolée ! Vous n'êtes même pas venue nous rendre visite. On assassine nos enfants et vous n'avez même pas le courage de venir présenter vos condoléances !

— George, ton cœur. Tu vas te faire du mal.

— Monsieur Walker, tenta d'intervenir Quincy.

— En revanche, vous ne vous êtes pas privée d'aller chez les O'Grady. Sans doute pour consoler la famille de cette petite ordure. Ma fille, ma toute petite fille ! C'est lui qui l'a tuée et vous vous en foutez !

— Nous faisons tout ce que nous pouvons, monsieur Walker...

— Mais je suppose que vous trouvez normal de protéger ce petit fumier, Lorraine Conner. Surtout quand on sait que vous avez tué votre mère !

— George !

Mme Walker était dans tous ses états.

Rainie encaissa sans mot dire, comme pétrifiée.

— J'ai bien l'intention de porter plainte contre vous, poursuivit George Walker. Je vais porter plainte contre vous, contre l'école et contre Shep O'Grady. Vous faites tout pour protéger un assassin, et ça n'a que trop duré. Tout Bakersville exige que justice soit faite. Nous exigeons que justice soit faite pour Sally, pour Alice et pour Mlle Avalon. Pour Sally, pour Alice et pour Mlle Avalon !

La voix de George Walker se brisa. Un sanglot le parcourut, et il s'effondra dans les bras de sa femme.

Rainie restait là, immobile.

Elle avait conscience que tout le monde les regardait. Des centaines de regards posés sur eux, des centaines de gens décidés à ne pas perdre une miette du scandale qui se déroulait sous leurs yeux, impatients de raconter la scène à leur entourage. Rainie sentait également peser sur elle le regard de Quincy, un regard doux et compréhensif. Curieusement, de tous, c'était peut-être celui qui lui faisait le plus mal.

— Ne reste pas là, Rainie, lui murmura-t-il.

— Je ne peux pas.

— Tu lui fais plus de mal qu'autre chose en restant ici.

Rainie hocha lentement la tête. George Walker pleurait dans les bras de sa femme. Jean Walker chercha les yeux de Rainie, l'implorant silencieusement de s'en aller. *Ne restez pas ici. Partez avant que ça ne tourne mal.*

Rainie redescendit lentement la colline, Quincy à ses côtés, sous le regard silencieux de tous. Pour la première fois de sa vie, elle baissait la tête, écrasée par un terrible sentiment de honte.

25

Vendredi 18 mai, 17 h 04

Rainie, Luke Hayes, Sanders et Quincy avaient convenu de se réunir dans le grenier de la mairie afin de faire le point sur l'enquête. Lorsque ses collègues arrivèrent, Rainie était déjà là depuis une demi-heure. Elle mettait de l'ordre dans ses dossiers, cassant en mille morceaux tous les crayons de papier à sa portée, et le plancher était jonché de débris jaunes. Ce détail n'avait pas échappé à Sanders et Quincy. Luke, qui pratiquait Rainie depuis des années, y avait à peine prêté attention.

Rainie s'installa derrière la table à tréteaux qui lui servait de bureau et rassembla ses notes.

— Tout le monde est prêt ?

Les trois hommes s'installèrent sur leurs chaises pliantes et firent oui de la tête.

— Je voudrais que nous commencions par évoquer la liste des suspects potentiels, puisque c'est un point sur lequel nous avons tous progressé, je le sais. On passera ensuite aux indices avant de considérer les hypothèses possibles. O.K. ?

Ils approuvèrent, et elle commença :

— Lors de la dernière réunion, nous avions décidé que je m'occuperais de Charlie Kenyon et de Richard Mann, ce que j'ai fait. Charlie est hors du coup. Il ne se trouvait pas à Bakersville mardi, il était chez sa petite amie à Portland, nous avons eu la confirmation des parents de la fille. Comme vous le verrez sur mes notes – elle fit passer à la ronde trois exemplaires de son interrogatoire avec Charlie –, il lui arrivait de traîner avec Danny O'Grady, mais je suis prête à le croire lorsqu'il me dit n'avoir pas été au courant des projets de Danny pour l'école. Je le crois notamment parce qu'il est actuellement sous le coup d'une inculpation pour détention de drogue ; s'il savait quelque chose, il aurait proposé de monnayer ses informations pour sauver sa peau.

— Ce cher Charlie, murmura Luke.

— Exactement, ce cher Charlie. On peut donc considérer qu'il est hors de cause. Ce qui nous laisse Richard Mann. J'ai procédé à une rapide enquête sur ses antécédents – Rainie distribua d'autres documents. Mann a un casier judiciaire vierge et aucune arme à feu n'est enregistrée sous son nom dans l'Oregon comme en Californie. J'ai appelé l'école de Los Angeles où il était enseignant stagiaire l'an dernier, et ils m'ont dit de lui le plus grand bien. Ils doivent me faire parvenir un exemplaire de son dossier, mais je ne suis pas certaine que ça nous conduise très loin. Enfin, la secrétaire de la cité scolaire, Marge, confirme son alibi. Elle l'a bien vu entrer dans son bureau avec un sandwich peu avant la fusillade. Elle n'a pas quitté son propre bureau, situé en face de ceux de VanderZenden et de Mann, jusqu'aux premiers coups de feu. Elle m'a également précisé qu'il ne s'était jamais rien passé entre le conseiller d'éducation et Mlle Avalon, ce qu'elle n'aurait pas manqué de savoir si ça avait été le cas.

— Ça ne vous paraît pas bizarre ? intervint Sanders. Ils sont jeunes et tous les deux à Bakersville de fraîche date. On aurait pu croire qu'ils seraient au moins devenus amis.

— C'est vrai, reconnut Rainie, sauf si Melissa Avalon et VanderZenden ont entamé leur liaison suffisamment tôt, ce qui expliquerait bien des choses. Mais nous n'en savons rien. Je peux me renseigner, mais je ne suis pas très optimiste. Sur une échelle de dix, et en décernant la note maximale au salopard qui a manipulé Danny, je donnerais trois à Richard Mann.

Rainie haussa les épaules. Pour le moment, ses suspects n'étaient pas très prometteurs.

— Passons maintenant à VanderZenden. Sanders ?

— Toujours rien de concluant, répondit l'inspecteur, tirant d'un classeur rempli d'intercalaires colorés des feuilles qu'il distribua à son tour.

Rainie remarqua qu'il avait pris le temps de les taper sur ordinateur, et qu'il avait même choisi une police de caractères élégante.

— VanderZenden a le même alibi que Mann en ce qui concerne la fusillade, c'est-à-dire la secrétaire, Marge. Elle confirme que VanderZenden s'est enfermé dans son bureau à la fin de la pause déjeuner. Quand les premiers coups de feu ont retenti, il en est sorti tout de suite.

— Si je ne m'abuse, ça ressemble à un alibi en béton, remarqua Luke.

Sanders fit non de la tête.

— Oui et non. Quand j'ai été vérifier sur place, *moi* – il lança à Rainie un regard lourd de sous-entendus –, je me suis aperçu que le bureau de VanderZenden, tout comme celui de Richard Mann, a des fenêtres assez grandes pour qu'on puisse sortir sans être vu. Concrètement, l'un comme l'autre a pu s'échapper de son bureau par la fenêtre, rentrer dans le bâtiment par la porte latérale et surprendre Melissa Avalon dans sa classe. Théoriquement, il aurait donc pu demander à Danny de faire diversion en continuant à tirer pendant qu'il sortait du bâtiment et rentrait dans son bureau par la fenêtre. Ce scénario a des avantages. Ça expliquerait notamment pourquoi plusieurs enfants ont affirmé avoir vu un inconnu en noir alors qu'aucun voisin n'a vu personne s'enfuir. À l'inverse, les fenêtres des deux bureaux donnent sur le parking de l'école. Toute la question est de savoir s'il est possible de sortir et de rentrer par la fenêtre sans être vu par quiconque.

— On a déjà vu plus bizarre, intervint Luke en haussant les épaules.

Personne ne souhaita le suivre sur ce terrain car l'argument de Sanders tenait la route.

— Si l'on souhaite poursuivre l'hypothèse plus avant, reprit Sanders, nous avons un mobile. Le journal intime de Melissa Avalon indique qu'elle commençait à se poser des questions sur sa relation avec VanderZenden. À la lecture des dernières pages qu'elle a écrites, elle exprime clairement son intention d'aller voir un thérapeute, évoquant son attirance pour les hommes plus âgés.

— Sait-on si elle en avait parlé à VanderZenden ? demanda Quincy.

— Je ne sais pas. Nous n'avons trouvé aucune correspondance entre eux et personne n'est capable de m'en dire davantage sur les intentions d'Avalon. D'après ses collègues, elle était très gentille, mais plutôt réservée. Rien dans ses factures de téléphone. Pas la moindre trace d'appel à VanderZenden, ce qui laisse à penser qu'ils ne se parlaient pas en dehors de leurs rencontres, ou alors par l'internet. Mais comme les ordinateurs ont été vidés de leur contenu…

— Nous avons donc un scénario possible, conclut Rainie. Melissa Avalon souhaitait rompre avec VanderZenden, et il s'est vengé en maquillant son meurtre en tuerie. Il aurait donc manipulé Danny pour lui servir de couverture, puis vidé les disques durs afin d'effacer toute trace compromettante. Il a également dû sortir et rentrer dans son bureau par la fenêtre pour commettre le meurtre. Compliqué, mais pas impossible.

— Mettons-lui six, proposa Sanders. Il a un mobile et pas d'alibi. Les VanderZenden n'ont qu'un 22 long rifle enregistré à leur nom, mais il a très bien pu se procurer une autre arme illégalement. Un type capable de sortir de son bureau par la fenêtre est parfaitement capable d'acheter un pistolet semi-automatique au marché noir.

— Hypothèse retenue, observa Rainie sèchement.

Elle s'apprêtait à donner la parole à Luke lorsque Quincy l'interrompit.

— Et Mme VanderZenden ?

— Quoi, Mme VanderZenden ?

— Sait-on si elle était au courant de la liaison de son mari ? Les voisins ont-ils remarqué des tensions dans leur couple ?

— Euhhh…

Pour une fois, Sanders était pris en défaut.

— Il faudrait que je vérifie.

Rainie était impressionnée. SuperSanders ne savait donc pas tout ! Qui l'eût cru ?

Elle passa au suspect suivant.

— Luke, raconte-nous ta rencontre avec Daniel et Angelina Avalon.

Luke se tourna vers Sanders. Cette fois, ni classeur à intercalaires ni notes. Il ne faisait guère de doute que Luke considérait les dossiers sophistiqués de Sanders comme un signe de son incompétence.

— Angelina Avalon est la femme de son père, récita-t-il. Sa vraie mère est morte pendant l'accouchement. Daniel Avalon a attendu treize ans avant de se remarier, et Quincy pense qu'il avait des « relations anormales » avec sa fille.

— Des relations incestueuses ? interrogea Sanders, dubitatif.

— En plein dans le mille, répliqua Luke. Je donnerais volontiers quinze à Daniel Avalon, sauf qu'il a un alibi.

— Quel genre d'alibi ?

— Une réunion de travail. Deux clients sont prêts à jurer qu'il ne les a pas quittés de l'après-midi. À moins qu'il n'ait engagé les services de quelqu'un pour tuer sa fille. M. Avalon a un petit chalet dans les environs et, pour mémoire, les Avalon possèdent cinq armes à leur nom, mais aucune n'est un calibre .22. Un Smith & Wesson 357, un Glock .40, un 9 mm Beretta et deux fusils Mossberg.

— Dieu du ciel ! Ils préparent la Troisième Guerre mondiale, ou quoi ?

— Non, la peur de l'an 2000. Ils ont acheté tous ces flingues à l'automne 99. Mme Avalon devait craindre pour son service en porcelaine. Ou alors elle se méfiait des clowns dans la chambre de Melissa.

Luke haussa les épaules.

— Si j'ai bien compris, il est trop tôt pour éliminer complètement les Avalon, résuma Rainie. Luke, je compte sur toi pour essayer d'en savoir plus.

— J'ai bien l'intention d'aller faire un petit tour du côté de son chalet demain matin, avant de retourner à Portland jeter un œil sur leur compte en banque.

Rainie approuva. Luke avait prévu de passer le reste de la soirée à surveiller la maison de Shep. Il n'était pas homme à laisser tomber ses amis.

— Il ne reste plus que Quincy. Où en est-on avec NoLava et Shep ?

— Quoi ? fit aussitôt Luke, sur le qui-vive.

Absent lors de leur précédente discussion, il ne savait pas qu'il avait été question de l'emploi du temps de Shep.

— Pas de quoi s'énerver, intervint Quincy en cherchant à calmer le jeu. On n'a rien trouvé…

— Je veux, oui ! s'énerva Luke.

— D'après le personnel de la cité scolaire, poursuivit Quincy sans se troubler, personne n'a vu Shep pénétrer dans le bâtiment avant la fusillade. De plus, son carnet de bord montre qu'il se trouvait à la quincaillerie de Hank peu après 13 heures, ce que confirme Hank. À partir de là, on ne voit pas très bien comment il aurait pu se rendre à la cité scolaire et commettre un meurtre à 13 h 30.

— Vous voulez dire que vous avez vérifié son carnet de bord ? demanda Luke, offusqué.

Quincy ne jugea pas utile de lui répondre.

— Nous pouvons donc éliminer Shep. Ce qui m'amène à l'auteur des e-mails envoyés à Danny sous le pseudonyme de NoLava. J'ai appris deux ou trois petites choses. Primo, d'après Sandy O'Grady, cette adresse est en réalité celle de Melissa Avalon.

— Vous voulez dire que Melissa Avalon envoyait des e-mails à Danny ? interrompit Sanders.

Quincy fit non de la tête.

— Je ne crois pas. Melissa voyait Danny tous les jours, elle n'avait donc aucune raison de lui envoyer des e-mails. En outre, j'ai vérifié jeudi l'annuaire des membres AOL sans trouver la moindre trace de NoLava. J'ai poursuivi mes recherches cet après-midi avec un technicien de chez AOL. D'après leurs fichiers, NoLava figurait sur leur annuaire jusqu'à lundi dernier 18 heures lorsque le compte a été fermé à la demande d'un interlocuteur anonyme. Je suis prêt à parier que notre suspect a passé cet appel au moment où elle vidait les disques durs des ordinateurs de l'école.

— Elle ? releva Luke, surpris.

Quincy fit la moue.

— À en croire Richard Mann, Danny lui aurait laissé entendre que son correspondant était une femme, ce qui nous ouvre des perspectives intéressantes. Mann est en revanche notre seule source de renseignement en la matière, ce qui me paraît gênant. D'un autre côté, ça pourrait expliquer pas mal de choses. Nous ne manquons pas de candidats, mais aucun n'est plus crédible que les autres. Pourquoi ne pas chercher *une* coupable ? Dieu sait que la vie de Danny tournait autour de plusieurs femmes. Je ne citerai que sa mère et Melissa Avalon. Je le crois volontiers plus facile à manipuler par une femme que par un homme.

— Mme VanderZenden aurait pu apprendre la relation extraconjugale de son mari, remarqua Sanders d'un air pensif, comprenant où Quincy voulait en venir quelques minutes plus tôt.

— Ou alors Angelina Avalon a fini par en avoir assez de jouer les figurantes dans l'existence de son mari, proposa Luke. Ça ne doit pas être rigolo tous les jours de s'apercevoir qu'on sert de doublure à la fille de la famille parce qu'elle n'a plus l'âge de jouer au docteur avec papa.

Tout le monde se tourna vers Rainie.

— Et alors ? Sous prétexte que je suis la seule ici à avoir deux chromosomes X, je suis censée savoir ce qui peut pousser une femme à tuer ?

Contrairement à Luke qui avait pris un air gêné, Sanders opina.

Rainie leva les yeux au ciel avant de poursuivre :

— Résumons. Tout d'abord, nous savons désormais qu'il y avait un autre tireur à l'intérieur du bâtiment mardi dernier.

Les trois hommes approuvèrent.

— Cette personne mesure au moins un mètre soixante-dix, sait se servir d'un ordinateur et n'est pas non plus un débutant dans le maniement des armes à feu.

— Et comment ! ajouta Sanders en ouvrant son classeur sur un intercalaire rouge. J'ai ici une note de la balistique. Je suis certain que ça va vous plaire. En tout cas, ça plaît aux types de la balistique qui ont l'intention de s'en servir comme modèle. Nous avons donc une balle de 22 mm retrouvée par la médecin légiste. Celle balle ne présente aucune éraflure, mais contient des résidus de polymère sur son pourtour. Nous avons également une douille de 38 mm avec de très légères traces de polymère à l'intérieur. Enfin, nous avons trouvé… ou plutôt, les techniciens du labo ont trouvé, quand on leur a demandé de vérifier parmi les divers éléments recueillis sur place, trois petits bouts de plastique. Une fois réunis, ces trois morceaux de plastique forment un objet comparable à un capuchon de stylo. Nous avons donc… ? Qui se lance ?

— J'ai horreur des devinettes, réagit aussitôt Rainie, avant que Luke ne propose, presque timidement :

— Un sabot ?

— Bien joué, cher collègue.

— Je voudrais qu'on m'explique à quoi pouvait servir un sabot dans cette histoire, poursuivit Luke, intrigué.

— Je voudrais surtout qu'on m'explique ce que c'est qu'un sabot, interrogea Rainie.

Sanders se tourna vers Luke :

— C'est un truc dont on se sert à la chasse. Le principe est tout simple. C'est un morceau de plastique qu'on place autour d'une balle de petit calibre pour charger un fusil de plus gros calibre. Ça permet d'obtenir des projectiles plus rapides et plus efficaces, notamment avec du gros gibier.

— Seigneur Jésus ! Rainie écarquilla les yeux, comme si ses collègues étaient devenus fous. Vous voulez dire que ce cinglé est venu à l'école avec des munitions pour du *gros gibier ?*

— Sauf que ça n'a rien à voir avec une technique de chasse, précisa Sanders. La médecin légiste y a pensé la première, pour avoir lu un truc similaire au sujet d'un règlement de comptes mafieux dans le New Jersey. L'intérêt du sabot est de rendre quasiment impossible l'identification d'un projectile. En l'absence d'éraflure, pas moyen d'identifier l'arme du crime. Ce qui a le mérite de répondre à la question de Rainie : pourquoi une seule balle en plein front avec un calibre aussi peu précis qu'un 22 mm ? Une balle tirée avec un pistolet de plus gros calibre fait nettement plus de dégâts. Celui qui a fait ça est loin d'être un imbécile.

Rainie tournait et retournait le problème dans sa tête, essayant de comprendre.

Elle jeta un coup d'œil en direction de Quincy. Celui-ci faisait une drôle de tête, comme si tout devenait subitement lumineux. Il avait bien de la chance… De son côté, entre la charmante petite scène avec George Walker et ce développement inattendu, Rainie avait un mal de tête carabiné.

— Comment fabrique-t-on un sabot ? demanda-t-elle à Sanders.

— C'est compliqué. Dans le cas présent, la balistique a pu établir que la balle de 22 mm retrouvée dans le corps de Melissa Avalon avait été tirée avec un calibre .38.

— Le revolver 38 mm de Danny.

— Non, les traces ne correspondent pas. Mais laissez-moi continuer, j'y arrive. Nous avons donc quelqu'un, un « témoin non identifié » pour reprendre l'expression de Quincy, soucieux de protéger ses arrières. Il lui vient une super idée, celle de tirer une balle de 22 mm avec un revolver de calibre .38. Étant donné la plaie à la tête et le projectile retrouvé, tout le monde pensera à un semi-automatique de calibre

.22, et il s'en sort avec les honneurs. Mais comment tirer une balle de 22 mm avec un calibre .38 ? C'est là que le sabot intervient. Le « témoin non identifié » se sert d'une tige de plastique rouge qu'il taille au bon diamètre. Il en coupe un morceau de la longueur d'une balle de .38, ce qui est loin d'être un jeu d'enfant, croyez-moi. Il fait un trou de 22 millimètres de diamètre dans son bout de plastique avant de le couper en trois morceaux qu'il recolle ensemble. Il a donc un sabot. Il retire une balle de 22 mm de sa douille, l'insère à l'intérieur du sabot avant de mettre le tout dans une douille de 38 mm, charge son revolver, et le tour est joué. Au moment de faire feu, les trois morceaux de plastique tombent et la balle de 22 mm poursuit tranquillement sa course pour aller frapper la victime. Le « témoin non identifié » éjecte la douille avant de s'en aller tranquillement avec son calibre .38, et personne ne verra la différence.

— C'est plus que de la préméditation, remarqua Rainie.

— Sans compter qu'il faut s'y connaître en armes. Les sabots existent depuis toujours, mais ce n'est pas à la portée de n'importe qui.

— Maintenant que nous avons déjoué son piège, comment identifier la balle ?

— Le projectile lui-même ne nous servira à rien, répondit Sanders d'un air rusé. Mais ce n'est pas le cas du plastique qui a servi à faire le sabot. La balistique a pu recoller ensemble les trois morceaux, et nous avons une balle de 38 mm parfaite, avec des éraflures.

— Allez, Sanders ! Ne nous faites pas marner plus longtemps !

L'inspecteur se rembrunit.

— Là, les choses se compliquent. Les marques trouvées sur le sabot ne correspondent à aucune des armes trouvées sur place. Ni au calibre .38 de Danny, ni à aucune autre arme répertoriée dans nos fichiers.

— Reste le fichier fédéral, dit calmement Quincy.

— Ah non ! protesta Sanders. Ça suffit comme ça !

— Nous n'avons pas le choix, répliqua Rainie. Réfléchissez un peu, Sanders. Vous n'avez rien dans vos fichiers. Grâce au fichier fédéral, Quincy peut faire une recherche générale et déterminer si les marques correspondent à une balle de .38 retrouvée dans une autre affaire. Quincy récupère donc le sabot.

— Et mes ordinateurs, il en a fait quoi jusqu'ici ?

— Ça ne fait que vingt-quatre heures, se défendit Quincy d'un air placide.

— Il m'aurait fallu moins longtemps pour vous donner des résultats. Quant au sabot, j'avais la solution en cinquante-six heures !

— Laissez tomber, Sanders, conclut Rainie gentiment. Vous savez bien que nous ne faisons pas le poids face aux joujoux du FBI.

Luke avait l'air perplexe. Il planta ses coudes sur ses genoux et regarda Sanders droit dans les yeux.

— Vous êtes en train de nous dire que le tueur – ou plutôt, *la* tueuse – s'est donné le plus grand mal pour fabriquer une balle spéciale dans le but de tuer Melissa Avalon. Une balle censée ne pas laisser de signature.

— Oui, c'est bien ça.

— Mais pourquoi ? Nous avons Danny, avec deux armes appartenant à son père couvertes de ses empreintes. Et la troisième arme ? L'inconnue ne courait-elle pas le risque qu'on la voie ? Et si ça tournait mal et que le revolver tombait, ou bien le sabot ou Dieu sait quoi. Il me semble que sa marge de manœuvre était nettement plus limitée avec un autre 38 mm.

Ils se regardèrent. Sanders avait déjà soulevé ce point particulier et personne n'avait de réponse plausible.

— Une raison symbolique, peut-être? proposa Rainie après un long silence, lorgnant du côté de Quincy. L'inconnue avait peut-être une raison personnelle de choisir une balle de .22. Cette personne avait une bonne raison de tuer Melissa Avalon, et le choix de la balle pourrait avoir un rapport avec ça.

— Attendez, on ne parle tout de même pas d'une balle en argent pour tuer le loup-garou, grommela Sanders. Rien de plus courant qu'une balle de 22 mm.

— Et l'arme? Il pourrait s'agir d'un revolver fétiche offert par son mari avec « À celle que j'aime » gravé sur le canon. Le jour où elle apprend que son mari a batifolé avec une autre…

— Batifolé? interrogea Sanders en fronçant les sourcils.

— Baisé, s'il faut vous mettre les points sur les « i ». Il en baisait une autre et…

— Je crois que nous faisons fausse route, interrompit Quincy d'une voix posée.

Rainie et Sanders le regardèrent. Il avait l'air parfaitement serein, mais ses yeux brillaient d'une lueur que Rainie ne lui connaissait pas. Sous son calme apparent, Quincy était très agité car il venait de résoudre une partie de l'énigme.

— Reprenons les éléments dont nous disposons, commença-t-il. Primo, nous savons que notre « témoin non identifié » est un manipulateur. Notre homme – ou bien notre femme – cherche et trouve un enfant à problèmes, Danny O'Grady. Cette personne le contacte, probablement par le biais d'un forum de discussion sur le web dans un premier temps, avant d'organiser une rencontre, consolider son emprise sur Danny et mieux comprendre sa façon de fonctionner. Ce « témoin non identifié » recherche la complication et, dans cette mesure, il me semble que Luke et Sanders ont parfaitement raison. Pourquoi se servir d'un sabot quand le calibre .38 de Danny aurait parfaitement fait l'affaire ? Pour mieux étaler sa virtuosité. La balle de 22 mm a toutes les chances de se déformer et l'on n'y verra que du feu, mais au cas où elle resterait intacte, notre témoin laisse à l'intention de la police une charade supplémentaire… une manière de plus de se mettre en valeur. Nous en arrivons aux ordinateurs. Il semble que le « témoin non identifié » se soit servi de l'adresse e-mail de Melissa Avalon pour entrer en contact avec Danny. Dans ce cas, pourquoi avoir effacé toutes les données des ordinateurs de l'école ? Nous n'aurions trouvé que des messages envoyés par Danny à Melissa. Quand bien même nous aurions trouvé le contenu de ces messages un peu bizarre, Melissa Avalon n'était plus là pour se défendre. Mais une fois de plus, cette couverture ne suffit pas à notre témoin qui s'ingénie à nettoyer tous les ordinateurs. Quand les spécialistes du FBI iront voir de plus près les disques durs, je suis persuadé qu'ils s'apercevront que toutes les données ont été recouvertes de zéros. Notre « témoin non identifié » est un individu particulièrement méticuleux.

— Tout ça est bien joli, mais ça ne tient pas debout à cause de Danny, objecta Rainie. À l'heure actuelle, il est suffisamment traumatisé pour ne rien dire, mais il finira inévitablement par parler. Son témoignage est particulièrement dangereux pour notre fameux témoin. Pour préserver son anonymat, il ou elle aurait dû agir seul.

— Pas du tout, répliqua Quincy avec véhémence. Jamais notre «témoin non identifié» n'aurait agi seul car ça va à l'encontre de son objectif. À quoi lui servirait d'être aussi malin si personne ne se trouve là pour en témoigner?

Rainie garda le silence. Elle commençait à comprendre où Quincy voulait en venir. Elle n'était pas la seule, à lire l'horreur se reflétant dans les yeux de Luke et de Sanders.

— Mais alors... ça voudrait dire que notre inconnu éprouve le besoin d'être... admiré!

— Absolument.

— Et si Danny craque un jour et raconte ce qui s'est passé...

— Justement! Quel est le moteur de toutes ces fusillades en milieu scolaire auxquelles nous assistons? L'ego. Ces gamins ressentent le besoin de s'affirmer dans un monde compliqué, ils recherchent la célébrité à tout prix. Et notre témoin compte bien voir Danny craquer un jour. Pas tout de suite, car il lui faut le temps de s'éloigner et d'assurer sa sécurité. Mais d'ici quelques mois, il lira dans le journal qu'un élève de treize ans accusé d'un triple meurtre prétend avoir été manipulé par un monstre. Les psychiatres unanimes penseront que c'est une preuve supplémentaire de l'irresponsabilité de la jeunesse actuelle. Quant aux experts judiciaires, ils mettront tout sur le dos des avocats qui voient des conspirations partout pour entretenir la confusion dans l'esprit des jurés. Ce jour-là, notre «témoin non identifié» découpera tous les articles de journaux relatant le procès de Danny O'Grady et prendra son pied.

— Ce qui voudrait dire que nous ne sommes pas en présence d'un crime passionnel, demanda Rainie.

— Exactement.

— Mais alors, pourquoi avoir tué Melissa Avalon ? Pourquoi le sabot et pourquoi une seule balle en pleine tête, ce qui porte immédiatement à croire qu'il s'agit d'un acte prémédité ?

— Il y avait bien préméditation, mais pas comme nous l'imaginions. J'aurais dû y penser plus tôt, quand tout le monde nous disait à quel point Danny admirait Melissa Avalon.

— Je ne comprends pas…

— Danny était amoureux d'elle, Rainie. C'est pour cette raison que notre inconnu a choisi Melissa, pour mieux marquer son emprise sur Danny en le forçant à assister au meurtre de la personne à laquelle il était le plus attaché, de la personne à laquelle il faisait le plus confiance.

— Mais c'est complètement débile, explosa Sanders. Personne ne s'en prend à quelqu'un qu'il aime. Pour pousser un gamin du mauvais côté, il faut au contraire l'inciter à faire du mal à ceux qu'il déteste le plus. Du genre, « Tu penses que ton père est un sale con, petit ? C'était rien à côté du mien et je vais te raconter ce que je lui ai fait. »

Quincy fit non de la tête.

— Il aurait pu agir ainsi, mais le procédé était beaucoup moins efficace et pas assez pervers pour notre inconnu. La technique de base de l'endoctrinement consiste à pousser les gens à se rebeller contre ceux qu'ils aiment et admirent le plus. C'est la seule manière d'asseoir complètement sa domination. Je pourrais vous citer le cas de ce tueur en série canadien qui a poussé sa femme à participer au viol et au meurtre de sa propre sœur pour mieux la dominer. Aucun risque de la voir se retourner contre lui. Le sentiment de culpabilité de la femme est tel qu'elle ne le fera jamais, pour ne pas avoir à assumer son acte.

— C'est monstrueux, murmura Rainie. Je n'ose même pas penser à ce qui doit se passer dans la tête de ce pauvre Danny…

— Danny est donc vraiment coupable ?

Luke, mal à l'aise, s'agitait sur sa chaise, effrayé d'avance par la réponse de Quincy.

— Vous êtes en train de me dire que c'est bien le fils de Shep qui a tué les deux petites filles et que cette ordure l'a poussé ?

— J'ai bien peur que oui.

— Mais comment savoir qui est cette ordure ? Vous n'avez aucun moyen d'interroger toutes vos machines du FBI pour le retrouver ?

Luke se leva d'une détente, hagard, les nerfs du cou aussi tendus que les cordes d'un piano.

Personne ne répondit. Le cœur de Rainie se serrait de le voir souffrir de la sorte. Elle savait avec quelle fidélité indéfectible il montait la garde chaque nuit devant la maison du shérif pour protéger l'honneur des O'Grady. Elle revoyait Danny dans leur bureau quand il était petit, jouant avec eux aux gendarmes et aux voleurs. « *Pan, pan, pan ! Bravo, Danny ! Tu tires comme un chef !* »

— Une dernière chose, reprit Quincy.

Dans le grenier de la mairie, l'atmosphère était électrique. Tous se demandaient si le pire était encore à venir.

— Les meurtriers ne sont pas différents des autres. Ils ont besoin d'apprendre leur « métier ». La première fois, ils commettent quantité d'erreurs ; la deuxième fois, ce n'est pas encore ça, etc. Or nous sommes en présence de crimes particulièrement élaborés.

— Oh merde ! réagit aussitôt Sanders.

Rainie ferma les yeux.

— Eh oui ! Notre inconnu n'en est pas à son coup d'essai, conclut calmement Quincy. J'en suis prêt à parier ma réputation. Et si notre « témoin non identifié » se sert de l'internet pour recruter des adolescents vulnérables… Nous ne sommes pas au bout de nos peines, mes chers collègues. Dieu sait à qui il s'en prendra la prochaine fois.

La sonnerie du téléphone interrompit la discussion, faisant tressaillir Sanders. Luke décrocha, répondit oui, acquiesça, dit oui à nouveau, tout en prenant des notes.

Il raccrocha, et Rainie, qui le connaissait bien, comprit que l'information qu'il allait leur communiquer était d'importance.

— C'était un patron de bar de Seaside, expliqua Luke. Il y a un type bizarre dans son troquet qui pose tout plein de questions sur la fusillade. Il parle aussi de toi, Rainie. Il prétend que tu as tué ta mère il y a quatorze ans.

— Pas une minute à perdre, enchaîna Sanders.

Luke et Quincy l'approuvèrent aussitôt, prêts à foncer.

Rainie fut plus longue à réagir.

— Ouais, soupira-t-elle en hochant la tête.

Elle pensait à Danny, à tous les psychopathes. Elle pensait à cette nuit tragique, il y avait si longtemps.

— Ouais, répéta-t-elle d'un air résigné. Allons-y.

26

Vendredi 18 mai, 19 h 12

Le soir tombait sur Bakersville. Les lumières s'allumaient une à une sur les porches des maisons, étoilant les collines alentour. Les vaches se réfugiaient au pied des arbres, afin d'échapper à la fraîcheur du crépuscule, avant de s'accroupir pour la nuit.

Ici et là, des parents serraient leurs enfants plus fort que d'habitude en pensant à l'école qu'ils avaient connue, à ce qu'elle était devenue. Personne n'est désireux de voir ses enfants grandir dans un monde gouverné par la peur. Nous devons tous envoyer nos enfants à l'école, inutile de se voiler la face, mais au moment de les emmitoufler et de les embrasser le matin, si la pensée nous vient que leur voisin de classe est susceptible de les assassiner…

Dans les bars de la petite ville, des jeunes gens au verbe agressif, échauffés par le verre de trop, déversaient leur bile sur ces putains d'avocats qui réussissent toujours à faire libérer les assassins, sur ces cons de jurés qui ont plus de commisération pour les meurtriers que pour leurs victimes. Décidément, il n'y a plus de justice. On ne fait rien pour nous protéger. Si ça se trouve, ce petit salopard sortira de taule le jour de ses vingt et un ans, comme les deux ados en Arkansas. C'est pas normal. Et les deux pauvres gamines qu'on vient d'enterrer ? Elles ne risquent pas de sortir de leur trou le jour de leur majorité, elles ! Pourquoi le fils du shérif aurait-il droit à un traitement de faveur sous prétexte que c'est un gamin ? Un assassin, c'est un assassin, et puis c'est tout. Il n'avait qu'à y penser le jour où il a appuyé sur la gâchette. Qui casse paie.

À Seaside, Ed Flanders essuyait ses verres à bière l'un après l'autre d'un air tendu, espérant que les flics ne tarderaient pas.

L'inconnu avait vidé son verre depuis belle lurette. Ed lui avait demandé s'il voulait une autre bière, et il avait refusé. Ed lui avait proposé des ailes de dinde, mais le type avait également refusé. Maintenant, il regardait la télé. Un reportage sur les Anges cybernétiques, une association bénévole ayant pour mission de protéger les utilisateurs de l'internet contre les détraqués. L'inconnu avait l'air de trouver ça très drôle.

Ed s'escrimait avec son torchon sur son verre à bière. Il n'était pas du genre à prier, mais des fois que ça servirait à quelque chose…

À cent kilomètres de là, Rainie fonçait sur la nationale 101, son gyrophare allumé. Quincy, agrippé au tableau de bord, ne disait pas un mot. Il lui lançait régulièrement de petits coups d'œil qu'elle feignait d'ignorer. Au volant, Luke suivait à la même allure dans une autre voiture, Sanders installé à ses côtés.

Ce n'était pas la première fois que Rainie et Luke faisaient la route de la côte le pied au plancher.

Officiellement, pour s'entraîner. Officieusement, pour se faire plaisir. Mon Dieu, comme tout ça leur paraissait loin aujourd'hui…

Sur la radio, le central leur signala que le suspect s'apprêtait à quitter le bar d'Ed Flanders. Prière de donner des instructions.

Rainie prit le temps de la réflexion. Un suspect dont ils ne savaient rien dans un bar plein de monde…

— Ne cherchez pas à vérifier. Contentez-vous de le faire suivre, recommanda-t-elle quelques instants plus tard.

Des yeux, elle guetta l'approbation de Quincy et s'en voulut aussitôt. L'enquêteur du FBI acquiesça, et Rainie, les sourcils froncés, reposa l'émetteur avant d'accélérer.

Une heure plus tard, ils arrivaient à Seaside où le central les guida jusqu'à un petit hôtel. Au coin de la rue, dissimulées par un bosquet, plusieurs véhicules de police.

— Vu le monde, c'est ici que doit se dérouler la petite fête, marmonna-t-elle.

Quincy hocha la tête. Il avait toujours l'air aussi calme, mais la même petite flamme vacillait dans son regard. Il sortit de la voiture d'un mouvement souple et élastique, comme un boxeur prêt à monter sur le ring. Rainie l'observa machinalement, un peu trop attentivement sans doute. Il avait une élégance et une assurance naturelles, en parfaite harmonie avec sa silhouette élancée.

Elle aurait été bien en peine de dire pourquoi elle se sentait aussi angoissée. Avec les derniers préparatifs, la nuit finissait de tomber. Il était temps de s'occuper de l'inconnu, de régler son sort à ce monstre…

Il parle aussi de toi, Rainie. Il prétend que tu as tué ta mère il y a quatorze ans.

Et s'il ne s'agissait pas d'un inconnu ? Rainie, rongée par le souvenir lancinant de son passé, ne savait plus quoi penser.

Sentant que Quincy la regardait d'un air inquisiteur, Rainie s'empressa de détacher sa ceinture de sécurité.

Sanders était déjà en grande conversation avec le responsable de la police locale, un dénommé Carr. Accompagnée de Quincy, Rainie arriva juste à temps pour entendre la description du suspect : « La quarantaine, cheveux bruns grisonnants, un mètre soixante-dix-huit, quatre-vingts kilos. Comme il a un grand imperméable, il est difficile de savoir s'il est armé ou non. Le gérant du motel nous a dit qu'il s'appelait Steve Duncan et que c'était un représentant de commerce. Un client calme, non fumeur si ça peut vous servir à quelque chose. »

— À quelle heure est-il retourné dans sa chambre ? demanda Sanders.

— Il y a trois quarts d'heure. Deux de nos hommes sont en train d'interroger le patron du bar, Ed Flanders. Si j'ai bien compris, le type est déjà venu il y a deux jours. La première fois, il avait l'air de chercher la bagarre avec des types du cru au sujet de Danny O'Grady. Comme on a reçu hier l'avis de recherche relatif à tous les étrangers s'intéressant de près à la fusillade de Bakersville, on a commencé à faire la tournée des bars. Ce soir vers 7 heures, le type revient et recommence, sauf que cette fois-ci, il parlait surtout de l'agent Conner.

Gêné, Carr se tourna vers Rainie.

— Sauf votre respect, madame, mais M. Duncan affirmait que vous aviez tué votre mère, c'est-à-dire Mme Conner. Il disait qu'il en avait la preuve, mais quand Ed lui a posé deux ou trois petites questions, le type l'a envoyé promener. Sinon, on n'a pas bien vu à quoi il ressemblait. Il faisait déjà nuit quand on a voulu le suivre, mais Ed jurerait qu'il l'a déjà vu quelque part, il ne sait plus où.

— Un type plus tout jeune, questionna Quincy, plutôt corpulent ?

— Oui, plutôt.

Quincy regarda Rainie, mais la jeune femme haussa les épaules. Un « type plus tout jeune ». Ce n'étaient pas les possibilités qui manquaient. Le principal peut-être, ou bien le père de Melissa Avalon. Et pourquoi pas Mme VanderZenden ou Mme Avalon sous un déguisement masculin ? Si le « témoin non identifié » était assez habile pour maquiller une balle, Dieu sait de quoi il était capable.

— Pourquoi ne pas aller voir ? proposa-t-elle avec raideur.

Les autres approuvèrent. Plusieurs jeunes flics du coin avaient même sorti leur matraque. Pendant les mois les plus chauds, il n'est pas rare que des bagarres éclatent dans les bars de la ville. La police municipale connaît la chanson…

Carr prit aussitôt les choses en main, mettant au point un plan de bataille. Le gérant de l'hôtel passerait un coup de fil dans la chambre, demandant à M. Duncan d'avoir l'amabilité de passer à la réception.

Un petit problème avec le règlement de sa note. À l'instant où il émergerait de sa chambre, les agents s'occuperaient de lui. Ils étaient tous équipés de gilets pare-balles, et ils feraient usage de la force en cas de besoin. Le tout était d'agir rapidement afin que Duncan n'ait pas le loisir de réagir. Il serait toujours temps de l'interroger une fois qu'il serait menotté.

Rainie approuva. Elle avait pu constater à quel point Carr était fier de participer à l'arrestation d'un suspect important. Elle savait d'avance que ce serait l'un des moments forts de sa carrière, un exploit qu'il évoquerait encore des années plus tard, autour d'un verre, entre collègues.

Ils s'installèrent derrière les bouquets d'arbres pour assister à l'opération.

Le gérant de l'hôtel décrocha nerveusement son téléphone. Rainie observait la scène à travers les baies vitrées de la réception ; heureusement que Duncan ne pouvait pas en faire autant car le gérant suait à grosses gouttes, frôlant la crise cardiaque. À ses côtés, un jeune agent à la mine grave tenait son arme braquée sur l'entrée de l'hôtel. Rainie avait beau savoir qu'il s'agissait d'une précaution supplémentaire, elle n'était pas sûre que le gérant considérait les choses du même œil.

Le gérant raccrocha son téléphone, l'air soucieux. Il adressa quelques mots au jeune agent, et la radio de Carr se mit à grésiller.

— Ça ne répond pas, marmonna Carr. Le gérant dit que ça sonne dans le vide.

Manifestement embarrassé, il interrogeait du regard ses collègues de Bakersville.

— Vous croyez qu'il nous a repérés ? murmura Sanders.

Rainie montra du doigt la demi-douzaine de voitures de police et les seize hommes en uniforme disséminés autour d'eux.

— Si c'est ça, je me demande comment il a fait.

— Et si on demandait au gérant d'aller toquer à sa porte ? proposa Sanders. Dès qu'il fait mine d'ouvrir, on entre en force.

Quincy regarda d'un œil dubitatif le gérant de l'hôtel dont la chemise était trempée de sueur.

— Je ne suis pas vraiment certain que ce soit une bonne idée.

— J'y vais, déclara Rainie.

Comme tout le monde la regardait avec des yeux ronds, elle haussa les épaules :

— Je vous assure que je n'ai pas la moindre intention de me faire descendre. Mais vous voyez quelqu'un d'autre susceptible de se faire passer pour la femme de chambre ?

D'un geste, elle désignait tous les hommes qui l'entouraient.

— C'est bien ce que je pensais.

Cinq minutes plus tard, Rainie enfilait une blouse, tant bien que mal, par-dessus son gilet pare-balles. L'espace d'un instant, elle revit les talons aiguilles de sa mère le soir où elle avait été tuée.

Sa tête bourdonnait. Elle aurait donné n'importe quoi pour une bière.

Elle finit par fermer la blouse, prit son courage à deux mains et s'éloigna.

— Il y a quelque chose qui ne va pas ? lui demanda Quincy.

Décidément, ces types du FBI étaient d'un perspicace…

— Ça va super !

Elle se contorsionna, cherchant où dissimuler son arme.

— Dans le creux des reins, suggéra Sanders.

— Je ne peux pas.

— Et pourquoi ?

— Cette putain de jupe est trop serrée.

— D'accord, d'accord ! Sanders leva les mains et s'éloigna.

Quincy empila une demi-douzaine de serviettes de toilette propres pour y dissimuler l'arme, s'assurant que la crosse du pistolet dépassait du bon côté afin que Rainie puisse s'en emparer aisément. Puis il lui tendit la pile de serviettes, posant sur elle un regard rassurant.

— S'il fait mine de bouger le petit doigt… prévint-il.

— Je ne peux pas lui tirer dessus.

— S'il fait mine de prendre une arme, il ne faut pas hésiter.

— Je ne peux pas lui tirer dessus, répéta-t-elle avec force. Et si je le tuais ?

Elle n'avait pas besoin d'en dire davantage, et tous gardèrent le silence. Quatorze ans plus tard, les soupçons et les rumeurs étaient loin d'avoir disparu.

— Il est probable qu'il nous a vus, reprit Quincy d'une voix douce.

— Raison de plus pour ne pas traîner. Assez joué.

Elle fit signe à Sanders, visiblement impatient de voir ce qui allait se passer, puis à Carr, et chacun prit position comme il en avait été convenu.

Rainie décida de ne plus penser à rien. Elle prit les serviettes de toilette de façon à se cacher le visage et s'avança.

Elle se trouvait maintenant à hauteur de la chambre de Duncan. Elle prit le temps de respirer.

— Monsieur, vous avez besoin de serviettes ?

Il aurait peut-être mieux valu tirer d'abord et poser des questions ensuite…

Elle frappa à la porte.

Pas de réponse.

Dans le bar, tout à l'heure, vous saviez de quoi vous parliez ou bien alors c'était juste pour m'emmerder ?

Elle frappa de nouveau.

Aucune réponse.

Le reste se déroula comme au ralenti. Elle posa les serviettes, prit son 9 mm, tourna la poignée et ne fut pas étonnée de trouver la porte ouverte. En un instant, elle était dans la pièce…

Derrière elle, des voix criaient : « Couchez-vous, couchez-vous ! » et d'autres hurlaient : « On y va, on y va ! »

Rainie fit des yeux le tour de la pièce, les deux mains crispées sur son arme de service, sans savoir ce qu'elle allait trouver. Ou alors elle le savait trop bien. Au plus profond d'elle-même, une voix lui disait ce qu'elle allait trouver sur ce lit, sauf que…

La pièce était vide. Vide !

Plusieurs agents la bousculèrent en pénétrant à leur tour dans la pièce.

— Police ! Police ! Police !

Toujours rien. Et d'autres voix encore : « Comment ça, rien ? Où est-ce qu'il est ? Je croyais que vos hommes surveillaient la chambre ? »

— Je ne sais pas, monsieur. Je vous assure, je n'y comprends rien.

Rainie ne les voyait même pas. Les yeux rivés sur le miroir de la salle de bains, au-dessus du lavabo, une main avait tracé en lettres rouges : « Trop tard ».

Plus bas, sous le message, on avait scotché une mèche de cheveux. Des cheveux longs et noirs, légèrement bouclés. Pas la peine d'attendre le rapport du labo pour deviner à qui ils appartenaient.

Une image, un flash : le corps de Melissa Avalon, le visage nimbé par la masse de ses cheveux.

— Trop tard !

La voix de Rainie tremblait en lisant l'inscription. Après un long moment, elle se tourna vers les autres :

— Quelqu'un pourrait-il m'expliquer ce que ça signifie ?

Personne ne lui répondit.

Sanders profita du silence pour prendre son téléphone portable et appeler les services de l'identité judiciaire :

— Les gars, encore du boulot pour vous, se contenta-t-il de dire.

27

Vendredi 18 mai, 22 h 38

Deux heures plus tard, Rainie et Quincy étaient de retour à Bakersville. On avait fini par savoir comment Dave Duncan s'était échappé de sa chambre : dans le fond d'un placard, il avait pratiqué une ouverture étroite donnant sur l'arrière de l'hôtel, derrière un massif de rhododendrons. Lorsque l'étau s'était resserré, il avait rassemblé ses petites affaires et s'était fait la belle.

Quincy n'avait pas tort : son « témoin non identifié » avait un goût marqué pour les plans d'urgence.

Pendant que les techniciens de l'identité judiciaire relevaient les empreintes, récupéraient précautionneusement dans des sacs plastique les cheveux trouvés sur place et cherchaient à faire parler l'inscription au rouge à lèvres, Quincy leur avait dressé un portrait psychologique de l'individu recherché. Son expérience lui laissait penser qu'il s'agissait d'un homme d'âge moyen, probablement célibataire, très organisé et doté d'un QI supérieur à la moyenne. Son côté manipulateur trahissait une grande aisance dans ses rapports avec les autres.

L'inconnu avait probablement tenté de faire partie de la police ou de l'armée à un moment ou à un autre de son existence, mais il en avait été chassé, à moins qu'il n'ait été recalé aux tests d'aptitude. D'une grande mobilité par la force des choses, il suivait néanmoins l'affaire avec la plus grande attention. Comme il avait payé sa chambre en liquide, et qu'il avait décliné son identité à l'aide d'un permis de conduire quasi illisible, il y avait peu de chances qu'il s'appelle vraiment Dave Duncan.

Au moment précis où Quincy traçait son portrait psychologique, qui aurait pu affirmer qu'il ne prenait pas une chambre ailleurs, dans une grande ville où un « représentant de commerce » passerait totalement inaperçu ? Quincy en était convaincu. L'inconnu n'était pas du genre à s'enfuir et n'avait pas dit son dernier mot.

La police locale allait s'appliquer à réunir le maximum d'informations sur le séjour de David Duncan à Seaside. Il s'agissait de savoir plus précisément à quoi il ressemblait, où il s'était rendu, à qui il avait parlé, ce qu'il avait déclaré. Quant à Sanders, il avait été chargé une nouvelle fois d'assurer la coordination avec les équipes de l'identité judiciaire.

Luke avait la ferme intention de surveiller la maison de Shep cette nuit encore, avant de retourner à Portland le lendemain matin afin de s'entretenir avec M. et Mme Avalon. Il souhaitait se munir d'un portrait-robot, mais ne savait pas encore comment l'utiliser. Peut-être le mettrait-il sous le nez de M. Avalon pour voir sa réaction.

Rainie avait écopé de la mission la plus drôle de l'année : établir la liste de tous les hôtels de la côte dans un rayon de cent kilomètres autour de Bakersville et de Seaside, avec en prime les chambres d'hôtes et les gîtes ruraux. Et pourquoi pas les chalets de chasse désaffectés ?

Elle n'aurait jamais imaginé qu'il pût y avoir autant d'endroits où se cacher dans sa région.

La journée avait été longue, et tous étaient épuisés. Sanders et Luke reprirent la route les premiers, suivis de Rainie et Quincy. Le trajet du retour se déroula en silence.

Arrivée à Bakersville, Rainie s'arrêta dans une petite épicerie pour acheter un pack de bière avant de se diriger tout naturellement vers l'hôtel de Quincy.

Son arrivée fut l'occasion d'un tableau pour le moins curieux : Rainie sur le pas de la porte, son pack de Bud Light à la main, Quincy debout dans sa chambre dont il observait tous les recoins, réalisant soudain l'exiguïté des lieux.

Il avança deux chaises que Rainie ignora consciencieusement pour se diriger droit vers le lit. Sans un mot, Quincy retira sa veste, dénoua sa cravate et déboutonna le col de sa chemise avant de s'asseoir près d'elle.

Rainie voyait mal son visage, à moitié éclairé par la lampe de chevet. Elle se demandait à quoi il pouvait bien penser après une journée comme celle-là. Mais après tout, peut-être la poursuite avait-elle tout simplement rendu plus concrète l'existence du monstre. Un de plus.

Lui arrivait-il d'être fatigué ? Rainie, quant à elle, était épuisée et énervée à la fois. Quand elle était dans cet état-là, elle se méfiait d'elle-même. Les paroles de George Walker résonnaient encore dans ses oreilles, tout comme celles de Carr, lui parlant de sa mère d'un air embarrassé. Après tout ce temps, elle aurait dû s'en foutre, mais pas ce soir. Elle se sentait faible et lasse. Elle en avait marre de faire semblant de dominer la situation alors qu'elle était paumée et que l'affaire ne faisait que se compliquer.

Ce soir, elle se sentait particulièrement fragile, d'une fragilité presque douloureuse. Elle posa son regard sur la poitrine plate et musclée de Quincy, sur le duvet qui dépassait de sa chemise. Elle aurait aimé pouvoir poser sa tête sur son épaule. Entendre son cœur battre contre son oreille. Souriant intérieurement, elle se demandait s'il la prendrait dans ses bras, comme le font les héros au cinéma.

Personne ne l'avait jamais prise dans ses bras. On lui avait tapé sur l'épaule pour la taquiner, on lui avait même tapé sur les fesses à l'occasion. Le manque de câlin ne l'avait jamais vraiment fait souffrir. Ce soir, c'était différent.

Rainie prit une bière et en tendit une autre à Quincy avant de décapsuler la sienne sur un coin de la table de nuit. Du goulot s'échappa un nuage de mousse glacée qu'elle respira avidement. L'odeur douce-amère du houblon emplit sa bouche, la faisant saliver. Putain. Elle aurait donné n'importe quoi pour en boire ne fût-ce qu'une gorgée. Une longue gorgée pour tout oublier.

Comme il n'en était pas question, elle se cala contre la tête du lit, la bouteille de bière sur le ventre.

Quincy n'avait toujours pas ouvert la sienne. Il l'observait d'un air grave.

— Dis-moi quelque chose, murmura-t-elle.

— Rainie, je ne suis pas sûr que ce soit le moment de faire la conversation.

— Tais-toi et dis-moi quelque chose.

Sa franchise lui fit froncer les sourcils.

— À quoi ressemble ton ex-femme ?

— Nom de Dieu, Rainie, tu veux ma mort ou quoi ? Rainie se redressa et le regarda bien en face :

— Je suis parfaitement sérieuse, Quincy. Je voudrais juste savoir à quoi ressemble ton ex-femme.

Quincy soupira. Comme elle avait visiblement décidé d'être sérieuse ce soir-là, il se résolut à décapsuler sa bouteille de bière et but une longue gorgée pour s'éclaircir les idées. Il s'installa plus confortablement au milieu du lit, et elle en profita pour lover ses pieds contre sa hanche. Par le triangle déboutonné de sa chemise blanche, elle admirait la ligne de son cou.

— Bethie est une excellente mère de famille, finit-il par répondre. Elle s'est toujours très bien occupée de nos filles. De notre fille. Enfin, de nos deux filles.

— Comment vous vous êtes connus ?

— À l'université, à l'époque où je préparais mon doctorat de psycho.

— Elle a fait des études de psychologie, elle aussi ?

— Non. Comme beaucoup de filles de famille de la bonne bourgeoisie, Bethie n'est pas allée à l'université dans l'intention de faire des études, mais pour trouver un mari. Je me suis toujours dit que c'était dommage, parce que c'est une fille très intelligente.

— Elle est jolie ? demanda Rainie.

Quincy prit le temps de nuancer sa réponse.

— Je dirais qu'elle a bien vieilli, finit-il par dire d'un ton neutre.

— Une femme jolie, intelligente et bonne mère de famille. Elle te manque ?

— Non, rétorqua-t-il fermement.

— Et pourquoi ?

— Tu sais, Rainie, mon mariage, c'est de l'histoire ancienne. Quand on s'est rencontrés, je fascinais Bethie parce que j'étais flic à Chicago. En même temps, elle était persuadée que c'était un boulot provisoire et que j'avais la ferme intention de m'élever dans la hiérarchie sociale, en ouvrant mon propre cabinet, par exemple. À l'époque, je pensais très probablement la même chose. C'est à ce moment-là que le FBI m'a contacté. Je n'ai pas dit non, et c'est ainsi que la pauvre Bethie s'est retrouvée avec un mari enquêteur au FBI. Si j'avais voulu être parfaitement honnête avec elle, j'aurais refusé l'offre du FBI et ouvert un cabinet, mais j'ai préféré être honnête avec moi-même. Je me suis lancé à corps perdu dans ce métier et mon mariage s'est doucement étiolé.

— Pourquoi n'as-tu rien de négatif à dire à son sujet ?

— Parce qu'elle est la mère de mes enfants et que, comme telle, je la respecte infiniment.

— Tu es un vrai gentleman, pas vrai ?

La voix de Rainie était soudain plus dure. Elle n'était pas venue le voir avec l'intention d'être désagréable, mais il était déjà trop tard. À force de se battre contre les chausse-trapes de l'existence, la culture du conflit lui était devenue une seconde nature. Elle repensa à George Walker et eut une brusque envie de pleurer.

— Je crois à des valeurs de base, le respect des autres et la courtoisie en font partie, poursuivit

Quincy d'une voix douce. Je côtoie suffisamment les démons de la nature humaine dans le cadre de mon boulot pour ne pas vouloir en rajouter.

— Et moi, je ne connais rien à la courtoisie.

— C'est vrai, répondit-il avec un sourire ironique, mais ça te va bien.

Rainie posa nerveusement sa bière sur la table de nuit. Il venait de désamorcer sa colère avec beaucoup d'élégance, fidèle à son habitude. Mais elle ne voulait pas de son élégance. Au point où elle en était, elle ne pouvait trouver refuge que dans les recoins les plus sombres de son âme.

— Toi aussi tu viens d'une famille friquée, pas vrai ? Avec tes costumes de luxe et ton eau de toilette à cent dollars. Tu as toujours été habitué à vivre comme ça.

— Eh bien tu te trompes, Rainie. Je ne viens pas d'une famille friquée, comme tu dis. Mon père est un cul-terreux yankee pure souche. Il est propriétaire de quelques dizaines d'hectares de bonne vieille terre dans le Rhode Island. Une terre qu'il cultive à la force de ses bras et à la sueur de son front, et qu'il cultivera avec la même détermination jusqu'à son dernier souffle. C'est lui qui m'a appris la courtoisie. Il m'a aussi appris à aimer l'automne, quand les pommes mûrissent et que les feuilles changent de couleur. Il m'a surtout appris à ne jamais dire je t'aime à ceux qu'on aime.

Quincy eut un petit sourire ironique.

— Quant aux costumes, j'ai appris à les choisir moi-même.

Rainie se mit à quatre pattes sur le lit. Les yeux dans les siens, elle s'approcha.

— Et moi, je suis une pure racaille.

Quincy décida de soutenir obstinément son regard.

— Pourquoi t'abaisser comme ça, Rainie ?

— Je ne m'abaisse pas, je te dis la vérité vraie. Comme ça, tu ne pourras pas me reprocher plus tard de ne t'avoir rien dit.

Elle avançait toujours et il ne faisait rien pour reculer.

— La courtoisie, je ne sais pas ce que c'est. J'ai horreur de m'excuser. J'ai un caractère de chien, je fais des rêves horribles et je ne devrais pas faire ça, mais je vais quand même le faire.

D'une voix calme, il se contenta d'un mot : « Menteuse. » Puis il avança la main, la plaça derrière la nuque de la jeune femme et l'attira vers sa bouche.

Elle avait beau l'avoir provoqué, elle n'en fut pas moins déroutée par la sensation de ses lèvres contre les siennes. Des lèvres à la fois fraîches et drues contre sa bouche brûlante. Elle fut aussitôt emportée par le goût du houblon. Un goût amer et riche de houblon doré à point. Elle l'embrassa goulûment, comme pour se griser. Mais à l'instant où la langue de Quincy trouvait autoritairement le chemin de sa bouche, ses vieilles angoisses se réveillèrent.

Elle serra les poings de toutes ses forces, si fort que ses ongles meurtrissaient les paumes de ses mains. Elle faisait tout son possible pour ne pas perdre le contrôle d'elle-même. Penser à autre chose : des champs de fleurs, de l'eau qui coule, toutes ces recettes dont elle avait appris à se servir depuis tant d'années. Vite. Tout de suite. Le plus vite possible. Sans jamais se laisser aller. Jusqu'à présent, aucun homme ne s'était jamais aperçu de rien.

La main de Quincy était ferme contre sa joue, déclenchant dans son ventre des bouffées de chaleur aussi inquiétantes qu'inattendues. Elle s'arrêta, effrayée. Quincy murmurait dans son cou des mots inintelligibles, et elle rejeta la tête en arrière, découvrant son cou. La respiration de Quincy était chaude et terriblement excitante le long de sa clavicule.

Il va descendre, se dit-elle. Ne pas oublier de geindre au bon moment. Des champs de fleurs, de l'eau qui coule. Les lèvres de Quincy étaient dures, habiles, mais Rainie savait que ses démons n'étaient jamais bien loin. Des champs de fleurs, de l'eau qui coule. Dès qu'il toucherait ses seins, elle se cambrerait. Qu'il en finisse. Vite ! Tout de suite !

Soudain, elle se sentit envahie d'une tristesse incontrôlable. C'était pourtant elle qui l'avait voulu, mais était-ce vraiment ce qu'elle voulait dans les méandres de son âme meurtrie ? Elle avait eu tort de jouer à ce jeu-là avec Quincy. Il n'était pas comme les autres. Avec les autres, c'était sans conséquences. Ni retour, ni consigne. Avec cet homme-là, cela tenait du blasphème.

Elle baissa la tête pour qu'il ne voie pas ses yeux, pour qu'il ne puisse pas lire dans son regard les champs de fleurs et l'eau qui coulait, et Danny O'Grady tenant le fusil qui avait arraché la tête de sa mère.

Elle avait mal, tellement mal qu'elle ne savait plus où s'arrêtait la douleur, où commençait Rainie Conner.

Les mains de Quincy montèrent lentement le long de son corps. Il caressa doucement ses cheveux, repoussant une à une ses mèches rebelles. Puis il l'embrassa au coin de l'œil, à l'endroit précis où sa première larme venait de jaillir.

Rainie se leva d'un bond.

— Pour l'amour du ciel, pourquoi faut-il que tu sois toujours aussi bien élevé ?

Elle s'arrêta devant la table bancale, la main serrée sur le col de sa chemise, la respiration haletante.

Quincy s'assit sur le lit. Ses cheveux noirs étaient ébouriffés. Elle ne se rappelait pourtant pas lui avoir caressé la tête. En apercevant une ombre sur ses joues, elle posa la main sur son cou et sentit brusquement le feu allumé par sa barbe naissante.

Et merde ! Quelle conne ! Pour couronner le tout, elle risquait de se mettre à pleurer. Comment pouvait-elle être aussi conne ? Ça suffisait comme ça. Elle attrapa son manteau et se dirigea vers la porte.

— Arrête-toi !

La voix de Quincy résonna brutalement dans le silence de la chambre et Rainie resta figée sur place.

— Viens t'asseoir, lui dit-il d'une voix plus calme.

— Non.

La main posée sur la poignée, elle refusait de céder.

— Bordel, viens t'asseoir !

Elle se laissa tomber sur la chaise de bois, tout près de la porte.

— Je suis désolé, s'excusa-t-il. Je ne voulais pas te crier dessus. Je ne voulais pas qu'on en arrive là. Il y a quantité de choses que je ne voulais pas, ce soir.

Rainie se sentit un peu mieux. Elle lui fit un sourire à faire fondre un iceberg, avant de répondre :

— Merci tout plein, monsieur. Maintenant, si ça ne vous dérange pas, il faut que je m'en aille.

— Tais-toi, Rainie, et arrête un peu ton cinéma.

Quincy se leva pesamment. Pour la première fois, Rainie vit que ses mains tremblaient. Les rides autour de ses yeux s'étaient faites plus épaisses, et sa bouche avait un pli amer. Elle n'aimait pas le voir comme ça. C'était sa faute et elle s'en voulait.

Elle aurait voulu être le genre de fille… pouvoir effacer avec une gomme la tristesse lisible sur son visage.

Mais elle restait là, comme une mauvaise élève prise la main dans le sac et qui attend sa punition.

— Ne me regarde pas comme ça, Rainie, reprit-il d'un air excédé. Je ne suis pas ta mère, tu n'es pas une femme battue et je ne suis pas ton mari. Je ne dis pas qu'il ne m'est jamais arrivé de vouloir te tordre le cou, mais je n'ai pas la moindre intention de te frapper.

— Bien sûr, tu es trop bien élevé pour ça. Pas vrai, Quincy ? Ça ne t'arrive jamais de laisser parler tes tripes, de te laisser aller ?

Sa mâchoire fut agitée par un tic nerveux. Rainie se dit qu'elle avait peut-être poussé le bouchon un peu trop loin, mais elle en éprouvait une sorte de fierté. *Mais qu'est-ce que tu fous, Rainie ? Tu ne peux pas fermer ta grande gueule ?*

C'était plus fort qu'elle. Elle se leva, poussée par des démons intérieurs qu'elle était parfaitement à même d'analyser, mais incapable de maîtriser. Elle s'approcha lentement, heureuse de constater que son regard se brouillait, que ses yeux revenaient inévitablement à ses lèvres. Elle défit un bouton de sa chemise à hauteur des seins.

— Plus question de jouer maintenant, murmura-t-elle. Plus de faux-semblant. Je suis curieuse de savoir comment baise un Yankee. La position du missionnaire ? Dessus ? Dessous ? En levrette ? En soixante-neuf, peut-être ? Qu'est-ce que dirait ton papa s'il te voyait ?

Elle fit sauter un autre bouton, découvrant un soutien-gorge blanc usé par des lavages répétés. Ses mains ne tremblaient plus, mais elle se sentait prise de vertige, comme désincarnée. Elle avait le sentiment d'assister de loin, en spectatrice, à une pièce de théâtre dont les personnages s'agiteraient sous ses yeux. Combien de fois par le passé ? Aucune importance. Il est toujours temps de regretter le lendemain matin.

Quincy lui saisit les mains avec force. Elle lui sourit et se colla contre lui d'un mouvement vulgaire, caressant son bassin contre son sexe tendu.

— Baise-moi, Quincy, murmura-t-elle d'une voix qu'elle ne reconnaissait même pas. Baise-moi fort.

Quincy, loin de se laisser impressionner, lâcha durement :

— Comment s'appelait-il ? Quel âge avais-tu ? Ta mère était au courant, ou bien elle était trop bourrée pour s'en apercevoir ? Parle, bordel !

Il la repoussa brutalement et se réfugia à l'autre bout de la pièce, comme s'il avait peur de ne plus pouvoir se contenir. L'instant d'avant, elle se trouvait encore collée contre son sexe, mais il s'était éloigné si vite qu'elle avait manqué tomber.

— Tu n'en as jamais parlé à personne, c'est ça ? demanda-t-il d'une voix dure. Je voudrais pouvoir t'aider, mais il faudrait que je sois impartial. Impartial ! Mais je n'ai pas une once d'impartialité en face de toi ! Je n'ai qu'une envie, c'est de le retrouver et de lui briser les os. Je passe ma vie à poursuivre ces salopards et, à chaque fois que j'en coince un, il y en a trois autres qui sortent du plancher !

— Je ne comprends pas un mot de ce que tu dis.

— Tu me prends vraiment pour un con !

— Tu es toujours comme ça avec les femmes que tu rencontres ? Pas étonnant que tu te rattrapes sur ton boulot.

— Rainie, j'ai besoin de savoir ce qui s'est passé il y a quatorze ans.

— Tu as vu l'heure ? Il est minuit passé, il faut que j'y aille.

— Quatorze ans, c'est long, mais ce ne sera jamais assez long. Hein, Rainie ?

— Tu es disponible demain matin ? Il nous reste pas mal de trucs à faire, mais j'oubliais que tu ne fais pas exactement partie de l'équipe. Un seul coup de téléphone et tu dégages d'ici. Tu le sais aussi bien que moi.

— Rainie…

— Lâche-moi, O.K. ? Tu peux pas me lâcher un peu ?

— Non, je ne peux pas ! Parce que je ne suis pas complètement con et que je tiens à toi ! Et parce que, quelque part, je sais que tu tiens aussi à moi, sinon tu ne passerais pas toutes tes soirées dans ma chambre. Tu ne vas quand même pas me faire croire que c'est pour le plaisir de ma conversation, non ? Mais puisque tu veux parler, parle ! Tu as besoin de parler et j'ai besoin de t'entendre. Alors allons-y !

— Tu dis vraiment n'importe quoi.

— Je dis surtout que tu mens quand tu dis avoir oublié le nom du type qui a prétendument tué ta mère.

Les mots étaient sortis avec une telle virulence que Rainie, suffoquée, s'arrêta net. Elle crut un instant avoir mal entendu. Ce n'était pas possible ! Il ne pouvait pas savoir... Personne ne pouvait savoir...

Son cœur battait à tout rompre dans sa poitrine.

La solution était pourtant tellement simple ! Quincy était Quincy, et c'est pour ça qu'il savait. Quincy était l'un des as de Quantico et elle l'avait constamment relancé, lui donnant soir après soir de nouveaux indices.

— Tu ne sais pas de quoi tu parles, tenta-t-elle d'une voix faible.

Quincy ne répondit même pas, se contentant de la regarder.

— Je n'ai pas l'intention de supporter ça les bras croisés.

Quincy restait silencieux.

— Tout ça, c'est des conneries, et je rentre chez moi, fit-elle, faisant un pas en direction de la porte.

Toujours pas de réaction.

Elle ouvrit la porte, attrapant au passage son manteau d'un geste rageur. Pour la première fois, elle sut que la nuit ne l'intéressait plus. En dépit de toutes ses dénégations, c'était Quincy qui l'intéressait. Quincy, immobile et silencieux derrière elle.

Je tiens à toi ! Et quelque part, je sais que tu tiens aussi à moi.

Je voudrais tant que tu me demandes de revenir, pensa-t-elle brusquement. Voilà ce que je voudrais entendre. Avant, je ne le savais pas. Demande-moi de revenir. Rien qu'une fois. Je n'y arriverai jamais toute seule. Ça fait trop longtemps que je porte tout ça en moi. Je suis tellement fatiguée. Et puis cet homme en noir hier soir sur mon porche. Tu ne peux pas savoir l'effet que ça m'a fait.

Les champs de fleurs. L'eau qui coule.

S'il te plaît, demande-moi de revenir...

Quincy ne disait toujours rien, et Rainie s'aperçut qu'elle n'était plus sur le pas de sa porte, mais seule au milieu du parking de l'hôtel. Elle avait son manteau, et la porte de Quincy était fermée. Une fois de plus, son subconscient avait pris le relais.

Autour d'elle, la nuit était dure et froide. Elle prit le temps de lever la tête et de compter les étoiles en attendant que ses yeux soient secs.

L'immensité de la nuit dans l'immensité du monde. Elle devait être l'une des seules personnes à cette heure à se sentir rassurée de n'être rien dans l'univers.

Demande-moi de revenir...

Rainie s'installa lourdement au volant de la voiture de police avant de s'apercevoir que le pare-brise était maculé. Du côté conducteur, une âme bienveillante avait collé un morceau de papier journal sur lequel était écrit : « *On va te fère voir ce que c'est que la justisse, saloppe !* »

Rainie sortit de la voiture et prit ses clés pour décoller l'adorable papillon. La nuit était d'un calme absolu, la chambre de Quincy plus silencieuse que jamais.

Rainie démarra et rentra chez elle.

28

Samedi 19 mai, 1 h 44

Le chemin de terre conduisant à sa maison serpentait dans la nuit. Elle avait encore oublié d'allumer la lumière extérieure et ne voyait pas grand-chose à travers son pare-brise à cause des restes de colle. Avec un peu de chance, elle prendrait un mauvais virage et se tuerait au volant de sa voiture à vingt mètres de sa porte. Ou alors elle foncerait dans un arbre et se retrouverait en chaise roulante pour le restant de ses jours. Comme ça, elle prendrait la succession de l'Homme de fer.

Seigneur, si tu savais comme je suis fatiguée !

Elle s'arrêta devant chez elle, prit une lampe de poche dans la boîte à gants et fouilla les alentours à la recherche de son tuyau d'arrosage. La pelouse, bien trop haute, avait besoin d'un bon coup de tondeuse, et les bordures réclamaient un sérieux désherbage. Le frigo était toujours aussi vide. Il aurait fallu qu'elle prenne un peu le temps de s'occuper d'elle-même.

Mais il était 2 heures du matin, et Rainie lavait son pare-brise à grande eau pour enlever les résidus de colle et de papier journal à la lueur de sa lampe de poche.

Sa tâche accomplie, la jeune femme ressentit enfin les effets de la fatigue. Le tuyau d'arrosage fit un bruit mat en tombant sur le sol, et elle se traîna jusqu'à la porte.

Depuis quelques jours, elle vivait dans un stress permanent. Elle avait fini par en prendre conscience sur le chemin du retour. Elle se laissait envahir par ses cauchemars, ne dormait pas assez, ne mangeait pas comme il faut et comptait trop sur Quincy pour tout régler. Grave erreur, mais il était trop tard pour regretter quoi que ce soit.

Ce soir, elle avait touché le fond. Demain, ça irait mieux. Ce n'était pas la première fois, elle connaissait la chanson.

Elle chercha la serrure à tâtons et ouvrit enfin la porte. Un courant d'air lui sauta aussitôt au visage. Un courant d'air ? Mais comment…

Elle alluma la lumière et balaya l'entrée du regard tout en cherchant instinctivement son arme, en vain. Elle se souvint d'avoir enfermé son neuf millimètres et son .22 de rechange dans le coffre de sa voiture. Rien à faire de ce côté-là. Elle éteignit aussitôt la lumière et attendit que ses yeux se fassent à l'obscurité. Aucun bruit suspect, juste ce courant d'air en pleine figure dont elle comprit l'origine en s'apercevant que la porte coulissante était grande ouverte, découvrant le porche.

Et si c'était Shep ?

Non. Il ne serait jamais resté assis dans le noir, au risque de se faire prendre pour un intrus et tirer dessus comme un lapin.

Dave Duncan.

Rainie glissa silencieusement contre le mur du couloir menant au salon. À gauche, les deux chambres et la salle de bains. À droite, rien. Aucun signe de vie.

C'est à cet instant précis que ses yeux tombèrent sur le canapé, et elle fut prise de vertige.

C'était impossible ! Surtout après la conversation qu'elle venait d'avoir avec Quincy…

Qui d'autre ? Qui aurait pu mettre à jour ses secrets les plus noirs et la confronter aussi brutalement aux démons qui la hantaient ?

Dans sa précipitation, elle griffa le mur avec ses ongles en cherchant à tâtons un interrupteur qu'elle ne trouvait pas. Vite, la lumière. Il fallait qu'elle sache. Mais non, c'était impossible…

Elle finit par allumer. La lumière du plafonnier inonda la pièce, découvrant sa table de cuisine ronde, son vieux fauteuil rembourré et son canapé aux couleurs passées. Et le fusil. Un vieux fusil posé contre les coussins du canapé. Avec sa crosse éraflée, elle l'aurait reconnu entre mille.

Elle se trouva brusquement replongée des années en arrière, sans pouvoir rien y faire. Elle courut jusqu'à la cuisine à la recherche d'un couteau pour se défendre. Dans sa tête, elle avait à nouveau dix-sept ans et venait tout juste de rentrer du lycée.

Il fallait que ça s'arrête. C'était tout simplement impossible. Le fusil aurait dû se trouver quelque part dans un dépôt de la police à Portland. Elle en était sûre, elle avait vérifié. Elle s'était toujours dit qu'elle ne reverrait jamais de sa vie ce putain de fusil.

Elle saisit le premier couteau venu, un petit couteau de cuisine, et se mit à hurler :

— Viens ici si tu l'oses, espèce de salopard !

Seul le silence lui répondit. Même les chouettes s'étaient tues alors que sa mère, la tête emportée, gisait sans vie dans le salon. *Et ça ? Qu'est-ce que c'est que ce truc qui dégouline du plafond ?*

— Dis-moi qui tu es. Tu vas me dire qui tu es, espèce de salaud ? Sors de là que je te voie !

Comme une folle, elle fit le tour des deux chambres. Personne. Elle faillit arracher de ses gonds la porte de la salle de bains. Vide. Elle se précipita sur le porche, passant à côté de ce fusil qu'elle ne voulait plus voir et qui l'hypnotisait, rattrapée par un passé dont elle avait tout fait pour se débarrasser.

Sa mère criait d'une voix de harpie :

— Ça t'a plu, hein ? Espèce de petite traînée !

— Mais je ne voulais pas, je voulais qu'il arrête, gémissait-elle.

Mais qu'elle se taise ! Je n'ai plus dix-sept ans. Je suis capable de me défendre, maintenant. Je suis flic. Je suis forte.

Elle se planta face aux pins entourant la maison et redressa les épaules en grondant :

— Je sais que tu es là. Je sais que tu me regardes, Dave Duncan ou quel que soit ton putain de nom. Tu me cherches ? Eh bien je suis là, je t'attends, espèce de trou du cul de merde !

Et sa mère qui lui répétait inlassablement :

— Menteuse ! Je savais bien que ma fille était une petite salope.

— Mais il m'a violée !

— Et si tu es en cloque, ne compte pas sur moi. Chacun sa merde dans la vie, espèce de petite traînée !

— Je voulais qu'il arrête…

— *T'avais qu'à le prendre par les couilles. C'est comme ça que je fais, avec lui.*

Elle savait qu'il était là. Elle le sentait. C'était lui qu'elle avait vu sur son porche la nuit précédente. C'était lui, avec sa grande gueule, qui lui avait chié dessus dans le bar de Seaside. Ce salopard en noir pensait pouvoir s'attaquer à elle après s'être fait les dents en manipulant des gamins.

Rainie rentra précipitamment. Elle prit à deux mains le canon du fusil, comme un serpent venimeux. Elle était prête. Plus que prête. Dehors, elle fit tournoyer le fusil au-dessus de sa tête dans la nuit noire.

— Tu veux rigoler, espèce de connard ? Tu crois que tu me fais peur ? Va te faire foutre ! Et je t'aurai, salaud ! Je finirai par t'avoir !

Soudain, elle lâcha le fusil qui alla s'écraser contre un arbre un peu plus loin. Rainie avait du mal à respirer. Ses oreilles bourdonnaient, c'était toujours mauvais signe chez elle.

Une minute s'écoula. Puis une autre. Seul le silence lui répondait, mais elle savait qu'il était là. Il avait poussé au meurtre un malheureux gamin de treize ans et souhaitait passer à la vitesse supérieure. Comment Quincy l'avait-il décrit ? Un type capable de manipuler la police par défi. Un type malin, et fier de l'être.

Rainie allait lui montrer. Elle venait de lui renvoyer son putain de fusil et l'attendait de pied ferme, prête à se défendre à mains nues. Ou presque, avec son petit couteau de cuisine.

Soudain elle se mit à rire, sans savoir pourquoi. Quelques secondes plus tôt, elle était encore debout, les jambes arquées, les poings serrés, prête à se battre. Maintenant elle riait, se souvenant des paroles de sa mère, reçues en pleine figure quatorze ans plus tôt.

— *T'avais qu'à le prendre par les couilles. C'est comme ça que je fais, avec lui.*

Elle venait enfin de comprendre ce que sa mère avait voulu lui dire. Pliée en deux, elle se tenait les côtes en hoquetant de rire.

Pour la deuxième fois ce soir, elle pleura à chaudes larmes. Quelle plaie d'avoir à vivre avec soi-même!

Elle emprunta les quelques marches conduisant à la forêt, consciente que c'était précisément ce qu'il attendait, sans pouvoir s'en empêcher. À plat ventre, elle s'enfonça dans le vide séparant le sol du plancher de la maison et se mit à gratter à mains nues la terre grasse et noire. Il était toujours là, toujours aussi effrayant. Elle n'avait rien à craindre, il était toujours là.

Mon Dieu! Jamais elle ne s'était fait aussi mal en riant. Mon Dieu! C'était donc elle dans la glace, avec ces larmes de terre sur ses joues creusées?

Une heure plus tard, équipée de sa lampe de poche et de son 9 mm, elle fouillait les bois à la recherche de son gibier. Elle ne se faisait guère d'illusions quant à sa réaction si elle le trouvait, et ça lui faisait peur, mais elle était étrangement calme.

À deux cents mètres de la maison, elle découvrit sa cache : un lit de feuilles derrière l'écran d'un buisson, là où il avait visiblement passé des heures à l'observer. Le sol était froid, mais elle devinait qu'il était encore là peu auparavant. Tout lui paraissait limpide. Pour un type capable de pousser des enfants au meurtre en les manipulant, pour un lâche incapable d'extérioriser sa haine, quoi de mieux qu'une femme flic soupçonnée d'avoir tué sa propre mère ?

Tout s'expliquait, depuis l'épisode du bar à Seaside jusqu'au fusil posé sur son canapé. Sa manière à lui de la faire entrer dans la ronde.

— Essaye encore une fois de revenir ici, murmura Rainie, et je te montrerai de quoi je suis capable, espèce de fumier. *Tout* ce dont je suis capable.

Avant de rentrer, elle ramassa ce qu'il restait du fusil.

Un quart d'heure plus tard, un arbre bruissa au moment où une silhouette sautait à terre, non loin de l'endroit où s'était tenue Rainie. L'inconnu caressa le sol à l'endroit où apparaissaient encore les empreintes de la jeune femme, puis il porta ses doigts à sa bouche pour les lécher et sourit.

Tout se déroulait comme prévu.

29

Samedi 19 mai, 6 h 01

Sandy O'Grady ne dormait pas lorsque le téléphone sonna. Allongée sur le dos, elle regardait les ombres se déplacer au plafond. Quelques minutes plus tôt, elle rêvait qu'elle était à nouveau petite fille. Avec Melinda, sa meilleure copine, elle déchiffrait les formes des nuages, allongées dans l'herbe.

— *Celui-là, c'est un dragon.*

— *Non, un éléphant !*

— *Un chien à deux têtes !*

Sandy s'était réveillée en pleurant, avec l'envie quasi insupportable d'appeler Melinda. Mais ce n'était pas possible. Melinda s'était installée à Portland quinze ans plus tôt. Elle s'était mariée – Sandy était enceinte de sept mois de Danny au moment du mariage – et les deux amies ne s'étaient pas parlé depuis. Chacune avait sa vie, des amis plus proches, au propre comme au figuré.

Melinda ne lui manquait pas vraiment. Ce qui lui manquait le plus, c'était son enfance. La jeunesse, l'insouciance, l'impression que tout était simple.

Shep ronflait sur le canapé du salon et Becky s'agitait, par terre dans le placard de l'entrée. Seule la chambre de Danny restait silencieuse.

6 heures du matin, les yeux rivés au plafond, à se demander à quel moment son existence lui avait échappé, et comment faire pour la rattraper. Elle savait que ses deux enfants comptaient sur elle.

C'est alors que le téléphone sonna.

Sandy décrocha aussitôt et dit :

— Bonjour, Danny.

Il ne répondait pas. Derrière lui, elle reconnaissait la rumeur du centre de détention, mélange de bruits métalliques et de bribes de voix indéchiffrables. Sandy avait tout juste eu le temps d'entrevoir les lieux la première fois qu'elle avait voulu rendre visite à son fils. Des bâtiments modernes, plutôt bien comparés à d'autres établissements pour mineurs. Dans la tête de Sandy, le centre de détention était néanmoins une prison grise et froide, comme la rumeur derrière le silence de son fils.

— Comment vas-tu, Danny ? demanda-t-elle, s'efforçant de donner à sa voix un air enjoué.

Elle s'installa plus confortablement dans son lit. Son fils était à l'autre bout du fil. Pas question de le laisser raccrocher puisque c'était le seul fil qui le reliait encore à elle.

— Ici, tout va bien, poursuivit-elle d'un ton badin. Tu nous manques. Ton père fait tout ce qu'il peut pour t'aider. Nous avons engagé un avocat, Avery Johnson. C'est lui que tu as vu. Un type très bien, le meilleur. Ton père et moi lui sommes très reconnaissants d'avoir pris l'affaire en main.

Toujours aucune réaction à l'autre bout du fil.

Sandy reprit longuement sa respiration.

— Becky commence à se remettre de tout ça. Hier, elle a eu une nouvelle peluche. Un petit chat gris et blanc. Tu connais sa passion pour les chats. D'ailleurs, on a même parlé de lui en donner un vrai. Est-ce que ça te ferait plaisir ? Ton père se dit qu'il finira par s'y faire, surtout que Becky nous a juré ses grands dieux qu'elle s'occuperait de tout. Comme ça, Papa ne s'apercevra de rien. Mais il faut encore aller à la fourrière pour choisir un petit chat, et ça ne va pas être une mince affaire. Tu connais ta sœur, elle va vouloir prendre tous les animaux qu'elle aura croisés, et on va se retrouver avec un zoo à la maison. Tu vois ton père avec une nuée de chats et de chiens ?

Silence.

Sandy commençait à avoir des picotements dans les yeux. Elle battait désespérément des cils pour repousser ses larmes.

— Je voudrais tellement te voir, mon Danny, reprit-elle. Tu me manques très, très fort. Je ne vais pas te raconter d'histoires, ça pourrait aller mieux ici. Pourtant, il y a pas mal de gens qui te font confiance. Le curé a même fait une collecte pour nous aider à faire face aux frais d'avocat. Tes grands-parents passent tous les jours pour donner un coup de main et ils répètent à longueur de journée qu'ils espèrent que tout ça sera bientôt fini. Les voisins nous ont apporté de la nourriture et on nous a même donné une belle Bible toute neuve. Danny… ?

Pas de réponse.

Sandy soupira en silence.

— Tu me manques, mon grand. Je voudrais tant pouvoir te serrer contre moi, t'embrasser. Si tu savais…

Sa voix commençait à se voiler.

— Je voudrais tant pouvoir t'aider, mon chéri. Je ne sais pas ce qui s'est passé, mais je sais que tu n'as pas fait exprès. Tu es mon grand garçon, Danny, et je t'aime très fort.

Sandy n'en pouvait plus de ce silence étouffant. Son fils la faisait mourir à petit feu. Elle allait raccrocher lorsque Danny se décida enfin à lui dire d'une voix terne :

— Un bruit terrible. Et l'odeur… Sans comparaison avec ce qu'on voit au cinéma. Ce bruit quand j'ai tiré…

— Danny ?

— Ils ont sauté. Les casiers se sont ouverts et les gens sont tombés. Un bruit terrible. Tu sais, maman, j'ai fait quelque chose de terriblement grave.

D'un seul coup, il hurlait presque.

— Quelque chose de terriblement grave !

Sandy sentit sa poitrine se serrer. Elle redoutait cet instant depuis longtemps, mais son cœur se déchira d'entendre des paroles aussi atroces dans la bouche de son fils. Elle ne put s'empêcher de dire d'une voix brisée :

— Je suis désolée, mon chéri. Si tu savais comme j'ai honte qu'on en soit arrivés là…

— Et ce bruit, un bruit terrible…

— Danny…

— Il va me tuer.

— Mais qui, Danny ? Dis-nous ce qu'on peut faire…

— J'ai envie de mourir, maman. Je voudrais pouvoir poser ma tête et… mourir.

— Ne dis pas ça ! Tu es jeune, tu as fait une bêtise. C'est la faute de l'autre. Il t'a monté la tête, Danny. Il t'a manipulé. Il faut que tu nous dises qui c'est, Danny. Il le faut. Je t'en prie…

Déjà, Danny s'était ressaisi. Sa respiration redevenait normale à l'autre bout du fil, et Sandy l'entendit se moucher du revers de la main.

— Non, je ne peux pas.

Sa voix trahissait brusquement une résolution surprenante.

— Je ne peux rien dire, maman. Je suis trop *malin* pour ça.

30

Samedi 19 mai, 6 h 35

Quincy était déjà levé depuis un moment lorsque le vieux téléphone à cadran posé sur sa table de nuit se mit à sonner. Surpris par le grelottement désuet de l'appareil, il se demanda qui pouvait bien l'appeler à une heure pareille. Personne ne connaissait ce numéro. Le FBI l'appelait sur son portable ; quant à ses connaissances de Bakersville – c'est-à-dire Rainie –, il était plus simple qu'elles passent directement le voir. Quincy eut brusquement une révélation qui le figea devant le lavabo, de la mousse à raser plein le menton.

La sonnerie du téléphone retentit à nouveau, mais Quincy était incapable de faire un pas en direction de l'appareil.

Il était tellement sûr qu'on se servirait de son téléphone portable pour lui apprendre la nouvelle… Mais il est vrai qu'il avait donné le numéro de l'hôtel au bureau, et si Bethie avait demandé à quelqu'un de l'hôpital de le joindre…

La sonnerie ne s'arrêtait pas, et il dut faire un effort sur lui-même pour répondre.

Trente secondes plus tard, tout était consommé. C'était aussi brutal qu'il se l'était imaginé, et parfaitement banal. On lui demandait de venir à l'hôpital, le moment était venu de débrancher les machines. Ça pouvait aller très vite ou très lentement, impossible à savoir d'avance.

Il commença à faire sa valise, et ce n'est qu'en voyant un peu de mousse tomber sur son sac qu'il s'aperçut qu'il n'avait pas fini de se raser.

Il avait plusieurs coups de fil à passer. Pour ceux de Quantico, pas de problème. Le dernier, à Rainie, n'était pas aussi simple. S'il ne se posait jamais de question dans son travail, il avait beaucoup à apprendre dans ses rapports avec les autres.

On avait encore besoin de lui à Bakersville pour l'affaire. Les choses allaient crescendo et il savait d'expérience qu'avec un tueur compliqué, il faut toujours s'attendre au pire tant que les problèmes ne sont pas définitivement réglés. Il eut une pensée pour Jim Beckett et une autre jeune et belle enquêtrice qui avait fait les frais de sa rencontre avec le tueur en série. Il espérait de toute son âme que les choses n'en arrivent pas là à Bakersville.

Rainie avait besoin de lui. Elle était coriace, mais il était hors de question de la laisser se débrouiller seule après tout ce qu'elle avait vécu personnellement. La veille au soir, avant qu'elle ne se referme comme une huître, il avait eu le temps de lire dans ses yeux toute sa souffrance. Il n'en faudrait pas beaucoup plus pour qu'elle finisse par baisser sa garde, et il comptait bien être présent ce jour-là. Il avait l'intuition qu'ils se trouvaient tous les deux à un carrefour de leurs existences respectives. Il lui était pourtant rarement arrivé de rencontrer quelqu'un d'aussi difficile et attachant à la fois.

Sauf que les siens avaient également besoin de lui et qu'il n'avait pas le don d'ubiquité. Ce n'était pas la première fois qu'il avait l'occasion de le regretter. Il n'était ni Superflic ni Superpapa. Tout juste un type à l'existence compliquée et pas toujours à la hauteur.

Il finit par se dire que Rainie était moins fragile que Bethie et qu'elle savait ce qu'elle faisait. Maigre consolation, mais on se réconforte comme on peut.

Il prit le téléphone et composa le numéro de Rainie. Celle-ci décrocha au bout de la cinquième sonnerie, alors qu'il allait raccrocher. Elle était incroyablement distante, à des lieues de la Rainie qu'il connaissait.

— Rainie ? Excuse-moi de t'appeler si tôt, j'espère que je ne te réveille pas.

Elle grommela quelques mots inintelligibles qu'il prit pour un acquiescement.

Comme elle ne disait rien, il se borna à lui dire l'essentiel.

— Rainie, je suis obligé de repartir pour la Virginie.

Un silence étonné auquel il s'attendait.

Il poursuivit d'une voix volontairement posée :

— On vient de m'appeler de l'hôpital. Apparemment, Bethie s'est décidée à mettre un terme à l'agonie de Mandy. Elle a signé les papiers pour le don de ses organes et, comme il y a des receveurs en liste d'attente, eh bien… c'est le moment.

Rainie ne dit rien.

— Mais je vais revenir, s'empressa-t-il d'ajouter. J'ai expédié les morceaux du sabot au labo en actionnant quelques ficelles pour que ça se passe vite. Je m'arrangerai pour accélérer encore les choses une fois sur place.

Toujours rien.

— Tant qu'à être là-bas, j'en profiterai pour effectuer quelques recherches supplémentaires, ajouta-t-il aussitôt. J'y pensais en me levant ce matin. Je suis prêt à parier que le type que nous recherchons souffre de ce qu'on appelle dans notre jargon un complexe d'autorité. L'exemple le plus connu étant Charles Manson.

Il avait conscience de meubler la conversation, mais comme elle ne répondait toujours pas, il n'arrivait plus à s'arrêter.

— En général, les gens atteints de ce genre de pathologie ont un parent extrêmement autoritaire, s'entendit-il dire. Un parent qui les a fréquemment agressés, physiquement ou verbalement, tout au long de l'enfance. L'enfant grandit en rêvant d'arriver un jour à affronter ce parent abusif. Mais il ne trouve jamais la force d'y parvenir, et finit par manipuler les autres afin d'exprimer toute cette violence rentrée. Il en retire alors un sentiment de puissance et de domination considérable. Il faudrait que je consulte des dossiers précis, mais les tueurs qui souffrent d'un complexe d'autorité sont généralement appréciés de leur entourage, ils s'expriment avec beaucoup de facilité et s'intègrent particulièrement bien dans la société. Davantage encore que la violence, ils se plaisent à manipuler les autres en imaginant des plans très élaborés, comme c'est le cas dans notre affaire. Notre homme ne recherche pas la facilité. Il veut faire marner la police pour mieux se moquer d'elle.

Plus j'y pense, plus je suis convaincu que Dave Duncan se trouve toujours dans les parages.

— Il est probable qu'il se trouve toujours dans les parages, répéta Rainie d'une voix éteinte.

— Mais il ne faut pas le sous-estimer, s'empressa d'ajouter Quincy. Il n'hésitera pas à tuer lui-même s'il le faut. Notamment ceux qui représentent l'autorité, par exemple les flics.

Quincy entendit un bruit curieux. Rainie semblait traîner quelque chose de lourd sur son lit. Intrigué, il resta silencieux, conscient pour la première fois du fossé qui se creusait entre eux. Comme un flash, il la vit seule dans son lit, en pleine obscurité, un fusil serré contre elle. Les choses s'étaient mal passées la veille, mais ce voyage l'empêchait d'essayer d'y remédier.

— Rainie ? finit-il par demander.

Pas de réponse.

— Je compte revenir très vite.

Aucune réaction.

— Je ne suis pas en train de me défiler. Ni par rapport à toi ni par rapport à l'affaire. D'ailleurs, ça ne sert à rien de s'isoler pour se protéger, protesta-t-il avec virulence, conscient qu'il ne faisait que gagner du temps et qu'elle ne pouvait pas comprendre.

— Mais bon sang, Rainie…

— Bon voyage, se contenta-t-elle de répondre, imperturbable.

Abe Sanders, installé dans un box au fond du Martha's Diner, contemplait une superbe omelette. Travailler dans un trou du cul du monde comme celui-ci n'avait pas que des avantages, Dieu sait, mais on mangeait au moins des produits frais. Son omelette débordait de gros champignons, de fromage de Tillamook et d'épinards frais. Un luxe inimaginable en ville où l'on doit se contenter d'épinards en boîte. Rien que d'y penser, Abe frissonna. Même Popeye n'en voudrait pas.

Et il est vrai que Bakersville était dans le haut du panier question nourriture, à commencer par les pancakes au babeurre. Abe adorait ça, mais ce matin, il avait préféré un repas riche en protéines. L'affaire avançait lentement mais sûrement, même si ce n'était pas tout à fait comme il l'avait imaginé au départ ; résultat des courses : pas question de forcer sur les féculents.

Il donna le coup de grâce à son omelette, laissa un bon pourboire à la jolie petite serveuse et prit la direction de la mairie au volant de sa voiture.

En montant le vieil escalier de bois, il fut surpris de n'entendre aucun bruit dans leur QG. Il était presque 8 heures. Se référant aux jours précédents, il était persuadé que Rainie serait déjà là. C'était toujours la première arrivée et la dernière partie. De ce point de vue-là, rien à lui reprocher. Il aurait simplement fallu lui apprendre à laisser tranquilles les malheureux crayons de papier qui ne lui avaient rien fait. Il avait dû en acheter trois boîtes qu'il gardait prudemment en réserve dans la boîte à gants de sa voiture.

Il ouvrit la porte et, des yeux, fit le tour de la pièce. Il était le premier.

Il mit en route la cafetière électrique et passa en revue le courrier déposé à la première heure par un employé de la mairie. Une enveloppe exprès en provenance de Californie pour Rainie, sans doute le dossier de Richard Mann expédié par le bureau des affaires scolaires de Los Angeles. Un mémo téléphonique rose quasiment illisible annonçant le départ précipité de Quincy pour raisons familiales. Sans doute sa fille, pensa Abe avec une tristesse non feinte. Vraiment pas de chance. L'enquêteur du FBI ne lui avait rien dit, mais toute la ville était au courant. La fille de Quincy avait été victime d'un accident provoqué par un chauffard ivre. Il avait entendu l'histoire quatre fois, racontée par des personnes différentes chez Martha.

Rien d'autre au courrier. Il jeta la pile de lettres sur le bureau de Rainie. Elle n'aurait qu'à s'en occuper plus tard.

Puisqu'il avait un moment, il prit son portable pour appeler sa femme. Elle était dans tous ses états parce que le chien n'arrivait pas à faire ses besoins comme il faut, et elle voulait l'emmener chez le vétérinaire.

— Tu n'as qu'à lui donner un bol de céréales au son et on n'en parle plus.

Rassérénée, elle voulut lui passer le chien, comme d'habitude.

— C'est ça, c'est ça…

Le chiot aboya joyeusement.

— Alors, il paraît qu'on a des petits soucis? demanda l'inspecteur.

— Wouf, wouf !

— Je suis sûr que tu pisses partout sur la moquette.

— Wouf, wouf !

— Oui, moi aussi, je t'aime. Maintenant, passe-moi maman.

La femme de Sanders reprit le combiné, et il rougit.

— Comment ça se passe? demanda-t-elle.

— Ça se passe.

— Tu reviens bientôt?

Il savait qu'elle faisait de son mieux pour avoir l'air gaie, mais il la sentait rêveuse. Il répondit d'une voix tendre :

— Je t'aime, ma chérie. Toi aussi, tu me manques.

Sanders raccrocha. Il regrettait que Dave Duncan leur ait filé la veille entre les doigts, même s'il avait la certitude que ce n'était plus maintenant qu'une question de temps. Désormais, ils savaient qui chercher. Un type en fuite, on finit toujours par l'arrêter. D'autant plus que Duncan devait commencer à paniquer et ne devait plus savoir où se cacher.

Exactement. Sanders avait personnellement lancé l'avis de recherche la veille au soir. Si Duncan se trouvait encore dans la région, il se trouverait bien un flic plus malin que les autres pour le repérer.

Sanders se plongea dans son dossier et oublia le temps. Il était midi quand il émergea, étonné que Rainie n'ait toujours pas pointé le bout du nez.

Quelque chose le turlupinait. Un sentiment d'angoisse diffus.

Abe Sanders essaya de la joindre chez elle, avant de l'appeler sur la radio de sa voiture. Comme il n'obtenait de réponse nulle part, il fut pris de panique.

Tout laissait supposer que Lorainne Conner avait disparu sans laisser de traces. Sanders n'avait pas pour elle une sympathie débordante, mais ce silence incompréhensible l'inquiétait.

31

Samedi 19 mai, 12 h 16

Becky était assise sur son petit lit, entourée de tous ses animaux en peluche, Gros Ours serré contre elle. Une fois de plus, ses parents étaient dans le salon et n'avaient pas l'air contents. Ils faisaient exprès de parler le plus bas possible, comme à chaque fois qu'ils se disputaient, et qu'ils ne voulaient pas que ça se sache. Becky savait que maman avait pleuré. Elle l'avait entendue. Quant à papa, il était d'une humeur de dogue, lui qui n'aimait pas les chiens. Ce matin, quand Becky s'était réveillée, il avait décidé de condamner le placard de l'entrée en le clouant de planches. Il lui avait dit que les petites filles sont censées dormir dans leur lit et qu'il était hors de question que Becky dorme ailleurs que dans le sien à partir de maintenant, nom de Dieu.

Becky savait que sa maman n'était pas d'accord. De toute façon, Becky s'en moquait parce qu'il y avait un autre placard dans sa chambre. Et si elle avait choisi le placard de l'entrée jusque-là, c'est parce qu'il se trouvait plus près de l'endroit où dormait papa depuis qu'il n'était plus avec maman. En plus, elle avait beau savoir que Gros Ours était très courageux, elle n'était pas sûre qu'il soit capable de la défendre contre papa. Après tout, c'était un ours en peluche avec un bouton noir à la place du nez.

Papa et maman se grondaient à cause de Danny. Comme toujours.

— Je te dis qu'il a besoin d'aide, Shep ! Et il ne risque pas de trouver le genre d'aide dont il a besoin dans un centre de détention pour mineurs.

— Merci, je ne suis pas complètement idiot ! Mais je me tue à te dire qu'il faut être patient. Tu as entendu comme moi ce qu'a dit l'avocat. Si Danny parle à n'importe qui, il risque les assises. C'est ça que tu veux ? On ne peut rien faire tant que les experts n'ont pas remis leur rapport. On en saura plus à ce moment-là.

— C'est ça. Dans six mois ou dans un an. Mais tu ne comprends donc pas qu'il est au bord du suicide, nom d'un chien !

— Il est sous surveillance. Les types de la prison savent ce qu'ils font.

— Il n'a personne à qui parler. On voit bien que ce n'est pas toi qui l'a eu au téléphone ce matin. Il n'arrêtait pas dire qu'il voulait mourir. Mais bordel, c'est notre fils, tout de même !

Becky sortit de son lit, Gros Ours dans les bras. Elle se dirigea vers le salon, faisant attention à ne pas faire de bruit, et resta collée contre le mur du couloir.

— Je te dis qu'il n'y a rien d'autre à faire, reprit son père avec sa grosse voix. Il n'est pas idiot, il s'en tirera.

— Je te dis que non.

— Sandy…

— Il y a une autre solution.

— Qu'est-ce que tu as encore inventé !

— Tu refuses de voir les choses en face, mais il est coupable, Shep ! Arrête de te voiler les yeux. Danny m'a appelée ce matin à 6 heures et c'est lui-même qui m'a dit qu'il avait tiré. Il ne pense qu'à ça. Cet enfant n'a que treize ans, je te le rappelle. Je ne sais pas ce qui a pu se passer dans sa tête, mais quoi qu'il en soit… c'est lui qui a fait ça, Shep, et ça le rend malade. Maintenant, nous avons le choix : soit faire semblant de ne rien voir, soit monter au front pour lui. C'est tout ce qui nous reste.

— Monter au front ? Mais Danny n'est pas parti à la guerre, Sandy ! Il est en prison, pour y rester jusqu'à sa mort s'il est coupable. Tu n'as donc pas vu ce qu'on a fait aux gamins qui ont tiré dans les autres fusillades ? On ne leur laisse aucune chance, et ce n'est pas parce que Danny a treize ans que ça va faire la moindre différence. S'il est reconnu coupable, il sera condamné à plus d'années de prison qu'il ne lui en reste à vivre. Un point, c'est tout.

— Avery Johnson dit que si Danny plaide coupable, le juge sera sans doute d'accord pour négocier quelque chose avec nous, ce qui éviterait un procès.

— Je te dis que mon fils n'a tué personne.

— Bien sûr que si !

— Je t'aurai prévenue, Sandy !

— Je te dis que Danny a tué ces deux petites filles ! Danny a tué Sally Walker et Alice Bensen. À cause de notre fils, leurs parents ont tout perdu. Ils ne reverront jamais leurs enfants. Alors, qu'est-ce que tu dis de ça, Shep ?

— Putain, Sandy, je vais…

Shep n'alla pas plus loin. Becky passa un œil dans le salon et vit que son papa était rouge comme une tomate. Il avait la main levée, comme s'il avait envie de taper quelque chose, sauf que la seule chose qu'il aurait pu taper, c'était sa maman qui était en face de lui. Et sa maman regardait son papa droit dans les yeux d'un air buté, comme Danny quand il n'était pas content.

Becky était épouvantée. Elle aurait voulu leur crier d'arrêter, comme à l'école l'autre jour, mais la peur l'empêchait de parler. Elle ne les reconnaissait même pas, avec leur figure toute rouge et leurs gestes menaçants. Elle désirait retrouver ses vrais parents, ceux qui étaient toujours gentils quand ils dînaient tous ensemble, même quand Danny se débarrassait en douce de ses petits pois en les mettant dans l'assiette de Becky.

— Si ça peut te faire du bien de frapper ta femme, ne te gêne pas, Shep, déclara Sandy d'une voix glaciale. Au moins, tu prendras enfin conscience de l'état de notre relation.

Shep tressaillit, et sa main retomba lentement.

— Je fais tout ce que je peux, poursuivit doucement Sandy. Je fais tout ce que je peux pour préserver ma famille, mais je n'y arrive plus. C'est notre faute, Shep. La vie a dérapé à un moment, je ne sais pas quand, mais la vie a dérapé. Et puis Danny a dérapé et, quant à notre malheureuse petite Becky… Je ne sais même plus quoi faire. Tel que je vois les choses, nous avons deux solutions : faire comme si de rien n'était et ne pas jouer les étonnés si on nous apprend un beau matin que notre fils est mort, ou bien alors faire le deuil de ce que nous aurions aimé croire et affronter enfin la réalité. Danny est impliqué dans ces meurtres, ne te fais aucune illusion là-dessus. Danny a du mal à gérer sa violence rentrée, c'est un enfant très perturbé. Ce qui n'empêche pas que c'est un bon gamin et c'est bien ça le pire, parce que ce qu'il a fait est en train de le détruire. S'il ne se confie pas à quelqu'un très vite, je ne pense pas qu'il arrivera à s'en tirer. Il finira par se suicider avec ses couverts, ou bien alors, et ce serait peut-être pire encore, il se renfermera totalement sur lui-même et deviendra un monstre impitoyable. Il n'a que treize ans, Shep. Je voudrais qu'on lui laisse une chance de devenir l'adulte dont nous avions rêvé, et pas seulement une proie pour la presse à sensation. Je ne sais pas ce que tu en penses, mais moi, mon choix est fait.

— Quel choix, Sandy ? répliqua le papa de Becky d'une voix infiniment lasse. Danny ne nous appartient plus. Il appartient à la justice et elle n'est pas près de nous le rendre. Le jour où il sera jugé coupable, on l'enfermera pour le restant de ses jours. Et quand bien même les psychologues parviendraient à nous rendre le petit garçon que nous avons connu, à quoi ça lui servirait s'il reste enfermé avec des criminels endurcis jusqu'à sa mort ? On n'a qu'à lui acheter pour son procès un T-shirt avec marqué dessus en grosses lettres VIOLEZ-MOI, tant qu'on y est. C'est ça que tu veux ?

— Shep !

— Quoi, Shep ! Tu crois que je suis naïf ? C'est ça qui l'attend, *et c'est bien pour ça que j'ai peur !*

La maman de Becky ne disait plus rien, tout d'un coup. On aurait dit qu'elle allait pleurer. Becky, elle, pleurait, de grosses larmes tièdes et salées glissaient sur ses joues.

— Il doit y avoir une autre solution, dit enfin sa maman d'un air de ne plus y croire. Il faut qu'on discute avec Avery Johnson, voir ce qu'on peut encore faire…

— Il ne faut pas qu'il aille en prison, Sandy. Je ne le permettrai jamais.

Sandy se frotta nerveusement le bras.

— Je ne sais plus où j'en suis, murmura-t-elle d'une voix faible. C'est comme si… le pire était encore à venir.

— Je vais trouver une solution, Sandy. C'est mon fils. Laisse-moi le temps de réfléchir, je vais trouver une solution.

La maman de Becky hocha la tête. Becky serra Gros Ours très fort contre elle et s'éloigna. Son cœur battait très fort, elle avait sur la poitrine un poids très lourd qui l'empêchait de respirer.

Elle avait envie de se réfugier en courant dans le salon, de mettre ses petits bras autour des grandes jambes de papa et le supplier de laisser Danny tranquille, mais elle avait trop peur, comme à l'école. Elle savait déjà qu'elle n'arriverait pas à parler.

Elle retourna dans sa chambre et entassa des vêtements et des couvertures dans son placard pour se protéger. Il fallait trouver une cachette sûre pour Gros Ours. Et puis aussi pour madame Coccinelle et Polly le Poulain et son nouveau petit chat.

Becky avait encore beaucoup à faire.

Il se passerait des choses terribles si on embêtait Danny. Des choses très terribles. Le monstre était encore là et il avait dit qu'il les tuerait tous si Danny n'était pas assez malin, et même si Becky n'était pas assez maligne.

Il l'avait dit.

Le téléphone à peine raccroché sur sa conversation avec Quincy, Rainie entama les préparatifs. Commencer par tondre la pelouse, puis tailler les bordures. Si l'herbe était haute, elle risquait de laisser derrière elle une piste trop visible pour ce qu'elle avait à accomplir.

Elle enfila un masque et prit une pelle. Ignorant le téléphone qui sonnait régulièrement dans la maison, elle se mit au travail, refusant de penser à ce qu'elle était en train de faire. Ensuite, elle ratissa la terre fraîche pour dissimuler toute trace de sa besogne avant de rincer longuement sous une douche brûlante ses mains pleines de terre.

Elle s'occupa enfin du fusil, au cas où.

Il était un peu plus de 14 heures. Elle venait de récupérer son 9 mm et son calibre .22 dans le coffre de sa voiture quand le téléphone sonna à nouveau. Elle était décidée à ne pas répondre, mais entendit son nom sur sa radio. Elle reconnut la voix de Luke et s'empara du récepteur.

— Rainie pour Luke.

— Nom de Dieu, Rainie, où est-ce que tu étais? Ça fait des heures que Sanders te cherche partout.

— Il fallait que je tonde ma pelouse. Comment ça se passe à Portland?

— C'est un peu compliqué.

Luke avait l'air perplexe. Elle entendait derrière lui le bruit de la rue, il devait se servir de son portable.

— Tu as pris ta matinée pour faire du jardinage?

— Oui, l'herbe avait décidé de pousser sans m'en parler. Qu'est-ce qui est compliqué à Portland ?

— Daniel Avalon a disparu. J'avais rendez-vous avec lui ce matin à son bureau, mais sa secrétaire me faisait mariner en multipliant les excuses bidons. J'ai fini par appeler sa femme et j'ai appris qu'Avalon n'était pas rentré chez lui de la nuit. Et tu vas aimer ça. J'ai été faire un tour du côté de son petit chalet de chasse. Quelqu'un s'en est visiblement servi tout récemment.

— Tu penses que Daniel Avalon et Dave Duncan ne sont qu'une seule et même personne ?

— Avec un déguisement, ça pourrait coller, mais après tout... Tout est possible dans cette putain d'affaire.

Luke poussa un soupir.

— J'ai lancé un avis de recherche avec son portrait tel qu'il est normalement et le signalement de sa voiture. C'est tout ce que je pouvais faire.

— Je suis convaincu qu'il ne tardera pas à réapparaître, répondit Rainie d'une voix neutre en regardant son porche.

— Rainie... J'ai demandé à Angelina Avalon de me montrer le coffre où il gardait ses armes. Il manque un fusil, et ça ne me dit rien qui vaille.

— Œil pour œil, dent pour dent, murmura Rainie.

— Je n'ai plus rien à faire ici et j'ai bien l'intention de rentrer le plus vite possible à Bakersville. Je me sentirais plus rassuré si j'étais là.

— Comme tu le sens, Luke.

— O.K.

Il hésitait. Rainie devinait dans son silence les questions en suspens. Ils se connaissaient depuis longtemps. Si elle avait appelé Luke à l'aide, il aurait accouru. Au besoin, il aurait donné sa vie pour elle. Luke était comme ça.

Elle aussi était comme ça et n'avait pas l'intention de laisser quiconque payer pour ses erreurs.

— Rainie… tenta-t-il, mais elle le coupa aussitôt :

— Je suis une grande fille, Luke. Je sais ce que je fais.

Elle reposa le récepteur. Le temps passait, et elle n'avait pas une minute à perdre. Elle enfila une chemise de coton blanc et un blouson léger qui dissimulait son arme. Puis elle passa un jean assez large pour lui permettre de cacher le 22 mm le long de sa cheville dégagée.

Elle prit son badge. Elle en aurait besoin pour pénétrer dans le centre de détention pour mineurs. Elle se trouvait désormais seule face à elle-même. Pour un temps, elle laissait de côté l'agent Lorraine Conner pour redevenir Rainie, tout simplement, et faire ce qu'elle aurait dû faire quelques jours plus tôt.

Elle prit le temps de disposer une dernière petite surprise dans le salon, au cas où, puis jeta un coup d'œil à sa montre. Le transfert de Danny était prévu à 17 heures. Shep avait pris la décision de lui faire subir un examen psychiatrique dans un hôpital tout proche. Elle n'avait plus beaucoup de temps.

Cette fois, Rainie délaissa sa voiture de service pour prendre sa vieille Nissan. Une heure plus tard, elle était assise en face de Danny O'Grady. Deux visages émaciés, deux âmes troublées confrontées l'une à l'autre.

— Danny, dit-elle d'une voix douce, il est temps que nous ayons une conversation sérieuse tous les deux.

Elle ne comptait pas s'en aller tant qu'il ne lui aurait pas dit toute la vérité.

Quincy se dirigeait d'un air las vers cette chambre d'hôpital qu'il n'aurait jamais voulu revoir. Comme il n'y avait pas de vol direct pour Washington, il avait fait escale à Chicago, mais le vol en provenance de Portland avait trois quarts d'heure de retard, et il avait dû courir pour ne pas rater sa correspondance. Il était terrifié à l'idée de rester coincé à O'Hare. Terrifié à l'idée d'appeler Bethie et de lui dire qu'il serait encore une fois absent à un moment crucial de la vie de leur fille. L'ultime instant crucial. Très drôle.

Il était d'humeur maussade, à la fois fatigué et énervé. Ça lui faisait invariablement le même effet quand il arrivait pour la première fois sur le lieu d'un crime, une impression pour le moins paradoxale, étant donné les circonstances.

Plusieurs infirmières le saluèrent au passage. Il se souvenait des visages, mais pas des noms.

Il arriva devant la porte. Et toujours cette odeur d'hôpital, cette omniprésence du blanc alors qu'on lui avait toujours dit que la couleur de la mort était le noir. Une trahison de plus.

Il prit son courage à deux mains et poussa la porte.

Bethie, recroquevillée sur une chaise à côté du lit, dormait profondément. Depuis quelques années, des fils argentés se mêlaient à ses cheveux noirs, sans rien ôter à son charme. Avec son pantalon gris foncé et son pull de soie, elle détonnait dans cette chambre d'hôpital sinistre. Quincy se sentit à nouveau coupable sans vraiment savoir pourquoi, comme toujours quand il revoyait son ex-femme.

Il s'éclaircit la gorge, et elle s'éveilla lentement, surprise de le trouver là.

— Pierce, c'est toi ? Tu as déjà fini de sauver la planète ? Je pensais qu'il te faudrait au moins une semaine de plus.

Quincy fit comme s'il n'avait pas entendu et posa son regard sur sa fille aînée. Le visage d'Amanda était toujours dissimulé derrière une tonne de pansements blancs et une forêt de tuyaux mutilaient à jamais ce qui restait de son corps. Il fut choqué par la virulence de cet acharnement à la maintenir en vie.

— Je suis venu aussi vite que j'ai pu, dit-il en prenant doucement la main inerte de Mandy.

Il observa longuement les petites mains pâles de la jeune fille et fut frappé par ces ongles roses et longs qui continuaient à pousser comme si de rien n'était. Il revoyait encore les mains d'Amanda quand elle était petite et qu'elle s'accrochait fièrement à son pouce.

— Je ne comprends pas bien, dit la voix de Bethie derrière lui. Je croyais que tu n'en pouvais plus de tout ça.

— Je t'avais toujours dit que je serais là le jour où tu serais prête.

— Mais… prête à quoi ?

Quincy se retourna d'une pièce. La main de Mandy toujours dans la sienne, il lut l'étonnement dans les yeux de son ex-femme. Son estomac se noua. Il refusait encore de comprendre qu'il avait été joué.

— Mais on m'a appelé de l'hôpital pour me dire que tu étais prête à tout arrêter.

— Jamais de la vie !

— Bethie…

— Si c'est une de tes manœuvres, Pierce, ne va pas t'imaginer que tu pourras me forcer la main. Je n'ai pas la moindre intention de tuer ma fille simplement parce que ça t'arrange pour ton boulot.

— Bethie…

Que lui dire de plus ? Bethie n'était manifestement au courant de rien, il s'était fait piéger comme un débutant.

Mon Dieu, Rainie !

Quincy reposa la main de sa fille sur le drap et posa doucement ses lèvres sur sa tempe. Ses mains tremblaient.

— Aucun changement ?

— Pas le moindre, répondit Bethie avec raideur.

— Et Kimberly ?

— Repartie à l'université, je suppose. Sans même prendre le temps de m'appeler, bien sûr.

Quincy hocha la tête. Il était sur des charbons ardents, mais ne voulait pas donner l'air d'être pressé de partir. Dans son dos, la voix de Bethie se voulait sarcastique :

— Merci de ta petite visite. Reviens quand tu veux.

Quincy s'arrêta sur le pas de la porte.

— Tu sais, lui dit-il avec la plus grande sincérité, tu n'as rien à te reprocher pour ce qui est arrivé à Mandy.

— Je n'en dirais pas autant à ton sujet, rétorqua Bethie d'une voix dure.

Un instant plus tard, Quincy reprenait le couloir en sens inverse. À peine sorti du bâtiment, il sortit son téléphone portable pour appeler le collègue du labo à qui il avait fait parvenir le sabot, la veille.

— Alors, tu as pu comparer les éléments avec ceux du fichier central ?

— Quincy ! Ça fait plaisir de t'entendre.

— Je suis très pressé, Kenny. Où en es-tu avec le sabot ?

— Si tu avais relevé ta messagerie, tu saurais que j'y ai passé la nuit. Les traces correspondent à celles relevées dans deux autres fusillades, Quince. Toutes les deux dans des cités scolaires, comme à Bakersville. Dans les deux cas, l'affaire a été classée, et les gamins considérés comme responsables sont actuellement en prison. Alors tu comprends bien qu'avec ton sabot, ça change pas mal de choses. Tu as donné un coup de pied dans la fourmilière, Quincy. Tu es attendu impatiemment à Quantico. Tout le monde veut te voir.

— Pas tout de suite. Je dois impérativement retourner dans l'Oregon. Faxe-moi les infos dès que possible au numéro que je t'ai donné à Bakersville.

— Tu es fou ou quoi ? On trouve la même arme dans trois fusillades qui se sont déroulées dans trois villes différentes en l'espace de dix ans. Et qu'est-ce qui va se passer, à ton avis ?

— Il va tuer Rainie, déclara simplement Quincy. Ça fait partie de son jeu, la pousser à bout avant de s'attaquer à elle. Comme un con, je n'ai rien vu et je me retrouve à *l'autre bout du pays !*

Quelques instants plus tard, il grimpait dans un taxi et criait au chauffeur de se dépêcher tout en pensant à sa fille et à tout ce qu'il n'avait jamais fait pour elle.

32

Samedi 19 mai, 16 h 48

Danny était au bout du rouleau. Rainie était partie depuis longtemps, et il restait roulé en boule sur son lit, fixant la même tache sur le sol de sa chambre. Il lui avait tout dit. Il n'aurait pas dû, mais il l'avait fait, et il se sentait vidé.

Elle lui avait expliqué que taire son secret ne ferait qu'empirer les choses. Elle lui avait dit que garder le silence faisait de lui l'esclave de l'autre. Danny ne savait plus très bien quoi penser. Il avait tellement de choses dans la tête. Si seulement il pouvait débrancher son cerveau et tout arrêter.

Depuis ce matin, ses mains tremblaient. Depuis ce matin, le froid qui l'avait envahi quatre jours auparavant avait fait place à une brûlure douloureuse. Il ne supportait plus son corps. Il ne supportait plus de se regarder dans la glace. S'il avait eu un couteau bien aiguisé, il se serait coupé les doigts, pour ne plus les voir dans sa tête en train de tenir une arme, d'appuyer sur la détente. Il voulait souffrir physiquement autant qu'il souffrait moralement. De son point de vue, ce serait plus juste.

Il était épuisé, sans pour autant arriver à dormir. Il s'inquiétait pour Becky. Il fallait qu'il fasse quelque chose, mais quoi ?

Un bruit de pas dans le couloir. Un accompagnateur ouvrit la porte, un sourire enjoué sur les lèvres.

— C'est l'heure, lança-t-il joyeusement.

Le regard de Danny était vide.

— Vous partez en balade, monsieur O'Grady. Vos parents vous expédient chez les fous.

Le Joyeux accompagnateur avait l'air de trouver sa remarque désopilante.

Danny se recroquevilla un peu plus sur son lit.

Deux hommes apparurent aussitôt derrière le Joyeux Accompagnateur. Deux policiers en uniforme que Danny avait déjà vus quelque part. Ils étaient armés de chaînes et de menottes, on ne plaisante pas avec le règlement. Quelles que soient les circonstances, aucun prisonnier ne sort du centre de détention sans être enchaîné. Autant se laisser faire, ils arrivent à leurs fins de toute façon.

Chez les fous. Danny avait mal partout. Si seulement il avait eu un couteau…

Il se leva et tendit ses bras sagement. Le plus jeune des deux flics commença par entraver ses chevilles, sans trop serrer. Danny portait encore les marques de la dernière fois. Ce jour-là, Danny avait vu dans les yeux de son gardien qu'il faisait exprès de serrer pour lui faire mal.

Danny ne disait rien. Le jeune flic lui passa autour de la taille une ceinture à laquelle il lui lia les mains. Il était prêt.

Le plus âgé des deux hocha la tête.

— Danny, dit-il avec une certaine familiarité, comme s'il le connaissait bien.

Danny était maintenant certain de l'avoir déjà vu. Peut-être un ami de son père. Ce cher Shep avait toujours eu un sens aigu du corporatisme. Ça devait être dur pour lui d'être flic ces jours-ci.

Les deux agents le conduisirent jusqu'à une voiture de police aux couleurs du comté de Cabot et ils le firent monter sur la banquette arrière avant de s'installer à l'avant. Ils se jetaient constamment de petits coups d'œil sans rien dire.

Danny n'avait pas la moindre envie de leur poser des questions. Il ne savait pas pourquoi on l'emmenait chez les fous, ni ce qu'il était censé y faire ou combien de temps il allait y rester. Si seulement il avait eu un couteau… Pour se couper les doigts. Ne plus jamais voir ses mains. *Mademoiselle Avalon, mademoiselle Avalon, mademoiselle Avalon !*

— Dépêche-toi, Danny ! Cours !

La voiture démarra. Le vieux flic observait Danny dans le rétroviseur. Danny n'aimait pas la façon dont il le regardait. Il rentra les épaules pour se faire le plus petit possible.

Après dix minutes d'un silence pesant, le vieux demanda à son collègue :

— À ton avis ?

— Oui, ça devrait aller.

— Hé, petit ! dit-il à Danny. Tiens-toi !

D'un seul coup, la voiture fit une embardée, quitta la route et dévala la pente. Au moment où Danny pensait que le type allait freiner, il accéléra mais la voiture fut stoppée net un peu plus loin par un obstacle.

Sous la violence du choc, Danny fut projeté contre le grillage de séparation. Il cligna plusieurs fois des yeux pour se protéger de la poussière qui retombait lentement. Quand il retrouva ses esprits, il s'aperçut que la voiture de police s'était écrasée contre un arbre. De la fumée s'échappait du capot. Les deux flics avaient l'air sonné et le plus jeune avait du sang sur le front.

— Et merde, murmura-t-il en faisant la grimace. En tout cas, ça fera vrai.

— Sors de là, ordonna le vieux flic.

Il avait la lèvre coupée et un hématome à la joue. Il répéta soudain d'un ton brusque :

— Alors, petit ! Qu'est-ce que tu attends pour prendre les clés et sortir de la bagnole ? Ton père ne t'a donc rien dit ?

Danny s'aperçut que sa portière était ouverte. Il aurait été incapable de dire si l'un de ses deux gardiens l'avait déverrouillée volontairement ou bien si c'était à cause de l'accident. Il ne se souvenait de rien, mais ses jambes le portaient déjà, sans qu'il sache pourquoi.

Il sortit de la voiture. À l'avant, les deux flics poussaient des gémissements. La radio se mit à grésiller. Ils gémirent de plus belle tandis que le plus vieux montrait d'un geste à Danny le trousseau de clés attaché à sa ceinture.

Danny s'empara fébrilement des clés. Il était en train de défaire ses menottes quand il vit une autre voiture de police s'approcher. Pas une voiture du comté de Cabot cette fois, mais une voiture aux couleurs de la police de Bakersville dont Danny reconnut aussitôt le conducteur.

Il laissa tomber les clés dans l'herbe et se précipita sur le vieux flic, lui arrachant son arme par surprise.

Le vieux flic devint blanc comme un linge, bredouillant des paroles que Danny n'eut pas le temps de comprendre. Pas une minute à perdre.

Il courut droit vers le ravin et s'évanouit dans les broussailles tandis que, derrière lui, les deux flics et son père lui criaient :

— Arrête-toi ! On voulait juste t'aider !

— Danny, je t'en supplie…

Danny se mit à courir de toutes ses forces.

Il était armé et savait exactement ce qui lui restait à faire.

On verrait bien qui était le plus *malin.*

Peu après 17 h 30 ce jour-là, M. VanderZenden arrivait en voiture chez lui. Assise à ses côtés, sa femme lui tenait la main. Depuis le drame, elle éprouvait le besoin de le toucher en permanence. Elle lui caressait le visage, lui demandait de s'asseoir à côté d'elle sur le canapé et se pressait contre lui dans leur lit.

Elle n'avait pas été comme ça depuis des années, et Steven avait eu un peu de mal à s'y faire. Fragilisé par la mort de Melissa, il lui en était toutefois reconnaissant. Mais plus Abigail se montrait tendre, plus il culpabilisait.

Il commençait à se faire à l'idée qu'il lui faudrait avouer la vérité à sa femme, se débarrasser de ce poids, quitte à devoir subir sa réaction.

Au moment où il s'apprêtait à lui parler, sa femme lui avait proposé d'aller à la mer, histoire de se changer les idées. Il avait l'impression qu'une éternité s'était écoulée depuis la tuerie. VanderZenden n'avait pas eu une minute à lui, harcelé par les parents anxieux de l'avenir de leurs enfants, mais aussi par le doute qui l'empêchait de dormir. Il lui faudrait des mois pour s'en remettre, pour trouver la force de reprendre son travail. Il savait déjà que rien ne serait plus jamais comme avant.

Sa femme portait une robe d'été achetée la veille chez Sears, une robe d'un bleu vif qui faisait ressortir la couleur de ses yeux. VanderZenden se prit à l'observer, à la regarder sourire. Elle s'était visiblement lancée dans une offensive de charme, sans la moindre agressivité, veillant à lui laisser le temps d'accepter les choses.

VanderZenden songeait au passé, à l'époque où ils étaient jeunes mariés et passaient des heures à rire pour un rien, allongés sur le canapé. Il aimait chez elle son sens des réalités, sa capacité à lui redonner confiance. Il avait toujours été complexé par son mètre soixante-douze dans un monde valorisant systématiquement les hommes grands et sportifs. Avant l'arrivée de Melissa Avalon, il n'avait jamais cessé d'aimer sa femme.

Vers 17 heures, sa décision était prise. Il avait commis une erreur, péché par vanité et espérait que sa femme ne saurait jamais sa trahison. Il n'aspirait plus qu'à une chose : recommencer comme avant.

Ils étaient presque chez eux lorsque Steven vit quelque chose bouger derrière un buisson. Un instant plus tard, la vitre arrière de la voiture volait en éclats.

— Mon Dieu, s'écria Abigail.

— Couche-toi, hurla-t-il.

Il eut le réflexe d'appuyer sur l'accélérateur et de quitter l'allée qui menait à la maison. La voiture dévala la pente avant d'être arrêtée par un bosquet.

Il voulut passer la marche arrière, en vain. Il tenta d'avancer, sans plus de résultat. Ils étaient coincés.

Un autre coup de feu retentit, faisant éclater cette fois l'une des fenêtres arrière.

Steven se tourna vers cette femme qui avait partagé quinze années de sa vie. Il savait déjà ce qui l'attendait. Melissa l'avait prévenu. D'une voix douce, il dit à sa femme :

— Abigail, cours aussi vite que tu peux.

C'est alors qu'il sortit, prêt à affronter son destin.

Dans le grenier de la mairie, Sanders tournait en rond. 18 h 30. Mais qu'est-ce qu'elle pouvait bien faire ? Ce n'est pas un jardin que Rainie devait avoir, mais un parc ! Voilà bien les flics des petites villes ! Tant qu'il se passe quelque chose d'extraordinaire, tout va bien, mais dès qu'il s'agit de la routine, il n'y a plus personne.

Il maugréait en faisant les cent pas. À son retour de Portland, Luke Hayes l'avait rapidement mis au courant avant de retourner dans le bureau du shérif pour y rédiger un rapport à la demande de Sanders. Celui-ci ne connaissait pas précisément les habitudes à Bakersville, mais dans une enquête pluri-juridictionnelle, il faut bien veiller à ce que les rapports soient scrupuleusement à jour, sinon tout part en couille.

En parlant de rapport, Sanders prit la lettre du bureau des affaires scolaires de Los Angeles qui traînait depuis le matin sur la table de Rainie. Il déchira l'enveloppe, jeta un coup d'œil sur son contenu et s'arrêta brusquement, pétrifié :

— Nom de Dieu de nom de Dieu !

Au même moment, à l'autre bout de la pièce, la radio signalait les premiers coups de feu.

33

Samedi 19 mai, 19 h 51

— Hello, Richard.

Rainie se tenait sur son porche à la nuit tombante. Il était tard, presque 20 heures. À son retour du centre de détention, elle s'était arrêtée pour prendre un sandwich et réfléchir à son plan de bataille. Elle avait à peine touché au sandwich, mais elle y voyait plus clair. Pourquoi l'homme en noir était-il venu l'autre nuit chez elle ? Pourquoi Dave Duncan avait-il parlé du meurtre de sa mère dans ce bar de Seaside ? Pourquoi l'inconnu avait-il déposé le fusil sur son canapé ? La réponse à toutes ces questions lui apparaissait clairement désormais : tout simplement parce que le drame de la cité scolaire n'avait été qu'un prétexte pour s'attaquer à elle.

Maintenant qu'il l'avait trouvée, l'assassin ne risquait pas de disparaître. Quincy avait raison. Il n'avait pas encore accompli sa mission.

Rainie avait garé sa voiture au bas de l'allée menant à sa maison. Elle savait à qui elle avait affaire. Lorsque Danny avait fini par craquer et lui avait donné le nom du tueur, elle n'avait même pas été étonnée.

Avec d'infinies précautions, elle était passée par les bois pour arriver jusque derrière chez elle, et elle avait eu raison de se méfier. Mann l'attendait calmement sur son porche, le fusil de sa mère à la main.

Elle avait gravi les quelques marches du porche et le tenait en respect avec son 9 mm.

— Hello, Lorraine, dit-il d'un ton badin. J'espère que ça ne te dérange pas, mais j'en avais assez des préliminaires.

— Pas de problème. Un seul geste, et je te tue.

— Lorraine! répondit-il d'un air de reproche. Décidément, tu n'as pas appris grand-chose en quatorze ans.

— Si, avoua-t-elle. J'ai appris que ça ne servait à rien d'attendre et qu'il était plus simple d'avouer tout de suite. Ça évite de faire des cauchemars.

Richard Mann la gratifia d'un sourire charmeur. Avec son jean et son pull à col roulé noirs, il se confondait avec la nuit. Il avait teint en blond ses cheveux bruns, mais aussi ses cils et ses sourcils, et l'effet était surprenant, comme si le jeune conseiller d'éducation avait cédé la place à une rock star. Pour Rainie, cette transformation était claire : Mann avait décidé de mettre un terme à sa carrière de fonctionnaire zélé à la cité scolaire de Bakersville. Bas les masques. Leur rencontre ce soir prenait la forme d'un épilogue, un ultime règlement de comptes avant de voir le héros disparaître dans le soleil couchant.

— J'ai fait un petit tour sous ton porche, reprit Richard. Pourquoi l'avoir enlevé?

— J'avais mes raisons.

— Tu es allée voir Danny aujourd'hui, c'est ça? Tu sais donc qu'on peut se parler. Je crois même être la seule personne capable de te comprendre dans ce patelin.

— Tu n'as rien compris du tout, Richard. Tu es un pauvre tordu complètement malade, et moi, je suis flic.

Il éclata de rire.

— Tu crois vraiment ce que tu dis, Rainie ? Tu es une petite maligne. Tu as réussi à manipuler ta conscience pour vivre en paix, chapeau ! Il y a tout de même une question qui me travaille. Ton cinéma tous les soirs avec ta bière. Ça fait des mois que je t'observe et j'aimerais comprendre. Quand tu verses ta bière par-dessus la rambarde, tu dis quoi exactement ?

— Je ne crois pas que ça te regarde, Richard.

— Tss, tss. Tu me déçois vraiment, Rainie. Je croyais tellement en toi au début, mais je dois dire que je ne suis plus vraiment certain de t'aimer beaucoup. Tu es devenue tellement insipide…

— Ça doit être mon flingue qui me fait cet effet. Lève les mains et rends-toi, on verra bien si tu m'aimes mieux ensuite.

Il sourit.

— Non merci. Je préfère rester comme je suis. J'ai fait du bon boulot, tu peux au moins m'accorder ça. Un conseiller d'éducation digne de ce nom doit être à même de montrer l'exemple. Et quel exemple ! Tu aurais dû voir la gueule de Melissa juste avant de mourir. Elle n'a rien compris de ce qui lui arrivait.

— C'est pour ça que tu es venu ici ? Pour te vanter ?

— Tu sais très bien pourquoi je suis venu ici.

— Oui, mais je ne suis peut-être pas aussi facile à manipuler qu'un gamin de treize ans, tu sais.

Richard se leva brusquement.

— Tu te trompes, Rainie. Tu es encore plus facile à manipuler.

Il avança d'un pas.

— Arrête ou je tire.

Il se débarrassa de son fusil.

— Lorraine ! Tu ne tirerais tout de même pas sur un type désarmé…

— Ne m'appelle pas comme ça !

Il avança encore d'un pas.

— Je sais que tu en crèves d'envie. Tu as le meurtre dans le sang. C'est la première fois qui coûte. Après, ça va tout seul. J'ai lu quelque part que tuer libérait des substances très particulières à l'intérieur du cerveau. C'est la meilleure des drogues, tu sais. Et tu peux me croire sur parole, je sais de quoi je parle.

— Stop !

— Vas-y, Lorraine ! Tire ! Tu sors d'en discuter avec Danny, tu sais à quel point c'est bon. Tu m'en veux. Tu m'en veux beaucoup d'avoir manipulé ce gamin. Tu m'en veux de l'avoir aidé à descendre les deux gamines. Tu m'en veux à cause de tes cauchemars. Eh oui, Lorraine, je t'ai même regardée dormir. Je sais que tu n'as rien oublié, alors tire. Une dernière fois, pour te soulager. Souviens-toi comme c'est bon de laisser exploser sa rage.

— Saloperie !

Elle abaissa son arme pour viser en direction du genou. Au moment où il s'avançait, elle tira, mais l'automatique se contenta d'un claquement métallique.

Richard éclata de rire. Il ramassa le fusil de la mère de Rainie et le prit nonchalamment entre ses bras.

— Quand je pense que tu caches ton pistolet dans une boîte à chaussures au fond de ton placard ! Vraiment, tu as tout fait pour me simplifier la tâche.

Rainie, hébétée, avait les yeux rivés sur son Beretta.

— Comment as-tu fait ? Je venais de le nettoyer et de le recharger…

— Oui, mais tu n'as pas pensé à vérifier le percuteur. Un petit coup de lime et le tour est joué. J'ai fait ça la nuit où tu t'es réveillée. Tu te souviens ?

Il lui montra le fusil.

— Toi, en revanche, tu as enlevé le percuteur entièrement. Je le sais, j'ai vérifié. Mais crois-moi, pourquoi faire plus quand on peut faire moins ? Tu en fais toujours trop, Lorraine. C'est pour ça que tu fais des cauchemars.

— Si j'étais toi, j'éviterais de donner trop de conseils, répliqua Rainie.

Elle laissa tomber son 9 mm. Il s'agissait de gagner du temps. Il lui restait le calibre .22, attaché à sa cheville. Elle l'avait toujours gardé sous clé dans une boîte au fond du coffre de sa voiture de service. Il n'avait donc pas pu y toucher.

— Je te trouve un peu vantard, Richard. Tout était loin d'être parfait, cette fois. La balle en pleine tête de Melissa Avalon, par exemple.

— Tu rigoles ? C'est la troisième fois que je fais le coup, et ça n'a jamais raté. Je m'en prends toujours au prof de communication, et toujours une seule balle au milieu du front. Personne n'y a jamais vu que du feu. Une fois le coupable arrêté, qui aurait l'idée d'aller comparer les balles avec celles trouvées ailleurs ? Demande à ton copain Quincy. Les fusillades ne sont jamais considérées comme des meurtres en série.

— Oui, mais on savait qu'il y avait quelqu'un d'autre…

— Je t'en prie ! Tu ne vas pas me dire que tu n'avais pas compris, tout de même ! Mais enfin, Rainie, réfléchis un peu. Le sabot était une simple carte de visite, histoire qu'on finisse par s'apercevoir de quelque chose. Il faut bien que je m'amuse un peu, de temps en temps. Quand je pense à tous les indices que je t'ai donnés ! Je t'ai donné NoLava, je me suis arrangé pour que tu viennes dans mon bureau et que tu voies la fenêtre par laquelle j'étais sorti pour rejoindre Danny. Tu aurais quand même pu y penser…

— On y a pensé, mais ça nous paraissait un peu tiré par les cheveux.

— C'est vrai que les flics sont un peu simplistes, commenta Richard d'un air condescendant. Et c'est là que vous avez tort. La violence, c'est du grand art. Il faut savoir se montrer patient et méticuleux. Ça fait plus d'un an que je mettais Danny en condition, tu sais. Dans un premier temps sur l'internet, en lui faisant comprendre qu'il n'était pas le seul à avoir des complexes. Après, c'était un jeu d'enfant – si je puis dire. Je lui ai donné rendez-vous, et il s'est aperçu qu'il avait affaire à quelqu'un de normal. Son propre conseiller d'éducation, tu imagines ? Comment un gamin de treize ans pourrait-il mettre en doute la parole de son conseiller d'éducation ? « Il faut que tu leur montres qui tu es, Danny. Y compris à ton père. » Je ne lui ai jamais parlé de Melissa Avalon, tu t'en doutes. C'était une surprise de dernière minute. Les petits cadeaux entretiennent l'amitié. Il n'avait plus qu'à apporter ses armes et son courage.

J'étais là pour lui tenir la main, si je puis dire. Quand on est rentrés par la porte de côté, il tremblait comme une feuille, mais j'aurais voulu que tu voies la flamme qui brillait dans ses yeux! J'étais vraiment fier de lui. Une fierté presque paternelle, ce qui ne manque pas de piquant. Et puis je suis entré dans la salle des ordinateurs et j'ai pointé mon arme sur la jolie Melissa Avalon.

Richard baissa la voix et s'avança, comme pour confier un secret à Rainie.

— Le tout est de faire semblant d'hésiter afin que le gamin ait le temps de comprendre ce qui se passe, de croire qu'il aura le temps d'intervenir. Et pendant qu'il est encore sous le choc et fait des efforts désespérés avec sa conscience, pan! tu tires. Au revoir, jolie petite mademoiselle Avalon! À ce moment-là, tu fais ce que tu veux du gamin, Comme il n'est plus capable de faire le bien, il ne lui reste que le mal. Il ne me restait plus qu'à lui dire d'y aller. Il a bien pleurniché un peu, mais il ne m'a pas déçu. C'est d'ailleurs un bon tireur, quand tu penses qu'il avait trop la trouille pour bouger et qu'il a fait ça depuis la salle des ordinateurs... Shep n'a pas que des défauts, tu vois. Il lui aura au moins appris quelque chose d'utile.

Mann se recula d'un air satisfait avant de poursuivre le récit de son voyage au bout de l'horreur.

— C'est Danny qui a descendu les deux gamines. Et quand tout le monde s'est enfui dans la pagaille générale, je suis sorti de scène côté jardin, comme au théâtre. Les doigts dans le nez, comme les autres fois.

— Tu oublies un détail. Becky t'a vu.

Mann haussa les épaules.

— Je suppose qu'elle a voulu jouer les héroïnes et partir à la recherche de son frère. Malheureusement pour elle, elle déboule dans le couloir et trouve son frère et le conseiller d'éducation les armes encore fumantes à la main, comme on dit dans les mauvais romans policiers. Aucun problème. J'ai passé avec eux un marché très simple : si jamais elle ouvrait la bouche, je tuais Danny, et je tuais Becky si Danny me dénonçait. C'est pas plus compliqué que ça. Si les gens apprenaient à leurs enfants à se montrer plus durs, ce serait beaucoup plus difficile pour moi. Comment veux-tu manipuler un gamin sans conscience?

— Et c'est pour ça que tu as créé le personnage de Dave Duncan à Seaside? Un autre exercice de manipulation?

Mann eut un sourire carnassier.

— Voyons, Rainie! En cas de meurtre, quelle est la règle numéro un du bon flic de base? Chercher en priorité autour de lui. J'en ai suffisamment profité par le passé. Comme je venais d'ailleurs, personne ne pensait à m'interroger. Et puis j'en ai eu marre. Cette fois-ci, j'ai décidé de faire ça de l'intérieur, et je suis devenu quelqu'un du coin. Magistralement, si je puis me permettre de manquer un tantinet de modestie. Sauf que j'allais être interrogé. J'avais pris la place d'un autre et ça risquait de se savoir si on fouillait un peu trop la merde. Comment faire? C'est tout simple : vous mettre entre les pattes un mystérieux étranger et vous envoyer sur une fausse piste. Il suffisait d'y penser. Un jour, je devrais écrire un bouquin.

— Je ne voudrais pas te faire trop de peine, Richard, mais si tu es si malin, comment ai-je pu deviner? Et puis il y a Danny qui a tout avoué. Pour que tu ne te fasses aucune illusion, j'ai déjà laissé des messages pour prévenir les autres. Tu es fini, Richard. F.I.N.I.

Rainie mentait. Elle n'avait prévenu personne, mais Mann n'avait pas l'air de s'en faire.

— Ils ne viendront pas, Lorraine. Tu n'as pas encore compris ? Quincy, ce héros au sourire si doux, a enfourché son destrier pour se jeter droit dans les bras de son ex-femme. Quant à tes copains Sanders et Hayes, ils ont déjà assez à faire avec la petite fusillade que j'ai organisée à leur intention à l'autre bout de la ville. Mais où avais-je la tête ! C'est vrai qu'on a oublié de te prévenir ! Il paraît qu'un individu mal intentionné à fait parvenir à Daniel Avalon un enregistrement assez compromettant de sa fille avec son amant en plein travail. Pauvre M. Avalon ! C'était trop pour lui. Il n'a pas supporté le, choc et s'est mis en chasse de notre cher principal. Pour cette petite réunion de famille, Avalon avait pris la liberté d'inviter son flingue préféré. Ohhh ! Quel scandale ! Tu vois, Lorraine, il n'y a plus que toi et moi, et nous avons encore pas mal de choses à nous dire.

— Encore ? Tu ne t'es pas assez amusé comme ça ? Et pourquoi moi ?

— J'ai une envie folle de savoir ce que tu as ressenti cet après-midi-là en rentrant du lycée, quand tu as tué le type qui avait descendu ta mère.

— Va te faire foutre.

— C'était super, non ? Tu ne veux pas l'admettre, Lorraine, mais je suis sûr que tu as adoré ça. D'ailleurs, tu y penses très souvent. À chaque fois que tu sors sur ton porche le soir. À chaque fois que tu lèves ta bière en l'honneur du type que tu as déquillé.

— Richard, je crois que j'ai changé d'avis.

Rainie s'assit sur un banc sans quitter des yeux son interlocuteur.

— En fait, je vais te dire ce que je fais à chaque fois que je vide ma bière par terre.

Mann écarquillait les yeux, pendus à ses lèvres.

— Alors ?

— Eh bien, je lève ma bière en l'honneur de ma mère.

Tout en parlant, sa main trouvait discrètement le chemin de sa cheville.

— Tu veux dire que tu l'envoies chier ? Que tu l'envoies se faire foutre en beauté par-delà la mort ? Ah, génial ! Tu sais, je fais exactement la même chose une fois par an.

— Mais non, tu ne comprends pas bien.

Rainie referma ses doigts sur la crosse de son pistolet.

— Je ne lui dis pas d'aller se faire foutre. Il l'a tuée parce qu'elle a voulu l'empêcher de me toucher, espèce de pauvre connard. Elle a mis du temps à comprendre, mais elle a fini par lui dire le fond de sa pensée en termes choisis. Et c'est à ce moment-là qu'il lui a éclaté la tête. Quand je lève ma bière à ma mère, je ne lui dis pas d'aller se faire foutre, bien au contraire. Tous les soirs, je lui dis à quel point je suis désolée. Et je lui dis que j'aurais dû descendre ce salopard bien plus tôt. Après ça, je m'adresse à lui, en espérant que son cul brûle en enfer pour l'éternité.

D'un geste, elle dégagea son arme.

— Adieu, Richard !

— Trop tard, Rainie. Danny est juste derrière toi.

Rainie entendit une planche craquer. Elle se retourna et vit dans la pénombre le visage blafard de Danny. Il était effectivement trop tard. Elle voulut se retourner et eut tout juste le temps de tirer au hasard avant que Richard ne lui écrase violemment le fusil de sa mère sur la tempe.

Richard s'avança rapidement et pointa son fusil inoffensif sur Danny en disant :

— Donne-moi ton arme.

Danny jeta un regard à la silhouette inanimée de Rainie sur le sol, puis il tendit son revolver.

Richard sourit, satisfait de constater que le jeune garçon lui mangeait toujours dans la main. Il cala l'arme dans son dos, à hauteur de la ceinture de son jean, et posa le fusil de Rainie sur le porche.

— Ton père t'a fait évader, c'est ça ?

Le jeune garçon ne répondit pas, les yeux rivés sur le revolver de Richard, mais celui-ci ne s'inquiétait pas outre mesure. Danny était trop habitué à se laisser intimider pour tenter quoi que ce soit. C'était d'ailleurs tout l'intérêt de cette affaire.

Richard se baissa pour prendre Rainie sur ses épaules, non sans difficultés.

— Tu m'as cafté, hein, petit ? Je t'avais pourtant bien dit que les petits malins ne caftent jamais. Ils ferment leur bec pour être sûrs qu'on ne touchera pas à leur famille.

Danny ne disait toujours rien.

— Il ne nous reste plus qu'une chose à faire, soupira Richard. Il va falloir qu'on tue ta sœur. C'est la règle, Danny. Tu n'as qu'à demander à mon vieux. La règle, c'est la règle.

Le vol de Quincy n'atterrit à Portland qu'à 9 heures du soir. Luke l'attendait à l'arrivée et il lui expliqua brièvement la situation tandis qu'ils rejoignaient au pas de course la voiture de police mal garée.

— Un voisin de Rainie a signalé un coup de feu peu après 20 heures, disait Luke. Mais je dois vous avouer qu'il était presque 21 heures quand on l'a su.

— Comment ça se fait ?

— Parce qu'on était occupés ailleurs avec une autre fusillade et que le central a tout mélangé. Daniel Avalon avait disparu depuis hier après-midi. Il a reparu aujourd'hui à Bakersville pour faire la peau à Steven VanderZenden.

— Des victimes ?

— Aucune. VanderZenden s'en tire avec quelques contusions. Il a eu la chance que Daniel Avalon soit mauvais tireur. Je ne sais pas si les choses se passeront aussi bien avec sa femme, car les commentaires et les insultes d'Avalon pendant qu'il tirait sur son mari lui ont ouvert les yeux.

— Femme outragée battrait le diable, récita Quincy, évitant de justesse un voyageur poussant un chariot à bagages. Et quand la police est-elle arrivée chez Rainie ?

— Il y a un quart d'heure. Aucun signe de Rainie jusqu'à présent, sauf quelques traces de sang sur son porche. Sanders est persuadé qu'il l'a capturée.

— Aucun appel téléphonique ? Il n'a pas cherché à nous donner des indices pour se vanter ? Ce type-là adore jouer au chat et à la souris. Pour lui, toute cette affaire est un jeu.

— Eh bien on va faire en sorte qu'il ne puisse pas s'amuser longtemps. Au rayon des bonnes nouvelles, Sanders a ouvert le courrier contenant le dossier de Richard Mann, avec une photo en noir et blanc du vrai Richard Mann qui ne ressemble en rien à notre cher conseiller d'éducation. Il venait de demander à une patrouille d'aller faire un tour du côté de chez Mann quand les premiers coups de feu ont éclaté chez les VanderZenden.

Ils atteignirent enfin la voiture de Luke. Quincy déposa ses sacs dans le coffre et monta. Luke enclencha la sirène et démarra.

— Qu'a-t-on trouvé chez Mann ? demanda Quincy en s'agrippant au tableau de bord alors que Luke prenait un virage sur les chapeaux de roues.

— On a trouvé un ordinateur. L'un des agents a appuyé sur une touche, et l'écran s'est animé. Il a tout juste eu le temps de lire « *Avec mes meilleurs sentiments* » avant que le truc ne lui explose à la figure. La charge était limitée, heureusement, et personne n'a été blessé.

— Merde ! Quincy tapa du poing sur le tableau de bord. On passe notre temps à avoir un train de retard !

— Ouais, et il y a de plus en plus de monde sur le quai. Autre nouvelle, Danny s'est évadé à 5 h 30 cet après-midi. Deux agents du comté le conduisaient à l'hôpital psychiatrique et ils ont eu un accident. D'après eux, Danny a eu le temps de prendre les clés de ses menottes et de disparaître avant qu'ils ne reprennent connaissance.

Quincy se tourna vers Luke.

— Shep ?

Luke préféra ne pas répondre.

— On l'a arrêté ?

— Ils sont en train de l'interroger, mais personne n'a vu Danny, et je connais Shep. Il ferait n'importe quoi pour son fils, même ça. Il y a quand même un truc qui cloche. Shep est complètement assommé. Si je ne le connaissais pas aussi bien, je dirais qu'il crève de trouille.

— Vous pensez que Danny a pu s'enfuir tout seul ?

— Je ne sais pas.

— Et qu'il a pu aller chez Rainie ?

— On relève les empreintes. Je pourrai vous en dire plus quand on aura reçu le rapport du labo.

— Danny connaît-il bien le coin ?

— Comme sa poche. Il chasse avec son père dans ces bois depuis qu'il est tout petit.

— Arrangez-vous pour qu'on amène Shep chez Rainie.

Luke ne broncha pas :

— O.K.

— Demandez aussi à Sanders d'envoyer deux flics chez les O'Grady. Je veux que Sandy et Becky soient placées sous la protection de la police. D'après ce qu'on sait, Richard Mann, quel que soit son nom, n'en est pas à son coup d'essai. Il n'a jamais laissé de témoin derrière lui, et ça m'étonnerait qu'il change de tactique cette fois-ci.

Luke pâlit tout en acquiesçant.

— Luke, vous avez un gilet pare-balles ?

— Oui.

— Alors mettez-le et dites à tous les autres de faire de même.

— Vous pensez qu'il est toujours ici.

— J'en suis certain. C'est dans sa nature. Il fait en sorte que le jeu devienne à chaque fois toujours plus dangereux. Il a besoin de ça pour continuer à s'amuser. Ce type-là est un monstre, il lui faut du sang.

34

Samedi 19 mai, 22 h 05

Quincy était à peine arrivé chez Rainie qu'Abe Sanders se précipitait à sa rencontre. Les spécialistes de l'identité judiciaire démontaient les planchers et disséquaient le porche à la recherche du moindre indice. De gros projecteurs illuminaient la scène tandis que des hommes vêtus de coupe-vent bleu marine, armés de lampes de poche, passaient les environs au crible. Quincy avait beau avoir vécu ça des centaines de fois, il trouvait le spectacle toujours aussi irréel.

Il découvrait la maison de Rainie pour la première fois. Les lieux lui étaient inconnus, mais dès qu'il vit le porche face à la forêt, il imagina la jeune femme dans un flash, et ses intestins se nouèrent. Rainie avec son regard fragile et son menton obstiné. Rainie à qui il avait encore tant de choses à dire…

Il dut s'appuyer un instant sur la rambarde pour ne pas défaillir. Très vite, il se reprit.

— Qu'a-t-on trouvé ? demanda-t-il à Sanders.

— Venez voir sous le porche.

Quincy suivit l'inspecteur. Shep était déjà là, le menton rentré dans le col de son manteau pour se protéger du froid. Luke n'avait pas menti, Shep était méconnaissable. Il avait sans doute préparé l'évasion de son fils, mais les choses ne s'étaient manifestement pas déroulées comme il l'espérait.

En baissant les yeux, Quincy aperçut plusieurs hommes en train de fouiller en dessous du porche. Ils grattaient la terre avec d'infinies précautions, comme s'il s'agissait d'un site archéologique, époussetant, étiquetant et cataloguant chacune de leurs trouvailles.

— On dirait une tombe récente, commenta Sanders. Jusqu'à présent, on n'a trouvé que de vieux bouts de tissu, mais les types continuent.

Le regard de Quincy croisa celui de Shep. Le shérif avait un air buté. Quincy avait compris. Ils se trouvaient à l'endroit où avait été enterré l'assassin de la mère de Rainie. Quincy savait également qui l'avait placé là.

— Rien d'autre ? demanda-t-il.

— On a aussi trouvé un vieux fusil, répliqua Sanders. Shep a pu l'identifier. C'est le fusil qui a servi à tuer Molly Conner il y a quatorze ans. Théoriquement, l'affaire n'a jamais été classée, et tous les objets ayant servi pour l'enquête devraient se trouver dans un dépôt de la police à Portland. Il y a deux jours, un jeune type s'est présenté pour réclamer le fusil, se faisant passer pour un membre de la police de Bakersville. Il a donné le numéro de badge de Rainie, et le crétin de planton qui était là n'a pas pensé à vérifier. Et vous ne me croirez peut-être pas, mais cette nouvelle recrue de la police de Bakersville ressemblait à Richard Mann.

— Il avait prévu son coup de longue date.

— Tu parles ! On a relevé une tonne d'empreintes chez lui, mais ça va prendre un peu de temps avant de l'identifier. On continue à l'appeler Mann, mais le vrai Richard

Mann est enseignant dans un coin paumé de l'Alaska, et il est loin d'imaginer qu'un fou furieux se fait passer pour lui. Il ne risque pas d'être déçu en revenant de sa banquise.

— Je suis convaincu que Mann est encore dans le coin, affirma Quincy.

— Ce ne serait pas très malin de sa part, toutes les équipes sont en alerte.

— Pour lui, l'adrénaline est une drogue. S'il a poussé les choses aussi loin, ce n'est pas pour s'arrêter en cours de route.

— Que va-t-il faire, à votre avis ?

— Je ne sais plus très bien. Au départ, il avait sans doute l'intention d'agir comme il l'avait fait précédemment. Il repère un gamin à problèmes et falsifie son identité. Pas la moindre précipitation. Il a monté trois affaires seulement en l'espace de dix ans. Il prend tout son temps et se montre extrêmement prudent. Rappelez-vous ce dont nous avons parlé : il prépare des coups à double détente, afin d'avoir constamment un train d'avance. Quand il s'est aperçu que personne ne se doutait de rien les deux premières fois, il a trouvé que ça manquait de piquant. Cette fois-ci, il a délibérément voulu prendre des risques, et c'est pour ça qu'il est resté après la fusillade. Il a multiplié les indices, mais je n'ai rien vu venir. Par exemple, son topo sur les pères autoritaires. En fait, il faisait allusion à sa propre relation avec son père. Et par la suite, après l'enterrement, tout son baratin au sujet de Danny, qu'il disait trop malin pour faire preuve d'une telle violence gratuitement. Il ne parlait pas de Danny, mais de lui. Ce qui nous amène à Rainie. Le fait même qu'il lui ait apporté le fusil avec lequel on la soupçonne d'avoir tué sa mère. Cette histoire le fascinait. Voilà une femme accusée par le qu'en-dira-t-on d'être passée à l'acte, d'avoir fait ce dont lui-même a rêvé tout au long de son enfance. Il devait idolâtrer Rainie pour ça.

— Vous voulez dire qu'il aurait voulu s'enfuir avec elle, dans le but de monter par la suite d'autres coups ensemble ? interrogea Sanders, incrédule.

Quincy fit non de la tête.

— Je ne pense pas. Il a commis la même erreur que les habitants de Bakersville. Rainie n'a jamais tué sa mère. Quand il a fini par s'en apercevoir, Mann a dû éprouver une déception terrible.

Sanders comprenait enfin :

— Et quand un type comme ça est déçu…

— Exactement. Si nous ne les retrouvons pas cette nuit, je doute qu'elle s'en sorte vivante.

Soudain, la voix d'un technicien retentit du côté de la forêt.

— Vite ! Venez voir ! J'ai trouvé quelque chose !

Tous se précipitèrent. Sur le sol, on distinguait un bout de coton blanc déchiré, comme un morceau de T-shirt.

— Ils sont partis par la forêt, s'écria Sanders d'un air triomphant. Vite, des chiens !

— Ils doivent tenter de rejoindre un chemin forestier, ajouta aussitôt Quincy. Ou bien un chemin vicinal, un chemin de terre, n'importe quoi. Qu'on mette tous les hommes disponibles là-dessus. Mann est certainement venu en voiture, il a bien fallu qu'il la gare quelque part.

Sanders passa une série de coups de téléphone rapides, et ils s'enfoncèrent dans les bois à la recherche d'une piste. À la recherche de Rainie.

— Merde ! jura Richard Mann pour la cinquième fois en cinq minutes.

Il s'arrêta un instant pour s'éponger le front et jeta à Rainie un regard assassin.

Elle fit comme si de rien n'était et s'accroupit sur le sol, ce qui n'était pas évident car elle avait les mains attachées dans le dos. Sa tête lui faisait atrocement mal. Elle avait repris connaissance assez rapidement et le payait très cher. Richard n'y était pas allé de main morte avec son fusil. Sa mâchoire la lançait terriblement; probablement une fracture. Elle avait un œil tuméfié, l'arcade sourcilière très certainement cassée. Elle voyait flou autour d'elle, et la douleur, moins lancinante, se faisait plus aiguë. Une hémorragie, ou alors un début d'embolie? Les motifs d'inquiétude ne manquaient pas.

D'une certaine manière, elle avait pourtant eu le dernier mot, car le coup de feu qu'elle avait tiré au jugé avait atteint Richard Mann à la fesse gauche au moment où il prenait son élan pour l'assommer. Il avait beau minimiser la chose, elle avait bien vu qu'il s'appuyait surtout sur sa jambe droite en crapahutant à travers bois. Il avait de plus en plus de mal à avancer, sa figure était toute rouge et il s'arrêtait constamment. Rainie n'en était pas certaine dans le noir, mais elle était convaincue qu'il avait perdu beaucoup de sang. Il avait enfoncé son coupe-vent dans son pantalon en guise de bandage, mais le remède n'était guère efficace puisqu'il se retournait en permanence, s'assurant qu'il ne laissait pas de traces de sang sur le sol.

Qui s'y frotte s'y pique le cul, pensa Rainie. Oubliant un instant ses propres blessures, elle voulut sourire dans la nuit, mais la douleur la rappela à la réalité.

Danny était toujours avec eux. Il s'était assis à côté de Rainie, sans un mot. Depuis leur départ de la maison, il avançait en silence, la tête baissée et les mains dans les poches de son pantalon trop large de détenu. Il faisait froid, et il n'arrêtait pas de gigoter dans son T-shirt de coton blanc, comme pour se réchauffer. Rainie aurait aimé pouvoir faire quelque chose pour lui. À cette heure, menacée à chaque pas par des arbres qu'elle voyait à peine, elle aurait aussi souhaité trouver une solution pour elle-même.

Comment Danny avait-il pu s'évader? Pourquoi était-il venu chez elle? Pensait-il y trouver Richard Mann? Avait-il voulu aider Rainie?

Ou bien alors était-il toujours le complice de Richard? Les paroles de Quincy la veille lui revenaient en mémoire. Lorsqu'un manipulateur a poussé un complice à tuer, le plus faible n'échappe pas au plus fort. Danny avait effectivement tué. Il lui avait tout raconté le jour même de sa petite voix fragile.

Elle ne savait plus quoi penser. Il lui fallait pourtant se concentrer un tant soit peu pour trouver le moyen de faire quelque chose. Son visage était en feu, la douleur devenait insoutenable.

Mann trébucha, et sa lampe de poche dessina dans la nuit une forme absurde. Au passage, le jet de lumière révéla deux taches sombres derrière eux, et Rainie l'entendit jurer entre ses dents. Il saignait abondamment. Il tenta de dissimuler les taches, les recouvrant de terre avec le pied, et s'empara d'une branche dont il fit un râteau pour brouiller leur piste, tout en foudroyant la jeune femme du regard.

— Debout, gronda-t-il.

— Je crois que je vais être malade, murmura Rainie.

— *Debout!*

— D'accord, dit-elle.

En se relevant, elle vomit sur les chaussures de Richard.

— Saloperie de merde !

Mann se recula d'un mètre, donnant des coups de pied dans les buissons et les aiguilles de pin pour nettoyer ses chaussures. Sa figure était violacée. Rainie n'eut pas une hésitation. Son plan n'était peut-être pas élaboré, mais elle aurait au moins eu le mérite d'essayer.

— Va-t'en ! *Cours !* cria-t-elle à Danny en se jetant sur Mann.

Ils roulèrent à terre, leurs corps emmêlés, alors que l'arme de Mann volait dans les airs. Elle l'entendit jurer, et il commença à la rouer de coups. Instinctivement, elle voulut se protéger le visage, son œil blessé surtout, mais ses mains liées dans le dos l'empêchaient de se défendre.

Richard lui assena un coup de pied magistral qu'elle encaissa stoïquement, puis il s'éloigna.

Merde ! Il cherchait son arme ! Elle roula sur elle-même et le frappa derrière le genou de toutes ses forces. Mann tomba à la renverse, et elle en profita pour lui décocher un coup de pied à la hanche, du côté où elle l'avait blessé.

Aucun signe de Danny. Rainie espérait qu'il s'était enfui. Il fallait gagner du temps. Lui permettre de s'éloigner…

Richard tenta de se relever. Repérant un peu plus loin le revolver repris à Danny au moment où elle avait perdu connaissance, il se jeta sur l'arme. Rainie roula de côté et parvint à lui donner un coup de pied en pleine tête.

— Petite salope ! jura-t-il.

Il ramassa une poignée de terre et d'aiguilles de pin qu'il lui jeta en pleine figure. Rainie eut le réflexe de baisser la tête et de fermer les yeux, mais il était trop tard. Privée de l'usage de ses mains, elle ne put empêcher une demi-douzaine d'aiguilles minuscules de se planter dans son œil valide.

— Putain!

Ça faisait mal. Un mal inimaginable. Plus mal encore que les coups de sa mère quand elle était petite. *Et puis merde. Assez pleurniché. Pas question de se laisser faire.*

Comme une furie, elle donnait des coups de pied dans tous les sens, cherchant désespérément à l'atteindre, avant de s'apercevoir qu'il riait. Debout au-dessus d'elle, il ne se donnait même plus la peine de chercher l'arme et se contentait de la regarder se contorsionner comme un ver de terre, d'un air narquois.

— Tu vas quelque part, Lorraine?

— Sale con!

Il rit de plus belle.

Elle roula en direction de sa voix, poussant un cri digne d'un kamikaze, mais il se contenta de lui donner un coup de pied bien placé en pleine figure, à l'endroit de sa blessure.

Un éclair traversa la tête de Rainie. Une explosion de couleurs aveuglantes, une douleur fulgurante, suivies d'un cri qui n'avait plus grand-chose d'humain.

— Ça ne te suffit pas, Lorraine? Tu en veux encore un peu?

Totalement aveugle, elle voulut rouler sur elle-même afin d'échapper au sort qu'il lui réservait, à cette souffrance atroce. Elle rassembla ce qui lui restait de courage, mais la douleur fut la plus forte et elle décida de rompre le combat, s'efforçant de rouler le plus loin possible, hors de sa portée.

Sa course fut brutalement arrêtée par un arbre contre lequel elle se cogna violemment le genou. Elle hurla et Mann éclata de rire. Des pas qui se rapprochent. Vite, plus vite. Elle changea brusquement de direction, faisant appel à sa mémoire pour retrouver son chemin. Le revolver ! Il devait être là, tout près…

— Non !

Richard Mann venait de comprendre. Son cri confirma à Rainie qu'elle était près du but. Elle roula sur le 9 mm qu'elle agrippa tant bien que mal de ses doigts ensanglantés.

— À quoi ça te servirait, Lorraine ? la défia Mann, à bout de souffle. Tu espères peut-être tirer avec tes genoux ?

D'une voix rauque, tout en lui tournant le dos, elle trouva la force de faire les sommations d'usage :

— Halte, police !

— Allez, Lorraine, donne-le-moi. Si tu me le donnes bien gentiment, je te promets de te tuer rapidement.

Les pas se rapprochaient.

Elle se repérait au son de sa voix pour diriger l'arme, essayant désespérément de trouver la gâchette.

La respiration saccadée de Mann se fit toute proche derrière elle. Sans rien voir, elle avait peu d'espoir de le toucher. Si seulement elle avait pu trouver cette fichue gâchette ! Vite, faire quelque chose ! N'importe quoi, même lui écraser les orteils. Le pistolet lui échappa des mains. Elle était condamnée.

Mann se pencha lentement sur elle. Posément, il recula la jambe pour donner plus de force au coup de pied avec lequel il comptait lui éclater définitivement le visage…

— Halte ! Police !

Plusieurs lampes de poche firent reculer la nuit. Rainie voulut ouvrir les yeux malgré les aiguilles et la terre, mais la lumière était trop forte, les voix trop lointaines. Avec ses doigts, elle reprit le pistolet et tourna la tête. Richard Mann, en contre-jour, haletant comme elle, portait sur le visage un rictus de haine effrayant.

— Bande d'enculés, gronda-t-il avant de se reculer pour la frapper une dernière fois.

Rainie trouva enfin la gâchette.

Richard Mann s'écroula au moment précis où trois agents ouvraient le feu. Rainie roula sur elle-même. À moins d'un mètre du corps, elle vit la rage et la haine s'éteindre lentement dans les yeux de Mann.

Quelques instants plus tard, Quincy était là. Rainie le reconnut à son odeur lorsqu'il se baissa pour la prendre contre lui.

— Je suis revenu aussi vite que j'ai pu, lui murmura-t-il. Je t'avais dit que je reviendrais vite.

Rainie distinguait à présent les autres : Abe Sanders, Luke Hayes, Shep O'Grady et Danny, le bras de son père autour de son épaule, les yeux brillants.

— Comment nous avez-vous trouvés ? demanda-t-elle.

— Danny a joué au Petit Poucet en semant derrière lui des bouts de T-shirt qu'il déchirait l'un après l'autre et faisait descendre le long de sa jambe de pantalon.

— Je suis malin, tu sais, déclara simplement Danny.

Rainie enfouit sa tête contre la poitrine de Quincy, heureuse d'être contre lui, d'entendre battre son cœur.

C'est la première fois que quelqu'un me prend vraiment dans ses bras, pensa-t-elle.

Elle se mit à pleurer, pour Danny, qui avait semé la mort et la désolation autour de lui, pour elle-même et tout ce qui l'attendait.

ÉPILOGUE

Deux semaines plus tard

Il faisait grand soleil lorsque Rainie descendit les marches du tribunal du comté. Elle portait un jean, un T-shirt blanc coincé dans sa ceinture. La chaleur annonçait l'été, et après quatre heures enfermée dans un bureau, elle appréciait la caresse du printemps.

Les enquêteurs de Bakersville n'avaient pas chômé depuis la mort de Richard Mann. Abe Sanders avait enfin obtenu ce qu'il souhaitait depuis le début, la direction de l'enquête, même si l'arrivée en force d'agents fédéraux avait quelque peu gâché son plaisir.

Le relevé des empreintes avait donné des résultats surprenants. Le faux Richard Mann était un certain Henry Hawkins de Minneapolis dans le Minnesota. Fils d'un lieutenant autoritaire et dominateur marié à une bibliothécaire soumise, Hawkins avait déménagé une dizaine de fois au cours de sa jeunesse. D'après son journal intime, les poings de son père et son goût des armes à feu l'avaient endurci. Doté d'une personnalité caméléon, il avait promené son mal-être de ville de garnison en ville de garnison et de collège en lycée. Avec le temps, il avait apprivoisé sa colère rentrée contre ce père brutal, contre ces camarades qui le rejetaient et cette mère incapable de prendre sa défense.

Lorsque Hawkins avait vingt ans, ses parents étaient morts dans un accident de la route, le privant de toute possibilité de vengeance ou de pardon. Sa carrière criminelle avait débuté.

Le FBI avait réussi à faire le lien avec deux autres fusillades en milieu scolaire. On avait rouvert les dossiers et interrogé les élèves jugés et condamnés, trop jaloux de leur notoriété pour admettre jusque-là qu'on les avait manipulés. Le FBI enquêtait également sur d'autres fusillades survenues lorsque Hawkins se trouvait dans les parages. Il était difficilement imaginable qu'il s'agisse de simples coïncidences.

Hawkins vivait toujours dans la maison de ses parents dans le Minnesota. Il l'avait agrémentée d'un nombre impressionnant de bombes artisanales et de pièges en tous genres afin de compliquer la tâche de la police le jour où elle parviendrait jusqu'à lui. Les efforts des enquêteurs en avaient été ralentis, mais cela n'avait pas empêché l'équipe dirigée par Sanders de mener à bien sa mission.

Il faudrait des mois, peut-être même un an, avant que tous les éléments réunis soient analysés. Cela ne changerait pas grand-chose pour Henry Hawkins qu'on avait enterré dans une fosse commune, personne n'ayant réclamé son corps.

Le cas de Danny avait été réexaminé à la lumière de ces nouveaux éléments, permettant à Shep et Sandy de négocier un accord avec le procureur Rodriguez.

La route serait longue pour Danny. Si personne ne remettait en cause l'influence de Hawkins, il n'en avait pas moins tué deux fillettes. Le procureur avait clairement insisté sur ce point, déclarant qu'il existe à l'intérieur de chaque être des barrières à ne pas franchir, et que le respect de la vie humaine en était une. Danny avait impérativement besoin de se faire soigner.

En fin de compte, Danny avait plaidé coupable pour meurtre. En échange, le procureur avait garanti un jugement dans une juridiction pour mineurs. Il serait probablement condamné à être enfermé dans une institution pénale jusqu'à son vingt-cinquième anniversaire. Les autorités compétentes de l'État d'Oregon seraient chargées de procéder à son évaluation psychiatrique et à l'application des mesures de rééducation prescrites, à charge pour elles de le mettre en liberté conditionnelle le moment venu.

Sandy et Shep avaient mis leur maison en vente. Danny risquait de se retrouver dans un établissement de Salem, et ils avaient l'intention de s'installer là-bas. Shep avait déjà pris contact avec plusieurs compagnies de gardiennage de la région. Comme personne n'avait pu prouver qu'il était à l'origine de «l'accident de la route» ayant permis à Danny de s'évader, son casier judiciaire était toujours vierge. Sandy avait décidé de se consacrer à ses enfants et de s'impliquer dans des associations de défense des délinquants juvéniles. Sandy et Shep restaient officiellement mariés. Cependant, la dernière fois que Rainie les avait vus, ils avaient choisi de vivre ensemble, mais séparément, sans doute pour le bien de Becky.

Rainie atteignit le bas des marches du tribunal. Elle se demandait si elle allait reprendre sa voiture ou bien passer l'après-midi à flâner en ville lorsqu'on l'interpella.

— Hello, Rainie.

Elle se retourna et ne put réprimer un sourire.

Appuyé sur le mur de pierre du bâtiment, Quincy était là, habillé comme à son habitude d'un costume impeccable, chemise blanche et cravate bleu foncé. Elle ne l'avait pas vu depuis quinze jours. Au lendemain de la cavale sanglante dans la forêt, il s'était rendu sur les lieux des autres fusillades organisées par Hawkins afin de procéder à la réouverture des dossiers. Il avait passé son temps en avion, allant d'un témoin à l'autre, accumulant au passage des photos de ces derniers drames.

Aujourd'hui, il était là, debout devant elle. En le voyant, Rainie comprit à quel point il lui avait manqué. Il lui souriait. Peut-être lui avait-elle manqué aussi.

— Salut, dit-elle.

— C'est Shep qui m'a dit que tu étais ici.

— Depuis quand est-ce qu'il parle aux agents fédéraux ?

— Ça lui a échappé.

Quincy lui fit signe d'approcher, et Rainie fit semblant de se faire prier avant de le rejoindre pesamment. Il sentait toujours aussi bon. Il faudrait qu'elle lui demande un jour le nom de son eau de toilette.

— Comment ça va ? lui demanda-t-elle.

— J'allais te poser la même question.

— Les choses sont en train de s'arranger pour Danny. Beaucoup de gens lui ont apporté leur soutien. Il n'est pas question d'oublier ce qu'il a fait, mais toute la ville a été dupe de Henry Hawkins alias Richard Mann alias Dave Duncan, y compris le système scolaire. Après ça, il serait difficile de reprocher à un gamin de treize ans de s'être fait berner lui aussi.

— Et la petite Becky ?

— Ça va mieux. Quand Sandy lui a annoncé que Richard Mann était mort, elle s'est sentie soulagée. Au moment de la pagaille qui a suivi les premiers coups de feu, elle a voulu rejoindre son frère. Elle l'a trouvé avec Richard dans la classe des ordinateurs, à côté du corps de Melissa Avalon. Richard lui a dit que si elle parlait, il tuerait Danny. Et si Danny parlait, Richard avait promis de se venger sur Becky. Le pire dans tout ça, c'est qu'il n'avait pas tout à fait tort : les stratégies les plus simples sont souvent les plus efficaces. Quoi qu'il en soit, Richard aura l'éternité pour s'en expliquer.

Quincy ne put s'empêcher de sourire. Ce sourire que Rainie aimait tant. Elle n'arrivait pas à se montrer naturelle avec lui. Elle avait envie de le toucher.

— Rainie ? reprit-il d'une voix douce. Et toi ?

Elle haussa les épaules. Pourquoi s'obstiner à mentir ? Une nouvelle Lorraine Conner avait vu le jour au lendemain de ce drame. Une Lorraine Conner positive, prête à tout dire, même les vérités les plus douloureuses.

— Ça va mieux.

— Tu sais si le procureur a l'intention de t'inculper ?

— Je ne sais pas.

D'un signe de tête, elle désigna le tribunal.

— Je sors justement d'un long rendez-vous avec mon avocate. La loi de l'Oregon est assez bizarre. Je pensais que comme j'avais dix-sept ans le jour où j'ai tué Lucas, je dépendrais d'une juridiction pour mineurs. Eh bien, non. En Oregon, on tient compte de l'âge que tu as au moment où tu es envoyé devant un juge et non au moment des faits. En clair, j'encours une peine de un à cinq ans de prison, mais étant donné la « nature particulière des faits », comme me l'a dit le procureur, il est prêt à envisager une peine inférieure à un an, que je purgerais ici. Pour ça, il suffit que je plaide coupable pour meurtre sans préméditation. Je dois avouer que… que je ne m'attendais pas à ça.

Rainie n'insista pas. Quincy avait compris. Plaider coupable pour meurtre signifiait renoncer définitivement au droit de servir dans la police. Impossible de travailler comme agent de sécurité, ni même d'obtenir un simple port d'arme.

— Tu ne peux rien faire d'autre ? finit par l'interroger Quincy. Je ne sais pas, plaider non coupable pour cause de déficience mentale au moment des faits, ou même pour traumatisme suite à l'assassinat de ta mère.

— À t'entendre, on dirait mon avocate. Elle est persuadée que l'accusation ne repose sur rien. Une gamine de dix-sept ans à moitié morte de trouille, un meurtrier présumé avec plus de tatouages que de qualités morales et tout le tintouin. D'après elle, on a tous les atouts de notre côté.

— Alors plaide non coupable, approuva Quincy.

Rainie eut un sourire en guise de réponse. Elle leva les yeux vers le ciel limpide, prenant le temps de passer en revue dans sa tête tous les éléments qui s'y bousculaient.

— Plaider coupable, c'est pouvoir enfin me libérer de ce qui m'est arrivé.

— Pourquoi ? Tu as vraiment envie de te retrouver en prison ?

— Non, mais je crois que j'ai besoin d'en parler, Quincy. Je dois me débarrasser de tout ça. Il y a quatorze ans, j'ai commis un acte impardonnable. Tu es le premier à reconnaître que le temps ne change rien à l'affaire.

— Mais enfin, il te violait, Rainie.

— Oui, c'est vrai.

— Tu as essayé d'en parler à ta mère ?

— Oui.

— Et elle n'a pas voulu te croire.

— Non, alors je me suis adressée à Shep.

Quincy marqua sa surprise.

— Il était au courant ?

— J'avais l'intention de porter plainte, mais Shep ne m'a pas crue. Il était tout jeune flic à l'époque, et j'étais une gamine de dix-sept ans venant des quartiers pourris. La vie est un long cortège de regrets.

— Alors tu es retournée voir ta mère.

— Non, je suis simplement rentrée chez moi. Je ne savais plus à quel saint me vouer. Quant à ma mère, elle avait dû réfléchir à tout ça, je ne sais pas. Ce jour-là, Lucas est passé dans la soirée. Bourré, bien évidemment. Ils se sont battus comme des chiffonniers, et elle l'a foutu dehors en lui disant de ne plus jamais toucher sa fille. Ce soir-là, pour la première fois de ma vie, j'ai été fière de ma mère. Pour la première fois, je me disais que les choses allaient enfin s'arranger. Et quand je suis rentrée du lycée le lendemain, Lucas lui avait fait sauter la tête.

— Je suppose que Shep a dû éprouver des remords à ce moment-là.

— Pas quand il m'a arrêtée. Comme il n'y avait pas encore de femme flic à Bakersville, il m'a conduite à la police du comté pour m'écrouer. Là, une femme m'a demandé de me déshabiller. Elle était censée mettre mes habits pleins de sang dans un sac en plastique en vue de l'enquête. Et là... elle s'est aperçue des dégâts. Quand elle est sortie de la pièce, je l'ai entendue dire à Shep que soit j'avais un petit ami du genre brutal, soit j'avais passé la nuit avec les Hell's Angels. Pauvre Shep. Ça n'a pas dû être drôle pour lui de s'apercevoir qu'il s'était trompé.

— C'est lui qui t'a rendu le fusil, Rainie?

— Non, mais c'est à ce moment-là qu'il a compris son erreur. Entre ce que lui avait raconté la femme flic du comté et le témoignage des voisins qui ont confirmé mon absence à l'heure du crime, ils ont lancé un avis de recherche pour retrouver Lucas. Ils étaient convaincus qu'il s'était enfui, mais je n'en étais pas si sûre. D'abord, je savais qu'il n'avait pas d'argent. Mais surtout, c'était un salopard professionnel. Quelque part... quelque part au fond de moi, j'étais convaincue qu'il reviendrait. C'était logique. Ma mère morte, plus aucun obstacle ne l'empêchait de s'occuper de moi. Je n'avais rien pour me défendre. J'étais trop jeune pour acheter un pistolet ou un revolver, mais je savais me servir d'un fusil. Je suis retournée en ville, j'ai attendu que le shérif s'en aille à 6 heures comme tous les soirs. Je savais que les autres types de la brigade municipale étaient en patrouille.

Au bureau, un répondeur te disait d'appeler le shérif chez lui au cas où. J'étais donc sûre d'être tranquille. J'ai forcé la serrure et je suis entrée.

— Il n'y avait pas d'alarme ?

Rainie eut un petit sourire.

— À Bakersville ? De toute façon, qui serait assez bête pour pénétrer par effraction dans le bureau du shérif ? Encore aujourd'hui, on oublie de fermer à clé la moitié du temps. Il n'y a rien à voler, pas même une machine à café digne de ce nom.

— Il vous arrive quand même d'avoir des dossiers ou des éléments d'enquête à protéger.

— Oui, dans un casier spécial fermé à clé, dans la pièce du fond. Aujourd'hui, on a un vrai coffre, très costaud, difficile à forcer. Il y a quatorze ans, c'était un simple placard avec une serrure ordinaire que j'ai ouvert à l'aide d'une épingle à cheveux. J'ai pris le fusil et je suis rentrée chez moi. Un jeu d'enfant.

Quincy poussa un soupir. Il savait déjà ce qui allait suivre.

— Et Lucas est arrivé, dit-il.

— Oui, je l'ai vu arriver par la porte coulissante. Quand il m'a vue… il a souri, comme si ça l'excitait d'avance. Il a poussé la porte et je lui ai tiré à bout portant en pleine poitrine. Tu ne me croiras pas si tu veux, mais il avait encore sur les lèvres son petit sourire vicieux quand il est mort.

— Pourquoi ne pas avoir appelé les flics, Rainie ? Tu aurais pu plaider la légitime défense.

— J'étais une gamine, je ne connaissais rien à la justice. En revanche, je savais très bien ce qui s'était passé dans ma tête, et ça n'avait rien à voir avec de la légitime défense. Il m'avait humiliée, il m'avait enlevé ma mère et j'avais envie de le tuer. Je voulais le rayer définitivement de la surface de la Terre et c'est pour ça que j'avais repris le fusil de ma mère.

— Alors tu l'as enterré sous le porche.

— Ça m'a pris toute la nuit.

— Ensuite, tu t'es enfuie, conclut Quincy.

Elle opina.

— Je me suis réfugiée à Portland où j'ai passé quatre ans, essayant d'effacer de ma mémoire ces images d'horreur.

— Et sa voiture? Et si les voisins avaient entendu ton coup de fusil?

— Le voisin était à la pêche, il n'y avait personne.

— Mais comment expliquer la disparition de Lucas? Et le fusil de ta mère, mystérieusement évaporé du placard pour reparaître tout aussi mystérieusement par la suite? Pas besoin d'être un génie pour comprendre ce qui s'était passé. Shep aurait dû aller fouiller chez toi. En plus, le corps n'était pas difficile à trouver.

Rainie garda le silence. Au bout d'une minute, Quincy poussa un nouveau soupir.

— Il a laissé faire, c'est ça? Pas vu, pas pris.

— Bakersville est une petite ville, Quincy. Ici, la police ne fait pas tout à fait son boulot comme ailleurs. Ça ne relève peut-être pas de la justice, mais c'est souvent plus juste. À ce jour, Shep et moi n'avons jamais abordé le sujet.

— Je m'en doute, ça aurait fait de lui ton complice.

— J'étais prête à payer, répliqua aussitôt Rainie. Je pense même que ça aurait mieux valu, à bien des égards. J'aurais pu en parler, m'en débarrasser, régler ma dette. Au lieu de ça…

Pour la première fois, on la sentit hésiter.

— Lucas avait une femme, un gamin que j'ai privé de son père. Pendant quatorze ans, ils n'ont jamais su ce qu'il était devenu. Je n'aurais jamais dû négliger ce détail. C'était sans doute un salopard, mais c'était aussi un être humain. Le procureur a raison, il y a des barrières qu'on n'a pas le droit de franchir. La vie est un droit sacré.

— Tu sais aussi bien que moi qu'il s'en serait pris à toi ce soir-là, ajouta Quincy.

— Justement, Quincy. Je ne pourrai jamais en être certaine. Je l'ai tué avant d'en être sûre, ce qui me rabaisse à son niveau.

— Rainie…

Elle leva la main.

— Pas de cliché, s'il te plaît. J'ai fait ce que j'ai fait, je vais payer mes dettes, et c'est peut-être aussi bien. Tu veux savoir pourquoi je l'ai déterré ce soir-là ?

— Pourquoi ?

— Parce que j'avais peur que Richard Mann ne me l'enlève. Quand on nous a appelés de Seaside en nous disant qu'un type se vantait d'avoir la preuve que j'avais tué ma mère… je ne sais pas. J'ai tout de suite pensé à Lucas, sous le porche. Et puis ce cauchemar terrifiant la nuit précédente, ce type en noir sur mon porche. J'ai paniqué. Je me suis dit que le tueur avait découvert le corps. En entrant dans la chambre de Dave Duncan, j'étais persuadée d'y trouver le corps de Lucas. Mais la chambre était vide et… je me suis aperçue que loin d'être soulagée, j'avais encore plus peur. Et s'il avait deviné, s'il avait pris le corps ? Il ne me resterait rien de ce que j'avais fait, et j'en avais besoin. Je crois surtout que j'avais besoin d'avouer. J'ai fini par le comprendre après mon entrevue avec Danny.

— Que comptes-tu faire maintenant, Rainie?

Elle prit le temps de réfléchir. Malgré toutes ses bonnes résolutions, sa gorge se nouait à l'idée de lui répondre. Elle commença par s'éclaircir la voix avant de dire d'une voix rauque :

— Le maire m'a demandé ma démission la semaine dernière.

Quincy accusa le coup.

— Tu sais, reprit-elle aussitôt, une femme flic qui cache un cadavre dans son jardin, ça fait désordre. Et moi qui avais enfin réussi à impressionner ce cul serré de Sanders! Luke a pris la relève et il fera ça très bien.

— Tu pourrais déménager, recommencer ailleurs.

— Pas si je plaide coupable. Et puis c'est le genre de truc un peu dur à faire avaler quand tu passes un entretien d'embauche. «Quel est votre plus gros défaut? — Eh bien, la dernière fois que je me suis mise en colère, j'ai descendu un type.»

— Et c'est pour ça que tu comptes plaider coupable? Pour te punir encore plus?

— Mais j'ai tout de même *tué* quelqu'un!

— Quelqu'un qui t'a violée et qui a tué ta mère, tout ça en l'espace de quarante-huit heures. Syndrome de stress post-traumatique caractérisé. Dissociation mentale. Tu sais, ce n'est pas uniquement du jargon de psy en vue d'impressionner les jurés. Ton avocate pourra te le confirmer. Ce sont des syndromes reconnus qui correspondent à une réalité. Tu avais dix-sept ans, tu avais peur, et

Lucas est revenu. Ton avocate a 100 % raison. Je ne connais pas un jury au monde qui te condamnerait pour ça. Et si douze jurés t'accordent leur confiance, pourquoi ne serais-tu pas capable d'en faire autant ?

Rainie ne répondait rien. Elle avait à nouveau la gorge nouée, les yeux rivés sur le trottoir.

— Si tu veux vraiment faire quelque chose de ta vie, Rainie, tu dois avancer, poursuivit Quincy avec beaucoup de douceur. Tu dois commencer par te pardonner avant de donner aux jurés l'occasion de te pardonner à leur tour au moment du procès. Tu es une fille bien. Tu es une excellente flic. Demande à n'importe qui à Bakersville. Demande à Sanders, demande à Luke… Demande-le-moi. Moi qui suis un enquêteur fédéral arrogant et prétentieux, je peux te dire que je serais heureux de retravailler avec toi, n'importe quand.

— Arrête ça, Quincy. Tu vas me faire pleurer !

L'ironie du propos ne pouvait suffire à dissimuler la réalité. Elle s'essuya les yeux du revers de la main et renifla longuement. *Quel con, ce Quincy !*

— Que comptes-tu faire ?

— Tu as peut-être raison.

— Bien sûr que j'ai raison. J'ai suffisamment bourlingué dans ce métier pour ne pas te raconter n'importe quoi.

— J'ai encore tellement de trucs à apprendre…

— Rainie…

— Non, je t'en prie, ne dis rien.

— Comment peux-tu savoir ce que je vais dire ?

Il s'approcha pour la prendre dans ses bras, mais elle recula aussitôt d'un air buté.

— Parce que je le sais ! Parce que tu as beau passer ta vie à enquêter sur des crimes atroces, tu continues à avoir une vision romantique du monde. Mais ça ne marchera jamais entre nous, et je préfère que tu ne dises rien.

Pour mieux se protéger, elle fit une croix avec ses doigts.

— Tu peux au moins me laisser t'inviter à dîner.

— Décidément, tu ne veux rien comprendre !

— Un restaurant chinois, avec du thé vert, en espérant qu'on aura un peu plus d'appétit ce coup-ci.

— Mais bon sang, Quincy, tu sais très bien que ce n'est pas possible. Tu travailles pour le FBI, tu adores ce boulot et tu es fait pour ça. Moi, je suis une simple étape dans ta vie, c'est tout.

— Je pourrais m'arranger pour faire étape souvent. C'est l'avantage d'avoir des responsabilités, on organise son planning soi-même.

— Pour quoi faire ? Pour me voir pointer au chômage chaque semaine ?

— Rainie…

— Tu sais très bien que j'ai raison. Regarde-toi. Tu sais qui tu es, où tu vas et c'est très bien comme ça. Mais moi… je ne suis rien. Dieu sait si j'adorais mon métier, mais je ne sais même pas ce que je vais devenir. Il va falloir que j'y réfléchisse. Et puis il y a ce procès qui m'attend. Je ne peux pas traverser une telle épreuve en sentant constamment ton regard posé sur moi. Être ton équipière, O.K., mais ta bonne action, non merci.

— Rainie, répondit-il d'un ton à la fois exaspéré et sincère, tu me manques terriblement depuis deux semaines. Je n'arrête pas de penser à toi et ça me rend dingue. J'ai envie de flanquer des claques à tous les gens que je croise, tout ça parce que je n'en peux plus de ne pas te voir.

Rainie secoua la tête avec véhémence. Il ne faisait décidément rien pour lui faciliter la tâche. Comme s'il ne lui manquait pas, lui aussi ! Elle avait en permanence dans la tête l'odeur de son eau de toilette, et l'envie de se retrouver dans ses bras, comme au soir de la cavale tragique de Hawkins. L'un des rares souvenirs heureux de son existence… Mais elle se connaissait. Quincy et son foutu complexe du héros. Il ressentait le besoin de la sauver, et elle n'avait pas l'âme d'une princesse en péril.

Le silence se prolongea. Quincy se tassait peu à peu sur lui-même, la tête baissée. Rainie enfouit ses mains dans les poches arrière de son jean.

— Il faut que j'y aille, finit-elle par dire en évitant de croiser son regard.

Il ne répondit pas, et elle se dit que les dés étaient jetés. Elle s'éloigna lentement dans la rue ensoleillée. Sans doute parce que le soleil brûlait, elle avait les yeux brillant de larmes.

À la dernière minute, elle se retourna. Elle n'aurait pas dû, mais c'était plus fort qu'elle.

— Quincy…

Il leva la tête, une lueur d'espoir dans les yeux.

— Peut-être qu'un jour… quand tout ira mieux. Peut-être que je pourrais venir te voir.

Quincy n'avait jamais su mentir :

— Je t'attends de toutes mes forces, lui dit-il.

Lisa Gardner
dans Le Livre de Poche

Derniers adieux n° 33097

Est-ce parce qu'elle attend un enfant que Kimberly Quincy, agent du FBI, se sent particulièrement concernée par le récit incroyable et terrifiant d'une prostituée enceinte? Depuis quelque temps, elles sont plusieurs à avoir disparu d'Atlanta sans explication, comme évaporées, et Kimberly est bien la seule à s'en préoccuper. Un serial killer s'attaquerait-il à ces filles vulnérables ?

Disparue n° 31639

Sur une route déserte de l'Oregon, une voiture abandonnée, moteur en marche, un sac de femme sur le siège du conducteur. Rainie, une avocate séparée de son mari, Pierce Quincy, ex-profiler, a disparu. Dérive d'une femme au passé d'alcoolique ou conséquence d'une des affaires dans lesquelles elle s'investissait parfois dangereusement ?

La Maison d'à côté n° 32688

Boston, banlieue résidentielle. Sandra Jones, jeune maîtresse d'école et mère modèle, a disparu. Seul témoin : sa petite fille de 4 ans. Suspect n° 1 : son mari. Tente-t-il de brouiller les pistes ou cherche-t-il à protéger sa fille ? Mais de qui ?

Sauver sa peau n° 32328

Annabelle Granger s'est habituée à changer de prénom, de nom, de maison, de ville, d'histoire... sans que ses parents lui donnent la moindre explication. Bien plus tard, on découvre, dans une chambre souterraine de l'ancien hôpital psychiatrique de Boston, les cadavres de six fillettes. L'une d'elles porte un médaillon au nom d'Annabelle Granger.

PAPIER À BASE DE FIBRES CERTIFIÉES

Le Livre de Poche s'engage pour l'environnement en réduisant l'empreinte carbone de ses livres. Celle de cet exemplaire est de :
500 g éq. CO_2
Rendez-vous sur www.livredepoche-durable.fr

Composition réalisée par DATAMATICS

Achevé d'imprimer en juin 2014 en France par
CPI BRODARD ET TAUPIN
La Flèche (Sarthe)
N° d'impression : 3006117
Dépôt légal 1re publication : mai 2014
Édition 02 – juin 2014
LIBRAIRIE GÉNÉRALE FRANÇAISE
31, rue de Fleurus – 75278 Paris Cedex 06

54/1110/6